Franç

Bibliothèque des mémoires relatifs à l'histoire de France pendant le 18e

Tome 1

Anatiposi

François Barrière

Bibliothèque des mémoires relatifs à l'histoire de France pendant le 18e

Tome 1

Réimpression inchangée de l'édition originale de 1860.

1ère édition 2023 | ISBN: 978-3-38270-086-7

Anatiposi Verlag est une marque de Outlook Verlagsgesellschaft mbH.

Verlag (Éditeur): Outlook Verlag GmbH, Zeilweg 44, 60439 Frankfurt, Deutschland
Vertretungsberechtigt (Représentant autorisé): E. Roepke, Zeilweg 44, 60439 Frankfurt, Deutschland
Druck (Imprimerie): Books on Demand GmbH, In de Tarpen 42, 22848 Norderstedt, Deutschland

BIBLIOTHÈQUE

DES MÉMOIRES

RELATIFS A L'HISTOIRE DE FRANCE

PENDANT LE 18e SIÈCLE

AVEC AVANT-PROPOS ET NOTES

PAR M. Fs. BARRIÈRE

TOME XXIII

SOUVENIRS

DE

VINGT ANS DE SÉJOUR A BERLIN

PAR

DIEUDONNÉ THIÉBAULT

AVEC AVANT-PROPOS ET NOTES

PAR M. Fs. BARRIÈRE

TOME PREMIER

PARIS

LIBRAIRIE DE FIRMIN DIDOT FRÈRES, FILS ET Cie

IMPRIMEURS DE L'INSTITUT, RUE JACOB, 56

1860

AVERTISSEMENT

DES LIBRAIRES-ÉDITEURS.

Dieudonné Thiébault, né à la Roche dans la Lorraine, en 1733, n'eût été, comme l'a dit une biographie, qu'un *littérateur estimable*, s'il n'avait pas écrit *Vingt ans de séjour à Berlin*. Élevé chez les jésuites, consacré par eux à l'instruction, attaché à leur société moins la prêtrise, il fut excellent latiniste, poëte médiocre, prosateur correct et pur. Frédéric fondait alors une école militaire dans sa capitale : l'abbé d'Olivet, d'Alembert et Cérutti, que Thiébault comptait à Paris pour amis, obtinrent pour lui, du roi de Prusse, la chaire de grammaire générale dans l'école nouvelle. Il devint plus tard membre de l'Académie qui existait à Berlin, et fut chargé d'y lire plusieurs ouvrages de Sa Majesté. Ces relations ne purent que profiter infiniment au professeur, à l'académicien Thiébault. Son caractère discret et sage, sa conduite et ses paroles mesurées, l'honnêteté de tous ses sentiments, une intimité sûre, une incontestable instruction, lui ouvrirent donc, en Prusse, un libre accès auprès des personnes les plus distinguées : il put et bien voir et beaucoup apprendre ; il n'avait pourtant rien écrit encore de ses *Souvenirs* en 1784, quand il revint en France. Les chances heureuses qu'il y trouva d'abord durèrent peu : la Révolution les lui enleva. La Terreur menaça bientôt sa vie. Le Directoire le plaça plus tard à la tête de son secrétariat : inutile bienveillance ! il n'était pas plus l'homme de la corruption que le fauteur de l'anarchie ; sa véritable carrière était l'instruction publique. Par un singulier rapprochement, il présida, rue Saint-

Antoine, l'École centrale, formée dans un ancien couvent des jésuites, et trois ans après fut proviseur du lycée de Versailles jusqu'en 1807, époque de sa mort.

Ses *Souvenirs* avaient paru seulement trois années avant. Quoiqu'il ne les eût rassemblés qu'au déclin de l'âge (en 1800, à soixante-sept ans), sa mémoire lui était restée fidèle; deux éditions furent épuisées en deux ans. Le fils de l'auteur, M. le général baron Thiébault, entraîné par la guerre et les événements politiques, ne put, comme il le désirait, en préparer lui-même une troisième. Il fut, à son grand regret, forcé d'en confier le soin à un éditeur qui, quelque temps après l'auteur, avait aussi passé six ans à Berlin. Cet éditeur remplit mal les intentions du général. « Il considéra les *Souvenirs* comme sa « propriété, l'auteur comme soumis à sa censure, et Frédéric « comme traduit à son tribunal. » De là vint que le général donna lui-même, plus tard, après beaucoup de recherches et avec quelques additions, une quatrième édition, qui a servi de texte à la nôtre (1).

Qu'écrits dans un âge moins avancé, les *Souvenirs de Berlin*, souvenirs souvent si curieux et toujours si sincères, y eussent gagné beaucoup, on ne saurait le nier, quoique l'intérêt naisse ici des personnages et de la vérité plus que des formes du récit. On y sentait en quelques endroits moins le froid que la prolixité des ans. Une stérile abondance leur avait donné la consistance de cinq volumes in-8°; nous avons réduit ces volumes aux faits, aux particularités, aux détails qui peignent le mieux ceux dont nous entretient l'écrivain. Peut-être même aurions-nous supprimé le chapitre entier sur l'Académie de Berlin, fille honnête qui a fait peu parler d'elle, si l'on n'y trou-

(1) De là vient aussi que ce texte reproduit des notes de trois mains différentes : les notes primitives de l'auteur, celles du malencontreux éditeur qui se crut le droit de le critiquer, puis les observations judicieuses du général baron Thiébault. Les notes de l'éditeur malencontreux sont marquées P. E, c'est-à-dire précédent éditeur.

vait, avec les noms chers aux sciences d'Euler, de Bernouilli et de la Grange, quelques traits saillants de leur vie. N'oublions pas qu'il y est aussi question du fameux comte de Saint-Germain, celui qui se prétendait riche de bien des secrets et vieux de plusieurs siècles.

Toutes les anecdotes rapportées, tous les caractères tracés par Thiébault sont exacts : son fils en dut, sous l'Empire, à M. le duc de Bassanno, un témoignage irrécusable. M. le duc disait donc alors au général Thiébault : « Dans un grand dîner « que l'empereur donna à Berlin (1807), je demandai à M. le « maréchal de Mollendorf quelle était son opinion et quelle avait « été l'opinion de la cour et de la ville sur les *Souvenirs* de « M. votre père. Ce maréchal répondit que l'ouvrage avait été « reçu et lu avec le plus vif intérêt par toutes les classes de « la société; qu'il s'y trouvait peut-être tel fait dont votre « père n'avait pas connu tous les détails, mais qu'à cela près « d'un très-petit nombre d'erreurs sans importance, c'était in- « contestablement, dans ce genre, l'*ouvrage le plus véridique* « *qui ait jamais paru, et par-dessus tout l'ouvrage du plus* « *honnête homme du monde.* »

Qui lira seulement cinquante des pages qui suivent, confirmera par son suffrage l'éloge honorable adressé par le maréchal Mollendorf à l'auteur des *Souvenirs*. Des personnages les plus attachants qui vont s'y montrer, comme Frédéric II, ses généraux, ses ministres, comme le prince Henri son frère, comme leurs sœurs la reine de Suède et la mystérieuse princesse Amélie, on veut tout savoir. On se plaît surtout à connaître les lieux habités, aimés, embellis, immortalisés par eux, et c'est principalement dans l'intention de répondre à ce désir qu'est écrite une rapide introduction.

AVANT-PROPOS.

Vient-on par hasard en France à nommer Berlin, ceux qui n'ont pas vu cette ville s'en font, à Paris surtout, la plus fausse idée. L'imagination prévenue du rôle si belliqueux qu'a rempli glorieusement Frédéric, ne rêve qu'armes, fusils en faisceaux, affûts, caissons, boulets, remparts et bastions. Ne dirait-on pas que Berlin a pour tout monument des casernes, ou qu'on y bivouaque la nuit, dans les rues! Beaucoup iraient apparemment jusqu'à croire que les femmes y font l'exercice, qu'on s'y réveille au son des trompettes, et qu'on y valse au bruit des tambours, le canon battant la mesure : quelles folies! oublie-t-on que Frédéric, le créateur de la monarchie prussienne, était à la fois guerrier, musicien, philosophe, poëte et bel esprit; qu'il aimait les vers, les beaux-arts et le plus doux plaisir de la société, la conversation? La trace de tous ses goûts se retrouve encore aujourd'hui dans Berlin. La haute société qui l'habite se place, sinon par la richesse, du moins par le bon goût, les lumières et la politesse, au premier rang des patriciats européens.

Entrons donc à Berlin, puisque les lieux aident à mieux connaître ceux qui les ont embellis; entrons-y par la porte de Brandebourg : c'est une des plus belles entrées que puisse offrir une cité célèbre. Frédéric-Guillaume III éleva la porte de Brandeboug en 1789. Elle a quatre-vingts pieds de haut. Sa forme rappelle celle du propylée d'Athènes. Peut-être la trouverais-je un peu trop gigantesque pour ce qui l'avoisine. Paris a sa rue de Berlin; Berlin a sa place de Paris. Là commencent cette large rue et ses cinq allées que désignent ces mots si connus : *Sous les tilleuls*, et que bordent, des deux côtés, des palais, des hôtels, des magasins splendides et des cafés, ou plutôt des *confiseries*, car c'est chez les confiseurs, à Berlin, qu'on prend du café, du chocolat, des glaces, et qu'on lit les journaux. Arrêtons-nous un moment au point où s'arrêtent les tilleuls.

Plusieurs choses gâtent le séjour et le coup d'œil des grandes villes : dans les rues, la monotonie des lignes droites; dans les places publiques, des dispositions toujours symétriques; dans les monuments, unité de style; puis partout l'inévitable aspect de la pierre nue, pâle et froide dont rien ne distrait le regard. Berlin, dans ses beaux quartiers, et surtout dans celui dont je parle, échappe à ces causes d'un majestueux ennui. A partir du point où finissent les cinq allées, les palais et les monuments sont séparés les uns des autres par des ombrages, des statues, des parterres, des terrasses qui font saillie ou des jardins qui rentrent et qu'on suit de l'œil dans l'enceinte des édifices. Partout ils diffèrent de proportions et de caractère comme de destination : ici l'entrée de l'Opéra avec son péristyle et sa façade grecques ; là les lignes sévères de l'arsenal, surmonté par des trophées d'armes ; en face, mais vue de biais, la décoration contournée de la bibliothèque ; puis au fond d'un square paré d'arbustes, entre les angles aigus de deux édifices, les formes arrondies de l'Eglise française.

Frédéric, dans un accès de gaieté philosophique sans doute, a donné à cette église la forme, et, je crois, le nom du Panthéon ; et dans *ce temple à tous les dieux* sa tolérance a reçu le catholicisme. Mais, par une malice familière à son esprit, l'église est en regard de l'Opéra ; le chœur de ballets et le clergé se voient entrer chacun chez eux ; la sacristie donne sur les loges. — La facétie est un peu forte : avec lui, cependant, c'était à prendre ou à laisser ; on s'en apercevra plus d'une fois dans les Mémoires qu'on va lire. Au delà de l'église et du théâtre l'aspect change : A droite, après un charmant bosquet d'arbustes, le palais rouge de l'École d'architecture, avec ses fenêtres plus larges que hautes et décorées de bas-reliefs en terre cuite. En face de vous, un des canaux de la Sprée, et sur ce canal, un pont orné de balustrades en bronze entre huit piliers de granit. Au fond, mais vu de biais, le vieux palais des électeurs, et à l'angle une colonne de porphyre d'où s'élance dans l'air un aigle d'or. Entre vous et le vieux palais, un vaste espace qui était autrefois un champ de manœuvres, et qui forme à présent un jardin de plaisance (lutz garten), A gauche, au-dessus des arbres, les trois dômes de la cathédrale; puis enfin, en retour, la noble colonnade du nouveau musée avec ses portiques peints à fresques et des groupes équestres qui les surmontent.

Mais à quoi nous arrêtons-nous là! le plus bel ornement de Berlin, le plus cher à tous les cœurs, le plus admiré des étrangers, c'est la statue de Frédéric! l'artiste illustre, Rauch, a élevé la statuaire à la hauteur du héros. Des bas-reliefs placés avec goût sur le piédestal représentent la foule heureuse de sa gloire, riche de ses bienfaits. Guerriers, peuples, magistrats, commerçants, artistes, tous dans ces groupes animés ont la tête nue, tandis qu'à cheval au-dessus du piédestal, Frédéric porte sur la tête ce chapeau que reconnaîtrait le monde entier. Tous se tiennent découverts devant lui; roi, conquérant et grand homme, Frédéric le méritait bien. Saluons-le et bien bas : il abolit la torture, il rendit les lois uniformes, il respecta l'indépendance des tribunaux. La presse, pendant son règne, demeura constamment libre. Quand les placards dirigés contre lui se trouvaient affichés trop haut, il les faisait enlever et placer près du sol, pour qu'ils fussent plus à portée des lecteurs.

A Berlin, le monarque; à Potsdam, au milieu des champs de manœuvre, le grand capitaine; à Sans-Souci, le poëte et le philosophe. — Potsdam est une place forte. Quand Frédéric, au milieu des revers qui l'accablaient, des ennemis qui le pressaient de tous côtés, eut perdu la bataille de Kunersdorff contre les Russes, il écrivit à la reine : « Quittez « Berlin et emmenez la famille royale. Faites con-« duire les archives à Potsdam. » Berlin ne fut pas pris et les archives furent en sûreté à Potsdam. Aujourd'hui le chemin de fer y conduit. On côtoie en arrivant un très-gracieux édifice, d'élégantes colonnades, des jardins, des bosquets : c'est, au bas de la ville, ce qu'on nomme le *Château*. Sous ces bosquets riants on aperçoit de charmantes pièces de canon, beautés peu bocagères : faunes et dryades ont rarement coutume de les rencontrer sous leurs ombrages. Il est vrai que le parc renferme les bustes en bronze de plusieurs généraux, et près des bustes on a mis des canons, comme à côté d'une jolie femme on placerait, en la peignant, son éventail!

Plus haut, dans la ville, sont de belles casernes, un immense manége, où les troupes manœuvrent à couvert pendant les mauvais temps; puis des champs d'exercice, où les guerriers de toute l'Europe venaient assister aux revues d'un prince qui,

1.

de sa personne, avait livré dix-sept batailles. Dans ces revues il faisait exécuter sous ses yeux les mouvements heureux ou contraires qui avaient décidé pour lui du sort des combats, donnant comme enseignement, avec une égale sérénité, ses fautes ou ses succès. C'est à Potsdam qu'il faut lire ses instructions militaires (1). Comme il avait le plus souvent lutté contre l'Autriche, ces instructions ont en ce moment pour nous (juillet 1859) un intérêt plus vif qu'en aucun temps; en voici des passages : « La force de nos troupes consistant surtout « dans l'attaque, dit le roi, nous ne serions pas sages « si nous y renoncions sans raison.

« Je permets que les troupes prussiennes occu- « pent aussi bien que les autres, des postes avan- « tageux, et s'en servent pour un mouvement et « pour tirer avantage de leur artillerie ; mais il « faut qu'elles quittent tout d'un coup ce poste pour « marcher fièrement à l'ennemi, qui au lieu d'atta- « quer est attaqué lui-même, et voit tout son projet « renversé.

« Dans ces occasions je défendrais à mon in- « fanterie de tirer; car cela ne fait que l'arrêter, « et ce n'est pas le nombre des ennemis tués qui

(1) *Instruction militaire du roi de Prusse pour ses généraux*, suivie de treize planches. On lit en note, au bas de la première page : « Cette instruction a été dictée *en allemand* par le roi, « et traduite en français par M. Fœrch, lieutenant-colonel dans « les troupes saxonnes. »

« vous donne la victoire, mais le terrain que vous « avez gagné.

« Le moyen le plus sûr pour remporter la vic« toire est de marcher fièrement en ordre à l'en« nemi, et de gagner toujours du terrain. »

Il est certain qu'ailleurs qu'en Prusse les instructions de Frédéric ont fait, de nos jours, d'excellents élèves. Frédéric ajoute, en passant en revue les différents mouvements de guerre :

« Les attaques des villages coûtent tant de « monde, que je me suis fait une loi de les éviter, « tant que je n'y serai point absolument forcé ; car « on y risque l'élite de son infanterie.

« Dans tous les passages de rivière il faut tou« jours avoir attention à faire retrancher les deux « têtes de pont et à les bien garnir de troupes. On « fortifie encore les îles qui sont dans le voisinage « pour soutenir ces retranchements.

« Pendant les retraites même, quand on est habile, « on prend des positions si obliques qu'elles don« nent *toutes sortes de jalousies* à l'ennemi. Les re« cherches qu'il en fera l'intimideront, en attendant « qu'elles vous mènent indirectement à votre but.

« Si l'on n'a pas envie de combattre, on se dit « plus fort qu'on est, et on fait bonne contenance. « Les Autrichiens sont de grands maîtres en cet art ; « c'est chez eux qu'il faut l'apprendre (1). »

(1) *Instruction militaire du roi de Prusse*, p. 83, 105, 107 et 108.

Ne semblerait-il pas que ces remarques furent écrites en vue de la glorieuse campagne faite, dans cette présente année 1859, par la France, contre l'Autriche, sous le beau ciel de l'Italie?

Viennent encore à Potsdam, outre *le Château* dont nous avons parlé, trois remarquables résidences. Il y a *Charlotenhof;* c'est une charmante villa de Pompéï, parée d'une simplicité antique, avec son porche de si modestes proportions, avec ses fraîches nymphées, son vert gazon qu'arrose une simple coupe de marbre, et ses vignes qui grimpent le longs des ormeaux ou s'étendent sur les traverses d'un portique : charmante création du prince régnant Frédéric-Guillaume IV, lieu favori que pare le bon goût mieux que la richesse! enfin il y a le *Palais neuf* qu'éleva Frédéric après la guerre de Sept ans, comme pour prouver que ses désastres n'avaient pas épuisé son trésor. Dans la bibliothèque se trouve un portrait de Voltaire, en charge, de la main du roi et d'un crayon fort malicieux; il est placé sur un rayon, derrière les œuvres de J.-B. Rousseau et de Lamothe-Houdard : est-ce encore une malice, ou, comme aurait dit Voltaire, une *niche?* Je crois qu'après des avances et des coquetteries mutuelles ils en vinrent en effet, plus tard, à se faire des *niches.* L'amour-propre avait eu plus de part à leur liaison qu'une affection véritable. L'intimité d'un souverain, d'un conquérant, flattait la vanité de Voltaire; et, tout grand qu'il était, Frédéric pouvait-il rester insensible aux éloges que lui donnait, en vers, un si brillant écrivain ? Mais Voltaire absolu comme s'il était roi, et Frédéric irascible autant que s'il avait été poëte, tous deux vifs, exigeants, railleurs, pouvaient-ils éviter longtemps d'avoir des griefs l'un contre l'autre ? Sans articuler les siens, Voltaire les laisse entrevoir dans ce billet écrit, de Potsdam, à madame Denis, sa nièce, le 6 novembre 1750.

LETTRE A Mme DENIS.

« A Potsdam, 6 novembre 1750.

« On sait donc à Paris, ma chère enfant, que « nous avons joué à Potsdam la *Mort de César;* « que le prince Henri est bon acteur, n'a point « d'accent et est très-aimable, et qu'il y a ici du « plaisir? Tout cela est vrai ;... mais... les sou- « pers du roi sont délicieux; on y parle raison, « esprit, science; la liberté y règne : il est « l'âme de tout cela; pas de mauvaise humeur, « point de nuage, du moins point d'orages. Ma « vie est libre et occupée; mais... mais... opéras, « comédies, carrousels, soupers à Sans-Souci, ma- « nœuvres de guerres, concerts, études, lectures; « mais... mais... la ville de Berlin grande, bien « mieux percée que Paris, palais, salles de spec- « tacles, reines affables, princesses charmantes, « filles d'honneur belles et bien faites, la maison

« de madame de Tirconel toujours pleine et souvent « trop ;... mais... mais... ma chère enfant, le « temps commence à se mettre à un beau froid. »

Voilà ce qu'écrivait Voltaire. Sans savoir précisément quels motifs il avait de se plaindre, on peut croire que ses mécomptes égalaient au moins en nombre ses réticences. Quant à Frédéric, ses ressentiments furent plus motivés qu'on ne l'a cru longtemps, s'il est vrai, comme on n'en peut guère douter aujourd'hui, que Voltaire, sous les lambris même de son hôte royal, écrivait contre lui ces vers :

Assemblage éclatant de qualités contraires,
Écrasant les mortels, en les nommant ses frères,
Misanthrope et farouche avec un air humain,
Souvent impétueux, et quelquefois trop fin.
Modeste avec orgueil, colère avec faiblesse,
Pétri de passions et cherchant la sagesse,
Dangereux politique, et dangereux auteur,
Mon patron, mon disciple et mon persécuteur.

Ces vers sont fort bons. En peut-on dire autant des sentiments et de l'action du poëte ? Pauvres grands hommes ! — Pour échapper au souvenir de leurs passions, de leurs faiblesses, courons respirer librement dans de beaux lieux. (1)

C'était vers le milieu d'octobre, par un de ces

(1) Ce sont ces vers que faisait rechercher Frédéric dans les bagages du poëte quand Freitag l'arrêta si brutalement à Francfort.

derniers beaux jours qui sont si rares, surtout dans le Nord. L'air était vif et froid, mais, triomphant de la saison et du climat, le soleil lançait, à travers une vapeur grisâtre, des bouffées de chaleur et des flots de lumière. Ses rayons, reflétés par les eaux que l'Havel étend complaisamment au pied de Potsdam, leur donnaient l'aspect éblouissant d'un lac d'or, et plus on montait les pentes qui, de la ville guerrière, conduisent aux tranquilles ombrages de Sans-Souci, plus la campagne déployait de points de vue nouveaux et de mélancoliques richesses. Elle avait cette beauté touchante qu'on trouve aux biens qu'on va perdre. Le droski que j'avais pris dans mon impatience, longeait les murs du parc. A travers les grilles qui l'entr'ouvrent de loin en loin, l'œil pénétrait sous ses longues avenues. De jeunes arbres conservaient encore la verte et fraîche parure du printemps, tandis que de plus âgés se ressentaient déjà de l'automne ; leur feuillage éclairci passait par toutes les nuances du vert pâle, du jaune, de l'orangé, du rouge vif, et les jets d'eau qui lancent des gerbes blanches, sous leur ombrage, semblaient prendre plaisir à dépasser leurs fronts dépouillés.

Les dernières splendeurs de la campagne et de la saison, la vue de ces allées solitaires et pensives sous lesquelles se plaisait à rêver Frédéric, l'approche des lieux où s'éteignirent son génie et sa vie, tout disposait au recueillement. C'est tout au plus si, suivant en voiture les derniers détours qui mènent à l'entrée du palais, on lève les yeux pour voir, au-dessus de sa tête, la colonnade qui sert d'enceinte à la cour d'honneur. Les colonnes qui, sur deux rangs, supportent une terrasse, sont les seuls indices auxquels on puisse encore, à Sans-Souci, reconnaître une résidence royale. A cela près, tout respire, dans cette retraite, les loisirs d'un sage et la modestie d'un grand homme.

Avant d'entrer dans cette cour d'honneur, on passe sous les ailes d'un moulin à vent qui semble narguer la colonnade. C'est ce moulin célèbre par la confiance d'un citoyen dans la justice, et le respect d'un roi pour la propriété. Dans l'origine ce moulin était fort petit; Frédéric le fit rebâtir, élever, agrandir à ses frais; il a comme un air de triomphe, même quand le vent tourne du côté du château. De nos jours le dernier possesseur se trouva gêné dans ses affaires. Il offrit au feu roi de lui vendre sa propriété. « Je sais vos embarras, lui dit ce « prince; que vous faut-il? je vous le donne; mais « gardez le moulin. Il appartient désormais à plus « haut que vous et moi; il appartient à l'his- « toire. » Et le moulin continue de jeter de la poudre aux yeux.

Sous ce rapport, Frédéric valait un meunier. Nul ne mit jamais plus de soin, d'art et de coquetterie à surprendre, à flatter, à séduire les esprits les plus influents de l'Europe, ceux qui, de son temps, créaient et dirigeaient un pouvoir nouveau, l'opinion. Son esprit, son adresse l'y aidaient constamment, quoique l'épigramme lui réussît mieux que l'éloge. S'il aimait l'attaque il admettait la défense, et puisque l'occasion s'en présente, montrons jusqu'où pouvait aller la réplique. — Il se plaisait à revoir, et surtout à plaisanter un homme qui avait été beau, et qui parfois était heureux en reparties. « Mon cher comte, lui disait un jour Frédéric, « en votre qualité de chevalier commandeur de « Malte, vous aviez autrefois une ceinture de vir- « ginité : dites-moi ce que vous en avez fait? — Je « l'ai usée, Sire, et par malheur je n'ai pas trouvé « dans vos États d'étoffe pour en refaire une « autre. » — Citons encore une des réponses faites au roi. Après le partage de la Pologne, Frédéric avait réduit à vingt-quatre mille écus le revenu de l'évêque de Varnie, qui en touchait avant deux cent mille. Cependant le monarque disait un jour à l'évêque : « Je n'ai pas pour mon compte de grands « titres au paradis. Faites-m'y entrer, je vous prie, « sous votre manteau. — A la bonne heure, Sire, « dit le prélat, si Votre Majesté ne l'avait pas tant « rogné! » (*Histoire secrète de Berlin*, par Mirabeau.)

De ces mots-là on en trouvera plus d'un dans les Mémoires. A présent, parlons moins du prince que des lieux qu'il habitait. — A Sans-Souci, l'on entre d'abord, à gauche du vestibule, dans une galerie étroite. Elle est garnie de canapés, forts étroits aussi, et de tableaux. Sur les canapés, en satin rose, en bois doré, dormaient, dit-on, les chiens du roi. J'en doute. Les tableaux, de petite dimension, sont de Lancret ou de Watteau. Ceux de Lancret représentent des Turcs comme on en voyait alors à l'Opéra, et ceux de Watteau, des beautés comme on les voyait dans leur boudoir, ou, disons mieux, dans leur salle de bains. Quel plaisir trouvait Frédéric à ces nudités licencieuses ? Est-ce là qu'attendaient les généraux et les ministres ? C'est le cabinet d'un petit-maître, et non l'antichambre d'un héros ; mais le héros faisait vite oublier l'antichambre.

De ce lieu d'attente, un couloir obscur mène, à droite, à la chambre à coucher, à gauche, à la bibliothèque. Vous jugez si j'y suis entré avec respect, ôtant mon chapeau, quoiqu'on m'eût invité à le garder ! La bibliothèque a trois portes ; celle du couloir et deux portes vitrées : l'une, en face, donne sur la terrasse, d'où l'on jouit d'une vue admirable, comme je le dirai bientôt ; l'autre, à gauche, s'ouvre sur une vaste treille en berceau. Dans la pièce, point d'autres meubles qu'un pupitre tournant, sur lequel est encore ouvert un in-folio, *l'Art de la guerre ;* puis un bureau, et, sur le bureau, deux cubes en verre grossier qui ont un décimètre de côté. L'un de ces cubes est l'encrier, l'autre la poudrière. Puis auprès, toute rouillée, une paire de ces grands ciseaux dont les diplomates se servent pour enlever les enveloppes des dépêches. Son épée a plus tranché de difficultés que ces ciseaux !

Les armoires vitrées et fermées qui renferment les livres sont en bois de rose, avec de larges ornements en cuivre jaune. Et que renferment ces armoires? pas un livre allemand; quelques livres italiens, tous livres français. Ce sont les meilleurs ouvrages qu'on eût de son temps, et, au premier rang, ceux qui plaisaient le plus au tour piquant de son esprit, *les Provinciales*, les *OEuvres de Voltaire*, édition en neuf volumes in-octavo. Viennent ensuite, au second rang, les livres que devait relire le politique et le guerrier : *Philippe de Commines*, *Blaise de Montluc*, la *Vie de Mazarin*, les *Mémoires du prince Eugène*. Ce qu'on remarque avec surprise dans la bibliothèque de Frédéric, ce sont les œuvres du poëte *Théophile*, qui fut athée et, s'il est possible, encore pire ; enfin ce sont, qui pourrait le croire ? *quinze* volumes d'opéras français ! *Théophile*, chez l'esprit fort, chez le guerrier que, sous bien des rapports, Voltaire comparait à César, à toute force, on se l'explique. Mais quinze volumes d'opéras chez Frédéric ! Comment leur trouver place entre l'invasion de la Silésie, le dessèchement des marais de Custrin, la création d'un code uniforme, l'histoire de la maison de Brandebourg, la gloire et les malheurs de la guerre de Sept ans, quand il écrivait à Voltaire ces vers si connus :

> Pour moi, menacé du naufrage,
> Je dois, en affrontant l'orage,
> Penser, vivre et mourir en roi!

Dans une des armoires est un volume de poésies tout ouvert; il fait partie des œuvres du roi, et contient, à la marge, des corrections de la main de Voltaire. Voici le texte et la correction de la page en vue ; il s'agit dans ces vers des *Lettres persanes* :

Texte.

> Là, prenant une autre tournure,
> Chiche de mots, mais plein de sens,
> Usbeck crayonne, à ses Persans,
> De nos mœurs la folle peinture.

On lit, de l'écriture de Voltaire, à côté du second vers :

> *Avare de mots, plein de sens.*

Enfin, au bas d'un des corps de bibliothèques se voit une caisse en bois blanc entr'ouverte ; elle renferme des volumes brochés in-8° intitulés : *Œuvres du philosophe de Sans-Souci,* avec cette recommandation : *que ces volumes ne soient pas ôtés de la caisse.* — Ils y sont ! L'édition de ces œuvres porte pour millésime 1750. Plus bas, on lit ces mots : *Du donjon du château, avec privilége d'Apollon.* Je crois qu'il aurait fallu dire *avec privilége du roi.*

Mais poëte qui commande à cinquante mille héros croit aisément tous ses vers aussi bons que ses soldats sont braves.

Et maintenant passons dans la chambre à coucher. Deux colonnes en stuc imitant le porphyre, la séparent en deux parties; dans la plus petite était, à proprement parler, le coucher : un lit, deux armoires et quatre chaises en formaient tout l'ameublement. Les armoires et les chaises s'y voient encore. Après la mort de Frédéric, le prince Henri obtint la faveur d'emporter le lit. Plus vaste et mieux ornée, l'autre division de la chambre renferme une commode, un bureau et quelques meubles. On y voit encore, avec émotion, le fauteuil à bras, en soie rouge, sur lequel le grand homme expira, et jusqu'au petit coussin de serge verte rempli de son sur lequel il appuyait sa joue souffrante. De son vivant se trouvait, au fond de cette chambre, un portrait de Gustave-Adolphe. Il est aujourd'hui remplacé par un portrait de Frédéric. Tout, dans ses traits pleins d'esprit et de feu, respire la pénétration, le commandement, l'audace. Comme à Kollin, on croirait qu'il va dire à ses grenadiers, déjà rebutés de dix attaques : « Voulez-vous donc vivre toujours! » Sur la commode est la pendule qu'il montait constamment de sa main; elle a cessé de battre avec sa vie. L'une et l'autre se sont pour jamais arrêtées à *deux heures vingt minutes!*

Hâtons-nous. Voici le salon de musique, puis voici la salle à manger, soutenue par quinze colonnes de marbre blanc, qui coûtèrent 30,000 ducats. Le roi y a fait mettre le buste de Charles XII aux pieds d'une statue de Vénus-Uranie. Il reprochait par là, au héros suédois, d'avoir trop négligé l'amour; mais à quels amours sacrifiait donc Frédéric? — Inclinez-vous enfin, vous êtes dans la chambre qu'habitait Voltaire. Cette table couverte d'un velours bleu lui servait de bureau, et cette pendule qu'on voit tout auprès est un magnifique présent de madame de Pompadour au roi de Prusse.

De la chambre de Voltaire, comme de la bibliothèque du roi, une porte vitrée conduit sur la terrasse. Aux deux extrémités sont deux bosquets où Frédéric fit enterrer ses chiens. On lit encore, sur des pierres tumulaires, les noms de *Diane*, de *Thisbé*, de *Philis*. Cette terrasse, sur laquelle s'étendent des tapis de gazon et de fleurs, est renfermée dans un balustre de marbre blanc. De ce point élevé, quelle vue! L'œil, glissant sur le sommet des arbres du parc, découvre au loin des hameaux, des villes, de frais vallons, de vertes prairies, des forteresses, l'Havel et ses lacs, que sillonnent des navires à voiles, puis, tout au loin, des pentes boisées qui donnent au tableau un encadrement d'un vert sombre. De terrasse en terrasse, on descend au fond des jardins. Chaque terrasse, exposée au midi, est garnie de serres adossées aux murs. « Vous le voyez, disait Frédéric au prince de Ligne, « ce courtisan si spirituel, vous le voyez, j'ai dans « mes serres des figuiers, de la vigne, et je ne puis « avoir à Sans-Souci ni figues, ni raisin. — Sire, « il n'y croît que des lauriers! »

Fs. Barrière.

PREMIÈRE PARTIE.

FRÉDÉRIC LE GRAND.

CHAPITRE PREMIER.

Frédéric le Grand dans ses entretiens ordinaires.

— Proposé par d'Alembert, d'Olivet et Cerutti, pour occuper la chaire de grammaire générale à l'école militaire fondée par Frédéric, j'avais été agréé par ce monarque, et je partis en conséquence de Paris, le 26 janvier 1765, pour me rendre à Berlin.

A mon arrivée dans cette capitale (le 16 mars), j'écrivis à M. le Catt, lecteur ou secrétaire des commandements du roi, et je le priai de vouloir bien demander et me faire connaître les ordres de sa majesté, tant à mon égard que par rapport à un paquet que d'Alembert m'avait confié pour elle, en me témoignant désirer que je pusse le remettre moi-même. Je reçus le lendemain l'ordre de me rendre le 18 à Potsdam pour trois heures après midi. J'arrivai au jour et avant l'heure indiqués chez M. le Catt.

J'étais d'autant plus curieux de voir Frédéric et de le juger par moi-même, que je ne savais encore quelle idée je devais me former de ce roi. Toute l'Europe le considérait comme un grand militaire et comme un homme de génie; mais rien n'était plus discordant que les opinions que l'on se formait de son caractère et de ses qualités sociales, politiques et morales.

Les uns le regardaient comme un sage, comme un savant distingué et un philosophe très-aimable; les autres le représentaient comme un tyran, bel esprit égoïste et habile machiavéliste. On lui attribuait, ou des vertus presque surnaturelles, ou les vices les plus odieux et les actions les plus atroces. « Que « vous êtes heureux, » me disaient plusieurs amis au moment de mon départ de France; « que vous heureux! vous allez voir « l'homme qui honore le plus l'humanité. Vous aurez la satis- « faction que se promettait la duchesse d'Orléans, qui, lors- « qu'on annonçait, durant la dernière guerre (1), que Frédéric, « forcé de nous battre, allait venir jusqu'à Paris, s'écria : *Ah! tant « mieux! je verrai donc un roi!* » D'un autre côté cependant on me répétait : « Gardez-vous de lui plaire ou de lui déplaire. « Les hommes ne sont à ses yeux, ainsi qu'il l'a dit lui-même, « que comme des citrons dont il faut jeter l'écorce quand on « en a exprimé le jus. Et à moins de recourir à quelque maxime « de cette nature, comment pourrait-on expliquer sa conduite « tant avec Voltaire qu'avec tous les hommes de mérite qui ont « eu le malheur de l'approcher? » Et à ce propos, on ne se lassait point de me répéter mille anecdotes plus révoltantes les unes que les autres, et dont on ne voulait pas que je doutasse. En un mot, on croyait ne pouvoir trop s'attacher à me le peindre comme essentiellement immoral, dur, insensible, ombrageux, fourbe, ambitieux, avare et cruel.

Si l'on considère que, flottant entre des idées aussi opposées, je n'avais encore aucune preuve suffisante de la vérité des unes ou des autres, on se persuadera facilement que je ne devais approcher de Sans-Souci qu'avec une vive sollicitude, une extrême curiosité et la plus grande disposition à me rendre aussi attentif aux moindres circonstances, que réservé et circonspect dans ce que j'aurais à dire.

Vers trois heures, M. le Catt et moi nous montâmes en voi-

(1) La guerre de Sept ans.

ture pour nous rendre au nouveau Sans-Souci, château placé sur une hauteur, au-dessus et à une demi-lieue de Potsdam. Occupé, comme je devais l'être, en allant chez le roi, je demandai à mon guide si ceux qu'il recevait avaient quelque étiquette particulière à observer. « Une seule, me répondit-il, celle de « baiser le pan de son habit. — Comment, lui dis-je, et de « quelle étoffe est-il donc? — Il est de laine. — Il n'est donc « que de drap comme le mien? Or, quoique le mien me tienne « de plus près, je n'ai jamais songé à le baiser. — C'est plutôt « la veste que l'habit que l'on baise : au reste, c'est un usage du « Nord, auquel lui-même n'attache aucune importance, sur- « tout vis-à-vis des étrangers et des Français; aussi n'en fait-on « pour l'ordinaire que le semblant. — Monsieur, lui répondis-je, « ce semblant ressemble trop à un mensonge, et ce n'est pas « ainsi que je débuterai avec un aussi grand homme. Je cher- « cherai de mon mieux à lui marquer mon très-profond res- « pect; mais me permettre une chose qui, à mes yeux, n'est « qu'une jonglerie, je n'en ai et n'en aurai jamais le courage. « Je ne chercherai donc à lui baiser ni l'habit ni la veste; je « lui ferai, comme dans la comédie de Molière, mes trois ré- « vérences, s'il m'en donne le temps. C'est tout ce que je puis « promettre, et j'espère qu'il voudra bien s'en contenter. »

Nous arrivâmes au moment où les secrétaires du cabinet entraient pour la signature des lettres, travail qui devait durer une bonne demi-heure. Pour mettre ce temps à profit, mon guide me conduisit chez milord Maréchal, vieillard respectable, intime ami du roi, et logé à côté de lui. Il me reçut comme les grands seigneurs reçoivent quand ils ont de l'esprit et qu'ils savent se respecter, c'est-à-dire qu'il me reçut avec politesse, simplicité et dignité. « Vous me voyez, me dit-il, dans l'ap- « partement d'un grand homme, dans l'appartement de M. d'A- « lembert. Dites-lui, je vous prie, quand vous lui écrirez, que « c'est chez lui, et au coin de son feu, que je vous ai demandé « de ses nouvelles, et que je vous ai prié de lui faire mes com-

« pliments. » Quelques détails sur mon voyage, et diverses nouvelles littéraires, remplirent la demi-heure, au bout de laquelle on vint nous avertir que les secrétaires du cabinet venaient de se retirer. Ainsi nous quittâmes milord Maréchal, et revînmes dans les appartements du roi.

Le jour commençait à baisser : M. le Catt me fit avancer le premier, et se tint à un ou deux pas en arrière : le roi était debout, et avait l'air d'un homme qui se promène. Dès qu'il m'aperçut, il vint à moi, en me disant : « Bonsoir, monsieur ; je « suis bien aise de vous voir et de faire votre connaissance. » Dès cet instant, les questions se succédèrent tellement de sa part que la conversation devint très-rapide ; et elle continua sur le même ton pendant les deux heures qu'il me retint. Il n'eut de moi qu'une révérence ; le peu d'espace qu'il laissa entre nous deux, et mon empressement à lui répondre, suffirent pour me faire renoncer aux autres. J'eus à peine le temps de lui remettre le paquet de d'Alembert. On m'avait averti qu'il exigeait des réponses franches, directes et promptes ; aussi n'eut-il souvent de moi que des demi-phrases, ou même un ou deux mots. Il débuta par me demander comment s'écrivait mon nom, en quel endroit de la France j'étais né, si mes parents vivaient encore, quel avait été l'état de mon père, si j'avais des frères ou des sœurs, quel était mon âge, ce que j'avais fait jusqu'à cette époque, où j'avais vécu, si j'étais marié, à quelle famille appartenait ma femme, quelles avaient été mes principales études, si j'avais fait imprimer quelques ouvrages, en quel état de santé j'avais laissé d'Olivet et d'Alembert, et par où j'étais venu de Paris à Berlin. Sur ma réponse que j'avais passé par Stuttgard, Nuremberg et Dresde, il parut étonné du détour que j'avais fait. Je lui dis que je n'avais pris cette route que pour éviter des chemins plus effrayants encore, surtout en hiver, et que c'était un M. Barré, négociant de Berlin, qui, se trouvant à Paris, avait tracé mon itinéraire. — « Mais, me demanda-t-il, comment « avez-vous pu faire, votre femme et vous, dans un pays où

« certainement personne ne sait le français? — J'ai acheté à « Strasbourg, lui dis-je, une grammaire allemande, à la fin de « laquelle on a placé un vocabulaire composé pour les voya- « geurs. Lorsque j'ai eu besoin de quelque chose, j'ai eu recours « à mon livre ; et si j'ai éprouvé trop de peine à prononcer le « nom de ce qu'il me fallait, je l'ai donné à lire, et on m'a servi. « Arrivé à Nuremberg, j'ai rencontré un capitaine de votre ar- « mée, qui revenait de Savoie, sa patrie, et qui savait les deux « langues : nous avons fait le reste de la route ensemble, et il « nous a servi d'interprète. — Comment s'appelle ce capitaine? « — Il s'appelle *Favrat.* » Nous parlâmes quelque temps de cet officier et de son frère, de sorte que je crus pouvoir saisir cette occasion d'obliger mon compagnon de voyage, en racontant ce qu'il m'avait dit de ses opérations militaires dans quelques-uns des endroits que nous avions traversés, et surtout en parlant de son entrée comme prisonnier dans la ville de Dresde, au plus fort de l'hiver, couvert de six blessures, et presque nu. Mais quelque adresse que je misse à indiquer ces faits, sans paraître déterminé par aucun dessein particulier, je sentis bientôt que je faisais une faute, et ne songeai plus qu'à terminer ce tableau indiscret. En effet, le roi était subitement devenu sérieux et distrait ; regardant autour de lui, et comme fortement occupé de quelque autre pensée. Dès que j'eus abandonné ce sujet délicat, il reprit la parole : il s'étendit un peu sur la Saxe, et me demanda si on avait réparé les désastres de la guerre dans ce pays, et particulièrement à Dresde, après quoi il reprit : « Ainsi, monsieur, vous ne savez pas l'allemand? — Non, Sire, « mais je l'aurai bientôt appris, par le plan que je me suis tracé « à ce sujet. — Au contraire, monsieur, je vous engage très- « fort à ne jamais l'apprendre. C'est un bonheur que vous ne le « sachiez pas. Si vous vous mettiez en état de le parler, vous ne « tarderiez pas à contracter l'habitude des mêmes germanismes « que nous. Ce ne sera même pas sans une attention bien sou- « tenue que vous vous en abstiendrez, en ne parlant jamais al-

« lemand. Pour nous imiter à cet égard, il vous suffira de nous « entendre parler français. Or, à mesure que vous prendrez « nos locutions, vous remplirez moins bien les devoirs pour « lesquels vous êtes appelé en ce pays. Et comment conserver « le goût pur et le tact délicat des beautés, des finesses, du « caractère et du génie de votre langue, lorsque de jour en jour « vous vous familiariserez davantage avec des usages tout dif- « férents et souvent contraires ? Ainsi, en votre qualité de ga- « lant homme, jaloux de bien suivre votre vocation, je vous « demande votre parole d'honneur que vous n'apprendrez pas « notre langue. » Je ne pus refuser de lui faire cette promesse, que j'ai dû tenir ensuite, et que j'ai tenue avec autant de fidélité que de regret.

Ceci nous rapprochait naturellement de mes futures fonctions : il m'en parla assez brièvement, et me renvoya, pour les détails, à l'instruction qu'il avait rédigée et remise au général de Buddenbrock. Il m'observa que ce général était chargé par lui de diriger la partie économique et de police de sa nouvelle école, ajoutant que pour l'ordre des études, le mode d'enseignement et le choix des connaissances convenables aux élèves, il s'en rapportait entièrement aux professeurs, persuadé que nous nous appliquerions tous à bien saisir l'esprit de son plan, et à seconder ses vues. Il me nomma tous mes collègues, et fit une sorte d'éloge historique de chacun d'eux.

Je crus que ce serait par là qu'il terminerait notre entrevue : je me trompai. Il revint à la langue française par une transition assez heureuse, et me demanda quels étaient, selon moi, les auteurs vivants qui l'écrivaient le plus correctement. Je lui nommai d'Olivet, d'Alembert, Buffon, J.-J. Rousseau... Ici, il m'interrompit, en me disant : « Oh, pour celui-là, c'est un « fou. — Sire, cela n'empêche pas qu'il n'écrive correctement. « — Mais vous n'avez point nommé M. de Voltaire ? — Ce n'est « point par oubli, Sire. Eh ! qui pourrait oublier Voltaire ? Je « ne l'ai point nommé, parce que, s'il est celui de nos auteurs

« chez lequel il est le plus difficile de remarquer des fautes « contre la langue, il ne me paraît point être du trop petit « nombre de ceux de qui l'on peut dire en général qu'ils n'en « font point. La richesse de son imagination, le charme de son « esprit et de son style, ne permettent au lecteur ni de voir des « fautes, ni même de songer qu'il peut en faire ; mais, malgré « le voile brillant qui les couvre, des fautes graves n'en existent « pas moins dans ses écrits. — On en a également reproché à « d'Olivet, que vous avez nommé le premier ; on en a trouvé « même dans son discours de remercîment à l'Académie fran- « çaise. — Votre Majesté connaît le mot d'Horace : *Celui-là est « le meilleur qui a le moins de défauts*. — Vous avez raison ; « je me rappelle l'aventure de d'Ablancourt. Avant de faire « imprimer sa traduction (1), il pria ses confrères de l'Académie « française de vouloir bien en entendre la lecture, et de lui « indiquer les fautes qui lui seraient échappées. A la prochaine « assemblée, il commença cette lecture qui devait être fort « longue. Mais la première page emporta tout le temps de la « séance. L'académie y trouva jusqu'à dix solécismes, qui « donnèrent lieu à d'interminables discussions. D'Ablancourt « remit son cahier dans sa poche, ne corrigea rien, et publia « sa traduction, qui passe encore pour bonne et très-française. « — Je citerai encore Horace, Sire, lorsqu'il nous dit qu'*on « ne s'offense point de quelques taches, là où brillent de « grandes beautés*. Cependant il ne faut pas porter l'indulgence « jusqu'à oublier ou méconnaître les principes. — Fort bien ; « mais ces principes sont quelquefois bien vagues. Pourriez- « vous, par exemple, me dire jusqu'à quel point l'ellipse est « permise dans votre langue ? » Cette question manqua de me déconcerter. Je sentis que je ne pouvais y répondre d'une manière satisfaisante, sans m'engager dans des discussions grammaticales, qui ennuieraient à coup sûr ce monarque si vif, et

(1) Des Commentaires de César.

que peut-être même il ne me permettrait pas de suivre. Dans cette perplexité, je pris une résolution hardie, et qui pouvait paraître peu respectueuse. « Ma réponse à cette question, lui dis-« je, serait sans doute trop abstraite et trop longue pour pouvoir « être admise dans une conversation : mais des exemples l'a-« brégeraient. — Des exemples, reprit-il ; eh bien, attendez... » Ici j'eus la satisfaction secrète de le voir lui-même dans l'embarras où il avait voulu me mettre. Je le vis chercher, en parcourant le plafond des yeux, quelque phrase qu'il pût me citer. Il ne chercha pas néanmoins longtemps, et revint bientôt à moi, avec ce vers de Racine :

Je t'aimais inconstant ; qu'aurais-je fait fidèle ?

J'observai d'abord que Marmontel me semblait avoir posé un principe fort sage dans sa poétique, en disant qu'il n'y a ni équivoque ni obscurité à reprocher à un auteur dans les passages où les bons esprits n'en aperçoivent pas. J'ajoutai qu'en suivant ce principe, le vers de Racine, qui, hors d'un ouvrage dialogué, n'offrirait peut-être qu'un véritable galimatias, devait paraître excellent dans une pièce faite pour être jouée, et où le lecteur s'imagine voir et entendre les personnages, ce qui produit nécessairement pour chacun de nous une sorte de tableau idéal, dans lequel il est impossible de ne pas saisir les pensées et les sentiments de chaque acteur avec autant de facilité que de certitude... « Ce vers, ajoutai-je, gagne tant à son « laconisme, qu'il ne faut plus que l'admirer, du moment où « sur la scène il n'offre aucune ambiguité. »

Le roi termina alors cette entrevue, en me témoignant qu'il était fort satisfait de m'avoir vu, et qu'il comptait beaucoup sur mon zèle. En me souhaitant le bonsoir, il retint M. le Catt par ces mots. « Catt, j'ai quelque chose à vous dire. » Après deux ou trois minutes, il me rejoignit, et me dit que sa majesté paraissait si contente qu'elle lui avait ordonné d'écrire à d'Alembert et à l'abbé d'Olivet, pour les remercier du choix qu'ils avaient fait de moi, et en même temps de préparer une autre lettre pour ordonner à l'Académie de Berlin de me recevoir dans la classe des belles-lettres, avec une pension de deux cents reisdallers.

Sorti de chez le roi, je témoignai à M. le Catt la surprise que m'avait causée le ton de vivacité avec lequel il m'avait répliqué, au sujet de J.-J., *Oh! pour celui-là, c'est un fou.* — « Cette « vivacité, me répondit mon conducteur, tient à une anecdote « récente que je vais vous conter. Il y a quelques mois que « milord Maréchal, ami de Rousseau, paraissant affligé des « persécutions que le philosophe de Genève éprouve, même en « Suisse et à Neufchâtel, dont ce milord est gouverneur, le « roi lui dit : *Eh bien! écrivez à votre ami que, s'il veut « venir dans mes États, je lui offre un asile et une pension « de deux mille francs. Nous lui donnerons à Panckow, « contre les jardins de Schonhausen et à une lieue de Berlin, « une maison suffisante avec jardin et pré, de manière « qu'il aura de quoi nourrir une vache, entretenir quelques « volailles et se fournir de légumes : il vivra là sans inquié- « tude et sans besoins; sa solitude sera complète; et de son « jardin, il sera le maître d'aller s'enfoncer dans les bos- « quets de Schonhausen, où la reine ne passe que quelques « mois de l'été.* Milord Maréchal, enchanté de ce plan, n'eut « rien de plus pressé que d'aller faire sa lettre, qu'il vint montrer « au roi avant de la faire partir. Le roi prit la plume, et y « ajouta ces mots... *Venez, mon cher Rousseau : je vous « offre maison, pension et liberté.* Peu de temps après vint « la réponse, conçue en ces termes : *Votre Majesté m'offre « un asile, et me promet la liberté! mais vous avez une épée, « et vous êtes roi! Vous m'offrez une pension, à moi qui « n'ai rien fait pour vous; mais en avez-vous donné à tous « ceux qui ont perdu bras ou jambes à vous servir?* Vous « concevez que depuis cette lettre le roi ne peut retrouver ce « nom sur son chemin, sans y joindre le mot que vous avez

« entendu, et qui fut aussi, dans le temps, celui par lequel il « termina cette négociation. »

De retour à Potsdam, je passai une partie de la soirée chez M. le Catt. Le lendemain je revins chez moi, fort content de mon voyage, et n'ayant plus à m'occuper que de mon établissement et de la remise des lettres que j'avais pour plusieurs personnes de Berlin, et particulièrement de M. le Catt, pour la famille de sa femme; d'un M. Grosley, pour M. Formey, secrétaire perpétuel de l'Académie; et pour MM. Jourdan, à qui j'étais fort recommandé par M. Bitaubé, que j'avais laissé à Paris, et qui ne revint à Berlin qu'en 1766.

L'avenir me persuada que Frédéric, ainsi que M. le Catt me l'avait annoncé, avait été content de moi, et qu'il se promettait quelque sorte de délassement à m'appeler auprès de lui. En effet, et tout de suite, il dépassa à mon égard ce qui ne tenait qu'à l'usage où il était de voir les étrangers qui entraient à son service, et de les étudier jusqu'à ce qu'il crût les bien connaître; sauf alors à continuer ou à cesser de leur faire cet honneur, selon que cela lui paraîtrait convenir à ses intérêts ou à ses goûts. Durant bien des années, il n'est jamais arrivé à Berlin qu'un de ses valets de pied ne soit venu m'avertir que *le roi m'attendait à telle heure*. L'heure qui m'était ainsi assignée était presque toujours ou celle de quatre heures, après la signature des lettres, ou celle de sept heures, après son concert. Je ne parle pas des occasions où il n'avait qu'un mot à me dire; car, en ce cas, il me faisait appeler ou avant son dîner, ou pour trois heures, moment auquel il sortait de table. Lorsqu'il fixait le rendez-vous à quatre heures, il ne me retenait qu'une heure, ou au plus deux, son concert commençant à six heures précises; mais lorsque j'avais l'ordre de me trouver au château à sept heures, la séance se prolongeait ordinairement jusqu'à dix heures, moment fixé pour son coucher. Dans les premiers temps, j'ai été quelquefois appelé de cette sorte huit jours de suite : peu à peu, j'ai été un peu plus négligé pour des raisons que la suite fera deviner. Cependant je n'ai jamais été entièrement rendu à moi-même ; car, durant tout mon séjour dans ses États, il ne s'est passé aucune année qu'il n'aît voulu me voir plusieurs fois. Je dois dire encore que dans les commencements j'étais rarement appelé seul ; j'avais presque toujours pour second M. le Catt, le marquis d'Argens, ou le colonel Quintus Icilius, c'est-à-dire Guichard ; je m'y suis aussi trouvé avec quelques-uns de mes collègues, et notamment avec Toussaint, ou Panage, l'auteur des Mœurs ; mais il ne put se soutenir : il déchut dans l'esprit du roi, par trop de familiarité d'une part, et de l'autre par une manière de contredire plus tranchante qu'il ne le fallait : ces défauts provenaient de la haute opinion qu'il s'était faite à Paris de l'excellence philosophique.

Frédéric aimait à paraître oublier le roi dans ces sortes de conversations ; mais ce n'était que sous la clause formelle que les autres ne l'oublieraient jamais. D'ailleurs, Toussaint eut un autre tort ; il aimait à redire qu'il avait vu le roi, que le roi lui avait dit telle chose, que lui-même avait fait telle réponse ou telle observation, etc. Or, ce souverain, aussi précautionneux que méfiant, ne manquait pas de faire suivre les nouveaux venus qu'il admettait dans sa société ; et lorsque les rapports de ses agents lui faisaient considérer un homme comme vain, léger, indiscret ou intrigant, il ne tardait pas à l'abandonner.

Il aimait, qui ne le sait? à traiter avec raillerie les questions religieuses, mais rarement il plaisantait ceux qui étaient chrétiens de bonne foi, même devant lui ; ou s'il se laissait aller à quelque gaieté à cet égard, on réussissait facilement à l'arrêter : témoin un de ses plus braves, plus dévoués et plus heureux généraux, qui, plaisanté par lui sur l'habitude de faire le signe de la croix avec son sabre, avant de charger l'ennemi, lui imposa silence en lui disant : « Sire, ne vous mêlez pas de ces « choses-là ; elles ne tiennent pas à votre service, elles n'y peu- « vent nuire, et ne vous regardent point. Pourvu que je fasse

« mon devoir, et vous serve avec zèle, peu vous importent mes
« pratiques de dévotion; et que gagneriez-vous à tourner en
« ridicule vos plus fidèles serviteurs ? »

Quoiqu'il m'ait fallu plusieurs années pour m'assurer que tel était le plan de Frédéric, je n'eus pas de peine à reconnaître son penchant au sarcasme, et ceci me fut un avertissement d'autant plus salutaire qu'à tous propos le roi revenait sur des sujets qu'il aimait à traiter.

En revenant d'un de ses voyages en Silésie, il me fit appeler au moment même où il descendait de voiture, pour me dire qu'il espérait que j'admirerais et que je bénirais son zèle pour les choses saintes... « Avant d'arriver à Breslaw, me dit-il, j'ai appris
« que chez les pauvres et crédules paysans de cette province,
« les capucins vendaient, au prix de six sous, des *agnus Dei*,
« pour les donner à manger aux vaches et aux moutons, avec
« assurance que, moyennant un bon acte de foi, cette sainte
« hostie préserverait ou guérirait ces bêtes de la maladie épi-
« zootique qui, malheureusement, règne à présent dans plu-
« sieurs cantons de ce pays. Cette double infamie m'a indigné.
« En rentrant le soir dans Breslaw, je n'ai rien eu de plus
« pressé que de faire appeler les trois cordons bleus du cou-
« vent. A leur arrivée, j'ai pris un air terrible; je me suis livré
« à tous les mouvements d'une sainte indignation; et je leur
« ai dit d'une voix enflée et forte : *Comment, malheureux*
« *que vous êtes! vous vendez aux habitants de la campa-*
« *gne, et à vil prix, ce qu'il y a de plus respectable et de*
« *plus saint dans votre religion; et vous le vendez pour le*
« *faire avaler aux bêtes! et vous ajoutez à cette impiété,*
« *celle de faire croire que cette image de votre Dieu est un*
« *remède efficace contre l'épizootie! Vous ne craignez pas*
« *qu'une aussi odieuse profanation ne dévoile à tous les*
« *yeux que vous n'êtes que des hypocrites aussi maladroits*
« *que coupables. . . . . Et que faites-vous de cet argent,*
« *vous que le peuple nourrit de ses aumônes, et qui ne man-*

« *quez de rien? est-ce pour acheter des rubans à vos maî-*
« *tresses?*... Ici, l'un d'eux a pris la parole tout en tremblant,
« pour m'assurer qu'il ne l'avait pas fait... *Taisez-vous*, lui
« ai-je dit, *si ce n'est pas vous, ce sont vos religieux, ou*
« *plutôt ces moines indignes et irréligieux qui vivent sous*
« *votre discipline. Ils le font, je le sais! L'ignorez-vous, vous*
« *êtes criminels! Ne l'ignorez-vous pas, vous êtes crimi-*
« *nels! Je devrais donc étouffer, par votre supplice, le scan-*
« *dale public qui résulte de votre conduite. Mais, au moins,*
« *prenez garde à vous! Je vous avertis que vous serez sur-*
« *veillés de près; et si pareille chose vous arrive encore,*
« *certainement je vous ferai à tous couper la barbe. Allez.*
« Ils se sont retirés interdits et tremblants. Oh! comptez
« bien qu'ils n'ont pas envie de recommencer! Mais est-ce que
« vous ne pensez pas que j'aie bien fait? Vous, bon catholique
« romain, dites-moi si chez vous on bénit les *agnus Dei* pour
« les bêtes? Devais-je permettre ou tolérer un abus qui ne
« tend qu'à tromper le peuple, à le priver de son nécessaire,
« et à produire un vrai scandale public? »

Je répondis qu'un prince catholique n'aurait pu mieux faire, à moins d'avoir recours à la sainte inquisition... « Oh! reprit-il,
« bien obligé; je ne pousserai pas le zèle jusque-là. C'est un
« point que j'abandonne aux rois très-fidèles ou très-catholi-
« ques : je n'empiéterai pas sur des droits qu'ils ont si bien
« acquis. »

Dans une autre occasion, il me dit qu'il n'avait pas voulu du bref par lequel Ganganelli avait détruit les jésuites... « Si un
« homme portant à sa jaquette un collet taillé d'une certaine
« façon a mérité en Portugal d'avoir le cou coupé, est-ce que
« je puis faire, pour cela seulement, couper le cou à tous ceux
« qui ont des collets taillés sur le même modèle? Je ne pense
« pas avoir ce droit-là, monsieur; la justice cesse d'être jus-
« tice, quand elle n'est pas distributive. Or, je n'ai pas plus eu
« à me plaindre de ces gens-là que des autres. Ils n'ont eu

« chez moi ni des Malagrida, ni des Buzembaum. D'ailleurs, « monseigneur le duc de Choiseul ne vivra pas toujours ; et de « par l'inconstance humaine, lorsqu'il sera allé au diable, lui « et son crédit, et ses passions haineuses et destructives, alors « on voudra ravoir de ces proscrits ; et moi, je verrai les sou- « verains catholiques me prier de leur en donner, et les rece- « voir de ma main avec reconnaissance. C'est dans cet espoir « qu'en bon confrère, je leur conserve de cette graine ; mais « ils ne l'auront pas gratis, je la leur vendrai bien, je vous en « réponds! »

Je reviens aux raisonnements plus sérieux dans lesquels il a opiniâtrément cherché à m'engager pendant plusieurs années, afin de connaître mes opinions et mes principes, ou plutôt, afin de me mettre ensuite au même taux que tant d'autres, et de m'assaillir de ses plaisanteries, si souvent cruelles, lorsque par mes aveux, il aurait su quelle forme leur donner, et sur quelle base les appuyer ; mais raisonnements auxquels je n'ai jamais pris d'autre part que de les écouter dans l'attitude de l'homme le plus attentif, et en même temps le plus respectueux et le plus retenu. Mon silence cependant le blessait, et on voyait qu'il s'était promis de me le faire rompre ; aussi prit-il, pour y parvenir, toutes les manières imaginables… — « Mon- « sieur, » me dit-il un soir, après avoir longuement discuté sur je ne sais quelle question théologique, « faites-moi le plaisir de « me répondre. Que pensez-vous de mes arguments ? Quelle « est votre opinion sur le sujet que je traite ? — Sire, je « n'entends pas assez ces matières pour émettre une opi- « nion. — Mais, cependant, vous en avez quelqu'une ? Eh bien, « monsieur, daignez me la communiquer ! — Si j'en ai une, « Sire, elle ne vaut pas la peine d'être produite, et je l'énonce- « rais mal. — Vous n'avez aucune confiance en moi ? — Ma « confiance est sans bornes ; mais elle ne doit pas me faire « oublier le profond respect que je dois à Votre Majesté, et « qui égale ma confiance. — Mais, au moins, vous pouvez me

« dire si je raisonne juste ; vous pouvez me redresser si je me « trompe. Allons, monsieur, un peu de charité ! éclairez-moi ; « ne dédaignez pas de m'instruire ; montrez-moi la bonne voie, « et donnez-vous la peine de m'y ramener... » A ce ton goguenard, je baissai les yeux ; redevins plus sérieux qu'auparavant, et me renfermai dans le silence le plus absolu, jusqu'à ce qu'enfin il voulût bien parler d'autre chose, ou me souhaiter le bonsoir.

CHAPITRE II.

Etudes, opinions et compositions littéraires de Frédéric le Grand.

Dans les premiers temps de mon séjour à Berlin, je me demandais souvent si Frédéric était sensible. On me contait beaucoup d'anecdotes de nature à établir l'affirmative ; mais tant d'autres faits semblaient renfermer des preuves du contraire, que, pour adopter une opinion, j'attendais que je pusse en juger par moi-même. Il ne s'agissait pas de prononcer sur la vivacité, l'activité et la fécondité de l'esprit et de l'imagination de ce roi, ni même sur la rapidité de ses idées et l'irritabilité de son âme : qui aurait pu conserver quelques doutes à tous ces égards ? et qui, de plus, pouvait méconnaître la fermeté et l'inébranlable ténacité de ses déterminations ? Ce qui me jetait dans une sorte de perplexité, c'était de savoir si la nature, en lui donnant tant d'autres qualités rares et précieuses, ne lui avait pas refusé ce sentiment involontaire, et toujours si cher, qui nous livre tout entier à l'estime et à l'amitié ; cette affection douce et si touchante qui nous lie à ceux qui nous paraissent en être dignes, et nous dévoue en quelque sorte à leur bien-être ; germe heureux, qui a toujours besoin de nouveaux aliments, et qui se nourrit, se fortifie de nos sacrifices les plus généreux ; source délicieuse, et plus riche qu'on ne peut le dire, de nos vertus et de toutes les consolations de la vie ! « Ce « roi, me disais-je donc, a-t-il été doué de ce premier trésor de « l'homme ; ou la nature l'en a-t-elle privé, comme pour com- « penser les autres dons qu'elle lui a faits ? »

On m'avait conté qu'ayant perdu, dans les premières années de son règne, un ami qu'il avait paru chérir plus que tout autre, un M. de Knobelsdorff, je crois, il avait voulu en avoir le corps et la bière ouverte dans sa chambre ; qu'il avait passé des jours presque entiers à contempler ce corps qui se décomposait ; que la putréfaction, qui à la fin empestait tout son appartement, ne suffisant pas pour le déterminer à s'en détacher, il avait fallu, après plusieurs jours de supplications, user d'une sorte de violence pour lui enlever ce dépôt si dangereux et si cher. Mais toutes les circonstances de cette histoire, ses ordres et son obstination, tout cela décèle-t-il vraiment et uniquement la sensibilité ? Combien l'activité de la pensée, la hardiesse de l'esprit, une imagination exaltée, une forte curiosité, et un caractère énergique, ne pouvaient-ils pas y avoir eu part ? Ce roi, d'ailleurs, ne voulait-il pas se familiariser avec tous les détails de la mort ? N'était-ce pas une dure leçon qu'il se donnait à lui-même ?

Telles étaient du moins mes réflexions, lorsqu'en 1766 la Prusse perdit le jeune prince Henri, frère cadet du prince héréditaire. Ce prince, âgé de dix-huit ans, venait de terminer le cours de son éducation : le roi lui avait donné un régiment de cuirassiers, dont il était allé prendre possession, et à la tête duquel il devait venir à Berlin, pour les manœuvres du mois de mai. Ce fut en se rendant à cette destination qu'il fut attaqué de la petite vérole, et qu'il mourut au bout de sept ou huit jours, dans une petite ville où il avait été contraint de s'arrêter. La douleur que causa cette perte fut vive et générale. Les talents qu'on avait reconnus en ce jeune prince, son application à l'étude, les progrès qui en avaient été le fruit, les qualités aimables, douces et bienfaisantes qui formaient son caractère, tout avait donné de si grandes espérances sur son compte, que l'on ne doit pas être surpris que le public ait véritablement partagé la profonde affliction de la famille royale. Le roi étant venu à Berlin quelques mois après, me fit appeler, et me dit : « Vous avez su, monsieur, que l'État et moi nous avons fait « une grande perte, par la mort d'un jeune prince de qui il

« était juste de tout espérer. Ce malheur m'a en particulier « vivement affecté : tous les jours je me suis retracé les qualités précieuses qui faisaient estimer et chérir ce prince; « mais je n'ai pas voulu me borner à lui donner des larmes « stériles; j'ai cru devoir sauver de la tombe ce qu'il y avait « en lui de plus louable, et justifier mes regrets par l'exposé « fidèle des causes qui les excitaient : j'ai pensé que le tableau « de sa jeunesse pourrait offrir un exemple utile à ceux que « la naissance place sur le même échelon que lui, et sans doute « aussi à tous ceux qui sont susceptibles d'une belle émulation. Ainsi, j'ai cherché à ramener ma douleur vers un but « profitable à la société, et j'ai fait l'éloge de ce neveu si chéri « et si amèrement regretté. Je veux, monsieur, que ce discours soit lu dans une séance publique de mon académie; « et je vous ai choisi pour cette lecture. Cependant, je ne regarde pas encore ce morceau comme fini : il y a plusieurs « endroits qui ont besoin d'être retouchés; mais lorsque je « veux y revenir, je ne vois que mon neveu, et ne suis nullement en état de m'occuper des corrections que je sens y être « nécessaires. Mon cahier, d'ailleurs, est surchargé de ratures. « J'ai donc à vous prier de m'en faire une nouvelle copie en « caractères bien lisibles, et en espaçant les mots et les lignes « de manière que je puisse y placer sans peine les changements que je croirai convenables. Mais vous ne connaissez « pas mon écriture, et peut-être ne pourrez-vous pas la déchiffrer, car je n'écris pas, je griffonne. C'est pourquoi, afin « que vous puissiez plus facilement deviner ce que j'ai voulu « dire, je vais vous lire moi-même cet écrit, tel qu'il est, vous « prévenant qu'outre la copie que je vous demande, j'attends « encore de votre zèle la note des fautes qui me seront échappées, tant contre la langue que contre les convenances oratoires. »

Alors, il prit son cahier, placé sur une petite table carrée qu'il avait habituellement devant lui, et sur laquelle on voyait toujours quelques livres, une écritoire, du papier blanc, et plusieurs tabatières : il commença la lecture de son discours en homme qui veut rester maître de lui : il cherchait à fortifier sa voix, comme pour se raffermir contre les impressions de la douleur : il parlait lentement, et faisait des pauses fréquentes et assez longues ; cependant il ne résista pas bien longtemps : dès la seconde page sa voix s'altéra, et ses yeux se mouillèrent de larmes ; il fallut s'arrêter souvent, et recourir à son mouchoir ; mais il eut beau s'essuyer le visage, et tousser et cracher, tous ces efforts ne le conduisirent pas à la fin de la quatrième page, que ses yeux, inondés de larmes, ne voyaient plus, et que sa voix éteinte et entièrement étouffée ne pouvait plus prononcer les mots ; et ce fut enfin au milieu des sanglots, dont il n'était plus le maître, qu'il étendit son bras vers moi et me remit le cahier sans pouvoir proférer une seule parole. Je pris ce cahier, contemplant avec respect et une sorte de consolation ce grand homme, accessible aux affections les plus touchantes et les plus chères à l'humanité. Après environ une minute ou deux de silence, et lorsqu'il lui fut possible de parler, il me dit : « Vous avez compris ce que je désire de vous ; je « vous souhaite le bonsoir. »

Mon problème fut résolu. Beaucoup d'autres faits, successivement parvenus à ma connaissance, ont confirmé le jugement que je portai en sortant du château ; mais ce que je venais de voir était plus que suffisant pour me convaincre. La douleur à laquelle Frédéric venait de céder n'était pas une douleur de commande ; aucune sorte d'intérêt ou de motif ne l'engageait à feindre ; et s'il avait voulu pleurer devant moi pour m'en imposer, il n'y aurait pas réussi, ou je n'y aurais pas été trompé. La vérité a des accents qui ne sont qu'à elle ; et l'homme de sens qui observe avec impartialité et sans prévention ne peut s'y méprendre. Aux yeux d'un témoin semblable, il n'y a point de masque qui soit pris pour le visage, et point de jonglerie qui remplace la réalité. De tous les sentiments, il n'en est aucun qui, dans le tête-à-tête, soit aussi difficile à bien feindre qu'une profonde affliction : en jouant un tel rôle, le plus habile comédien du monde ne doit être vu que de loin; observé de près, il n'est que grimacier : aussi y aura-t-il toujours une distance infinie entre l'homme qui cherche à feindre une grande douleur, et celui qui ne pourra parvenir à la cacher !

Me dira-t-on que l'affliction de Frédéric a pu être véritable en cette circonstance, sans que pour cela on doive reconnaître en lui cette sensibilité qui fait l'apanage des belles âmes, vu que ce n'étaient que ses vues ambitieuses, sa politique et son propre intérêt qui lui arrachaient des larmes? Mais, sans observer que les intérêts de la politique et l'ambition n'arrachent pas de larmes aux rois, et surtout à un roi qu'une triple gloire couronne, qui a jamais dit que la sensibilité consistât à s'attendrir pour rien? Ceux qui ont de grandes douleurs pour de petites causes, ou des douleurs plus modérées sans sujet, ne sont pas sensibles, ils ne sont que faibles. Ce que je m'étais demandé à moi-même, c'est si Frédéric connaissait bien réellement la sensibilité du cœur, même pour les causes les plus légitimes; ou si chez lui ce principe de tant de vertus n'était qu'un calcul de l'esprit : et le spectacle dont je venais d'être témoin avait décidé la question.

Mais si Frédéric était réellement né sensible, ainsi que je le prétends, comment expliquer la fermeté de son caractère en tant d'occasions, ou même, si l'on veut, la dureté froide et inflexible de son âme?... Il ne me semble pas que ces deux choses soient inconciliables; ce prince eut, comme on le sait, de grandes infortunes avant d'être roi : son amour pour la princesse d'Angleterre, amour autorisé d'abord et brusquement changé en crime; tous ses goûts blâmés et contrariés, toutes ses démarches épiées et souvent calomniées; dans plusieurs occasions insulté, frappé et même foulé aux pieds par un père qui, une fois, voulut l'assassiner; arrêté et traduit devant un tribunal; menacé de perdre le trône et ensuite la vie; dix-huit mois d'une détention rigoureuse ; son ami exécuté sous ses yeux ; n'ayant plus au monde d'autre refuge que les muses et son propre courage, qui peut calculer combien, avec une âme forte, il a dû profondément réfléchir sur les dangers de cette sensibilité dont sa jeunesse offre tant de traits, et des traits si peu équivoques? A-t-il pu méconnaître que cette belle qualité avait été la cause de tous ses malheurs? N'a-t-il pas dû se dire que chez les rois la sensibilité doit toujours se transformer en justice, souvent en indulgence, et quelquefois en bonté, mais jamais en faiblesse. Un homme comme lui ne se dit pas ces choses en vain : admettre ces vérités, c'était s'en faire des lois. Aussi le cours entier de sa vie se résume-t-il par ces deux mots : sensible comme homme, il ne le fut jamais comme roi. Tel fut, en effet, l'empire qu'il eut sur lui-même, que dès que le roi se trouvait intéressé, il ne se permettait plus, quelque vivement qu'il pût être touché, aucune apparence de sensibilité : il n'était alors que roi juste, bon, ou indulgent, mais toujours d'après ses calculs, et selon son plan. L'âme sensible, mais la tête plus forte que le cœur, c'est là, et là seul, que je trouve la clef de toutes les actions un peu remarquables de Frédéric !

La première fois que je le vis depuis la lecture de cet éloge historique de son neveu, j'entrai chez lui peu après quatre heures : il n'était plus jour, il n'était pas tout à fait nuit, et on n'avait point apporté de lumières. Il me reçut dans la pièce de la table ronde, la première après la salle des gardes, et celle où se trouvaient les belles tentures des Gobelins représentant les miracles de Jésus-Christ : il me retint assez peu de temps, n'ayant dessein ce jour-là que de me remercier du zèle que j'avais mis à faire la lecture dont il m'avait chargé. Je vis qu'après m'avoir témoigné sa satisfaction, et m'avoir parlé même de celle du public, sa main se porta vers son gousset et se rapprocha de moi au moment qu'il me dit : « Je vous prie de garder cela comme un « souvenir du plaisir que vous m'avez fait en cette occasion. » Mais sa main ne rencontrant dans l'obscurité que mon chapeau, il y déposa le présent qu'il me faisait, le premier que j'aie reçu de lui. Ce présent était une montre à répétition à double boîte : je sus par M. le Catt qu'il avait fortement recommandé qu'on lui choisît la meilleure montre anglaise que l'on pourrait trouver ; qu'il l'avait payée cent louis, et qu'il l'avait portée pendant huit jours, pour s'assurer qu'elle était bonne. Or cette montre n'était qu'une misérable pièce d'Augsbourg, vendue à la douzaine, et si mauvaise, qu'au bout de deux ans elle ne fut pas même raccommodable. J'aurais perdu le marchand si j'avais dit un mot : j'aimai mieux n'y plus penser, et l'abandonner dans un coin, d'où elle disparut, je n'ai su quand, ni comment. Il ne m'en était resté que le ruban auquel la clef était attachée, et que depuis j'ai également perdu ; ruban *noir*, parce que Frédéric, qui avait tant respecté sa mère, s'était fait, après la mort de cette princesse, la loi de ne plus porter d'autre cordon à ses montres. Ce ruban devint chez lui une marque de deuil.

Dans la suite, j'ai encore eu à lire à l'académie, et à faire imprimer, quatre autres discours que je vais faire connaître. Le premier avait pour titre : *De l'amour-propre, considéré comme principe de morale*. Le lecteur a vu, au sujet de l'éloge historique du jeune prince Henri, comment ces sortes de commissions m'étaient données. On m'appelait pour me parler de l'écrit dont il devait être question, on m'en annonçait le sujet et le titre, on me disait comment et dans quelle vue on s'en était occupé, et l'usage que l'on en voulait faire. Après cette sorte d'exposé historique et explicatif, on me remettait le manuscrit pour que je pusse y faire les remarques critiques, que je devais joindre à l'ouvrage en le renvoyant. Comme je savais combien le roi était méfiant, soupçonneux et attentif à tout, et que je voulais qu'il fût très-assuré, par ma diligence même, que je n'avais pu ni copier ni même communiquer ce qu'il m'avait confié, je ne manquais jamais, en sortant du château, de me renfermer dans mon cabinet, que je ne quittais ensuite que pour renvoyer le paquet. Ma méthode, d'ailleurs, était simple et expéditive : je plaçais le titre de l'ouvrage au haut d'une feuille de papier, je lisais ensuite le cahier original avec la plus grande attention, et lorsqu'il se rencontrait un passage susceptible de quelque note critique, je le transcrivais sur ma feuille, en indiquant à la marge le numéro de la page, et celui de la ligne où se trouvait la phrase soulignée ; et c'était à la suite de ces mots indicateurs que je désignais avec simplicité et franchise la faute que je croyais découvrir, les raisons qui motivaient mon jugement, et quelquefois l'expression ou la phrase qui me semblait devoir y être substituée. De cette sorte, j'échappais à toutes les gênes de l'étiquette, et rien ne désignait pour qui je travaillais : roi, ou berger, connu ou inconnu, c'est ce qu'on ne pouvait deviner. Ce travail fini, j'écrivais une lettre qui n'avait pas plus de trois lignes, et dont je ne prenais pas même copie, non plus que de mes remarques, et le tout réuni au manuscrit et sous une même enveloppe était porté pour le roi, à son appartement, et remis au valet de pied qui s'y trouvait. Je ne manquais pas le lendemain d'être appelé pour recevoir les remercîments qu'on croyait me devoir, et apprendre quel usage on jugeait à propos de faire de mes remarques.

Ce fut à cette seconde visite, au sujet du discours sur l'*amour-propre*, que le roi voulut savoir si je pensais comme lui, c'est-à-dire si l'*amour-propre* me paraissait un principe suffisant pour fonder la morale et nous élever à toutes les vertus privées ou sociales. La question n'était que philosophique, et cependant je fus embarrassé, car la thèse que le roi voulait soutenir me paraissait fausse. Je tâchai d'adoucir le fond par les formes, mais elles n'allèrent pas jusqu'à dissimuler ma pensée. Je lui dis donc que, dans un discours attribué au philosophe de Genève sur le caractère essentiel et fondamental de la vertu, j'avais vu que l'auteur plaçait ce caractère dans le plus noble, le plus parfait et le plus pur désintéressement ; que j'avouais que cette doctrine m'avait paru vraie ; qu'il me serait difficile de faire descendre la vertu à un cran plus bas ; et que, d'un autre côté, je ne pouvais me figurer ce sublime et parfait désintéressement comme conciliable avec l'*amour-propre*. J'ajoutai qu'à la rigueur il était possible qu'à l'instant du péril, le chevalier d'Assas, qu'il avait cité, se persuadât que son dévouement serait connu, publié et admiré, mais que l'on ne pouvait considérer comme vraisemblable, tout ce qui, à la rigueur, était possible ; et que, quoique possible, je n'admettrais pas comme vraisemblable que d'Assas eût puisé le motif de sa détermination dans une idée de gloire future aussi douteuse : qu'il ne me semblait pas même qu'il eût dû y penser en ce moment, où la surprise, la belle action et la mort avaient eu lieu pour ainsi dire en même temps ; que dans des circonstances semblables ce n'est pas par réflexion que l'on agit : réfléchir est impossible en pareil cas. L'impulsion à laquelle on obéit ne peut résulter que de la moralité, des sentiments et des principes, tous indépendants des calculs que l'amour-propre ou la vanité pourraient fonder sur telles ou telles probabilités de temps et de lieu ; et enfin qu'il ne serait pas difficile de faire d'autres suppositions, où la plus belle action ne s'offrirait à nous que comme devant être ignorée, méconnue, ou même calomniée, travestie en crime, et couverte d'opprobre, suppositions où l'amour-propre ne pourrait que nous détourner de la vertu, qui néanmoins resterait inflexiblement la même.

Je ne fis point changer d'opinion au roi ; mais du moins il ne s'irrita point de ma franchise : il se contenta de me dire avec beaucoup de calme : « Mon cher, vous n'entendez point ces choses-là. »

La seconde pièce que j'eus à soigner, mais assez longtemps après celle qui précède, fut un discours sur la langue allemande, à laquelle le roi reprochait plusieurs défauts, et pour laquelle il proposait quelques amendements. Pour cette fois, je n'eus rien à dire sur le fond du sujet ; mais le public allemand me remplaça : le baron de Hertzberg, ministre d'État, disputa longuement et à plusieurs reprises contre sa majesté, pour lui prouver qu'elle jugeait mal la langue de ses ancêtres; et cependant, en bon courtisan, il traduisit ce discours dans cette même langue qu'il prétendait y être calomniée. Le texte original et la traduction furent imprimés en même temps; et j'eus ordre de me concerter avec le baron pour la correction des épreuves et le choix du format, des caractères et du papier. Les soins que je mis à cette affaire déterminèrent le roi à me faire un second présent, consistant en une grande et antique tabatière carrée, en émail, doublée en or, et ayant le bec garni de diamants; tabatière, au reste, que je n'ai jamais portée.

Pendant la guerre de la succession de Bavière, le roi, presque septuagénaire, campé vers la haute Silésie, au centre des montagnes de la Bohême, employa ses loisirs à composer l'éloge de Voltaire. Cet éloge me fut apporté par un chasseur, avec une lettre de M. le Catt, dans laquelle était inséré un petit billet de la main du roi, contenant ces mots : « Le chasseur qui « part ce soir pour Berlin peut encore se charger de ce paquet « pour M. le comte de Champagne; et ledit professeur Thiébault « me renverra l'ouvrage avec ses remarques aussitôt qu'il les « aura faites. Signé *Fédéric* (1). » Pour entendre la plaisanterie que contient ce billet, il faut savoir qu'aimant à jouer sur les noms, il se plaisait à m'appeler *son comte de Champagne,* faisant allusion au troubadour Thibault, comte de Champagne, qui vivait du temps de saint Louis. La première fois qu'il me donna ce nom, je lui répondis que je n'en avais pas le comté; à quoi il répliqua que ce n'était pas de sa faute. Quand je lui eus renvoyé l'éloge de Voltaire, avec mes remarques, et qu'il y eut fait les corrections qui pouvaient lui convenir, il me le fit rapporter, avec ordre de le lire à la prochaine séance publique de l'aca-

(1) En signant, non des pièces officielles, sans doute, mais de simples lettres ou billets, ce roi supprimait le premier *r* de son nom. On pensa que c'était pour le rendre plus harmonieux, ou du moins plus doux.

Bon THIÉBAULT.

démie, ensuite de le faire imprimer en format in-8°, et d'en envoyer six exemplaires à lui, et douze de sa part à d'Alembert. Tout cela fut exécuté avant son retour (1).

La dernière pièce que j'ai eu à lire à l'académie, par ordre de Frédéric, fut son discours sur *l'Utilité des sciences et des arts dans un État.* Il composa ce discours au commencement du séjour que fit à Berlin la reine douairière de Suède, Ulrique de Prusse, sa sœur, et pour une séance publique de l'académie, à laquelle cette reine désirait assister. Dès qu'il eut achevé la première rédaction de ce discours, il vint à Berlin pour rendre visite à sa sœur. En sortant de chez elle, il me fit appeler, me remit son manuscrit, me pria de le recopier, et me donna rendez-vous au lendemain pour m'entendre sur les corrections que j'y croirais nécessaires. Je reparus donc le lendemain au sortir de son dîner, et peu avant son départ pour Potsdam. Cette entrevue débuta d'une manière qui aurait paru agréable à d'autres, mais qui ne m'a jamais inspiré qu'une juste inquiétude, parce que je savais qu'il ne se livrait guère à son penchant pour la plaisanterie, qu'il ne la poussât trop loin... « Monsieur, » me dit-il d'un air goguenard, « je vous remercie des remarques « que vous avez bien voulu faire sur mon discours ; et de plus, « je m'y soumets, à très-peu de chose près. Oui, monsieur, » continua-t-il, « je me soumets à votre autorité : je suis bien aise « de vous prouver que je sais être docile, et je veux que vous « soyez content de moi. Il n'y a que deux points peu impor- « tants, rien de plus que deux points, sur lesquels j'espère que « vous voudrez bien me permettre de vous faire de très-humbles « remontrances. »

Comme, à ces mots, je me hâtai de mettre entre lui et moi le profond et vaste fossé de respect dont j'avais coutume de m'entourer dans ces sortes de circonstances, et qu'il lui fut aisé de s'en apercevoir à mon silence et à mon air modeste et sérieux,

(1) Ce manuscrit, corrigé de la main de Frédéric, est resté dans les papiers de mon père, et je le possède. Bon THIÉBAULT.

il fallut bien qu'il en vînt aux deux articles sur lesquels il rejetait mes avis. Le premier ne me parut présenter qu'un germanisme, qu'une faute que même peu de lecteurs remarqueraient, et que l'on pardonnerait facilement à un prince allemand... « Passe « pour celle-là, me dis-je en moi-même ; tu es roi, et je ne « veux pas risquer de te fâcher pour une bagatelle. » La seconde faute se trouva par malheur beaucoup plus grave : c'était un bon solécisme, bien conditionné ; et ce solécisme était justement placé dans l'endroit le plus saillant de tout le discours, dans la phrase qui devait être la plus remarquée, c'est-à-dire dans celle où l'orateur, prenant un ton plus élevé, faisait, avec une sorte d'apprêt, l'éloge de Catherine II, impératrice de Russie. Le roi prétendit que l'usage autorisait la manière de parler que je condamnais ; il prétendit ensuite que c'était une tournure oratoire, sur laquelle les règles de grammaire ne devaient point étendre leurs droits ; il prétendit encore que de bons auteurs s'en étaient servis, et que tous les jours on s'énonçait de même : enfin, ne pouvant me vaincre, et voyant que j'avais réponse à tout, il prit de l'humeur ; et, cédant à un mouvement d'impatience qu'il ne chercha ni à modérer ni à dissimuler, il saisit une plume avec vivacité, et dit : « Eh bien ! il « n'y a qu'à remplacer cette phrase par telle autre. » Et, à l'instant même, il écrivit sa nouvelle phrase. Ce qu'il y eut en ceci de très-embarrassant pour moi, c'est que sa nouvelle phrase ne valait pas la première pour le fond de la pensée, et qu'elle renfermait également un solécisme, qui, à la vérité, était d'une autre espèce, mais qui n'en était ni moins sensible, ni plus tolérable. Je vis le danger qui me menaçait, et je résolus de le braver, par cette seule raison que c'eût été me rendre coupable envers lui, que de l'exposer à une juste critique, pour n'avoir pas eu le courage de lui dire la vérité. J'observai donc que la substitution de cette seconde pensée à la première ne pouvait rien faire gagner au discours, et qu'elle renfermait également une faute contre la langue, faute que j'indiquai, et que j'assurai ne pouvoir pas être plus tolérée que la précédente. Cette nouvelle critique le mit aux champs : je le vis devenir subitement rouge, les yeux enflammés, l'air dur et menaçant, et toute la physionomie annonçant un homme disposé à prendre un parti violent. Il rejeta la plume à côté de l'encrier, en disant : « Il n'y a donc qu'à laisser la phrase comme elle est. » Je suis persuadé qu'il n'a pas été plus hors de lui, lorsqu'il s'oublia au point de donner des coups de botte dans les jambes à un de ses ministres d'État ; je ne craignais pas cependant d'en recevoir ; ma qualité d'étranger me rassurait, vu qu'il ne s'est jamais abandonné à cette vivacité qu'envers quelques-uns de ses sujets; mais je m'attendais à être brusquement renvoyé, pour ne plus être rappelé; situation pénible, dans laquelle toutefois je conservai la tranquillité et le calme que donne la conviction que l'on fait son devoir. Il ne me fut donc pas difficile de prendre la résolution de me justifier avant d'être congédié, et de me montrer tel que j'étais. Pour cela tout mon extérieur indiqua combien je me renfermais dans ce que les convenances pouvaient exiger de moi : j'eus l'air attristé, mais non abattu ; ma voix fut celle d'un homme pénétré, mais inflexible ; et ce fut en parlant lentement, d'un ton bas, concentré, et dans une attitude simple, modeste et immobile, que je lui dis : « Je conjure très-humblement, mais très-instamment Votre Majesté, de vouloir bien « considérer que pour ma famille et pour moi je n'ai dans ce « pays d'état que par elle. C'est de vos bontés, Sire, que je tiens « tout ce que j'ai : des fonctions honorables, une existence honnête, et les moyens de mériter l'estime publique ! Daignez, Sire, « ne pas me refuser la justice de croire que jamais ces faits ne « sortent de ma mémoire! Ils sont encore plus profondément « gravés dans mon cœur ! Mais par où puis-je plus dignement « vous témoigner mon respect, ma reconnaissance et mon « dévouement, que par ma fidélité à ne dire à Votre Majesté « que ce qui me paraît être vrai ? Vous dire autre chose que « la vérité, Sire, serait trahir mes devoirs ; vous la dissimuler

« par crainte serait une offense ; la taire dans les occasions où « elle peut intéresser Votre Majesté serait une infidélité. Et « quelle autre marque de respect peut être digne d'elle que « celle qui est d'accord avec la vérité? Je me regarderais comme « très-coupable, Sire, si j'avais d'autres principes. Et ce n'est « qu'en suivant toujours ceux que j'énonce, que je pense pou- « voir justifier les bontés dont Votre Majesté m'a tant honoré. « Il est bien certain qu'en pensant de la sorte, je n'ai jamais « pu me permettre de lui proposer avec légèreté ce que j'ai « osé lui dire : je n'ai rien avancé que je n'y aie mûrement ré- « fléchi : je n'ai rien affirmé que je n'aie eu les plus grandes au- « torités en faveur de mon opinion. Aujourd'hui, Sire, j'ai con- « sidéré que ce discours était destiné à une grande publicité, « et je n'ai parlé que d'après les auteurs les plus respectés ; je « puis confirmer ce que j'ai dit par les décisions de tous ceux « qui ont écrit sur la langue française : je ne suis que leur or- « gane, et je sens qu'en ce moment, je donne à Votre Majesté, « par ma persévérance même, une preuve bien sûre de tout « mon respect et de mon véritable dévouement pour sa per- « sonne sacrée. »

Les deux ou trois minutes que je mis à lui dire ce qui précède lui donnèrent le temps de se calmer. Il m'écouta comme il savait écouter quand il le voulait, c'est-à-dire avec une extrême attention, et sans me quitter des yeux. Lorsque je fus arrivé à mes dernières phrases, sa main alla reprendre sa plume, comme machinalement, et sans aucun autre dérangement dans son attitude ; de sorte qu'à l'instant où je cessai de parler, il me dit d'un air tout à fait remis et posé : « Eh bien ! comment « voulez-vous que cette phrase soit rédigée? » Je la lui dictai telle que je l'avais proposée dans mes remarques ; il l'écrivit sans aucune répugnance, et, au moyen de deux pains à cacheter, il fixa sur le manuscrit (1) le petit papier sur lequel il venait

(1) Je possède ce discours copié de la main de mon père, chargé des cor-

de l'écrire ; après quoi il me remit le cahier, en me disant qu'il me priait d'en faire la lecture à la prochaine séance publique de l'académie ; il ajouta que peut-être ensuite il se déterminerait à le faire imprimer chez Decker, auquel cas il aurait soin de m'en avertir ; qu'il ne pouvait pas m'indiquer le jour de la séance, parce que c'était naturellement à sa sœur de Suède à le fixer ; qu'il croyait cependant qu'il serait prochain, mais que j'en serais instruit par les gazettes, la présence de sa sœur de Suède devant attirer à cette séance beaucoup de monde, indépendamment des princes et des princesses, des ministres d'État et des ministres étrangers, des généraux et des personnes de la cour.

J'ai toujours regardé la conduite de Frédéric en ce moment comme l'un des traits qui lui font le plus d'honneur. En effet, roi tout-puissant, ayant pour principe de ne jamais donner aucune marque de faiblesse ou de versatilité ; ayant, outre la fermeté de son caractère, la maladie des rois, je veux dire le malheur de ne pouvoir supporter la contradiction, dans laquelle leur amour-propre ne leur permet guère de voir autre chose qu'une irrévérence et un manque de respect, il sut néanmoins, dans l'accès même d'une très-forte colère, entendre le langage de la vérité et de la raison ; il eut assez de force dans l'âme pour s'y soumettre à l'instant même, et devenir aussi docile qu'il me l'avait annoncé dans son humeur goguenarde. Au reste, ce que j'admire, ce n'est pas qu'ayant fait tant que de m'écouter, il se soit rendu à ce que je lui disais : qu'y avait-il en moi et dans mon discours qui ne fût propre à le rappeler à lui-même ? Mais ce que j'ai toujours admiré, c'est que dans une si grande colère il ait pu prendre sur lui de me laisser parler ! Quel homme vif et fortement ému, je ne dis pas sur le trône, mais dans des rangs bien inférieurs, peut s'abstenir de ce mot impérieux et de premier mouvement, *taisez-vous ?* Je

rections de Frédéric, et notamment de celle qui a rapport à cette anecdote. Bon THIÉBAULT.

l'attendais, je l'avoue; dès que je vis qu'il ne venait pas, je sentis que j'avais tout gagné. Frédéric fut donc en cette rencontre plus grand que je ne l'avais présumé; et je vis ce jour-là ce qu'il y a peut-être de plus rare dans l'histoire des rois, de ceux au moins qui ont du ressort et de l'énergie dans l'âme, je vis un monarque qui sut se vaincre.

J'omettrai ici plusieurs détails qui appartiennent à l'article de la reine douairière de Suède, où on les retrouvera. Je me borne à ce qui concerne le discours, le roi et moi. Le lendemain de la séance, madame la comtesse de Kanneberg, sœur du comte Fink-Enstein, et grande gouvernante de la reine de Prusse, m'envoya, par un de ses domestiques, un billet où elle me priait de remettre au porteur le discours du roi, dont la reine voulait entendre la lecture. Je fis répondre que j'étais sorti, et qu'aussitôt que je serais rentré je m'empresserais de me rendre chez son excellence. En effet, j'arrivai chez cette dame peu de minutes après le retour de son laquais; je lui avouai que j'avais été chez moi à l'arrivée de ce dernier, mais que j'avais cru devoir lui porter le discours moi-même, et non le confier à un domestique. Je lui dis que j'espérais que sa majesté et elle m'approuveraient; et qu'ainsi je le lui remettais, et la priais de me permettre de rester chez elle jusqu'à ce que la reine en eût entendu la lecture, ou de m'indiquer l'heure à laquelle je pourrais venir le reprendre. Madame de Kanneberg alla rendre compte de mes propositions à sa majesté, et revint une minute après me dire que la reine serait charmée que je voulusse bien lui lire ce discours moi-même. Ainsi nous entrâmes chez elle, et la trouvâmes entourée de ses dames d'honneur et de sa lectrice. On me reçut avec une bonté qui aurait été extraordinaire partout ailleurs que chez l'épouse de Frédéric, la princesse du monde la plus respectable, la plus affable et la plus polie.

Après les compliments qu'il est facile de deviner, on s'assit en demi-cercle, et l'on m'indiqua un siége que j'occupai, et qui était en face de sa majesté. La lecture se fit sans interruption, et lorsque j'eus fini, on se leva. La reine me remercia, en joignant à cet acte de bonté quelques compliments flatteurs. Ensuite on parla du discours, de la séance de la veille, et des Français hommes de lettres qu'on avait vus à Berlin avant que j'y fusse, surtout de M. de Voltaire, et j'observai qu'on n'eut que du bien à me dire de tous ceux dont on me parla. De retour chez moi, je renvoyai le discours au roi, qui, à son tour, me le fit remettre le lendemain, avec ordre de le faire imprimer.

Les pièces dont j'ai parlé jusqu'ici ne sont pas à beaucoup près les seules sur lesquelles j'aie eu des remarques à faire : souvent j'ai été requis de donner le même soin à divers autres écrits, tant en prose qu'en vers ; souvent aussi le roi me faisait lire, en sa présence, quelques poésies faites depuis plus longtemps, et réunies en deux gros volumes in-4°, mais sur lesquelles il me témoignait être bien aise d'avoir mon avis. C'est ainsi que j'ai connu, dans le temps, sa pièce de vers sur la mort de l'empereur Othon ; son poëme sur l'origine des Polonais, qu'il supposait être issus d'un orang-outang ; l'épître de remercîments au prince de Soubise, composée à Rosbach, le soir même de la bataille de ce nom, etc. Ce que j'ai observé, c'est qu'à la fin de chaque pièce il y avait toujours : *Fait à tel endroit*, *tel jour*, *telle année.*

Je me souviens qu'un soir il me fit lire un morceau de poésie si gai, et si rempli d'idées folles et comiques, que lui, qui en était l'auteur, en riait aux larmes, et que moi, malgré tous mes principes, j'avais peine à m'en empêcher ; lorsque tout à coup, par une idée plus baroque encore, il fit un tel effort sur lui-même, qu'il devint en apparence très-sérieux, et me demanda de l'air le plus grave et le plus imposant : *Monsieur*, *de quoi riez-vous?* Un autre soir, il me donna à lire, à la suite de quelques autres morceaux, une épigramme assez bien faite et très-mordante contre d'Alembert : mais, tandis que je faisais cette lecture à haute voix, il lui revint à l'esprit que j'étais fort attaché au géomètre de Paris. Fâché de m'avoir fait connaître cette épigramme, et craignant fort à tort que je n'en parlasse, il prit subitement le ton le plus sévère, et me dit sèchement : « Monsieur, ceci entre nous, au moins! car « si jamais d'Alembert en savait un mot... — Sire, lui ré- « pondis-je d'un air très-sérieux, je serais bien malheureux « que Votre Majesté pût croire que j'eusse besoin du motif « de la crainte pour m'acquitter de mon devoir. Je le ferai « toujours par de plus nobles considérations. »

La poésie était pour ce roi l'objet d'une véritable passion. « Est-ce que vous ne faites jamais de vers? me dit-il un jour. « — Sire, j'en ai fait depuis l'âge de vingt ans jusqu'à l'âge « de trente; mais j'ai observé que ce travail me prenait beau- « coup de temps, et me procurait peu de succès : ainsi je me « suis promis, en passant le Rhin, de ne plus en faire. La poésie « exige, si je ne me trompe, outre plusieurs autres qualités pré- « cieuses, la facilité de ne prendre, pour ainsi dire, que la « sommité ou la fleur des objets dont on traite. La nature m'a- « t-elle refusé cette facilité, ou le genre de mes études l'a-t-il en « quelque sorte détruite chez moi, en m'attachant à rechercher « de préférence la précision des idées, la justesse des raison- « nements, l'ordre régulier et l'enchaînement méthodique des « pensées ; en m'attachant en un mot à creuser les objets et à « en compléter le développement, plutôt qu'à les peindre? Ce « qui m'a paru hors de doute, c'est que je ne dois point faire de « vers, et c'est pour cela que je n'y songe plus. — Je vous plains, « et ne vous conçois pas : faire des vers est mon plus grand « plaisir; c'est une vraie jouissance, et un parfait délasse- « ment. »

Si d'après ses dispositions on désire savoir ce qu'il pensait de nos poëtes les plus distingués, je dirai qu'il les estimait en général, mais qu'il chérissait Racine... « Quel est, à votre avis, me « demanda-t-il un jour, le morceau de poésie le plus beau, le « plus sublime, le plus parfait qu'il y ait en français? — Athalie,

« Sire. — Je suis bien aise de vous entendre. J'ai toujours pensé « de même. » Celui de nos poëtes à qui il rendait le moins justice était le bon La Fontaine. Le mérite de ce poëte est trop intimement lié au génie et à toutes les délicatesses de notre langue, pour que des étrangers puissent le sentir. La Fontaine est donc celui de nos poëtes envers lequel on est le plus injuste hors de France, par la même raison qui ne nous permet d'en parler que dans les termes de la plus vive admiration. C'est encore pour la même raison que je le regarde comme le plus français de nos écrivains, et que je le place à la tête des auteurs essentiellement intraduisibles. Mon collègue Borelly soutint un jour à Frédéric que ce poëte était un des plus beaux génies qui eussent jamais existé; et je fus frappé de l'espèce de dédain avec leque le roi répliqua : « Fort beau génie, sans doute, mais seule-« lement dans les petites choses. La Fontaine n'a fait que des « fables : il n'a pas eu assez d'haleine pour s'élever au-dessus « de ce genre borné et enfantin : on ne doit point le citer « quand on parle des grands hommes. » Borelly persista dans son opinion, qui sera toujours juste à nos yeux; mais qu'y gagna-t-il? Il ne persuada point, et il déplut. Ils eurent encore, dans la même séance, une autre contestation qui ne se termina pas plus heureusement que la première, mais dans laquelle il me parut que Frédéric avait moins de tort. Il s'agissait du chancelier d'Aguesseau, que Borelly mettait au nombre de nos célèbres orateurs. « Personne, reprit le roi, n'estime d'A-« guesseau plus que moi, comme homme respectable par ses « mœurs, comme magistrat, comme savant, comme philoso-« phe : il écrit parfaitement bien, il est vraiment disert; mais il « n'est point éloquent, et ne doit pas l'être. » Toute cette dispute, dans laquelle on ne s'entendit point, ne provenait que de ce qu'ils n'attachaient pas la même idée au mot *orateur*; mot qui ne réveillait dans l'esprit de Frédéric que les idées de haute éloquence, de style enflammé et sublime, et de grands mouvements oratoires; tandis qu'aux yeux de Borelly, celui-là est grand orateur qui emploie les moyens les plus sûrs et les plus convenables pour persuader, convaincre et amener ses auditeurs au but qu'il s'est proposé.

C'était pour le roi un véritable amusement que de copier le style des écrivains inspirés, ascétiques, ou mystiques. Il se faisait alors un point capital de bien placer les termes consacrés à ce genre d'ouvrages, et de citer des passages tirés, tant des livres saints que des auteurs les plus révérés. Il voulait, dans ces occasions, que ses phrases fussent harmonieuses par la forme, imposantes par le ton de dignité qu'il leur donnait, et stériles pour le fond. C'est ainsi qu'il a composé, entre autres, un mandement de l'évêque d'Aix, dont je parle à l'article du marquis d'Argens, et un commentaire sacré sur le conte de *Peau d'Ane*. Ce second ouvrage fut imprimé en grand secret, et il n'en fut tiré qu'un très-petit nombre d'exemplaires. Le roi m'en donna un (1), en me recommandant de ne le montrer et de n'en parler à personne. Peu de jours après, l'imprimeur Decker vint, plein d'effroi, me prier, en grande confidence, de l'aider de mes conseils dans l'affreuse situation où il se trouvait. Il me conta qu'ayant eu le commentaire sur Peau d'Ane à imprimer, il n'avait employé que des ouvriers qui ne savaient pas un mot de français ; qu'aucune autre personne que ces mêmes ouvriers et lui n'était venue dans la pièce où se faisait cette impression, lui-même y étant toujours entré le premier, et étant toujours sorti le dernier, et la clef de cette pièce ne l'ayant point quitté ; que lui seul avait revu les épreuves sans déplacer, et avait ensuite brûlé toutes les maculatures ; et qu'enfin il en avait envoyé tous les exemplaires au roi, sans vouloir même en garder une seule feuille pour lui, et que cependant tous les ministres étrangers et plusieurs autres curieux venaient d'envoyer chez lui demander des exemplaires de ce même ouvrage à acheter; que, dans les informations qu'il

(1) Cet exemplaire ne s'est pas trouvé dans les papiers de mon père.
Bon THIÉBAULT.

avait pu faire à ce sujet, il avait appris que le ministre de Hertzberg, à qui le roi en avait donné un exemplaire, était occupé à le lire dans son salon, lorsqu'un diplomate étranger était venu lui parler de quelque affaire, et avait entamé une discussion, à la suite de laquelle le ministre prussien, oubliant la brochure, posée sur une console, était entré dans son cabinet pour chercher un papier relatif à l'affaire en discussion et avait donné le temps au curieux indiscret de jeter un coup d'œil sur l'ouvrage et d'en voir surtout le titre. Decker ne savait quel parti prendre, et je n'en eus qu'un à lui conseiller : je lui rédigeai une lettre où, sans parler de ce qui s'était passé chez M. de Hertzberg, il exposait au roi, avec autant de naïveté que d'affliction, les demandes que l'on venait faire chez lui, malgré les mesures qu'il avait prises pour assurer le secret des ordres qu'il avait eu à remplir. Dès qu'il m'eut quitté pour aller remettre sa lettre à la poste, j'en fis une autre pour mon propre compte : je racontai en deux mots ce que je venais d'apprendre, mais sans désigner personne ; et j'indiquai de même les précautions que j'avais prises pour que personne ne pût soupçonner que j'avais cet ouvrage. Le lendemain je reçus cette réponse : « Soyez tranquille, monsieur, sur l'événement dont « vous me parlez dans votre lettre d'hier : j'en connais la cause, « et je sais que vous n'y avez aucune part. Sur ce, je prie « Dieu, etc. » Decker en reçut une à peu près semblable.

M. le Catt m'a raconté que dans l'une des époques les plus critiques de la guerre de Sept ans, il trouva ce roi, qui venait d'apprendre la mort de l'aînée de ses sœurs, la margrave de Bareith, très-occupé à lire Bourdaloue ; que deux jours après, il en reçut un cahier avec ces mots « : Tenez, gardez cela ; » et que ce cahier était un sermon que sa majesté venait de composer. Ce trait n'est pas un des moins singuliers de la vie de cet homme extraordinaire.

Parmi les ouvrages que Frédéric a faits de mon temps, et dont les manuscrits ne m'ont point été confiés, je citerai, outre le commentaire sur le conte de Peau d'Ane, le mandement de l'évêque d'Aix, l'abrégé du Dictionnaire de Bayle, dont j'ai été l'éditeur, ainsi qu'on le verra à l'article du marquis d'Argens, et une brochure assez épaisse, ayant pour titre : « Observations « sur un ouvrage intitulé *Essai sur les préjugés.* Ce fut l'abbé Bastiani qui fut chargé de faire imprimer ces observations. Je n'en parle que pour citer un mot très-flatteur envers un homme qui le méritait bien. En réfutant une longue tirade d'injures très-éloquentes, adressées aux nobles en général, le roi qui la rapporte, s'interrompt tout à coup, pour s'écrier, dans une parenthèse : *Si du moins l'auteur avait excepté M. le duc de Nivernais.*

Voici une anecdote qui contribuera à faire connaître l'attention avec laquelle Frédéric faisait ses lectures.

Durant l'hiver de 1776 à 1777, il eut une attaque de goutte assez violente pour l'empêcher de faire le voyage de Berlin. Revenant, vers la mi-mars, de France, où j'avais passé six mois, j'arrivai aux portes de Potsdam à l'entrée de la nuit ; et, selon la consigne établie partout où se trouvait le roi, je fus obligé de déclarer à l'officier de garde, mon nom, mon état, d'où je venais, où j'allais, en quelle auberge je comptais loger, et si j'avais à parler au roi. Comme toutes ces déclarations se réunissaient en un rapport, que le major de place remettait tous les soirs à sa majesté, je ne doutai pas que je ne fusse appelé le lendemain ; et, en effet, à sept heures du matin, et avant d'être levé, je vis entrer dans ma chambre, en grand uniforme, un officier des gardes, l'un de mes anciens élèves, nommé M. de Knebel, alors lieutenant, et de service ce jour-là au château... « Ne serez-vous pas scandalisé, lui dis-je, de trouver ainsi votre « ancien professeur au lit, tandis que vous êtes debout depuis « si longtemps ? M'apportez-vous l'ordre de me lever ? — Non, « me répondit-il, c'est une défense que je vous apporte : le roi « m'a chargé de venir vous dire de ne pas partir qu'il ne vous « ait vu. — A quelle heure veut-il me recevoir ? — Il ne m'en

« a pas parlé. — Mais vous voyez, mon cher, que vous me « livrez à une incertitude qui va bien désagréablement me « clouer dans cette auberge ! Vous allez dire au roi que vous « m'avez notifié ses ordres : mais ne pouvez-vous pas en cette « occasion, et conformément aux leçons que je vous ai données « pour tourner les phrases selon les circonstances, intercaler « dans votre rapport que je vous ai demandé à quelle heure « j'aurais à me rendre au château, et que sur ce point vous « n'avez rien eu à me répondre ?... » Il me promit qu'il chercherait cette tournure de phrase, et qu'il l'emploierait de son mieux.

En effet, on vint environ une heure après m'annoncer que le roi me recevrait à dix heures et demie. Lorsque j'entrai, Frédéric débuta par me demander si j'étais content de mon voyage ; ensuite il me parla de ses souffrances, et de l'histoire du Bas-Empire par M. Lebeau, puis me demanda si j'avais vu le roi de France et la famille royale. Je lui répondis que pour cet effet je m'étais rendu de Paris à Versailles le jour du dimanche gras, espérant les voir tous à leurs messes ; mais qu'arrivé trop tard, je n'avais eu que la messe de la reine, celle du roi ayant eu lieu plus tôt ; que pour voir ce monarque il m'avait fallu retourner le soir dans les appartements, et attendre que sa majesté sortît de son conseil, qui ce jour-là n'avait fini qu'après dix heures ; que, du reste, j'avais été bien dédommagé de mon attente, en ce que Louis XVI s'était arrêté fort près de moi, et avait causé, durant plusieurs minutes, avec un seigneur que je ne connaissais pas ; et que, de cette sorte, j'avais eu tout le temps de l'examiner... En ce moment, Frédéric prit son air amical et confidentiel, et me dit du ton le plus séduisant : « Hé bien, dites-moi, entre nous, comment « l'avez-vous jugé ? » Effrayé du piége qu'il me tendait, et frappé des motifs de convenance qui devaient me le faire éviter, je répondis que j'avais été tellement occupé de la physionomie de ce roi, que mes yeux n'avaient pu quitter son visage; mais que j'avais eu beau l'étudier, qu'il ne m'avait été possible d'y voir qu'un seul trait, tant ce trait m'avait paru vrai et caractéristique; et qu'ainsi j'étais demeuré convaincu que partout où la nature aurait placé cette tête, on y aurait trouvé la bonté pour qualité dominante. Frédéric sentit à son tour que je l'avais deviné; sur quoi, prenant son parti à l'instant même, il me répliqua avec vivacité et une sorte d'enthousiasme · « Ah! monsieur, s'il est bon roi, il est grand roi! »

Je relaterai ici une anecdote peu importante sans doute, mais qui néanmoins semble pouvoir entrer dans des souvenirs. Mon fils, âgé alors d'environ sept ans, avait tant parcouru Versailles et les bosquets, que vers le soir, et pendant le temps que nous attendîmes le roi, il ne pouvait plus résister au sommeil. Sa mère lui conseilla de se promener; mais il eut à peine fait quelques pas, qu'il tomba tout de son long sur le parquet: un jeune seigneur le relevait déjà lorsque j'arrivai à lui... « Comment, lui dis-je, la première fois que tu parais à la cour « tu y fais une chute aussi complète! Ah! mon ami, souviens-« toi toute ta vie qu'à la cour on glisse facilement et qu'il ne « faut jamais s'y endormir! »

Après sa belle exclamation, Frédéric ne me parla plus de Versailles, et passant à d'autres objets, il me demanda si en général, à la cour, à Paris, ou dans les provinces, j'avais observé qu'il se fût introduit quelques différences dans les mœurs, les modes et les opinions, depuis l'époque où j'avais quitté la France: je lui répondis que les opinions m'avaient assez paru les mêmes; que je m'étais trop peu arrêté pour m'occuper des mœurs; et que je n'avais remarqué que deux usages nouveaux, les habits de satin, et les grandes boucles. « Comment, me « dit-il, des habits de satin? C'est donc pour les femmes? — « Non, Sire; les femmes portaient des robes de satin bien « avant que je vinsse en Allemagne: aujourd'hui, les hommes « font usage de cette étoffe comme elles. — C'est donc en été? « — Non, Sire; c'est en hiver. — Je conçois que les femmes

« aient des robes de satin en hiver, vu qu'elles mettent par-
« dessous autant de jupons qu'elles le veulent ; mais cette étoffe
« est trop légère pour des hommes, qui n'ont guère par-dessous
« que la chemise et une veste fort mince : ils doivent geler de
« froid. — Sire, pour rendre ces habits plus chauds, ils en
« garnissent la bordure d'un liseré de pelleterie. — Ah ! les voilà
« bien réchauffés ! Et qu'est-ce que les grandes boucles dont vous
« me parlez ? — Ce sont, Sire, des boucles de souliers. — Com-
« ment sont-elles grandes ? — Autant qu'il le faut pour des-
« cendre du haut du cou-de-pied jusqu'au milieu du soulier, et
« pour toucher les deux côtés de la semelle. — Mais cela n'est
« pas possible : ayez la complaisance de m'en montrer au juste
« les dimensions. » Il fallut me baisser et lui tracer sur mon soulier l'espace que ces nouvelles boucles avaient à couvrir...
« En ce cas, me dit-il alors, ce sont donc des boucles toutes
« semblables à celles qu'on emploie aux harnois des chevaux ?
« — Elles y ressemblent assez, repris-je, quant à la grandeur :
« mais il y a beaucoup de différence pour la matière et le travail.
« — Je le conçois ; cependant ceux qui les portent doivent en
« être gênés et blessés ? — On les cambre plus ou moins, selon
« la forme du pied. — Soit ; mais le métal est toujours dur,
« et les pieds doivent en souffrir : d'ailleurs c'est un poids très-
« sensible, que l'on pourrait comparer aux semelles de plomb
« que les maîtres à danser font mettre aux chaussures de leurs
« élèves : encore y trouverais-je cette différence, que les maîtres
« à danser n'ont recours aux semelles de plomb que pour le
« temps de leurs leçons, etc. »

On voit qu'il s'amusa de mes deux nouvelles. Quand il fut près de midi, heure ordinaire de son dîner, il me demanda quand je comptais me rendre à Berlin : à quoi je répondis que je comptais m'y rendre ce même jour, si sa majesté n'avait pas d'ordres contraires à me donner. Sur cela, il me dit qu'il était charmé de me voir de retour, satisfait et en bonne santé, et qu'il me souhaitait bon voyage. Comme, en disant ces mots, il s'acheminait vers sa salle à manger, je crus devoir lui demander pardon de ce que j'avais osé me présenter à lui dans l'accoutrement d'un voyageur. En effet, je n'avais pas voulu ouvrir mes malles, et j'étais venu en gros souliers bien épais, bas de laine noirs, culotte de molleton, veste de même étoffe, et croisée sur la poitrine, habit de tricot de laine grise, et cravate noire. Sur mes deux mots d'excuse, il retourna la tête de mon côté, et me répondit, en faisant un geste de dédain : « Eh! vous savez bien que je ne prends pas garde à ces niaise- « ries-là ! Ainsi quand je vous ferai appeler, oubliez vos *vête-* « *ments*, si vous voulez ; je m'en mettrai fort peu en peine, « pourvu que vous n'oubliiez pas votre tête. »

En le quittant, j'allai faire une courte visite, et revins à mon auberge pour dîner et partir. J'étais prêt à monter en voiture, lorsque M. le comte de Schwérin, alors général des gendarmes, et ensuite grand écuyer, arriva chez moi, et me dit : « Je viens « vous féliciter sur votre heureux retour : je sors de chez le roi, « qui nous en a appris la nouvelle. Il n'a été question que de « vous durant tout le dîner. Je vous assure qu'il y a longtemps « que le roi n'en a eu de si gais : nous avons ri aux larmes. Le « roi nous a dit d'abord qu'il avait à nous annoncer la nouvelle « d'une double métamorphose très-importante, mais si in- « croyable, que lui-même n'y ajouterait pas foi, si la vérité ne « lui en était attestée par son honnête et véridique professeur, et « cette merveilleuse nouvelle, c'était que les Français, ci-devant « femmes jusqu'à la ceinture, l'étaient devenus jusqu'au-dessus « des épaules ; tandis que, d'un autre côté, ils étaient devenus « chevaux de carrosse par les pieds ; mais avec cette circonstance, « aussi étonnante que le reste, qu'ils ne sont ainsi femmes « qu'en hiver, et que c'est sans distinction de saisons qu'ils sont « chevaux de carrosse. Avant de nous donner la clef de cette « énigme, il nous a débité mille folies dont il riait lui-même aux « éclats. Mais, mon cher ami, il est bon de vous avertir qu'en « disant tout cela au roi vous risquez fort de vous être fait un

« ennemi puissant. Le prince de Prusse a reçu cet hiver une « ample pacotille de grandes boucles ; il en a paru enchanté ; « il en porte lui-même, et en fait porter à ceux qui l'entourent. « Vous voyez bien à quoi vous vous êtes exposé. — Le prince « de Prusse, lui dis-je, est trop juste pour m'en vouloir d'une « chose très-innocente de ma part. Je vous remercie néanmoins « de l'avis que vous voulez bien me donner. » Là-dessus, il me quitta, et je partis.

M. le Catt, qui, par ses fonctions, était le secrétaire des commandements de sa majesté, et qui se qualifiait tel dans le monde, n'avait réellement au château que le titre de *lecteur du roi*, titre dont il ne faisait jamais les fonctions. Frédéric aimait beaucoup à lire lui-même ; et celui qu'il gageait comme lecteur n'avait d'autre rôle, à cet égard, que celui d'écouter. Le Catt, d'ailleurs, avait une voix faible, sourde et peu agréable : aussi est-il douteux qu'il ait jamais lu autre chose au roi que les lettres qu'il recevait, et dont il avait à rendre compte : au moins est-il vrai que toutes les fois que ce monarque ne pouvait pas lire lui-même, c'était moi qu'il prenait pour y suppléer, lorsqu'il était à Berlin. J'ai fait de ces sortes de lectures même en présence de le Catt.

Je trouvai un soir ce monarque ayant très-mal aux yeux. « Vous le voyez, me dit-il, je suis hors d'état de faire aucune « lecture : vous voudrez donc bien venir à mon aide. Tenez, « voilà quelques bagatelles qu'on m'a envoyées de Paris, et « dont le fond et le mérite me sont encore inconnus. Peut-être « cela ne vaut-il pas grand'chose : c'est de quoi nous allons « juger. Prenez d'abord cette comédie d'un nommé Beaumar- « chais (1), et voyons si elle annonce quelque talent... » Le roi, assis dans sa bergère, avait au bout de sa petite table et à sa gauche un guéridon, sur lequel était placé un grand candélabre à cinq branches : les bougies du lustre et des deux bras de la chemi-

(1) *Figaro.*

née ne suffisant pas pour m'éclairer, il fallut recourir à celles du candélabre, qui, à une hauteur convenable pour un homme assis, étaient beaucoup trop basses pour un homme debout. Ma situation était pénible : le roi le vit, et, en m'observant que je ne pourrais lire longtemps de cette sorte, il me dit de prendre un *tabouret*. Je jetai un coup d'œil autour de moi, comme un homme qui cherche et ne voit pas ce qu'il lui faut : il n'y avait, en effet, que de vieux et très-grands fauteuils dans le cabinet de sa majesté. « Prenez, me dit-il, la première chaise que vous « trouverez. » Ainsi la sévère et minutieuse étiquette transforma les *fauteuils* en *chaises* et même en *tabourets* (1).

Je pris donc un de ces tabourets de nouvelle fabrique, et je lus Figaro, que le roi critiqua avec sévérité, et souvent avec raison. Comme j'étais fort enrhumé, il ne voulut pas m'exposer à une plus grande fatigue, et se contenta de converser jusqu'au moment de se coucher. La pièce de Beaumarchais le ramena

(1) A propos de l'étiquette, qui ne permettait pas de s'asseoir chez le roi, l'éditeur de la troisième édition de cet ouvrage cite l'anecdote suivante. *Voyez* t. I, p. 13.

Frédéric ne prononça qu'une seule fois les mots... *donnez un fauteuil*, et ce fut une raillerie. M. de Néal, ancien gouverneur d'un établissement hollandais dans les Indes, y amassa une fortune considérable. De retour en Europe, soit qu'il se fût rendu coupable de quelques exactions, ou que la jalousie lui eût créé des torts, il fut dénoncé au tribunal des états généraux. Frédéric sut et les querelles qu'essuyait l'ancien gouverneur, et les dangers qu'il courait. Dans son active surveillance pour découvrir les ressources propres à vivifier ses États, il recherchait les hommes industrieux ou riches. Néal écouta des offres séduisantes, et régla lui-même les conditions auxquelles il consentait à devenir sujet prussien. Créé chambellan et comte, il eut l'honneur d'être présenté. Fidèle à son usage d'adresser des questions, Frédéric lui demanda : « Aviez-vous une très- « grande existence comme gouverneur ? » Le bon homme voulant donner une haute idée de l'importance de sa grandeur passée, répondit : « Sire, « je jouissais dans les Indes des honneurs que reçoit Votre Majesté en « Prusse. — Approchez, s'écria Frédéric, un fauteuil à mon cousin le roi « de Surinam. »

Néal se retira confus de sa sottise.

Bon THIÉBAULT.

insensiblement à la littérature de nos jours, dont il ne me parla qu'avec humeur. « Quelle distance, me disait-il, de ces sortes de « saltimbanques à Molière ! Vous voyez que ce ne sont que « des coups de théâtre faits pour les boulevards ! Toujours des « surprises qu'on devrait reléguer avec les petits tours d'adresse « dont on amuse les enfants ! Des calembourgs, de misérables « jeux de mots, de pitoyables niaiseries. Est-ce donc à cela « que se réduit l'imitation des hommes de génie de votre der- « nier siècle ? Combien il faudrait de fadaises semblables pour « valoir un seul vers, un seul mot des Molière et des Racine ! « Il semble que vous ayez oublié la langue de vos célèbres au- « teurs ! Bientôt vous n'aurez plus à mettre en scène que le « faux bel esprit et le jargon des caillettes. Et ce n'est pas seu- « lement par les pièces de théâtre que je juge de votre déclin. « Je vous trouve également pauvres dans presque tous les « genres : vous ressemblez à un homme tombé dans le ma- « rasme, qui croirait pouvoir déguiser son mal à force de bouf- « fissure ; car, voyez avec quelle confiance vos écrivains actuels « s'annoncent tous comme de grands hommes, et se flattent « d'éclipser ceux qui les ont précédés ! Pour moi, je suis si « mécontent de ce qu'on m'envoie depuis plusieurs années, « que j'ai envie d'écrire que je ne veux plus rien à l'avenir... »

J'attendis, selon ma méthode, qu'il m'invitât à lui dire ma pensée sur le siècle présent, et voici ce que je lui répondis : « Nous jugeons du siècle dernier, Sire, cent ans après qu'il « est écoulé, et nous prononçons sur le siècle présent lorsqu'il « s'écoule encore ; différence bien importante, et qui ne peut « manquer d'influer sur nos jugements. Pour rendre la ba- « lance égale, reportons-nous d'abord au siècle de Louis XIV, « après quoi nous nous transporterons en idée au milieu du « siècle à venir : ces deux points de vue jetteront, si je ne me « trompe, un grand jour sur la comparaison que Votre Majesté « cherche à faire entre les deux siècles dont il s'agit. Si donc « je suppose que je vive au milieu des grands hommes du

« dernier siècle, quelles seront les observations que j'aurai lieu « de faire, et les impressions que je recevrai? Bossuet me « donnera, une fois en sa vie, un discours admirable sur l'his- « toire universelle, et, dans quelques circonstances particulières « seulement, un petit nombre d'oraisons funèbres remplies de « morceaux sublimes. Fénelon ne publiera que fort tard ce « *Télémaque* qui va porter l'amour de la vertu jusque chez nos « derniers neveux. Racine, en qui toutes les perfections sem- « blent réunies, n'a que trop peu de pièces qui soient vérita- « blement dignes de lui; et je le verrai dormir et s'oublier « des dix années de suite. Ce n'est également qu'à divers in- « tervalles que Boileau me récréera par ses satires et ses épî- « tres, comme ce ne sera que bien après qu'il m'instruira par « son *Art poétique*. Du reste, la Bruyère sera à peine connu; « la Fontaine fera encore peu de sensation; et Molière ne sera « guère considéré dans le public, si on en excepte un petit « nombre d'esprits supérieurs ou d'hommes plus instruits, que « comme un acteur qui a du talent, et qui sait amuser ses « contemporains. Ce que je veux dire, Sire, c'est qu'il faut at- « tendre tout un siècle pour que justice soit complétement « rendue aux hommes de génie. En vivant au milieu d'eux, « nous sommes moins occupés de leur mérite; je dirais même « qu'à chaque instant nous les perdons de vue, tandis que « tous les jours nous sommes inondés, et bien plus frappés « des brochures ou autres ouvrages, protégés par l'hôtel de « Rambouillet, et prônés par les gens à cabales, ou par les « gens sans goût. En considérant la foule innombrable de ces « dernières productions, pourrons-nous ne pas nous écrier: « *Ah! quel siècle barbare, où l'on ne rencontre que des Scu-* « *déri, où l'on ne pensionne que des Chapelain!* Mais, Sire, « revenons à l'époque où nous vivons. Quel est le tableau qui « s'offre à notre esprit lorsqu'on parle du siècle de Louis XIV? « Aujourd'hui les Cotin et les Pradon ont disparu: à peine « nous rappelons-nous qu'ils ont existé: nous ne voyons de-

« vant nous que les œuvres de Corneille, de Racine, de Mo-
« lière, de Fénelon, de Bossuet, de Massillon, de Fléchier, de
« Boileau, de la Bruyère, de la Fontaine, de madame de Sévi-
« gné, et de quelques autres encore : tous ces ouvrages sont ras-
« semblés, comme s'ils avaient paru en même temps : ils cou-
« vrent, dans toutes nos bibliothèques, une longue tablette
« qui réunit en effet tout le siècle auquel ils appartiennent. Et
« qui, à cette vue, ne répétera pas : *Quel siècle ! qu'il est beau!*
« *qu'il est grand !...*

« Suivons la même marche pour le siècle où nous sommes :
« en ce moment les Scudéri nous dégoûtent, les Chapelain
« nous scandalisent, les Cotin et les Pradon nous fatiguent :
« ces sortes de peines renaissent tous les jours, et sans doute
« il serait bien difficile de ne pas s'en plaindre. Mais essayons
« de nous transporter dans le siècle à venir : quelle sera alors
« la tablette qu'auront formée les bons ouvrages publiés de
« nos temps ? Comptons, Sire... Voltaire, les deux Rousseau,
« Buffon et Montesquieu, l'Encyclopédie, beaucoup de savants
« mémoires et d'importants ouvrages, un grand nombre de
« découvertes dans les sciences et dans les arts, plusieurs
« chefs-d'œuvre d'éloquence, et enfin une foule d'écrivains dis-
« tingués que je ne nomme pas, soit parce qu'ils vivent encore,
« soit parce que la liste en serait trop longue... Sire, cette ta-
« blette ne ressemble pas, il est vrai, à celle du dernier siècle,
« mais la postérité jugera-t-elle qu'elle y soit inférieure? C'est
« ce qu'il n'est pas aisé de prévoir. Si nous n'avons point de
« Molière, c'est qu'il reste peu de comédies à faire aujour-
« d'hui que la civilisation, devenue plus générale, a mis en
« quelque sorte tous les hommes à l'unisson en ce qui tient
« aux formes extérieures et aux mœurs; et c'est ce que l'on
« voit en France, où les caractères originaux et les contrastes
« frappants et comiques seraient jugés absurdes sur la scène,
« parce qu'ils ne ressembleraient plus à personne. Si donc des
« pièces à intrigues remplacent les pièces à caractères, il faut

« l'attribuer au défaut de modèles, plus qu'au défaut de talents.
« Mais heureusement cette branche ne fait pas seule la littéra-
« ture d'une nation, et il en est d'autres qui peuvent la rem-
« placer. »

Le roi parut assez content de mes deux tablettes.

Durant le carnaval qui suivit les fameuses expériences de Montgolfier, Robert, Pilâtre de Rosier et autres, le roi ne manqua pas de mettre les aérostats sur le tapis, mais en homme qui ne voulait y voir qu'une sorte de démence. « Eh bien,
« monsieur, me dit-il, voilà que vos compatriotes, dédaignant
« la terre et ses humbles habitants, ne songent plus qu'à es-
« calader le ciel! Toutes les têtes, en France, sont tournées
« vers cet unique point de vue; personne n'y regarde plus à ses
« pieds. Oh, monsieur! s'élever dans les cieux, se perdre dans
« les nuages, cela est beau, cela est admirable! Mais à quoi
« pensez-vous que cet enthousiasme doive aboutir? Si nous
« soumettons ces chimères merveilleuses au calcul du bon
« sens, que pourrons-nous en espérer de bien réel pour la
« suite? On n'y gagnera rien pour les observations astrono-
« miques; car celles qu'on ferait ainsi en l'air n'auraient aucun
« point d'appui, aucune base fixe. Comment ceux qui les fe-
« raient pourraient-ils déterminer leur position? Ne seraient-
« ils pas sans cesse déplacés, même sans le savoir? Et d'ail-
« leurs, quel avantage ces observations pourraient-elles pro-
« curer de plus que celles que l'on fait sur la terre? Que font
« quelques centaines de toises, soit en plus, soit en moins,
« par rapport à l'intervalle immense qu'il y a de nous aux globes
« célestes? Mais si les aérostats sont inutiles à l'astronomie (1),

(1) On demandait à un philosophe, *A quoi servent les globes aérostatiques?...* — *A quoi sert*, répondit-il, *l'enfant qui vient de naître?* — L'enfant est encore jeune aujourd'hui, et cependant il a rendu des services dans la campagne de 1794; et il y a quinze ans que M. Gay-Lussac, monté dans un aérostat, a fait des observations de la plus grande importance sur la nature et la hauteur présumée de l'atmosphère.

Bon THIÉBAULT.

« à quoi pourront-ils servir ?... » Je lui répondis que, d'après les raisons qu'il venait d'indiquer, j'étais persuadé qu'en effet l'astronomie ne ferait aucun usage des aérostats ; mais que j'ignorais si l'aérométrie ne serait pas plus heureuse... « Nos plus « savants géomètres, lui dis-je, ont vainement cherché à dé« couvrir les causes et la théorie des vents : qui sait si des « observations faites à différentes hauteurs ne nous fourniront « pas à ce sujet des données précieuses et neuves ? Nous voyons « bien que, comme il y a différents courants d'eau dans les mers « un peu profondes, il y a aussi différents courants d'air : or, qui « peut dire ce que les aérostats nous apprendraient à cet égard, et « de quelle importance de telles découvertes pourraient être ?... « Tout ce qui tient à la culture de la terre et aux richesses « des nations est plus ou moins lié aux variations des saisons. « Déjà l'on a bien profité des observations météorologiques « dont on s'occupe en Europe depuis moins d'un siècle ; les « physiciens en attendent de bien plus grands résultats à l'a« venir, et qui sait si les aérostats ne pourraient doubler, à « cet égard, les moyens et les succès ?... — Soit, me répondit « le roi, je vous passe les *peut-être*, et je permets les essais. « Mais vous conviendrez que, partout ailleurs, les aérostats « seront d'autant plus inutiles, qu'on ne parviendra certaine« ment pas à les diriger.

« Je répliquai que je ne savais pas si la direction en était « possible, et si, en ce cas-là, on en ferait jamais la découverte ; « que je prendrais seulement la liberté d'observer à Sa Majesté « que la plupart des grandes découvertes avaient dû paraître im« possibles avant d'avoir été faites ; qu'en effet, apercevoir la « possibilité d'une découverte serait en quelque sorte la faire : « que celui qui aurait annoncé les télescopes avant que le hasard « nous les eût donnés, les aurait lui-même inventés, ou aurait « passé pour un visionnaire ; que nous regardons comme vrai« ment impossible de naviguer directement contre le vent à « l'aide des voiles, et que néanmoins on m'avait assuré qu'un

« Anglais en avait prouvé la possibilité. Je lui citai de même la « disposition des esprits au sujet de la navigation, lorsqu'on ne « connaissait encore que les rames; l'invention de la poudre, « celle de l'imprimerie, et même le prisme et la boussole, ainsi « que les miracles de l'électricité ; et je conclus, en revenant à « la direction des aérostats, que si elle paraissait impossible, « cela me prouvait seulement que la découverte n'en était pas « faite ; et que la sagesse ne devait pas nous permettre d'appeler « vue évidente ce qui n'était chez nous que cécité. Je répétai « que je ne savais pas si cette direction était une chose im- « possible, ou une découverte à faire ; que néanmoins il y « avait présomption en faveur de cette dernière opinion, en ce « que les oiseaux se dirigeaient dans les airs, comme les pois- « sons dans l'eau ; et que nos arts, notre industrie consistant « en partie dans l'imitation de la nature, nous pouvions penser « que tout ce qui se faisait pouvait s'imiter. — Et à quoi cette « imitation servirait-elle? me dit-il alors. Cette manière de « voyager coûterait immensément, et personne ne serait assez « riche ou assez fou pour y avoir recours. — Peut-être, Sire, « cette découverte causerait quelques maux, mais, quant aux « avantages que l'on pourrait s'en promettre et à ce qu'il en « coûterait pour se les procurer, il est des circonstances où « les gouvernements comptent la dépense pour rien. — Oui, « si, par exemple, on vient de remporter une grande victoire, « au moment où un allié est prêt à faire sa paix particulière, « on ne peut pas mettre, j'en conviens, trop de diligence à lui « annoncer le succès qu'on vient d'obtenir ; mais ces occasions « sont si rares !... »

Ici se termina cette discussion, que j'avais poussée assez loin : la prudence ne me permettait pas de lui parler de l'usage qu'un général pouvait faire des ballons pour connaître l'intérieur d'une place, la force d'un camp, les mouvements ou les manœuvres de l'ennemi, etc. Il n'aurait pas souffert que je prisse la liberté de lui parler de choses qu'il devait savoir mieux que moi, et de toucher ainsi à ce qui ne doit occuper que les gouvernements. Je ne crus même devoir indiquer que par un mot bien vague les dangers auxquels l'usage des ballons exposerait l'ordre public, en procurant aux fraudeurs et aux plus grands scélérats un moyen de se soustraire à la surveillance des gouvernements et à la vengeance des lois ; mais toutes ces pensées ne s'en offraient pas moins à mon esprit, et je me disais en riant : « Nous ferons la contrebande en l'air ; il y aura « des brigades de gardes au-dessus de nos frontières ; et alors « se vérifiera le mot de la Fontaine : *il plut du sang, je « n'exagère point.* » Je suis très-convaincu que ces considérations n'échappaient point à Frédéric, mais qu'il les gardait pour lui, et qu'elles entraient pour beaucoup dans les motifs qui le portaient à décrier cette découverte (1).

Le plan que Frédéric s'était prescrit dès sa jeunesse, et qu'il a constamment suivi pour ses lectures, mérite d'être connu. Il avait divisé en deux classes les livres dont il voulait s'occuper ou s'amuser : la seconde classe, beaucoup plus nombreuse que la première, comprenait la totalité des livres qu'il voulait connaître, mais seulement en les parcourant ou en les lisant une seule fois ; la première classe, assez peu étendue, était com-

(1) Ceci me rappelle une anecdote absolument étrangère au roi de Prusse, et que je vais néanmoins consigner ici, parce qu'elle concerne la direction des aérostats. En 1787, M. de Vidaud de la Tour, conseiller d'État ordinaire, me raconta qu'ayant soupé la veille chez M. de Calonne, ce ministre des finances lui avait montré un cahier in-4°, d'au moins quatre-vingts pages d'écriture, et lui avait dit : « Voilà un mémoire que je viens « de recevoir de M. Montgolfier, et que demain matin je remettrai au « roi. M. Montgolfier y donne le moyen de diriger les ballons, et prétend « s'en être assuré par divers essais faits en secret ; il offre de faire, à jour « nommé, et en ballon, le voyage d'Annonay à Paris en vingt-trois « heures, ayant avec lui six personnes, et vingt quintaux de papier de sa fa- « brique, quels que soient d'ailleurs le vent et la température de l'air, n'ex- « ceptant que ce qu'on appelle *vent de tempête.* » J'observai que depuis cette époque les papiers publics qui, auparavant, avaient tant et si souvent parlé des ballons et de la manière de les diriger, parlèrent moins des uns, et ne parlèrent plus de l'autre.

posée des livres qu'il voulait étudier, relire et consulter toute sa vie : il reprenait constamment ceux-ci dans l'ordre où il les avait rangés, sauf les occasions où il ne s'agissait que de vérifier, citer ou imiter quelque passage.

Il avait cinq bibliothèques absolument semblables : l'une à Potsdam, la seconde à Sans-Souci, la troisième à Berlin, la quatrième à Charlottembourg, et la cinquième à Breslaw. En passant d'une de ces résidences à l'autre, il n'avait besoin que de noter où il en était : en arrivant, il continuait ses lectures, comme s'il ne se fût pas déplacé. Ainsi il achetait cinq exemplaires de tous les livres qu'il voulait avoir.

Dans la première classe, celle qui formait sa phalange choisie, on voyait au premier rang, Homère, Platon, Démosthène, Hérodote, Thucydide, Diodore de Sicile et Plutarque : ensuite venaient Virgile, Horace, Cicéron, Salluste, César, Tite-Live, Tacite et les œuvres philosophiques de Sénèque : enfin on y trouvait Corneille, Racine et Molière, Bossuet, Fléchier et le Télémaque ; d'Aguesseau, Montesquieu et Bayle, sans compter nos ouvrages historiques les plus importants, comme le président Hénault, Phfeffel sur l'Empire, et quelques autres encore. Je n'ai pas besoin de dire que plus d'une fois il y a eu des changements dans ce tableau : quelques auteurs en ont été retirés plus tôt ou plus tard, selon que ce roi croyait les avoir assez lus, ou finissait par les estimer moins, tandis que d'autres y ont été admis à mesure qu'ils paraissaient, et qu'ils étaient jugés dignes de cet honneur. C'est ainsi qu'avec le temps on y a vu arriver plusieurs volumes de Voltaire, etc.

Les auteurs anciens ne figuraient dans cette liste que par les traductions françaises les plus estimées : Frédéric savait peu de latin, et ne savait pas un mot de grec. Quand il eut pris possession de la Saxe, durant la guerre de Sept ans, il voulut, en passant ses quartiers d'hiver à Leipzick, faire quelques visites à des savants distingués, et entre autres à Gothschedt, avec lequel il ne parla que de la langue allemande ; à Gellers, avec qui il ne traita que de la poésie et du genre fabuleux ; et à Ernesti, chez qui la conversation ne roula que sur Cicéron et les langues anciennes. Lorsqu'il se leva pour souhaiter le bonsoir à ce dernier, il s'écria en s'en allant : *Felix qui potuit rerum cognoscere causas!* « Ah, mon Dieu! disait ensuite le bon vieillard « Ernesti, si j'avais su qu'il parlât latin, combien j'aurais été plus « à mon aise! » Mais Frédéric ne se permettait de prononcer quelques mots de la langue des Romains qu'à la manière des Parthes, en se retirant.

Par malheur, les traductions des classiques latins étaient encore, pour la plupart, trop défectueuses pour satisfaire un homme de goût : Frédéric le sentait, et en avait souvent de l'humeur. Il fit une liste des ouvrages anciens dont il désirait avoir de meilleures traductions. Il envoya cette liste à l'imprimeur Decker, en le chargeant de lui marquer combien ces traductions coûteraient à faire et à imprimer, objet pour lequel il lui ordonnait de se concerter avec les académiciens Formey, Mérian, Thiébault, de Castillon et Bitaubé, lesquels se partageraient le travail, et pourraient facilement calculer à combien de volumes grand in-12 le tout pourrait se monter. Decker vint nous voir ; nous nous accordâmes pour le partage, et évaluâmes le nombre total des volumes à soixante.

Je ne me rappelle pas tous les ouvrages que le roi avait notés, ni quelles furent les parts qui échurent à chacun de nous ; je sais seulement que Bitaubé et Mérian s'étaient chargés de Diodore de Sicile ; que Toussaint avait pris les Traités de morale de Sénèque ; que j'avais les lettres de ce dernier, et celles de Pline ; que les œuvres de Plutarque étaient partagées entre plusieurs, ainsi que les traités philosophiques de Cicéron, etc. Quand on en vint à calculer ce que le tout pourrait coûter, M. Formey ouvrit un avis dont nous sentîmes le danger, Bitaubé, Mérian et moi ; mais l'auteur de cet avis le soutint jusqu'à déclarer que ne voulant pas être dupe, il ne ferait rien sans cela. Ainsi on prescrivit à Decker de répondre qu'il y aurait dix-huit cents feuilles d'impression, et que chaque feuille coûterait, tant pour les traducteurs que pour l'imprimeur, quarante francs; ce qui donnerait un total de soixante-douze mille livres. La part que M. Formey avait exigée pour les traducteurs, et qui formait la moitié de cette somme, fut ce qui déplut au roi. Decker reçut ordre de surseoir à tout, jusqu'à ce qu'on lui fît connaître les intentions ultérieures de sa majesté. Depuis ce sursis, il n'a plus été question de cette affaire. J'avais déjà commencé ma tâche, que j'abandonnai pour n'y plus revenir.

CHAPITRE III.

Jeunesse de Frédéric le Grand.

Je répète que ce n'est pas l'histoire de Frédéric que j'écris : je ne présente que mes souvenirs, ou, si l'on veut, les anecdotes de sa vie qui m'ont paru les plus propres à le bien faire connaître. Je laisse donc aux historiens à nous parler de ses gouverneurs ou instituteurs, et des études de sa jeunesse, et ne m'arrête qu'aux traits propres à le caractériser. Dans les articles précédents, je n'ai dit, en général, que des choses dont j'ai été le témoin, ou qui se sont passées de mon temps; souvent encore il en sera de même dans la suite de cet ouvrage : mais en ce moment je vais rapporter des faits qui ont eu lieu avant mon arrivée à Berlin. Cependant je ne parle que d'après une véritable authenticité, ou d'après des témoins bien instruits, et vraiment dignes de foi.

Guillaume Ier n'aimait pas son fils aîné... « Ce n'est, disait« il, qu'un petit-maître et un bel esprit, qui gâtera toute ma « besogne. » Ce monarque était beaucoup plus content de ses trois fils cadets, savoir, Guillaume-Auguste, l'enfant chéri du père, Henri et Ferdinand. Frédéric était bien un peu cause des préventions de son père : il ménageait très-peu ses préjugés; il aimait et cultivait les arts et les sciences, dont Guillaume faisait si peu de cas, et la langue française, qu'il détestait. Il était à l'affût des modes nouvelles, et toujours le premier à les adopter; enfin, il se mêlait peu du service militaire, qui semblait ne lui causer que de l'ennui (1).

(1) La première éducation de Frédéric, dit M. Bourdais, fut celle d'un soldat ; les jouets de son enfance formaient un arsenal.

Le fusil sur l'épaule, il monta la garde à la porte du palais de son père. Cependant, il faisait des vers français, jouait de la flûte et aimait les

Le premier trait qui se présente à ma plume est la manière barbare dont Guillaume traita la fille d'un bourgeois de Potsdam, pour avoir fait quelquefois de la musique avec le jeune Frédéric. Par malheur pour cette fille, on lui avait appris à toucher du clavecin, et quoiqu'elle ne fût pas bien forte, elle devenait néanmoins une ressource pour ce prince, qui aimait à l'accompagner. Du reste, quoiqu'elle fût jeune, on ne pouvait pas dire qu'elle fût belle; ses traits étaient trop prononcés pour faire craindre qu'elle inspirât une passion; de plus elle était toujours sous les yeux de ses parents, chez qui elle demeurait. Mais ces considérations, qui auraient suffi pour tranquilliser un homme réfléchi et modéré, ne firent aucune impression sur l'esprit de Guillaume. Apprendre que son fils avait passé plusieurs soirées avec cette fille fut pour lui une preuve que ces jeunes gens étaient amoureux l'un de l'autre, et que les parents de la fille se prêtaient à leur désordre : il en conclut que la musique n'était, en cette circonstance, qu'un prétexte, et qu'il fallait recourir à des moyens décisifs et violents. Concevoir une idée semblable et l'exécuter était une même chose pour ce roi digne de commander au centre de l'Afrique. Ainsi, sans faire aucune recherche ultérieure, sans consulter personne, il fit enlever cette malheureuse, et la fit remettre au bourreau, qui, conformément aux ordres qui lui furent donnés, la fouetta, en plein jour, dans les divers quartiers de Potsdam, Guillaume voulant qu'une flétrissure aussi déshonorante et infligée d'une manière aussi publique mît son fils dans l'impossiblité de la revoir jamais. Lorsque, dans la suite, Frédéric est devenu roi, il s'est rappelé cette affreuse aventure; il a donné une pension de cent cinquante reisdalers à cette infortunée, qui s'était mariée à un pauvre voiturier de Berlin.

grands hommes !... Quels délits aux yeux d'un père qui n'aimait que les hommes grands, qui ne savait que chasser, calculer ses recettes, commander une parade, et frapper indifféremment tout le monde, d'une canne courte et massive, ressemblant, comme toute son allure, à celle d'un bas officier.

Bon THIÉBAULT.

Tout le monde sait que Guillaume voulut faire périr son fils sur l'échafaud (1) ; mais les circonstances de cette grande affaire ne sont pas également connues, et c'est ce qui me détermine à en consigner ici les principaux détails.

La mère de Frédéric Sophie-Dorothée de Hanovre, fort attachée à sa maison, avait regardé comme un bonheur de parvenir à marier sa fille aînée à son neveu le prince de Galles, fils de George II ; et Frédéric à la princesse Amélie d'Angleterre, sœur du prince de Galles, la même qui depuis a épousé le stathouder, et a été mère du dernier stathouder qu'aient eu les Hollandais.

Dans un voyage que Guillaume fit en Hanovre, en 1723, je crois, et dans lequel Frédéric l'avait accompagné, ce prince vit cette jeune princesse à Herrenhausen. Il paraît que l'impression qu'elle lui avait laissée était favorable, et sans même admettre, comme me l'a dit le baron de Poëlnitz, qu'il ait eu plus tard une correspondance avec elle, et que même il ait reçu son portrait, il est certain qu'il entra à cet égard dans les vues de sa mère. Mais cette double alliance était loin de convenir au parti autrichien, non moins servi par M. de Sekendorff, ministre de Vienne en Prusse, que soutenu par le général de Gromkow, premier ministre de Guillaume, homme affreux mais habile, compagnon d'orgies et confident de ce roi soupçonneux, fantasque, brutal, susceptible et violent au dernier point.

Ces deux hommes ne négligèrent donc rien pour faire échouer les négociations que la reine avait entamées, et qu'elle renou-

(1) Une foule de circonstances et faits de relatifs à l'arrestation de Frédéric restèrent inconnus, non-seulement aux personnes de la cour de Prusse, mais même à la presque totalité de ceux qui jouèrent des rôles dans cette déplorable aventure. Une seule personne se trouva placée de manière à tout savoir, et ce fut la princesse Wilhelmine de Prusse, l'aînée des sœurs de Frédéric, devenue margrave de Bareith. Ses mémoires seuls ont donc pu achever de révéler ce curieux épisode, et l'ont révélé de manière à ne laisser ni doute ni lacune. C'est d'après eux que cet article des *Souvenirs* de mon père a reçu des modifications qui ont dû être regardées comme indispensables. Bon THIÉBAULT.

velait et soutenait autant qu'elle en avait le pouvoir. Ainsi Sekendorff, exactement informé des propos tenus contre Guillaume à la cour d'Angleterre, notamment par George, qui n'appelait son beau-frère que le *caporal* ou le *bas officier de Potsdam,* ne manquait pas de l'en faire adroitement informer; et, de son côté, Gromkow, instruit par une des femmes de la reine de toutes ses démarches, de ses propos même, irritait sans cesse le roi contre sa femme, son fils et sa fille aînée, lui persuadait qu'il n'était entouré que d'intrigues, et l'exaspérait de plus en plus.

Malgré leurs efforts et leurs impostures, le projet de la reine fut cependant près de s'accomplir; mais au moment où l'envoyé extraordinaire, chargé par la cour de Londres de conclure les deux mariages, révélait à Guillaume la trahison de Gromkow, le roi se permit contre cet envoyé un geste menaçant, et cette offense rompit tout. En vain Guillaume lui fit faire toutes les excuses imaginables; en vain la reine y joignit ses prières, et même lui fit écrire par son fils la lettre la plus instante, le ministre fut inexorable et quitta Berlin. Dès lors tout fut à peu près dit. Les intrigues de Gromkow n'eurent plus de mesure : le roi, sans cesse excité, trompé ou séduit, résolut de faire faire à sa fille le mariage le plus ridicule(1). Soutenue par la reine et par son frère, elle résista. Il se porta contre ses enfants à des excès abominables : il les accabla des plus grossières injures, et les frappa de sa canne ou de son poing. Il poussa ses violences jusqu'à les renverser et les fouler aux pieds, jusqu'à leur arracher les cheveux, et à les mettre en sang! Un jour, il manqua faire brûler sa fille; un autre, il voulut étrangler son fils; enfin, ce père dénaturé détruisit pour toujours la santé d'une fille accomplie, et mit son fils dans un tel déses-

(1) Il voulut lui faire épouser le duc de Weissenfeld, que, dans ses mémoires, Wilhelmine de Prusse dit être *un brutal débauché, un cadet de famille, sans moyens de soutenir son rang, et n'étant que général du roi de Pologne.* Bon THIÉBAULT.

poir, que, pour se soustraire à des traitements non moins barbares qu'humiliants, pour cesser d'entendre son père lui répéter qu'il fallait être un lâche pour les souffrir, il résolut, en 1730 (1), de s'enfuir et de chercher un asile, soit en Hollande, soit en Angleterre, où il aurait épousé sa cousine. Par malheur, il commit des imprudences, et l'un de ses aides de camp, le baron de Katt, en commit également. Ses alentours, ayant découvert son projet, s'opposèrent à son évasion; et une lettre écrite par lui à M. de Katt, et portée par inadvertance à un de ses cousins du même nom, qui de suite la renvoya au roi, fournit à ce prince la preuve du délit.

Sans quelques généraux, il assommait ou étranglait son fils; sans l'un d'eux, il lui passait son épée au travers du corps. N'ayant pu l'assassiner, il voulut le faire périr sur l'échafaud, ainsi que ses deux aides de camp, Keith et de Katt. Keith était à Wesel; il sut l'arrestation du prince par un page du prince d'Anhalt, et partit le soir même pour la Haye, d'où le ministre d'Angleterre favorisa son embarquement pour Londres, au grand chagrin du colonel Dumoulin, envoyé par Guillaume pour se le faire livrer et le ramener. De Katt était à Berlin; une indiscrétion du général Gromkow révéla l'arrestation du prince royal à un M. de Leuvener, qui se hâta de l'écrire à de Katt.

Ce dernier demanda de suite un congé au maréchal de Natzmar, qui commandait son corps (les gendarmes), et l'obtint. Mais il faisait faire une selle propre à cacher des papiers et de l'argent. Cette selle n'était pas prête. Il commit l'inconcevable imprudence de l'attendre, et, au moment où il montait à cheval, il fut arrêté par le maréchal de Natzmar lui-même, au grand regret de ce dernier.

Dans la nuit qui suivit cette arrestation, on fit remettre, et tout fait penser que ce fut le maréchal de Natzmar chez

(1) Frédéric avait alors dix-huit ans.

madame de Sonsfeld, gouvernante de la princesse Wilhelmine, une cassette trouvée chez de Katt, et contenant toute sa correspondance et celle de la reine avec le prince royal. Elles eussent été perdues si les quinze cents lettres que contenait cette cassette fussent tombées entre les mains du roi ; mais elles les brûlèrent, et les remplacèrent par six à sept cents autres qu'elles mirent plusieurs jours à écrire ; après quoi, elles refermèrent la cassette, et, grâce à un cachet de M. de Katt, qu'un inconcevable hasard leur fournit, elles remirent des scellés qui imitaient parfaitement les premiers.

De retour à Berlin, le roi aborda la reine en lui criant : *Votre indigne fils n'est plus, il est mort ; mais je veux la cassette.* Comme il ne discontinuait de jeter des cris affreux, la reine alla la chercher. Dès qu'il la tint il la mit en pièces, et en tira les lettres, qu'il emporta en disant à la princesse Wilhelmine : « *Infâme canaille, oses-tu te montrer devant moi? Va tenir compagnie à ton indigne frère*, ajouta-t-il en la jetant à la renverse d'un coup violent qu'elle reçut à la tempe. Grâce à madame de Sonsfeld, elle ne se fendit pas la tête contre l'angle d'un lambris, mais elle resta longtemps sans connaissance, et ne revint à elle qu'avec un tremblement qu'elle garda toute sa vie.

Rentré dans ses appartements, Guillaume fit comparaître devant lui le malheureux de Katt, et le mit en sang. Après l'avoir interrogé, il s'écria : *A présent, j'aurai de quoi confondre le coquin de Fritz, et la canaille de Wilhelmine ; et je trouverai des raisons valables pour leur faire couper la tête.* Il résolut en effet de faire périr son fils sur l'échafaud. *Il ne sera jamais qu'un mauvais sujet*, disait-il, *et j'ai trois autres garçons qui vaudront mieux que lui.* Il nomma, pour juger le prince de Prusse, un conseil de guerre ; mais tous les officiers s'excusant d'en être, on tira au sort par grades dans toute l'armée, et le sort désigna les généraux Denhoff et Linger, les colonels Derscho et Pannewitz, deux lieutenants-colonels, deux majors, deux capitaines et deux lieutenants, qui de cette sorte se trouvèrent chargés de juger le prince royal, de Katt et de Keith, ce dernier par contumace. Les deux généraux votèrent contre la mort du prince; mais les autres membres du conseil condamnèrent le prince royal et ses deux aides de camp à avoir la tête tranchée. La consternation était générale. Plusieurs personnes, et entre autres une madame de Kamke, firent en ce moment, et relativement à son fils, les plus fortes représentations à Guillaume, mais ce fut sans succès.

Pour le coup, M. de Sekendorff vit bien que le prince était perdu s'il ne venait à son secours; et il se persuada qu'après avoir rendu un premier service à la maison d'Autriche, en détournant l'alliance de l'Angleterre, il lui en rendrait un second non moins important si, au nom de son souverain, il sauvait le futur roi de Prusse, et l'attachait à ses maîtres par l'affection et la reconnaissance. Pour remplir ce second objet, il prit sur lui de supposer des ordres qu'il n'avait plus le temps d'attendre, et demanda, au nom et de la part de l'empereur, une audience que Guillaume n'osa lui refuser. Là il annonça, au nom de son maître, que c'était à l'empire que le prince Frédéric appartenait; et, en conséquence, il requit le maintien des droits et des lois du corps germanique : il démontra que c'était à ce corps que S. M. devait remettre l'accusé et les pièces du procès; il déclara, enfin, que la personne de S. A. R. le prince Frédéric, héritier du trône de Prusse, était sous la sauvegarde de l'empire germanique. Ce coup fut terrible pour Guillaume. Cependant, et avant de rien résoudre, il assembla son conseil. Le conseil adopta l'avis de l'envoyé d'Autriche. Furieux, le roi s'écria : *Eh bien! si l'on me contrarie à Berlin, comme prince de l'empire, je mènerai mon fils à Konigsberg : là, je ne dépends que de Dieu!...* Le pasteur Rheinbeck, l'un des membres de ce conseil, se leva aussitôt, et dit : *Et c'est aussi à Dieu, Sire, que vous aurez à rendre compte du sang de votre fils!* ... La véhémence de ce digne ecclésiastique fit abandonner ce menaçant projet. Le roi sentit également qu'il ne pouvait pas offenser à la fois tous les États de l'empire, dont les envoyés, entraînés par M. de Sekendorff, s'étaient hautement prononcés dans cette grave circonstance. Malgré sa fougue et son peu de flexibilité, la crainte d'une guerre trop dangereuse l'obligea de céder. Le prince eut la vie sauve ; mais il fut dépouillé de son uniforme et transféré à Custrin, après avoir été conduit, du village près Francfort, où il avait été arrêté, à Francfort même, et de là à Gueldres, à Wesel (1), et enfin à Mittenwalde, à sept lieues de Berlin, où Gromkow, Derscho, Milier et Gerber lui firent subir son premier interrogatoire, sous le nom du *colonel Fritz* (2)!

M. de Sekendorff voulut aussi sauver de Katt, et il fut secondé par une foule de personnes du plus haut rang. De Katt appartenait en effet à une famille nombreuse, puissante et très-considérée. Il était fils unique du feld-maréchal de ce nom. Toute cette famille revint à plusieurs reprises, et fondant en larmes, se jeter aux pieds du roi, demandant grâce pour un jeune homme auquel la ville et la cour entières prenaient le plus vif intérêt; mais Guillaume fut inexorable. On lut à de Katt sa sentence. Il l'entendit sans changer de couleur. « *Je me soumets*, dit-il, *aux ordres du roi et aux décrets de la Providence. Je meurs pour une belle cause, et j'envisage le trépas sans frayeur.* » Le major Schenk l'informa que son exécution devait se faire à Custrin, et que le carrosse qui devait l'y con-

(1) Dans cette dernière ville, le colonel Grobnitz, à la tête de quelques officiers, tâcha de le délivrer : mais les grilles de fer que le général Dosso s'était hâté de faire mettre aux fenêtres de la chambre du prince rendirent l'exécution de ce projet impossible.

(2) M. Bourdais dit que Guillaume fit faire à son fils la proposition de renoncer au trône, et que le prince répondit gaiement :... *Je suis prêt à faire ce plaisir au roi mon père, pourvu qu'auparavant on me déclare illégitime...* Réponse que la rigidité de Guillaume en tout ce qui tenait aux mœurs achève de rendre remarquable.

Bon THIÉBAULT.

duire l'attendait. Il y monta d'un air riant, et fut accompagné par ce major et deux autres officiers des gendarmes, et escorté par un gros détachement de ce corps. En arrivant, Schenk lui dit : « *Vous allez soutenir une terrible épreuve : vous allez revoir le prince royal.* — *Dites plutot*, répondit de Katt avec véhémence, *que je vais avoir la plus grande consolation qu'on pût m'accorder ;* » et en disant ces mots il descendit de voiture et monta sur l'échafaud.

Cependant Frédéric venait d'être conduit par M. Municho et par le général Lepel dans une chambre au niveau de laquelle l'échafaud était dressé ; et au moment où de Katt arriva on leva le rideau de la fenêtre, qui jusque-là avait été baissé. Quelque chose que l'on eût pu faire pour préparer le prince à cet horrible spectacle, inventé pour l'associer au supplice de son ami, rien n'égala son désespoir : il voulut se jeter par la croisée, à laquelle on l'obligea de se mettre. On le retint : « *Au nom de Dieu*, s'écria-t-il, *retardez l'exécution. Je veux écrire au roi que je suis prêt à renoncer à tous mes droits à la couronne, s'il veut pardonner à de Katt ! Que je suis malheureux, mon cher de Katt : je suis cause de votre mort ; plût à Dieu que je fusse à votre place !* — *Ah! monseigneur*, répondit de Katt, *si j'avais mille vies je les sacrifierais pour vous.* » En disant ces mots, il se mit à genoux, sans permettre qu'on lui bandât les yeux. Il s'écria : « *Mon Dieu, je mets mon âme entre vos mains...* Et comme il achevait, sa tête, tranchée d'un seul coup, roula sur l'échafaud.

A ce terrible moment, Frédéric était sans connaissance. Il ne reprit ses sens qu'au bout de plusieurs heures, et le premier objet qui frappa sa vue fut, par un raffinement atroce, le corps sanglant de son ami, placé de manière à ce qu'il ne pût éviter de le voir. Un second évanouissement succéda au premier, et il ne revint à lui qu'avec une fièvre violente. Malgré les ordres du roi, M. de Municho fit fermer les rideaux de la fatale croisée, et envoya chercher les médecins, qui trouvèrent le prince en grand danger. Il ne voulut rien prendre de ce qu'ils lui ordonnèrent. Il était hors de lui, et dans de si violentes agitations, qu'il se serait tué si on ne l'en eût empêché. Ses convulsions ne se calmèrent que lorsque les forces furent épuisées. Les larmes succédèrent alors aux plus terribles transports. Ce fut avec une peine indicible, et en lui représentant qu'il causerait la mort de la reine et celle de sa sœur Wilhelmine, s'il persistait à vouloir mourir, qu'on vint à bout de lui faire prendre quelques remèdes. Il conserva longtemps une profonde mélancolie, et fut trois fois vingt-quatre heures à toute extrémité.

Peu de jours après, Gromkow, cet homme implacable mais habile, obtint du roi la permission d'aller à Custrin : il arracha à Frédéric une lettre de soumission pour Guillaume, et fit à ce dernier un portrait si touchant de l'état du prince, qu'il signa un ordre qui lui donnait la ville pour prison : le roi lui conféra alors le titre de conseiller des guerres, avec injonction d'assister à toutes les délibérations de la chambre des finances et des domaines : il prenait place après le dernier des conseillers, et était chargé de l'examen d'affaires financières et administratives, dont les rapports, d'après les ordres du roi, devaient être, non-seulement signés par lui, mais entièrement écrits de sa main (1). La dépense du prince fut réglée fort mesquinement. On lui défendit toute récréation, surtout la musique et la lecture d'ouvrages français. On lui défendit de même de parler ou d'écrire en cette langue, et de garder de la lumière passé une certaine heure : mais la supercherie se glisse partout. Sous le rapport de la dépense, la noblesse du voisinage se cotisa pour fournir à sa table ; les Français réfugiés de Berlin lui envoyèrent du linge et des rafraîchissements, et lorsqu'on éteignait sa lumière, l'officier de garde auprès de lui allumait celle qui lui était donnée.

On eut mille peines à diminuer sa tristesse, et à lui faire

(1) C'est dans la prison de Custrin que Frédéric devint financier et administrateur. BOURDAIS.

quitter l'habit brun qu'il avait reçu en entrant dans la forteresse ; habit qui était en lambeaux, mais auquel il tenait parce qu'il était semblable au dernier habit que de Katt avait porté. Peu à peu cependant il sortit, même de la ville; bientôt on le vit aller à pied, de nuit, par un sentier détourné, et bien *incognito,* passer les soirées au château de Tamsel, qui est à un petit mille de Custrin, et qui y tient par une allée superbe. Ce château appartenait à l'une des plus anciennes familles du pays, à la famille des barons de Wrech. Là vivaient habituellement le père, la mère, trois fils et quatre filles, ces sept enfants encore jeunes. J'ai connu deux des fils, l'aîné qu'on appelait *le gros de Wrech*, maréchal de cour du prince Henri, galant homme, mais fort insouciant; et Louis de Wrech, chambellan et premier gentilhomme du même prince, le plus parfait modèle des courtisans que j'aie vu ; le troisième est mort jeune, et ne m'a point été connu. J'ai également laissé à Berlin trois sœurs de cette même famille, l'une, dame d'honneur de la princesse Henri, mariée à M. de Marchal; une autre, veuve d'un comte d'OEnhoff, et remariée au grand baron de Knyp-Hausen, et la troisième, contrefaite et restée fille. La quatrième avait été mariée à un baron de Schak, et était morte jeune, laissant un fils, qui a été mon élève, et ensuite officier dans le corps des gendarmes.

C'est de ces Wrech, père, mère et enfants, que Frédéric reçut le plus de secours et d'adoucissements durant sa détention. La nécessité de se faire quelques occupations le ramena à la musique : c'est l'époque de sa vie où, malgré les ordres de son père, il a donné le plus de temps à cet art consolateur, et il trouvait à Tamsel tout ce qu'il pouvait désirer à cet égard. On y faisait presque tous les soirs un concert, où quelques-unes de ces demoiselles, et la plus jeune surtout, montraient assez d'habileté pour exciter son émulation. Cette même maison le fournit de livres, de bougies, et même d'argent : car quoique la famille fût nombreuse, et que l'éducation de tant d'enfants dût coûter beaucoup, on sut néanmoins se gêner assez pour que ce prince y trouvât ce qu'il désirait, sans qu'il pût se douter du moindre embarras. Les prêts successifs qu'on lui fit montaient, à l'époque de son rappel, à plus de six mille reisdalers, que l'on m'a assuré n'avoir jamais été remboursées.

Mais quand même Frédéric aurait payé cette dette, il serait encore vrai de dire que les de Wrech n'ont pas eu à se féliciter des services qu'ils lui avaient rendus : en effet, ils ont été, durant tout son règne, dans une sorte de disgrâce ; jamais il ne les a accueillis ; il ne leur a accordé aucune faveur, non plus qu'aux parents de l'aimable et malheureux de Katt : la cour du prince Henri est la seule où ils aient été employés ; tout ce qu'ils ont pu obtenir du roi a été de n'en pas être persécutés. Les âmes honnêtes et sensibles sont naturellement et d'abord offensées, je dois en convenir, de ces sortes de traits qui semblent dénoter une véritable ingratitude (1) ; mais on oublie que Fré-

(1) Voici ce que l'éditeur de la troisième édition rapporte relativement à de Keith. Je le cite sans commentaires, attendu que j'ignore d'après quelles autorités ou quels documents il a parlé.

Bon THIÉBAULT.

« M. de Keith se trouva par bonheur sur le pont de Magdebourg au mo-
« ment où un page, porteur de l'ordre de l'arrêter, le traversait. Il fut
« averti par ce peu de paroles : *Tout est découvert.* Keith prend la fuite,
« échappe aux ordres donnés sur-le-champ pour l'atteindre, et gagne
« l'Angleterre. Frédéric-Guillaume le réclame, dans l'intention de le li-
« vrer à la hache du bourreau. L'envoyé de Prusse rend ses demandes si
« pressantes, que les ministres d'Angleterre déterminent Keith à choisir le
« Portugal pour asile. Le monarque, implacable, le poursuit encore dans
« cette contrée ; et ce n'est qu'au sein des établissements immenses de
« l'Amérique septentrionale que le malheureux proscrit trouve un refuge.
« Instruit de la mort de son persécuteur, il quitte sa retraite, s'embarque
« avec empressement, et arrive plein de douces espérances, pour tomber
« aux pieds du prince dont il a payé si cher les dangereuses bontés. Quelle
« surprise ! Frédéric lui refuse l'honneur d'être admis en sa présence.
« Le roi ne peut voir qu'un sujet rebelle dans l'homme qui s'est rendu
« coupable de favoriser la désobéissance de l'héritier de la couronne. Les
« représentations des parents de Keith, les démarches de ses amis, l'in-
« fluence de milord Maréchal, son oncle, les services rendus par le baron

déric devenu roi n'a plus voulu calculer et agir qu'en roi : il a posé pour principe qu'il devait tout sacrifier aux intérêts du corps social ; que tout ce qui s'écartait de cet intérêt devait être répudié et proscrit par l'autorité souveraine : or, ceux qui avaient servi le prince royal ne pouvaient, d'après ce principe, qu'être suspects à ses yeux : aussi a-t-on toujours observé qu'il a éloigné de lui ceux qui montraient un attachement bien marqué pour ses frères ou autres personnes de sa famille, quoique d'ailleurs il fût lui-même si attentif à remplir tous les devoirs d'un bon parent. Louis XII disait qu'il était au-dessous d'un roi de France de venger les querelles d'un duc d'Orléans ; Frédéric pensait qu'un roi doit avoir soin d'effrayer ceux qui se dévouent à d'autres qu'à lui, et surtout ceux qui se dévouent à son héritier ou à ses proches, quand ce dévouement peut éloigner de ce que l'on doit au chef de l'État. Quelques personnes, pour justifier plus complétement Frédéric, ont prétendu ou présumé que, dans la famille des de Wrech, les jeunes gens, cherchant à lui plaire et à le plaindre, lui ont fort mal parlé de son père, et même lui ont suggéré des idées de vengeance,

« de Knyp-Hausen, son beau-frère, alors envoyé de Prusse à la cour de « France, et ses instantes prières, ne parviennent pas à faire révoquer un re- « fus énergiquement prononcé. Il a recours à l'*ancre de détresse*. Lors de « ses longues et pénibles courses, il avait gardé, comme unique trésor, ce « billet que Frédéric avait tracé de sa main dans une effervescence de « jeunesse : « *Que je passe pour un lâche, si jamais j'oublie les preuves « de dévouement que me donne mon ami Keith !* » Milord Maréchal pré- « sente le billet de la part de son neveu : Frédéric, le prenant d'un air « froid, dit : *Je n'aurais jamais cru qu'il s'en fût dessaisi*, et le livre « aux flammes. Keith, dévoré de chagrin, succombe à une maladie de « langueur. La victime n'est pas plus tôt immolée, que les signes du cour- « roux politique disparaissent. La veuve de Keith, nommée grande gou- « vernante de la reine, occupe le premier rang à la cour. Le fils de Keith, « jeune encore, part en qualité d'envoyé à la cour de Turin : c'est lui qui « revenu des illusions de l'ambition, embellit sa vie retirée par le goût des « arts, la culture des lettres, et par mille actes de bienfaisance. L'artiste, « l'écrivain et le malheureux ne l'abordèrent jamais sans avoir à se louer « de la délicatesse de son inépuisable générosité. » P. Ed.

et que lui n'a pu s'empêcher de les regarder dès lors comme plus dangereux et plus intrigants que fidèles. Cette inculpation ne m'a paru pouvoir être méritée que par la demoiselle restée fille, et que le public a généralement accusée d'avoir autant d'aigreur et de méchanceté dans le caractère, que d'esprit et de talents; réputation à laquelle il faut attribuer, bien plus qu'au défaut de sa taille, le surnom de *Fée Carabosse* qu'on lui donnait à la cour.

J'observerai de plus qu'en Prusse il y avait une loi qui, par une accolade singulière, défendait de prêter aucune somme aux princes de la famille royale et aux comédiens, et déclarait nulles les dettes que les uns et les autres contractaient (1); or, on sait combien Frédéric croyait devoir maintenir les lois qui tendaient à gêner les princes dans leurs dépenses : aussi remarque-t-on qu'il a très-fidèlement payé, étant devenu roi, tout ce qu'il se trouvait devoir à des étrangers, tandis qu'il s'acquittait si mal du même devoir envers ses sujets.

Quoi qu'il en soit, il y avait dix-huit mois qu'il était à Custrin, lorsque la duchesse de Brunswick, sa sœur, vint à Berlin, pour le mariage de la princesse Wilhelmine avec le prince de Bareith (2). Cette visite, ces noces donnèrent lieu à des fêtes auxquelles la reine Dorothée était désolée de ne pas voir son fils. L'affliction de la mère et peut-être les supplications de la duchesse produisirent un effet plus heureux qu'on ne s'y attendait : Guillaume, sans en rien dire à personne, fit ramener son fils, et le fit placer, avec son habit de conseiller de guerre, derrière le fauteuil de la reine, pendant qu'elle était au jeu. On

(1) En 1769 cette loi fut renouvelée en ce qui concerne les princes.

(2) Le prince, qui, sous main, n'avait pas cessé de dissuader sa sœur d'une alliance qu'il trouvait peu convenable, refusa de la voir à son retour de Custrin. Elle parvint cependant à l'aborder; et comme elle lui représentait que la liberté d'un frère qu'elle chérissait autant avait été le prix de ce sacrifice, il lui répliqua vivement : *Je savais mourir*.

BOURDAIS.

assure qu'il n'y a pas eu de scène plus touchante que celle dont la cour fut témoin à l'instant où cette mère, venant à tourner la tête, aperçut son fils.

Deux faits compléteront ceux que je crois devoir rapporter, relativement à ce grand événement.

Le premier concerne le général de Gromkow : le mal qu'il avait fait et cherché à faire à Frédéric fit penser, à l'avénement de ce prince, qu'il allait tomber dans une disgrâce éclatante, et l'on fut extrêmement surpris de voir au contraire que son nouveau souverain le comblât de faveurs, le promût au grade de feld-maréchal, et le nommât gouverneur de Berlin; vengeance si conforme au génie supérieur de ce roi, et qui cadre si bien avec l'explication que j'ai donnée de sa conduite envers les de Wrech, etc.

Le second concerne la reine Dorothée.

Lorsqu'en 1757 elle se vit près de sa mort, elle réunit un nombre assez considérable de lettres, qu'on a regardées comme relatives, ou à l'arrestation de son fils, ou au projet de son alliance avec la princesse d'Angleterre; elle les enveloppa dans de grandes feuilles de papier, scellées de ses armes en cire noire, partout où ces feuilles se joignaient; elle y mit l'adresse de son fils, et confia ce paquet à une personne sûre, sous la promesse de le remettre au roi lorsque celui-ci serait de retour dans sa capitale. En 1763, Frédéric, rentrant dans les appartements qu'il occupait au château de Berlin, s'arrêta dans une petite tourelle qui forme un cabinet avancé, à l'angle qui donne sur le pont Royal. Ce fut à cet instant que l'on exécuta les ordres de son auguste mère. Il savait sans doute ce que ce paquet contenait, car il ne le regarda même pas; il se contenta d'ordonner de le déposer sur la petite table qui était dans ce cabinet; et c'est là qu'il est resté, sans avoir été déplacé ni ouvert. Je l'y ai encore vu dans le même état, lorsque j'ai quitté Berlin, en 1784.

Le mariage de Frédéric suivit de près son rappel; et ce fut

encore sa sœur, la duchesse de Brunswick, qui, à force de raisons, de douceur et de prières, parvint enfin à persuader à son frère de donner cette satisfaction à leur père. Il épousa Élisabeth-Christine, fille du duc Ferdinand-Albert de Brunswick-Wolfenbuttel, âgée de dix-sept ans et demi, princesse qui, belle alors, et toujours bonne, a été le modèle des reines, et a survécu de plusieurs années à son mari. Ce mariage parut avoir un peu raccommodé Frédéric avec son père, quoique l'on puisse dire qu'ils ont toujours été assez froidement ensemble : le père ne pouvait s'accoutumer à l'esprit trop vif de ce fils, non plus qu'à son goût si décidé pour les sciences, les arts et la musique : il était encore plus révolté de l'idée qu'il n'aimait pas le militaire, et des soins que Frédéric donnait à sa parure. Et, en effet, il ne portait son uniforme que de jour, et le quittait à neuf heures du soir, pour faire la toilette la plus élégante. A Rheinsberg, où rien ne le gênait à cet égard, il ne se montrait, pour ainsi dire, qu'en petit-maître; et il vivait le plus qu'il le pouvait dans ce château que le roi son père lui avait donné après son mariage, et que lui-même a ensuite donné au prince Henri, son frère.

Personne ne doutait alors qu'il ne dût être un jour le souverain de l'Europe le plus aimable, le plus magnifique et le plus adonné au plaisir. Cependant ceux qui l'approchaient de plus près auraient pu le juger autrement, par une circonstance singulière et frappante; savoir, que ce prince ne paraissait jamais hors de son appartement, et n'y recevait personne avant midi : on savait néanmoins qu'il se levait de bon matin : que faisait-il, seul avec lui-même, pendant au moins six ou sept heures de suite ? C'est ce qu'on ne devinait point, et sur quoi il n'avait aucun confident. On a vu dans la suite que c'étaient ces mêmes heures qu'il avait consacrées à des études suivies, et à ses correspondances avec Rollin, d'Argens, Voltaire, Wolff, et tant d'autres; mais personne n'a pu l'imaginer dans le temps (1).

(1) Si cette circonstance signalait en lui un prince laborieux et réflé-

Une heureuse aventure le mit pour un moment en grande faveur auprès de son père. Celui-ci, toujours inquiet sur ce que son fils faisait à Rheinsberg, part un jour de grand matin de Potsdam : il va droit à Ruppin, où le prince avait son régiment, et se propose d'aller dîner de là à Rheinsberg, où il compte surprendre son fils, et voir par ses propres yeux ce qu'il y fait. Il arrive de fort bonne heure aux portes de Ruppin, et y trouve son fils exerçant lui-même son régiment. La surprise du père fut extrême ; sa satisfaction plus grande encore ; et ne supposant pas qu'il ait pu être averti, il commença à soupçonner que le prince vaudrait mieux qu'il ne l'avait cru.

J'ajouterai ici deux choses qui m'ont été bien assurées : l'une, que Guillaume, malgré ses originalités si extraordinaires, n'était pas sans ambition. Il avait voulu faire le prince royal empereur, et son second fils roi de Prusse ; mais, quoiqu'il aimât ce dernier beaucoup plus que l'autre, et que cette prédilection entrât sans doute dans les motifs secrets qui l'attachaient à ce projet, il ne tint pas longtemps à une idée qui ne pouvait se présenter à lui qu'entourée d'obstacles insurmontables.

La seconde anecdote que j'ai à consigner ici, c'est qu'on prétend que Frédéric, consentant enfin à épouser la princesse de Brunswick, avait déclaré qu'il ne la verrait jamais comme sa femme. On a conclu de cette résolution, vraie ou supposée,

chi, un fait rapporté par Bourdais montra, dès cette époque, qu'il serait un grand général.

« Une confraternité de jeunes héros, » dit cet auteur du portrait de Frédéric, « se forma par ses soins à Rheinsberg, et fut composée de douze « chevaliers, auxquels il donna le nom de *chevaliers sans peur et sans « reproche*. Bayard fut leur patron, et l'intrépide Fouqué leur grand « maître. Chaque chevalier de cet *ordre de Bayard* reçut un nom. Celui « de Frédéric fut celui de *chevalier constant*. Le bijou de l'ordre était « une épée couchée sur une couronne de laurier, avec cette devise : *sans « peur et sans reproche*. L'étude des livres de guerre de tous les temps, « l'examen des problèmes de tactique les plus difficiles, enfin, la per- « fection de l'art militaire, tel était l'objet et le but des travaux des mem- « bres de cet ordre. »

Bon THIÉBAULT.

que la nature ne l'avait pas traité de manière à avoir beaucoup de mérite à la tenir : cependant la reine son épouse a toujours soutenu avoir eu une fausse couche (1); et si les dames de la cour souriaient malignement et en incrédules sur ce que cette bonne reine leur disait à cet égard, il n'en est pas moins certain que cette conclusion ne peut cadrer ni avec les maîtresses que Frédéric a eues à Potsdam, à Berlin et à Ruppin, ni avec les motifs de son projet d'évasion pour épouser la princesse d'Angleterre. Sa continence avec son épouse, si elle est vraie, a donc tenu à d'autres causes : mais, est-ce une raison pour l'attribuer à des goûts renouvelés des Grecs?... Je ne m'arrête un instant à ce point, si mal sonnant, que pour déclarer que, même en y com-

(1) Dans l'un des passages que l'éditeur de la troisième édition avait intercalés dans le texte de cet ouvrage, il disait à cet égard :...

« Le faible de la respectable épouse de Frédéric était de vouloir per-
« suader que ce grand homme l'honorait en secret de sa présence. Toutes les
« fois qu'il passait la nuit à Berlin, la femme de chambre de service recevait
« l'ordre de laisser entr'ouverte une petite porte qui donnait sur un esca-
« lier dérobé, communiquant de l'appartement du roi à celui de la reine.
« Les égards respectueux que Frédéric avait pour son épouse, les expres-
« sions flatteuses qu'il employait toujours en parlant d'elle, et les de-
« voirs qu'il lui faisait rendre par la cour, sembleraient presque la preuve
« qu'il avait le dessein de modeler sa conduite sur celle dont Louis XIV
« ne s'écarta jamais avec Marie-Thérèse d'Autriche. »

Je n'ai à ce sujet que deux questions à faire: qui eût été plus à même de savoir ce fait que le grand nombre des personnes de la cour de Prusse, que mon père a si habituellement vues pendant vingt ans; et comment ce fait, qui devait remonter aux premiers temps du mariage de Frédéric, ou du moins à son avénement au trône, a-t-il pu être su en 1794, ou en 1799, alors qu'il était ignoré en 1764 ? Mais encore, comment concilier ce fait avec la déclaration de Frédéric, et avec ces circonstances qu'il n'a jamais eu d'enfants; que cette reine n'a jamais osé demander à voir Potsdam ; que Frédéric ne paraissait chez la reine qu'au jour de sa naissance, pendant une heure, et quand toute la cour était réunie chez elle?... N'est-il pas plus naturel de croire qu'il renchérissait sur les égards qu'elle méritait, pour empêcher que sa conduite avec elle, comme mari, n'influât sur les respects qui lui étaient dus comme reine, et dont il était de sa dignité et de sa justice d'exiger que l'on entourât sa femme, alors même qu'elle ne l'était que de nom. Bon THIÉBAULT.

prenant le dangereux baron de Poëlnitz, personne n'a pu me citer à cet égard le moindre fait, ni sortir du cercle des conjectures les plus vagues et des *on dit*. Et en effet, si quelques-uns des plus beaux hommes attachés à son service intérieur ont eu dans leurs chambres un ameublement un peu propre en indienne, doit-on être si émerveillé, lorsqu'on songe à la haute paye qu'ils recevaient? Est-ce donc sur de semblables circonstances que l'on peut appuyer des accusations aussi graves? Ce que je puis attester, ce que j'atteste bien loyalement, c'est que, de mon temps, aucune sorte d'apparence n'a pu fonder de semblables idées. On me dira peut-être qu'alors Frédéric avait plus de cinquante ans. Mais les anciennes habitudes laissent encore après elles des traces propres à en rappeler le souvenir; et certes, personne n'a découvert de traces pareilles. J'ai dit ailleurs que dans ses moments de gaieté il avait un langage fort libre; mais ce langage même ne prouve nullement un goût que la nature réprouve. Gémissons sur les faiblesses ou les travers des grands hommes, sans toutefois leur en faire grâce; mais ne les calomnions pas, et, par-dessus tout, rendons à la vérité le témoignage pur et sincère que nous lui devons tous.

On voit que je ne songe nullement à déguiser ou affaiblir les reproches que l'on a pu faire à Frédéric, mon dessein se bornant à le peindre tel qu'il a été : c'est par la même raison que je me garderai également de grossir ses défauts ou de lui en supposer qu'il n'ait pas eus. Ce roi est du petit nombre de ceux chez qui toute l'activité de l'âme a concentré en quelque sorte les forces physiques et morales dans la tête, ce qui a dû amortir les passions qui sont étrangères aux nobles et grandes conceptions de l'homme.

C'est ainsi que j'expliquerais comment ce grand roi n'a vu qu'un sujet de plaisanterie dans des choses qui subjuguent si impérieusement la foule. Il s'est moqué de toutes les passions qu'il n'avait pas, parce qu'il s'est réservé tout entier et constamment à celles qu'il a cru lui convenir : jeune, il n'a eu que l'avidité des connaissances (1) ; dans la force de l'âge, il n'a consulté que la gloire ; et à mesure qu'il s'est approché de la vieillesse, il n'a cherché qu'à réparer le mal qu'il découvrait, et qu'à faire ou consolider ce qu'il croyait être un bien. Telles ont été les

(1) On peut s'étonner que ce roi qui a appris tant de choses, et qui, dans ses lectures, dans ses entretiens et dans ses compositions, s'est aussi constamment occupé de la littérature française, n'ait jamais su l'orthographe de la langue qu'il préféra à la sienne propre. Le fait est qu'il ne la savait pas. L'éditeur de la troisième édition de cet ouvrage, constamment hostile en ce qui le concerne, n'a pas manqué de joindre ce reproche à tous ceux qu'il lui fait, et a même été jusqu'à déclarer (Avis, p. xj) *qu'il serait ridicule de lui chercher à cet égard aucune excuse!* Après cette sentence, il cite comme exemple le *menu du dîner* du roi, *pour le* 20 *octobre* 1780, *menu écrit*, dit-il, *de sa main*, et que voici :

1. Soupe aux salssifis ;
2. Ailles de perdros glacées aux cardons en petit poix ;
3. Petit patés à la romaine;
4. Des alloëtes ;
5. Des clops de veau à l'angloise.

Puisqu'il a cité cet exemple, j'en donnerai un autre, copié littéralement d'un passage de l'exemplaire manuscrit de l'éloge de Voltaire, que je possède, passage tout entier de la main du roi.

« La pressence de monsieur de Voltere, L'efervessanse de son génie, la « facilité de son Travail, persuada a tout son Voissinage qu'il n'y avoit « qu'a Le Vouloir pour estre bel Esprit, Ce fut Come une Espesse de Ma- « ladie Epidemique dont Les Suisses qui passent d'ailleurs pour n'estre « pas Les plus deliéz furent atteint, ils n'exsprimoient plus les chôsses « Les plus Communes que par Antitesse ou en Epigrames. »

Cet exemple suffirait à lui seul pour prouver que Frédéric ne savait pas l'orthographe; mais il prouve également qu'il y attachait peu d'importance ; que dans les rapides moments qu'il donnait à ses compositions littéraires, il n'était occupé que de la série des idées qu'il suivait, et qu'il faisait beaucoup de fautes qu'avec quelque attention il n'eût pas faites. Est-il admissible, en effet, qu'il ne sût pas comment s'écrivait le nom de *Voltaire* ?

Au reste, moins il avait de ces connaissances communes à tant d'hommes ordinaires, et que son père lui avait ôté, autant qu'il l'avait pu, les moyens d'acquérir, plus les grandes choses qui le signalent comme roi, comme législateur et comme guerrier ; plus ses compositions littéraires, et qui ne furent pour lui que des délassements, attestent l'étendue et la puissance de son génie, et réduisent à sa juste valeur, ou plutôt on ne sait à quelle valeur, ce jugement de l'éditeur de la troisième édition : *L'ascendant de Frédéric sur son siècle tenait à des qualités qui dérobaient aux regards plus d'une faiblesse!* Bon THIÉBAULT.

phases successives de son ambition; tel est l'astre dont il a constamment voulu suivre l'influence. L'amour de la gloire, ce grand mobile de ses actions, est le seul point sur lequel je ne l'aie jamais vu plaisanter; et c'est à la trempe de son âme, et à la force, à l'étendue de son génie, qu'il faut attribuer la direction qu'il a suivie. Je sais que l'on cite quelques faits qui montrent chez lui une indulgence bien singulière envers de grandes turpitudes morales : mais qu'il ait dit *qu'on ne dispute pas des goûts*, en parlant de ceux d'un pâtre et ensuite de deux sœurs; que dans une autre occasion il ait dit d'un soldat de cavalerie qu'il n'y avait qu'à le placer dans l'infanterie, en conclura-t-on qu'il faille le ranger lui-même dans la classe des pâtres et des cavaliers les plus bruts? Non sans doute : on n'y peut retrouver que les principes de sa politique; on ne peut y voir que l'homme qui s'est dit : « Je ne pardonnerai jamais ce qui blessera les intérêts « du corps social et du gouvernement; je ne pardonnerai donc « ni les fautes contre la discipline militaire, ni la révélation des « secrets de l'État, ni l'infidélité dans le maniement des deniers « publics, ni la dénégation de la justice : mais pour tout le reste, « et même pour ce qui concernera ma personne, je serai aussi « indulgent que je pourrai l'être; il me suffira d'écarter le scan-« dale par le secret, ou au moins de l'atténuer par l'insouciance « et la plaisanterie. » J'ai déjà dit ailleurs que ce peu de mots peignaient Frédéric tout entier. Et comment ne pas le redire encore? C'est à cette vérité que toute sa vie ramène ceux qui savent l'étudier, le suivre et le juger.

CHAPITRE IV.

Voyages de Frédéric le Grand.

En montant sur le trône, et même depuis son avénement, Frédéric eut la fantaisie de voyager *incognito*. On conçoit que ces courses n'avaient aucun rapport aux voyages qu'il faisait tous les ans dans ses États.

Pour ces derniers tout était réglé, et constamment de la même manière : jours, heures de départ et d'arrivée, lieu de halte, c'est-à-dire des dîners et des gîtes, dont quelques-uns étaient fixés dans des villages, et chez des pasteurs, s'il n'y avait pas de maison plus considérable. Du reste, il ne fallait à Frédéric qu'une chambre, un lit, un fauteuil et une table; et quoique depuis la guerre de Sept ans il eût peu à peu renoncé au souper, il n'en continua pas moins à payer à son hôte cent reisdalers pour une nuit.

Arrivé au lieu de sa couchée, le roi lisait et examinait tous les placets qu'il avait reçus dans la journée, et à l'instant même ces placets étaient répondus, ou bien apostillés, et renvoyés, avec les ordres convenables, aux ministres au département desquels les affaires ressortissaient, à moins qu'il ne les gardât dans un portefeuille particulier, pour s'en occuper à son retour, ou à quelque autre endroit. C'est pour ce travail qu'il avait toujours avec lui deux ou trois portefeuilles et une écritoire, que l'on plaçait tous les soirs devant lui, et que l'on reportait tous les matins dans sa voiture.

Deux voitures formaient tout son train de voyage : la sienne, et celle de sa chatouille. Celle-ci, qui n'était qu'à deux places, contenait, outre un commis et quelques registres ou papiers, l'argent qu'il avait voulu emporter avec lui (1). Ce commis voyageait de cette manière en voiture, tandis que le gardien de la chatouille, premier domestique du roi, était derrière le carrosse de sa majesté, juché au-dessus des coffres, et au niveau de l'impériale, avec un ou deux autres domestiques.

Il existe, relativement à cette dernière voiture, un fait extraordinaire, c'est que, pendant tout son règne, Frédéric ne s'est servi que d'elle pour ses voyages, et qu'elle ne lui a pour ainsi dire coûté aucun frais d'entretien. Quand il était besoin de la raccommoder, on le faisait à son insu, de même que l'on subvenait à ces dépenses comme on pouvait, attendu qu'il taxait de friponnerie tous les frais de cette nature. Il soutenait, en effet, que sa voiture était excellente; que depuis plus de trente ans qu'elle lui servait, elle était toujours de même, et que si on y touchait ce ne serait que pour le voler. Il gagnait de plus à ce langage de se trouver autorisé à rayer sur les mémoires de ceux qui avaient à voyager pour son service tous les articles pour réparation ou remplacement de voitures. C'était donc dans cette grande, forte et vieille voiture qu'il faisait toutes ses courses, à vingt ou vingt-cinq milles par jour; voiture attelée de douze chevaux que les paysans fournissaient, outre deux bidets pour les pages de la chambre (1), et six chevaux pour la voiture de suite.

Les voyages annuels de Frédéric ne m'offrent du reste rien

(1) Cet argent était pris dans sa caisse particulière, dite *la chatouille;* caisse dans laquelle il y avait quelquefois jusqu'à soixante millions de livres.

(2) Ces pages étaient obligés de lui donner le bras quand il montait en voiture et quand il en descendait, et d'être toujours auprès de la voiture: mais, indépendamment de la fatigue, ils avaient encore le désagrément de ne monter le plus souvent que de jeunes chevaux non encore dressés ou domptés, les paysans ayant adopté comme proverbe ces mots, en parlant d'un jeune cheval trop difficile à manier: *Les pages du roi le formeront!* Aussi n'y avait-il pas de service plus pénible et plus dangereux que celui des deux pages du roi dans ces voyages.

de particulier à rappeler; je ne parlerai donc ici que de trois voyages dans lesquels il n'a pas voulu être connu, et tous les trois faits hors de ses États : l'un à Strasbourg, le second en Hollande, et le troisième à Roswald en Moravie.

Frédéric eut envie de voir Paris. Assez peu de temps après qu'il fut monté sur le trône, il partit de Berlin sous le prétexte d'aller faire ses revues en Westphalie, et même de s'y arrêter quelque temps, afin d'y recevoir le serment de fidélité des habitants de cette province, de s'y occuper de quelques affaires d'administration, et d'y visiter quelques établissements publics ou particuliers : mais, au lieu de se rendre en Westphalie, il prit, sous le nom du comte de Bohême, la route de Strasbourg. Il avait à sa suite son aide de camp, le comte de Wartensleben, que j'ai connu lieutenant général; il avait encore deux autres cavaliers dont j'ai oublié les noms, et un page qu'on m'a assuré être ce même maréchal de Möllendorff, actuellement (1804) gouverneur de Berlin, et que l'Europe sait être le général le plus respectable et le plus respecté de la Prusse (1). Tout le monde était en habit bourgeois, et les domestiques sans livrée.

En descendant de voiture, à l'auberge du Saint-Esprit, à Strasbourg, Frédéric demanda à l'hôtesse si elle pourrait lui donner un bon souper, et ajouta qu'il serait charmé d'avoir la compagnie de quelques colonels français, la priant d'en inviter. L'hôtesse essaya en vain de lui faire entendre que les officiers français, et surtout les colonels, exigeaient un peu plus de façons pour se rendre à une invitation semblable; il insista, et il fallut qu'elle allât à un café militaire, où, heureusement, elle trouva trois colonels parmi beaucoup d'autres officiers, et leur fit, comme elle put, et à travers des excuses vingt fois répétées, la commission peu régulière dont elle était chargée. Tout le monde trouva l'idée de monsieur le comte allemand très-incongrue.

(1) J'ai quelques doutes sur le fait du page : M. de Möllendorff, à cette époque, devait déjà être officier, à ce qu'il me semble.

On en rit beaucoup. On imagina que ce devait être un original plaisant et curieux à connaître; et enfin, pour répondre à cette singularité par une autre, les trois colonels acceptèrent et donnèrent leurs noms. Ils arrivèrent peu avant le souper, et furent extrêmement surpris de trouver un seigneur allemand qui, tout autre qu'ils ne l'avaient imaginé, pétillait d'esprit, savait infiniment de choses, était d'une gaieté charmante et d'une politesse aussi aisée que soutenue. Lorsqu'on servit le souper, l'un de ces colonels se trouva placé en face de monsieur le comte, qui en eut un second à sa droite, tandis que le troisième se retira à l'un des bouts de la table. On n'a pas su me dire comment le militaire français devint l'objet de la conversation; mais monsieur le comte se permit une plaisanterie que l'on pouvait prendre pour un sarcasme. Le colonel qui était en face, homme d'esprit et aussi vif que Frédéric, releva le propos avec beaucoup de franchise; le comte voulut le soutenir, ce qui ne pouvait se faire qu'en l'aggravant. Le vis-à-vis riposta sur le même ton : à chaque réplique, les choses devenaient plus sérieuses, les expressions plus énergiques, et le ton plus ferme et plus animé, au point que le défenseur du militaire français était sur le point de jeter son assiette au comte, du moins M. de Wartensleben et ses camarades en jugeaient ainsi, et étaient près de dire... *C'est le roi de Prusse*, lorsque le colonel placé à la droite de l'étranger fit à son ami des signes si extraordinaires et si expressifs, que tout à coup ce dernier resta immobile, les yeux fixés sur son assiette, ne parlant plus, et paraissant ne plus entendre. Monsieur le comte eut aussi, et comme tout le monde, quelques instants de recueillement : il ne s'y livra toutefois pas longtemps. Il parla d'autres choses, et redevint bientôt aussi aimable qu'il l'avait été au début. Lorsqu'on se leva de table, le colonel vis-à-vis n'eut rien de plus pressé que de joindre son ami, et de lui demander ce que signifiaient les signes qu'il lui avait faits. La réponse de ce dernier fut : « Ce comte est un prince déguisé; et voici les preuves

« que j'en ai : il n'est servi que par ce jeune homme que vous « avez toujours vu derrière lui. Ce jeune homme ne sert que « lui, et personne autre ne le sert. Je lui ai demandé une as-« siette ; et sans prendre la mienne, il a appelé un domestique, « et lui a dit : *Prenez l'assiette de Monsieur*. Cela m'a frappé, « et je n'ai plus perdu de vue ce petit garçon. Quelques moments « après, on a vanté un vin blanc que l'on servait à l'un des bouts « de la table : le soi-disant comte en a désiré un verre, et le « petit garçon le lui a présenté ; j'en ai demandé un, et pour « la seconde fois, ce petit gaillard a appelé un domestique, et « lui a dit : *Allez chercher un verre de ce vin pour Monsieur*. « Il est évident que ce serviteur est un page, et vous voyez ce « que le maître est ou peut être. J'étais livré à ces réflexions, « lorsque votre dispute s'est élevée. J'ai cru qu'il y avait tout à « craindre pour vous à la pousser plus loin, et telle est la cause « des signes que je vous ai faits. »

Pendant ce temps, d'autres événements se préparaient. Lorsque monsieur le comte était descendu de voiture à l'auberge du Saint-Esprit, il avait été vu par un grenadier, qui d'abord l'avait reconnu, et était allé en avertir son capitaine. Celui-ci, après avoir bien recommandé le secret au soldat, s'était présenté chez M. le maréchal de Broglie, gouverneur de Strasbourg, et lui avait rendu compte du rapport de son grenadier. Le maréchal, en ordonnant à son tour le secret, avait envoyé inviter, de la part de madame la maréchale et de la sienne, M. le comte et sa compagnie à dîner pour le lendemain. Lorsque M. le maréchal sut que le comte avait accepté, il fit venir le grenadier, le prit à part, et l'interrogea pour se bien assurer s'il n'y avait point de méprise..... « Monsieur le maréchal, lui répondit le « grenadier, il y a très-peu de temps que j'ai déserté de chez lui : « je servais dans le régiment de ses gardes, en garnison à Pots-« dam ; tous les jours je le voyais à la parade ; cent fois il nous « a exercés, mes camarades et moi. Je le connais donc bien, « et c'est lui que j'ai vu hier soir descendre de la voiture. —

« Écoute, si tu me trompais, tu serais puni; si tu ne me trompes
« pas, tu auras un louis pour boire. Quand il arrivera pour
« dîner, je le recevrai ici, et je l'y retiendrai assez longtemps :
« tu seras caché derrière cette porte vitrée; tu auras tout le
« temps de l'examiner : regarde-le bien. Je reviendrai pendant
« le dîner te retirer de là, et t'entendre sur ce que tu auras à
« m'en dire. »

Tout se passa comme on l'avait projeté. Il n'y avait pas longtemps qu'on était à table, quand sur un mot dit par un valet de chambre à l'oreille de M. maréchal, celui-ci demanda permission de s'absenter un moment à M. le comte, qui lui dit que personne ne respectait plus que lui la fidélité à remplir ses devoirs, surtout des devoirs publics, et qu'il serait bien fâché d'en avoir jamais détourné qui que ce fût. Ainsi, M. le maréchal alla tirer son grenadier de sa cachette, l'interroger, l'entendre, lui donner un louis et le renvoyer, en lui recommandant le silence. Il revint à propos pour interrompre une conversation qui aurait pu donner de l'humeur à M. le comte, si elle eût duré longtemps. « Monsieur, » lui avait dit la maréchale, qui n'était pas du secret, « avez-vous vu la cour d'Hanovre, dans vos voyages?
« — Non, madame; mais je compte la voir à mon retour. Est-ce
« que vous la connaissez? — Beaucoup, monsieur, j'ai passé
« une partie de ma jeunesse à cette cour; mon père y était mi-
« nistre de France : ainsi j'ai beaucoup connu les princes, et
« surtout les princesses de cette maison souveraine. — Oserais-
« je vous demander, madame, si vous en avez été contente?
« — Infiniment, monsieur; toutes ces princesses étaient res-
« pectables par tant de qualités précieuses! La mère du roi de
« Prusse, en particulier, réunissait tant d'amabilité, de bonté
« et de vertus! Elle eût été parfaite, si on n'avait pas eu à lui
« reprocher un peu de cette fierté dont on prétend que les
« grandes maisons de l'empire ont peine à se défendre. —
« J'ai l'honneur de vous assurer, madame, que jamais je n'ai
« entendu parler d'elle qu'avec le plus profond respect. — Oh!

« monsieur, elle le mérite bien; il n'y a que cette teinte de « morgue germanique.... — Je viens de vous observer, ma- « dame, et j'ai l'honneur de vous répéter, que ce n'est que dans « les termes du plus profond respect, et sans aucune réserve, « qu'on en a toujours parlé devant moi. » Ici M. le maréchal rentra, et renouvela ses excuses, à la suite desquelles on parla d'autres choses. On demanda à M. le comte s'il désirerait voir le spectacle, et on lui offrit la loge de madame la maréchale. Il répondit que si madame y allait, il aurait l'honneur de lui donner la main. On lui proposa même un bal au retour, et il eut l'air de ne pas le refuser, sans l'accepter formellement. Mais, après le dîner, M. le maréchal eut la maladresse de lui dire : *Sire ... M. le comte....* Cette faute passa comme si elle n'avait pas été observée, mais elle produisit tout son effet; le roi en fut blessé : « Ce maréchal, disait-il, est un sot : il devait respecter mon « secret, ou me faire rendre les honneurs qui m'étaient dus. » Il alla néanmoins à la comédie avec madame la maréchale; mais il y resta peu de temps, prétexta quelques affaires, et se retira. Le baron de Poëlnitz m'a assuré qu'en arrivant à son auberge il y avait trouvé un paquet de son ministre à Paris, qui lui donnait les plus fortes raisons pour ne pas aller plus loin, et que ces mêmes raisons avaient achevé de le déterminer à repasser le Rhin. Ce qu'il y a de certain, c'est qu'il envoya commander des chevaux, et partit le lendemain de bon matin.

Lorsqu'il courait ainsi sur la rive droite du Rhin pour regagner ses États, il aperçut une chaise ouverte qui venait à lui ; et à l'aide de sa lunette, il y reconnut un abbé français, homme d'esprit, avec lequel il avait souvent causé à Berlin, et qu'il y avait laissé en partant. Frédéric s'était souvent amusé à vouloir engager cet abbé à se faire recevoir franc-maçon, uniquement parce qu'il lui paraissait plaisant d'amener un prêtre catholique à braver une excommunication : l'abbé, qui peut-être l'avait deviné, avait su s'en défendre avec autant de fermeté que d'adresse. La même lunette qui, sur les bords du Rhin, apprit au roi que c'était lui qui était dans la chaise de poste, lui fit voir également qu'il était profondément endormi; sur quoi le premier fit à l'instant arrêter la voiture, en descendit un pistolet à la main, et cria au dernier, quand celui-ci fut près de lui : *Fais-toi franc-maçon ou meurs*. On peut juger de la surprise de ce prêtre, qui, bien assuré que le roi de Prusse était en Westphalie, le trouve, en se réveillant en sursaut, aux portes de Strasbourg! Ne sachant si c'était une illusion, ou une vision du diable, effrayé et troublé, son premier mouvement fut de répondre : *Ah, sire! tout ce qu'il vous plaira; mais ne me tuez pas!* Le roi se moqua de sa peur, le jugea trop poltron pour mériter jamais le titre de *frère*, et lui dit adieu, après s'en être amusé quelque temps.

Ce fut à la suite de ce voyage que se fit, sur les bords de la Meuse, la première entrevue de Frédéric et de Voltaire. Je n'en parlerai point, parce que ce dernier en a publié les circonstances les plus curieuses, quoiqu'avec plus de plaisanterie peut-être que d'exactitude

Le voyage en Hollande fut plus heureux que celui en France. Ce fut du fond de la Westphalie que ce roi l'entreprit, n'ayant avec lui qu'un domestique et le colonel de Balby, que j'ai particulièrement connu, homme aimable et de beaucoup d'esprit, qui fut en faveur jusqu'à l'époque du siége d'Olmutz; et qui, dans une demi-disgrâce, est mort fort vieux à Berlin. Tous deux se déguisèrent, et s'annoncèrent partout comme musiciens. Je citerai deux de leurs aventures. Arrivés dans une ville où un juif extrêmement riche avait un cabinet curieux et de quelque célébrité, ils envoyèrent demander la permission de le voir. Le juif répondit, qu'il voulait bien se gêner pour montrer son cabinet aux étrangers un jour par semaine, mais qu'il ne se rendrait pas esclave pour des indiscrets, et surtout pour deux petits musiciens inconnus. Frédéric fut irrité de cette réponse, qui ne fut à ses yeux qu'une insolence punissable. Il ne l'a jamais oubliée, et le juif hollandais a eu à s'en repentir, non-seulement parce qu'il a su depuis qui étaient ces prétendus musiciens dont il avait si mal accueilli la demande, mais aussi parce que jamais le roi de Prusse n'a permis que cet homme fût compris au nombre de ceux avec qui le gouvernement prussien pouvait avoir à négocier en Hollande, quelque affaire de banque ou de commerce que ce pût être.

En passant d'une ville à l'autre, nos deux musiciens prirent place sur un yack où il y avait déjà beaucoup de personnes, mais où ils trouvèrent encore une chambre particulière à louer. Après y avoir été quelque temps à s'ennuyer, Frédéric envoya Balby faire un tour dans la salle commune, et examiner s'il n'y aurait pas quelqu'un avec qui l'on pût causer sans se compromettre. Balby revint, au bout de quelques minutes, annoncer qu'il y avait un homme qui lui semblait réunir les avantages de l'éducation à ceux que de bonnes études peuvent procurer. Sur cette annonce, il eut ordre d'aller offrir à cet inconnu de venir déjeuner avec eux. L'inconnu accepta, et entra avec Balby, qui dit à son maître : « Mon camarade, voilà un « galant homme qui veut bien prendre sa part du pâté que « nous allons ouvrir. — Monsieur, dit Frédéric à celui qu'on « lui présentait, vous nous faites en cela un vrai plaisir : mon « ami, ajouta-t-il, en s'adressant à Balby, ouvrez ce pâté, et « servez monsieur. Oserais-je vous demander de quel pays vous « êtes? — Monsieur, je suis de Suisse. — Ah! peuple respectable! Et de quel endroit de la Suisse êtes-vous? — D'une « petite ville qu'on appelle *Morges*. — Je vois : vous êtes à « peu de distance de Lausanne, sur le lac de Genève; vous « êtes du canton de Berne. Êtes-vous bien content de votre « gouvernement ? vos familles patriciennes ne sont-elles pas « un peu fières? et même les bourgeois de Berne, quand ils « viennent chez vous, ne font-ils pas les renchéris? ne sont-« ils pas exigeants et durs? — Ces inconvénients, dont nous « avons rarement à nous plaindre, sont compensés par les « avantages dont nous jouissons. — Êtes-vous établi dans ce

« pays-ci? — Non : je n'y suis que comme voyageur et étran-
« ger. — Quel est le motif qui vous y a fait venir? — C'est la
« suite de mes études qui m'y a amené. — Comptez-vous vous
« y fixer? — Je ne le crois pas, ou plutôt je n'en sais rien. —
« La bigarrure des différentes formes de gouvernement adoptées
« en Suisse ne brouille-t-elle pas un peu les idées sur les ma-
« tières politiques, ou au moins ne conduit-elle pas à une sorte
« de scepticisme et d'indifférence? — Non : on sait que chaque
« canton est libre comme il a voulu l'être, etc. » Monsieur le musicien continua ses questions avec tant de persévérance, il entra dans tant de détails, il y mit par moments si peu de ménagement, que l'inconnu qui, d'ailleurs était au bout de son déjeuner, en fut impatienté et un peu blessé; si bien qu'il interrompit le questionneur par ces mots : « Permettez-moi, mon-
« sieur, de vous observer que voilà bien des questions pour une
« tranche de pâté. — Je vous en demande pardon, reprit le
« questionneur, vous savez que les voyageurs aiment à s'ins-
« truire ; et il est d'autant plus juste d'excuser, si je me livre
« indiscrètement à ce désir, qu'il est rare de rencontrer des
« occasions aussi favorables. »

Quand on fut près de se séparer, le musicien dit au Suisse :
« Puisque vous n'avez encore d'engagement pour aucun état,
« voulez-vous bien me donner votre adresse? il serait possible
« que je trouvasse à vous obliger, et je serais charmé d'avoir à
« vous proposer quelque chose qui vous convînt. » Le Suisse le remercia, et lui donna, avec son nom, le moyen de lui faire parvenir ses lettres. C'est ainsi qu'ils se quittèrent. Frédéric ne perdit point cet homme de vue : quelques années après, il lui proposa la place de son lecteur, place qui fut acceptée; et c'est de cette sorte que M. le Catt fut connu de Frédéric, sans le connaître, et lui fut ensuite attaché.

Au voyage en Hollande, fait quelques années avant la guerre de Sept ans, je ferai succéder un troisième voyage, fait encore *incognito*, et durant cette même guerre.

Quand Frédéric se détermina à lever le siége d'Olmutz, et à venir de la Bohême, où son plan de retraite l'avait conduit, en Silésie, où il était pressé d'arriver pour s'opposer aux Russes, et arrêter les progrès des Autrichiens, il divisa son armée en quatre corps, qui, sous des chefs différents et par diverses routes, marchèrent à grandes journées, enlevant ou détruisant, selon les lois de la guerre, tout ce qui pouvait devenir utile ou nécessaire à ceux qui auraient dessein de les poursuivre. Il se mit lui-même à la tête d'un de ces corps, de celui qui, ayant à traverser les montagnes de la Moravie, semblait exposé à plus de risques ; mais lorsqu'il fut à la hauteur de Roswald, il ne put résister au désir de voir cette terre, et de connaître le comte Hoditz, qui depuis tant d'années y vivait retiré ; et en conséquence il se rendit chez lui, *incognito*, et suivi par un seul domestique.

Ce que j'ai à dire du comte Hoditz trouve si naturellement ici sa place, que je vais y réunir tout ce qui concerne cet homme extraordinaire ; et ce qui, sans cela, eût été réservé pour la fin de ma quatrième partie : mais, d'une part, comment ne pas motiver la curiosité de Frédéric, et de l'autre, pourquoi diviser en deux articles ce qui naturellement ne doit en former qu'un seul ?

M. de Guibert a publié, sur le comte Hoditz, une notice assez étendue ; mais il n'a pas rapporté les traits les plus curieux de son histoire, et il n'a pas tout dit sur ceux dont il a parlé. Comme j'ai particulièrement connu le comte, et que lui-même m'a détaillé toutes les particularités de sa vie, je serai plus exact et plus complet que M. de Guibert n'a pu l'être.

Le comte Hoditz-Roswald était fils unique d'un seigneur de Moravie, riche et considéré. Dès sa première jeunesse, il annonça ce qu'il devait être et ce qu'il fut en effet. Grand, fort et bien proportionné, visage long et plein, figure noble et animée, caractère franc et hardi, esprit vif et entreprenant, imagination ardente, féconde et originale, il devint aussi remarquable au moral qu'au physique; mais si turbulent, qu'il fut impossible à son père de le conserver chez lui. Il le conduisit en conséquence dans une petite ville, voisine de Roswald, et l'y plaça chez un maître de pension à qui on recommanda de le traiter avec une sévérité équitable, mais soutenue et inflexible. Le jeune comte avait alors treize à quatorze ans; c'était le plus vigoureux et le plus hargneux de la pension, et il fallait que les autres fussent ses complices ou ses victimes.

Dans le nombre de ses condisciples, il s'en trouva un qui, disposé à ne valoir guère mieux que lui, devint en peu de temps son camarade le plus dévoué. Tous les jours ces deux garnements faisaient des sottises nouvelles; tous les jours on leur infligeait de nouvelles peines : mais ils étaient incorrigibles, et le maître de pension, au désespoir, ne savait plus, pour les châtier, à quel moyen recourir. L'été vint, et ce pauvre homme imagina de profiter de l'un des plus beaux jours pour donner à sa pension, mais sans les y admettre, une fête complète. Il prépara les provisions nécessaires, et emmena dès le matin tous ses pensionnaires à un endroit assez éloigné et champêtre, avec le projet de s'y bien divertir. Il n'y eut que Hoditz et son ami qui restèrent : on les renferma, au premier étage, dans une chambre dont on laissa la clef à un domestique affidé, avec ordre de leur servir un mauvais dîner, et de leur refuser tout le reste. Quand on fut parti, Hoditz s'écria : « Est-ce donc « que nous ne nous vengerons pas?... » Là-dessus ils eurent bientôt concerté un plan : ils appelèrent le domestique chargé de les garder, et lui dirent : « Écoute, et décide-toi; si tu fais ce que nous allons te demander nous te donnerons chacun « un ducat : si tu ne le fais pas, attends-toi à être battu, et à « ce que nous te fassions tout le mal que nous pourrons. — « Eh! messieurs, que voulez-vous donc de moi? — Nous vou« lons que tu ailles acheter un grand clou bien fort, tant de « brasses de grosse ficelle, et que tu nous apportes le tout avec « un marteau, une écuellée de sang frais pris à la boucherie,

« et nos épées. — Mais que voulez-vous faire de tout cela? — « Que t'importe? Sois seulement assuré que nous ne ferons « aucun mal. » Le pauvre domestique, dompté par la peur et séduit par les deux ducats, obéit. On lui dit ce qu'il aurait à faire quand la pension reviendrait, et on lui promit de ne pas avouer que ce fût de lui qu'on eût eu tous ces objets.

Vers la fin du jour, Hoditz se déshabilla, passa la corde sous la plante des pieds, en l'assujettissant par de bons nœuds autour des chevilles, des genoux, des reins et des épaules, et finit par en faire un cordon assez lâche autour de son cou : après quoi il se rhabilla; et dès qu'il fut instruit que la pension approchait, il monta sur une chaise et s'accrocha au clou qu'il avait enfoncé dans une des poutres de la chambre : son camarade alors renversa la chaise, répandit sur le plancher le sang apporté de la boucherie, se coucha dans ce sang, ayant les deux épées nues près de lui. Pendant ce temps-là, le domestique alla en gémissant au-devant des pensionnaires, et raconta à ceux qui marchaient les premiers le malheur qui venait d'arriver. A l'instant, toute la pension le sut, et le maître lui-même, quoique replet et fort âgé, accélérant le pas, arriva tout haletant à la chambre, et à ce spectacle s'écria, du seuil de la porte : « Ah! je vois ce que c'est! ces deux malheureux auront « eu une querelle; ils se seront battus, ce grand vaurien aura « tué son camarade, et puis il se sera pendu. Allons, il faut faire « venir la justice. » A ces mots il se retira, et l'on envoya chercher les gens de loi; mais il manquait un chirurgien, et il était tard. Ainsi, on se contenta de mettre les scellés sur la porte, et l'on remit la levée des corps et le procès-verbal au lendemain. Dès qu'ils furent partis, le jeune homme prétendu tué se releva, rendit la chaise à son ami, qui se décrocha, et se débarrassa de la corde dont ils firent une échelle; après quoi, ils attachèrent cette échelle à la fenêtre, gagnèrent la rue, coururent toute la ville, firent mille avanies aux uns et aux autres, et pendant presque toute la nuit donnèrent des aubades à leur maître de pension. On devine ce que le lendemain apprit à tout le monde. Quant au maître, il ne voulut plus de ces deux étourdis, qui furent renvoyés à leurs parents. Le jeune comte Hoditz fut confié à un précepteur, qui en fit ce qu'il put.

Son éducation terminée, et toujours pour s'en débarrasser, son père le fit voyager. Ce fut à la suite de ses voyages que l'empereur Charles VI en fit un de ses chambellans. Parvenu à cette place, il ne mit à son faste d'autres bornes que celles qu'il ne dépendait pas de lui de passer. Fier et même insolent, il ordonna, entre autres choses, que son cocher ne cédât le pas à personne. Un jour, dans une rue de Vienne, il vit avec indignation un vieux carrosse de province marchant devant lui : il ne fallut dire qu'un mot à son cocher, fort habile en ces sortes d'expéditions, et le vieux carrosse fut accroché et renversé. Le chambellan voulut voir quel était le provincial qui avait osé prendre le pas sur lui, et reconnut son père, avec lequel il n'avait plus de correspondance, et qui était venu peut-être autant pour s'informer de lui que pour faire sa cour à l'empereur. A l'instant, il se hâta de descendre pour lui demander pardon ; mais ce fut en vain : le père refusa de l'entendre, jura de ne le revoir jamais, et l'envoya à tous les diables.

Le jeune comte Hoditz ne tarda pas à dépenser toute la succession de sa mère ; et il est assez difficile de deviner ce qu'il serait devenu, si la fortune prodigue ne lui eût réservé une de ses plus rares faveurs. En effet, la landgrave douairière de Bareith le vit, en devint amoureuse, et l'épousa. Cette douairière n'était pas encore vieille, quoique tante de Frédéric, et avait un douaire qui rendit le comte très-riche. Soit amour, soit reconnaissence, il a été, tant qu'elle a vécu, un modèle digne d'être proposé à tous les époux ; et lorsqu'il l'a perdue, il lui a fait ériger un mausolée antique, au fond de la partie de ses jardins qu'on appelait les *champs élysées* : c'est là que tous les samedis soir il allait, avec la totalité de sa maison, célébrer sa mémoire, et chanter sur sa tombe des hymnes funéraires composés par lui-même.

Peu de jours après leur mariage, elle lui témoigna combien elle désirait le raccommoder avec son père. En conséquence, ils rédigèrent une lettre qu'elle signa, et qu'elle fit expédier, indépendamment de celles que son mari écrivit de son côté. Le père répondit à la princesse qu'en daignant épouser son fils, elle avait fait à toute la famille un honneur infini, et dont il était en son particulier plus touché qu'il ne pouvait le dire; qu'il désirait bien ardemment qu'elle n'eût jamais lieu d'en éprouver le moindre regret; que ce serait pour lui une grande consolation de pouvoir l'assurer verbalement de son dévouement et de son respect, mais que jamais il ne consentirait à revoir un fils qui n'avait existé que pour l'affliger et l'offenser...

« Eh bien! dit le jeune époux à sa noble dame, puisque nous « ne pouvons le fléchir, il faut le vaincre. » Tel fut le parti que l'on prit · on fit les préparatifs nécessaires à ce voyage, et l'on partit. On emmena toute la maison de la princesse, ses gardes, ses domestiques, les chevaux, et jusqu'à la batterie de cuisine. Tout cela formait, outre les gens à cheval et les carrosses, un assez grand nombre de fourgons ou de chariots couverts. C'est pour toutes ces raisons, et pour ne pas fatiguer madame, que l'on fit la route à petites journées; mais il en résulta un inconvénient : le père fut averti de la visite qu'on allait lui faire; il songea à se mettre en état de défense; il donna ses ordres pour barricader son château, et envoya chez tous ses voisins, à plusieurs milles de distance, demander secours et main-forte pour soutenir le siége dont il était menacé.

Le fils, qui prévoyait et craignait ce nouvel obstacle, était d'autant plus attentif qu'il approchait davantage de Roswald. Dès qu'il apercevait un homme, il envoyait des hussards l'arrêter et le lui amener; et ce fut ainsi qu'il arriva, ayant fait prisonniers la moitié des domestiques de son père, et d'autant mieux averti de la réception qui l'attendait, que l'on avait saisi sur plusieurs de ces prisonniers les billets dont ils étaient porteurs. Arrivé devant le château, il en trouva les entrées si bien fermées, qu'il aurait fallu des machines de guerre pour les ouvrir. Heureusement il se souvint que, dans un coin négligé des jardins, il se trouvait une vieille porte donnant sur les champs, et que l'on n'ouvrait jamais; porte à demi cachée sous les ronces et les orties, et qui devait être pourrie. Il s'y transporta avec quelques hommes, la fit enfoncer, et devint par là maître, non-seulement des jardins, mais encore des basses-cours, du rez-de-chaussée, de l'avant-cour et des cuisines. Le père, déjà vieux, et fort maltraité par la goutte, ayant même perdu depuis plusieurs années l'usage de ses jambes, n'eut d'autre ressource que de se bien clore dans la partie du premier étage qui formait son appartement. Le fils disposa en vainqueur de tout le reste, et de toutes parts on ne suivit plus que ses ordres. Madame la princesse, reçue enfin dans la cour, y fut encore près de deux heures assise sur ses malles ou ballots, en attendant qu'on eût choisi et préparé son appartement, qui se trouva composé de la partie du premier étage que son beau-père n'occupait pas. Cependant ils ne manquèrent pas de lui faire annoncer leur arrivée, qu'il ne savait déjà que trop, et de demander à le voir. Sa réponse fut... assurances de respects pour madame, envoi de monsieur à tous les diables. Pendant deux mois entiers ce message fut renouvelé chaque jour, soir et matin, sans qu'il fût possible d'obtenir une autre réponse.

Cette manière de vivre ne pouvait durer davantage. Deux mois étaient déjà une longue épreuve pour tous les trois; l'inflexibilité du père, malgré les supplications de la princesse et les soumissions du fils, était suffisamment constatée : le fils le sentit; il ne lui restait plus qu'à employer une dernière ruse de guerre, et il résolut de la tenter. Il fit donc dire à son père que, bien convaincu qu'il n'obtiendrait pas une consolation qu'il croyait due à ses sentiments aussi inviolables que respectueux, il se déterminait enfin à éloigner de lui un fils malheureux;

qu'en conséquence, il avait résolu de partir dans trois jours : mais que ce serait un grand scandale que la princesse quittât Roswald sans l'avoir vu ; et qu'ainsi, pour faciliter une entrevue si convenable sous tous les rapports, et si désirée, il avait décidé de passer la journée entière du lendemain à la chasse. En effet, dès les cinq à six heures du matin, ce ne fut que bruit, tumulte, agitation dans la cour du château, d'où l'on vit successivement sortir, pour gagner la forêt, les provisions faites pour la halte, les gardes-chasse avec les cors, la meute entière, les guides et les relais ; enfin, le jeune comte lui-même, suivi de la garde de la princesse et de ses domestiques, tous à cheval, partit au grand galop. Vers midi, et après s'être bien assuré qu'il ne restait plus chez lui que la princesse, le père envoya demander la permission de venir l'assurer de ses respects. La réponse reçue, ce dernier arriva dans son fauteuil, porté par deux domestiques, qui eurent ordre ensuite de se retirer. La conversation s'établit bien vite, et débuta par les protestations que devait naturellement amener leur position respective. Tout fut affectueux, sincère et extrêmement honnête. Mais, voilà que tout à coup le père entend dans la cour le bruit d'un cheval qui arrive au grand galop ; il devine que c'est son fils qui vient le surprendre ; et, dans la vive émotion qu'il en ressent, n'ayant pas ses porteurs, il retrouve ses jambes, perdues depuis tant d'années, et s'enfuit se cacher dans son appartement. Il ne s'était pas trompé : le fils avait établi des espions avant de partir ; il s'était tenu à peu de distance, et dès qu'il avait appris que son père était seul chez la princesse, il était venu avec la rapidité de la foudre, avait monté les escaliers tout d'une haleine, et cependant il ne trouva plus chez sa femme que le fauteuil de son père. Il ne lui restait plus qu'un mot à dire, c'était l'adieu. Il le fit par un billet dont le sens était que s'il n'emportait pas la douce satisfaction d'avoir vu son père, et de l'avoir fléchi, il emporterait au moins la consolation de l'avoir guéri. Cette plaisanterie fit rire le père et le désarma. « Je vois bien,

« dit-il, en lisant ce billet, que c'est un original que rien au « monde ne pourra corriger! Autant vaut lui pardonner ses sot« tises passées ; allez leur dire de venir me voir. » Ce fut donc une phrase inconvenante qui fit ce que tant de supplications, de soumissions et de respects n'avaient pu faire. Mais au moins le raccommodement fut franc et durable, et il n'y eut plus entre eux que bon accord. Après la mort de son père, le comte Hoditz ne songea qu'à rendre Roswald agréable à la princesse ; car ce n'est pas être véritablement juste envers lui que de représenter tout ce qu'il y a fait d'extraordinaire comme n'étant qu'une suite d'originalités. Son ambition constante eut pour objet que jamais la princesse ne se repentît de l'avoir épousé. M. de Guibert dit qu'il a dépensé aux travaux de Roswald trois millions de florins; mais il aurait dû observer que cette somme est provenue surtout du douaire de la princesse. Lorsque le même auteur s'étonne de ce que cet homme extraordinaire ait pu soutenir son état de dépense avec vingt mille florins de rente, il ignore que, plus d'une fois, il a su trouver de très-amples suppléments à ces vingt mille florins, qui même dans les commencements ne formaient pas tous ses revenus (1).

Ce fut par ces motifs et avec ces moyens qu'il se livra sans réserve à son génie, et qu'il créa à Roswald tout ce que M. de Guibert y a tant admiré. Les jardins étaient très-vastes : on conçoit que, placés au centre des montagnes, ils ne pouvaient manquer d'eaux, et qu'il était facile de varier les sites et les points de vue. Il y eut en effet jardins chinois, américains et autres ; arcadie, champs élysées et tombeaux antiques des Germains ; souterrains, pagodes indiennes, ermitages de la Thébaïde, grottes des druides, canaux et chemins couverts ; de plus, le tombeau de la princesse, et celui du comte Hoditz, entouré de ceux de ses ancêtres ; une ville de Lilliputiens, dont les maisons ne s'élevaient pas à plus de trois pieds, et où tout était

(1) *Voyez* le feuilleton du *Publiciste*, lundi, 1er frimaire an XI.

dans les proportions les plus exactes ; de toutes parts des cascades, des fontaines ou des jets d'eau ; en un mot, toutes les imitations qui lui parurent curieuses ou agréables ; et le tout animé et peuplé d'automates, que des eaux souterraines et des machines cachées mettaient en mouvement, et auxquels ils donnaient en quelque sorte la vie.

Le château ne renfermait pas moins de merveilles que les jardins : les souterrains présentaient, dans une partie, les mystères de la passion, taillés dans le roc ; dans d'autres parties, des mines artificielles, et tout ce qu'il fallait pour des illuminations, des bals et des concerts. Indépendamment des salles de réception, des vastes appartements occupés par le comte, et de ceux réservés aux étrangers, le rez-de-chaussée et les étages offraient encore de nombreuses surprises ; enfin, il y avait à Roswald un bâtiment particulier, avec jardin, entouré d'une haute muraille, et uniquement consacré au sérail, c'est-à-dire aux actrices, cantatrices et danseuses. Ce bâtiment n'avait de communication au dehors que par une porte qui donnait dans l'appartement du comte, et dont lui seul avait la clef : peu d'étrangers y étaient introduits ; les autres pouvaient à peine en soupçonner l'existence.

Presque toutes les personnes qui tenaient à la maison du comte Hoditz, au moins depuis la mort de la princesse, les domestiques, les acteurs, actrices, chanteurs, cantatrices, danseurs, danseuses et autres, étaient prises parmi ses paysans, c'est-à-dire, selon les lois du pays, parmi des gens attachés à la glèbe, véritables serfs tels qu'on les retrouve encore dans le nord de l'Allemagne, en Pologne et en Russie, sous le nom de *mougiks*. Lui-même formait toutes ces personnes aux emplois auxquels il les destinait : il était leur maître de langue, de chant, de déclamation et de danse : il est aisé de concevoir qu'il ne les élevait pas à une haute perfection ; mais aussi ne leur donnait-il que le vestiaire et la nourriture, et à peine quelques gages excessivement modiques : sa première chanteuse, dit M. de Guibert, n'avait que deux florins par mois; quelques sujets étrangers, sans doute se payaient davantage; mais enfin quatre-vingts et tant de personnes ne lui coûtaient de cette sorte que trois mille florins ; et c'est avec ces secours si faibles et si imparfaits que, selon le temps et la saison, il faisait servir ses dîners ou soupers chez je ne sais quels peuples anciens, modernes, ou même fabuleux; au milieu des sauvages, ou bien encore dans des temples, des bosquets ou des grottes profondes; et que le reste de la journée était rempli par des fêtes et des spectacles toujours inattendus, et pour lesquels on conçoit combien ses magasins devaient être amplement fournis de ce qui lui devenait nécessaire en costumes, décorations, instruments et ornements de toute espèce.

On comptait chez lui, dit encore M. de Guibert, plus de six mille jets d'eau, dont quelques-uns s'élevaient à une hauteur bien supérieure à ceux qu'on a le plus vantés : il y en avait même un au milieu de sa table, outre une rigole d'eau courante et limpide qui la traversait dans sa longueur. Le grand canal de ses jardins était couvert de petits bateaux très-joliment arrangés, et qui voguaient chargés de toutes sortes de colifichets. On voyait également sur ce canal des jeux de naïades et de dieux marins. Que dirai-je? il avais mis à contribution les arts et les sciences, les temps antiques et les temps modernes, les peuples civilisés et les peuples sauvages, l'histoire et la fable.

M. de Guibert n'est pas juste lorsqu'il représente le comte Hoditz comme un composé de raison et de folie, d'imagination et de mauvais goût, de philosophie et de préjugés; il a également tort de le peindre comme livré à une insouciance entière : il était épicurien, sans doute, mais avant tout il était cosmopolite et supérieur aux événements.

Tel est, au reste, l'homme à qui, sous le nom vague et le simple uniforme d'officier prussien, Frédéric demanda l'hospitalité, en revenant du siége d'Olmutz.

Il est inutile de dire qu'il fut reçu avec beaucoup de politesse, que l'aisance et la franchise s'établirent bientôt entre eux, et qu'ils furent également contents l'un de l'autre. En parlant de tout ce qu'il avait souvent ouï conter des merveilles et des choses intéressantes de Roswald, M. l'officier parut s'arrêter avec plus de complaisance sur ce qui regardait feu la princesse : le comte crut en conséquence devoir lui offrir de lui en faire voir le mausolée, offre qui fut acceptée avec plaisir. Cette promenade fut dirigée, tant en allant qu'en revenant, de manière que l'on vît presque tous les jardins; mais dans le retour, M. l'officier, en passant sur un pont, aperçut sous l'eau, en lettres de feu, ces mots : *Vive Frédéric le Grand!* Dès cet instant il devint rêveur, embarrassé et soucieux. En effet, il devait penser qu'il était reconnu; et comme il se trouvait sur terre d'Autriche et chez un Autrichien, et qu'il était ou entouré ou suivi de troupes ennemies, il pouvait se reprocher d'avoir commis une imprudence. Eh! qui aurait pu la lui pardonner, si le comte, par quelque considération que ce fût, s'était déterminé à le livrer ? Mais, s'il courait des risques, comment y échapper?

Le comte l'avait effectivement reconnu, ou plutôt deviné, car il ne l'avait jamais vu. Attentif à tout, il s'aperçut à l'instant du nuage qui s'était formé dans l'âme du roi, et il ne lui fut difficile ni d'en deviner la cause et l'objet, ni de se décider sur le moyen de le dissiper. Il se hâta de ramener son hôte au château; et dès qu'on y fut rentré, il lui dit : « Monsieur, « vous me paraissez avoir quelques inquiétudes : j'en respecte « la source et le secret; cependant, il est naturel de craindre « que je n'y sois pour quelque chose; et en ce cas vos inquié- « tudes seraient pour moi le sujet d'un véritable chagrin, et « en même temps une offense que je ne mériterai jamais. Ayez « la bonté de m'entendre... Je suis né et j'ai vécu sujet de la « maison d'Autriche, mais il y a de longues années que je n'en « suis plus le serviteur. Je n'enfreins aucune des lois de mon « pays en ce qui me concerne, mais je ne me mêle et ne m'oc- « cupe d'aucune affaire politique. Je suis à cet égard aussi

« cosmopolite qu'un homme d'honneur peut l'être, et tous les « honnêtes gens sont mes compatriotes. Monsieur, vous êtes « Prussien; vous défendez votre patrie : eh bien! je vous en « honore davantage. Il y a guerre entre votre pays et celui « auquel la fortune m'a attaché : qu'en conclurons-nous? Vous « remplirez vos devoirs, et moi je suivrai mon plan; du « reste, nous ferons tous les deux des vœux pour la paix. Je « ne me fatigue point l'esprit à prononcer entre le roi de Prusse « et l'impératrice-reine; je sais que les souverains ont souvent « des motifs, des secrets que nous ne pouvons pénétrer ni juger : « sur quoi donc me fonderais-je pour décider qui des deux a « tort ou raison? Ma science, monsieur, se borne, en cette « circonstance à deux points : Frédéric est un des plus grands « hommes dont l'humanité ait eu à se glorifier; Marie-Thérèse, « dont j'ai eu l'honneur de servir le père, est une femme rare « et une grande impératrice : je m'arrête là, et je recevrai de « mon mieux les serviteurs de l'un et de l'autre, qui daigne-« ront s'arrêter chez moi. Si cependant la confiance que je mé-« rite vous abandonne; si vous croyez ne pas être ici en sûreté; « si vous ne craignez pas de me faire une peine vive et une in-« jure grave, ordonnez, partez, et je vous procurerai les guides « et les secours dont vous aurez besoin. Mais si vous voulez « continuer d'être juste, comptez que vous êtes chez vous, ou « si vous voulez chez un homme d'honneur; et reprenez une « sérénité d'autant mieux fondée, que je vous déclare que « tout ce qui existe ici répond de vous, et périrait plutôt que « de souffrir qu'il vous fût fait aucune violence... »

Le ton de noblesse, de franchise, de loyauté et d'énergie avec lequel le comte dit tout cela à son hôte calma entièrement ce dernier : il reprit toute sa gaieté; et le reste de la soirée se passa de la manière la plus agréable.

Lorsque le traité de Hubersbourg eut rendu la paix à l'empire, ou mieux à l'Europe, Frédéric voulut revoir le comte Hoditz. Ses revues de Silésie terminées, il partit en conséquence des environs de Neisse, et arriva de fort bonne heure à Roswald, accompagné d'une partie de sa suite, et en particulier du prince Frédéric de Brunswick, actuellement duc d'Oëls. Ce fut à cette occasion que le comte, à peine prévenu de cette visite, donna cette fête que cite M. de Guibert, comme ayant eu lieu sept ou huit ans avant son voyage; fête dont il assure que les détails seraient incroyables, si l'on n'en voyait encore sur les lieux les moyens et les débris : cette fête, en effet, embrassa les jardins et le château; ce furent à chaque pas de nouveaux spectacles et des surprises nouvelles, ou plutôt une suite d'enchantements et de féeries! Rien ne manqua : la musique exécuta, pendant le souper, un air charmant, que le comte fit dans le jour, et que la musique des régiments prussiens a longtemps joué; air composé sur ces paroles si simples :

Vivez, vivez, prince admirable,
Toujours content et sans souci, etc.

J'ai dit que le comte Hoditz avait plus d'une fois trouvé des suppléments à sa fortune, et voici sur quoi repose ce fait. Par d'anciens actes, la terre de Roswald devait appartenir à l'évêque et au chapitre d'Olmutz, en cas que la maison des comtes Hoditz vînt à s'éteindre; et le comte dont nous parlons était le dernier rejeton de cette famille. Lors donc qu'il avait trop besoin d'argent, il écrivait au chapitre et à l'évêque : « Il me « faut vingt ou trente mille florins dans tant de mois : si vous « ne me les envoyez pas, je vous déclare que je me marierai. « J'épouserai une personne jeune, belle, aimable, et bien constituée; et je prendrai si bien mes mesures, qu'il y aura bien « du malheur si je n'ai pas un héritier dans l'année. »

Ce petit billet produisit à plusieurs reprises l'effet que le comte en attendait : mais enfin l'évêque et les chanoines d'Olmutz trouvèrent que le comte revenait trop souvent à la charge : vers la fin de 1776, ils se fâchèrent, et s'adressèrent aux puissances pour conserver leurs droits à la terre, et ne plus rien donner. La colère fut grande de part et d'autre; et le mariage se serait certainement fait, si Frédéric n'était pas intervenu comme médiateur obligeant. Mais il fut convenu que l'évêque et le chapitre auraient Roswald à régir, sous le nom du comte, tant qu'il vivrait; qu'ils lui donneraient annuellement tel revenu, et que le comte viendrait vivre et finir ses jours auprès de Frédéric. Comme ce pauvre comte, âgé alors de soixante-quinze ans à peu près, souffrait horriblement de la gravelle, et ne pouvait faire la route en voiture, le roi fit construire sur l'Oder une sorte de petite frégate, où le comte avait sa chambre, celle de son sérail, sa cuisine, et une salle commune; bâtiment sur lequel ce vieillard, suivant les fleuves et les canaux, vint de la haute Silésie à Potsdam, sans fatigue et sans risque. C'est encore de la même manière que, de temps en temps, il venait nous voir de Potsdam à Berlin.

La première de ces visites fut de dix à douze jours. Pendant sa durée, le prince Frédéric de Brunswick le pria de lui accorder une soirée : le comte hésitait à le promettre : le palais du prince étant éloigné du château, ce trajet, même au pas, devait être cruel pour ce vieillard : il céda cependant, et l'on prit jour pour le lendemain. Le prince forma son plan aussitôt, et me comprit dans la distribution de ses rôles. Madame du Troussel, sortant de chez la reine vers dix heures du soir, vint me communiquer le programme de la fête, et me prier, de la part du prince, de me joindre à eux, et de me rendre à son palais le lendemain soir de bonne heure, dans le costume d'un maître d'école de village, et avec un compliment pour le comte Hoditz. J'acceptai; elle vint me prendre, et vers six heures nous arrivâmes chez S. A.

Lorsque nous fûmes avertis que la voiture du comte approchait, nous nous rendîmes tous dans la cour qui est entre le palais et le jardin. Là on voyait sur le perron, au-dessus de la porte, une enseigne d'auberge, avec ces mots : *A l'amitié!* Les personnes qui se présentèrent à la portière de la voiture pour recevoir le comte furent principalement le prince, habillé en aubergiste, et la princesse en hôtesse; ensuite le comte de Lottum, général commandant de Berlin, déguisé en berger; M. Daderkass, ancien officier du régiment des gardes, homme très-grand, représentant un chef et guide d'ouvriers pour les travaux champêtres, etc. Le comte Hoditz allait de surprise en surprise à mesure qu'il fixait les personnes, et se confondait en témoignages de reconnaissances en voyant dans ces divers accoutrements le prince et la princesse, ainsi que le comte de Lottum, qu'il connaissait; mais M. Daderkass et moi nous lui causions un embarras d'autant plus grand, qu'il nous voyait pour la première fois, qu'il ne devinait pas nos rôles, et que M. Daderkass, droit, roide et sérieux, ne manquait pas, à chacun de ses regards tournés vers lui, de lui faire une révérence bien gauche, tandis que moi je ne cessais de lui répéter l'apostrophe *Monseigneur*. Il comprit qu'il fallait m'entendre, et je lui débitai mon compliment. Quand j'eus fini, et qu'il m'eut remercié, on le prit par les deux bras pour le conduire dans le palais : en y entrant, il trouva le grand écuyer, comte de Schaffgotsch, moins âgé que lui de plusieurs années, mais non moins vieilli par les jouissances de la vie; il le trouva, dis-je, transformé en abbé, et lui donnant sa bénédiction : « Ah, mon ami! s'écria le comte Hoditz, quel métier faites-« vous là? Quand le diable fut vieux, il se fit ermite; oui, er-« mite, mon ami, mais non pas prêtre! »

Dans la première pièce du rez-de-chaussée l'on ne trouva, conformément à ce qui était alors en usage dans les auberges d'Allemagne, que des bancs en bois de sapin, et une grande table du même bois, sur laquelle étaient une assiette de tabac haché, des pipes de terre, un pot de bierre, une bouteille d'eau-de-vie et des verres. M. Daderkass présenta successivement, et avec gravité, toutes ces sortes de régals au comte, qui refusa tout. Alors on passa dans une salle de bal, où madame l'hôtesse l'invita à danser.... « Madame, lui dit-il, que me proposez-

« vous? mais on ne résiste point à vos ordres : daignez seule-
« ment vous souvenir de mes douleurs, et veuillez par pitié
« les abréger! » Elle ne fit avec lui que deux tours de menuet. Tout le monde fut frappé des grâces, de l'aisance et de la dignité avec lesquelles cet homme superbe dansa. Quand madame l'hôtesse eut ainsi fait quelques pas avec tous les hommes priés à cette fête, une musique imposante se fit entendre : un homme représentant une des ombres des champs élysées parut, s'arrêta devant le comte, et déroula une grande feuille de parchemin, portant ces mots : *Suis-moi! c'est l'ordre des dieux.* On suivit l'ombre, et la musique continuant toujours, elle nous conduisit au premier étage. Bientôt nous entrâmes dans une vaste grotte, au fond de laquelle était le tombeau d'Anacréon. Le secrétaire du prince, qui était bon musicien et avait une fort belle voix, faisait le rôle de ce héros des plaisirs : il chanta un air dans lequel Anacréon se plaignait de ce qu'il y avait au monde un vieillard qui, plus aimable que lui, ne pouvait manquer d'éclipser sa gloire : et, rejetant cependant toute idée de vengeance comme indigne de lui, il terminait sa complainte par se résoudre à introduire son rival dans les champs élysées. A cette conclusion, le rocher s'ouvrit, et nous entrâmes dans une très-grande salle ou galerie, décorée dans tout son pourtour d'une verdure épaisse, derrière laquelle des lampions de diverses couleurs étaient cachés de manière à répandre de toute part une lumière vive, sans que l'on vît d'où elle venait. C'est là que le souper était servi par des ombres semblables au guide qui nous y avait conduits. Au moment où l'on se mit à table, la musique débuta par l'air que le comte avait composé pour Frédéric à Roswald, air que le prince s'était procuré, dans le temps, à l'insu de l'auteur, et dont on avait parodié les paroles, en substituant le mot *comte* au mot *prince*. Ce fut pour le comte Hoditz une surprise et une galanterie dont il fut touché jusqu'aux larmes. Quant à la fête, il en résulta qu'il conçut pour nous tous une amitié toute particulière : non-seulement

il fut extrêmement gai, mais il porta la confiance jusqu'à vouloir, après souper, nous conter l'histoire de sa vie dans les plus petits détails, histoire qui nous retint une grande partie de la nuit. Je l'ai revu très-souvent depuis ce jour, tant chez le grand écuyer de Schaffgotsch, que chez M. de Launay, et ailleurs; et je l'ai toujours revu avec d'autant plus de plaisir, que véritablement il m'avait pris en amitié.

Cet homme extraordinaire a terminé sa carrière à Potsdam, où il remplaçait milord Marschall auprès de Frédéric : il est mort peu d'années après y être arrivé, ayant près de quatre-vingts ans. « Comment se peut-il, mon cher comte, » lui dit un jour Frédéric, dans les premiers temps de leur réunion, « que vous n'employiez à présent qu'une garde-robe si simple, et « pour ainsi dire bourgeoise, vous qui, durant toute votre vie, « et même parmi les Moraves, avez toujours eu le caractère, les « habitudes et le luxe d'un grand seigneur? — Sire, répondit « le comte, les étoiles et les planètes brillent d'un éclat assez « vif dans l'obscurité de la nuit; mais toutes disparaissent à « l'approche du soleil. Je ne saurais donc être, auprès de Fré- « déric, ni trop simple, ni trop modeste. »

CHAPITRE V.

Vie intérieure et domestique de Frédéric le Grand.

Frédéric, né le 24 janvier 1712, monta sur le trône le 31 mai 1740. Frappé de l'importance des travaux qui l'attendaient, il régla et arrêta sans délai l'emploi de chacune de ses heures. Il s'était heureusement convaincu de la nécessité de ne jamais remettre des affaires d'un jour à un autre; de même qu'il s'était assuré que l'ordre était le seul moyen de suffire à des devoirs immenses et sans cesse renaissants. Jugeant indispensable de se lever plus matin qu'il ne l'avait fait jusqu'alors, il prescrivit à ses domestiques d'entrer chez lui à quatre heures précises; mais il était naturellement dormeur, et ce n'avait pas été sans peine qu'il avait pris à Rheinsberg l'habitude de se lever entre cinq et six. Aussi c'était en vain que dans les premiers jours on venait le réveiller; il ne manquait pas de se rendormir pour une bonne heure encore. On conçoit quelle était ensuite sa colère, et combien il grondait et menaçait ses gens; mais de quoi ceux-ci pouvaient-ils être coupables? Enfin, il comprit qu'il ne devait s'en prendre qu'à lui-même, et que, pour se vaincre, il fallait qu'il employât un moyen violent. Il enjoignit donc, sous peine d'être soldat pour la vie, de lui jeter sur le visage, à quatre heures du matin, une serviette trempée dans de l'eau froide. Ce fut ainsi qu'il contracta l'habitude de se lever de si bonne heure, habitude qu'il a conservée jusqu'à plus de soixante ans. A cette dernière époque, il perdit plusieurs dents, il cessa de jouer de la flûte: n'ayant plus que très-rarement ses petits concerts qui duraient de six à sept heures du soir, il gagna une heure par jour, et eut le moyen de retarder son lever d'autant.

Il y eut pourtant quelques variations dans la distribution de son temps ; mais il n'y en eut point qui ne fussent occasionnées par des circonstances extraordinaires, telles que les guerres, les fêtes données pour quelques grands événements, les voyages qu'il avait à faire, et les revues annuelles de ses troupes. C'est ainsi qu'un soir, où il m'avait fait appeler avant six heures, il porta tout à coup ses regards sur une pendule, et me dit : « Monsieur, il est sept heures moins un quart : j'ai encore « une lettre à écrire, et à sept heures il faut que je dorme, « parce qu'il faut que je me lève à une heure du matin, et que « je sois dans la plaine de Temploff vers les trois heures. Je vous « reverrai encore demain, si j'en ai le temps. Pour aujourd'hui, « je vous souhaite le bonsoir. » Le jour où il me parlait ainsi, était la veille du premier jour de ses grandes revues.

Je ne parle ni de sa toilette, ni de sa garde-robe. Il s'habillait au moment de son lever, c'est-à-dire qu'il mettait ses bottes ; que ses boucles, son toupet et sa queue ne lui prenaient pas plus de deux ou trois minutes, et qu'il lui en fallait encore moins pour achever de s'habiller. Il n'avait point de pantoufles, ni de robes de chambre : je ne l'ai vu que trois ou quatre fois en habit de couleur, assez vieux et fort simple, et autant de fois peut-être en longs casaquins d'indienne, qui lui descendaient jusque sur les genoux. Mais, pour mettre ces casaquins, il fallait qu'il fût bien malade ; et encore, en ces occasions, avait-il toujours le chapeau et les bottes.

Au moment où il se levait, le page lui apportait la corbeille des lettres venues à son adresse, telle que les secrétaires du cabinet l'avaient envoyée. Il était seul à les lire jusque vers huit heures, ayant soin de bien examiner si les cachets étaient entiers et intacts, car il craignait, non sans raison, que ses secrétaires n'ouvrissent celles qui leur seraient suspectes, pour en savoir d'avance le contenu, et les supprimer lorsqu'elles pourraient les compromettre. Il était résulté de là qu'il était l'homme du monde qui connaissait le mieux les armes des familles et même les cachets des particuliers; aussi arrivait-il souvent qu'il n'ouvrait pas même les lettres de ceux à qui il ne voulait pas répondre, et qu'à la seule inspection du cachet il les brûlait en hiver, et, en été, il les déchirait et les jetait sous sa table.

Pour les lettres qu'il ouvrait, et dans le nombre desquelles se trouvaient les dépêches ou rapports de ses ministres, régisseurs ou chefs d'administration, ainsi que les lettres des particuliers et de sa famille, il en faisait quatre paquets distincts et séparés; le premier, formé de celles dont il voulait accueillir les demandes, lettres auxquelles il faisait un pli en retournant la feuille en dedans; le second paquet, comprenant celles auxquelles il ne voulait répondre que par un refus, et dont il pliait le feuillet en dehors; le troisième, réunissant toutes celles sur lesquelles il voulait consulter avant de répondre, ou qu'il voulait renvoyer à quelque ministre ou département; celles-ci avaient un double pli, moitié en dedans, moitié en dehors; enfin, le quatrième, formé des lettres pour lesquelles il n'admettait aucun intermédiaire, et au nombre desquelles se trouvaient toutes les lettres de ses parents.

Vers huit heures, lorsque tout était ainsi examiné, lu et distribué, l'un des secrétaires du cabinet entrait : c'était ordinairement le plus ancien, ou du moins celui qui plaisait le plus, et que pour cela on regardait comme le premier. Ce secrétaire, que les trois autres attendaient dans le salon, reprenait les trois premiers paquets l'un après l'autre; et tandis que le roi déjeunait, ce secrétaire réduisait à haute voix chaque lettre à une seule phrase fort courte, en disant : *Telle demande, telle chose;* le roi indiquait en général sa réponse avec le même laconisme. Quand, par exemple, c'était une femme qui avait écrit, il ne manquait pas de dire, surtout quand la réponse était un refus : « C'est une femme, il faut lui écrire poliment. » Le secrétaire désignait les ordres donnés, au haut de la lettre, par un seul trait de crayon, tous les quatre ayant entre eux, pour cet objet, une sorte de chiffre. Il y a deux circonstances qu'il ne faut pas oublier ici : l'une, qu'en écrivant au roi il fallait choisir son papier, et rédiger la lettre de manière à ne jamais tourner le feuillet, sans quoi on lui donnait beaucoup d'humeur; il s'embarrassait fort peu du reste de l'usage qui règle les intervalles à garder selon les rangs. L'autre circonstance, c'est que tout maître de poste qui faisait partir des lettres pour le roi y joignait une feuille où ces lettres étaient désignées et numérotées, et où se trouvait l'adresse de ceux qui les avaient écrites; car il ne fallait pas se borner à jeter ces lettres dans la boîte : on était obligé de les remettre dans l'intérieur du bureau, et d'y donner son adresse. Toutes ces précautions avaient deux objets : l'épargne du temps, et le désir de n'être pas trompé. Pour le premier de ces deux points, Frédéric avait atteint son but aussi bien qu'il était possible; mais, pour le second, il ne put parvenir qu'à être moins trompé que les autres. Dans les occasions importantes, les secrétaires se permettaient quelquefois encore de supprimer des lettres, soit en altérant les feuilles des maîtres de poste, soit en supposant qu'il n'y en avait point eu. Je vais prouver ce fait par une anecdote particulière.

Le roi avait créé douze places de chirurgiens français pour le service de ses armées, lorsqu'il était en guerre : ces places étaient un objet de jalousie pour les Allemands; et messieurs du cabinet avaient grande envie de les faire passer à des chirurgiens du pays. A la vacance d'une de ces places, un Français, chirurgien, jeune encore et voyageur, se trouvant à Berlin, la demanda par deux lettres consécutives, et n'eut point de réponse. Cet homme me fut recommandé : il méritait par sa capacité les bontés du roi; de sorte que, pour obliger l'un et servir l'autre, je lui dictai chez moi une troisième lettre, au bas de laquelle je lui fis mettre son adresse; je la cachetai ensuite de mon cachet, j'y mis l'adresse de ma main, et je la portai à la poste comme si elle était de moi : les secrétaires du cabinets ne me suspectant pas, la lettre parvint, et le Français eut la place dès le lendemain.

Lorsque le secrétaire sortait du cabinet de sa majesté, il partageait l'immense paquet des lettres reçues avec ses confrères, et chacun d'eux allait faire ses réponses : pour cela ils n'avaient pas un instant à perdre, car il fallait que toutes ces réponses fussent apportées à la signature à quatre heures du soir au plus tard. Aussi n'était-il jamais question de dîner pour ces messieurs ; ils n'avaient pour toute la journée que le déjeuner et les bouillons ; le souper était leur seul repas. Ils avaient régulièrement une corbeille pleine de réponses à faire, minutes et copies, toutes de leur main, vu qu'il ne leur était pas permis d'employer quelque étranger que ce fût à ce travail. Après que le roi avait signé toutes ces réponses, il restait encore aux secrétaires à les expédier ; en quoi leurs domestiques les aidaient, c'est-à-dire que ceux-ci faisaient les enveloppes et cachetaient les lettres, les adresses devant toujours être écrites de la main des secrétaires eux-mêmes. La raison qui avait fait donner cet ordre, c'est que le roi ne voulait pas que l'on sût à qui il écrivait. Il faut noter encore qu'au moment de la signature, sa majesté lisait régulièrement quelques lettres prises au hasard, au moins une sur vingt, et que s'il était arrivé qu'il y eût trouvé quelque infidélité, le secrétaire qui l'aurait faite eût été perdu sans ressource. Vers cinq heures le tout était remis à un chasseur à cheval, qui arrivait toujours à Berlin avant neuf heures du soir ; et dès l'instant de son arrivée, toutes celles de ces lettres qui étaient pour la ville étaient portées à leur adresse. Ainsi quiconque n'avait pas de réponse le lendemain du jour où il avait écrit au roi, n'avait plus à en attendre, à moins que sa demande ne fût de nature à être renvoyée à quelque ministre ou chef d'administration.

Les quatre secrétaires du cabinet étaient nécessairement esclaves pour toute leur vie. Le roi exigeait qu'ils vécussent dans une très-grande solitude : on ne les voyait nulle part : ils n'avaient aucune société, même chez eux. Il est vrai que le roi avait soin qu'ils fussent bien logés, qu'ils eussent chacun un jardin agréable, et que rien ne leur manquât du côté des douceurs de la vie : leurs appointements montaient d'ailleurs à quarante mille francs : mais on ne souffrait chez eux aucune personne suspectée d'intrigue ou d'indiscrétion. Je n'en ai connu qu'un seul qui fût marié : c'était le conseiller Müller. Le roi, en lui offrant cette place, lui dit : « Je vous propose de vous immoler au service « de l'État; voyez si vous en avez le courage. J'avais résolu de « ne jamais employer d'hommes mariés dans mon cabinet; et je « sais que vous avez femme et enfants : c'est donc une exception « à une règle très-importante, que je me détermine à faire « en votre faveur : je le fais en conséquence de l'estime parti- « culière que j'ai pour vous, et de la ferme espérance où je « suis que votre femme et vos enfants n'approcheront jamais de « votre cabinet de travail; qu'ils ne sauront jamais rien, et ne « se mêleront d'aucune affaire. Vous n'oublierez pas, en un mot, « que pour mon service il faut n'avoir ni famille, ni parents, ni « amis. » M. Müller accepta parce qu'il n'osa refuser : mais sa nomination fut pour toute sa famille le sujet d'une profonde affliction; tous fondaient en larmes, tant ces places paraissaient redoutables à ceux qui n'étaient pas aveuglés par l'ambition, ou emportés par la cupidité ou le génie de l'intrigue (1).

Lorsque Frédéric avait renvoyé les secrétaires du cabinet, vers neuf heures du matin, il faisait entrer son premier aide de camp, qui, pour l'ordinaire, était un officier général. C'était

(1) L'éditeur de la troisième édition de ces *Souvenirs* dit, à propos de ces secrétaires, qu'*un épais et lourd bon sens était, aux yeux de Frédéric, la garantie des secrets de l'État, et qu'il ne demandait à ses secrétaires que de la précision et de la clarté*, ce qu'*un épais et lourd bon sens* ne suffit pas pour donner. Au reste, il les appelle *des machines à travail*, et nomme la vie qu'ils menaient, *une vie de moines ;* ce qui n'est exact que sous le rapport de la réclusion, attendu qu'une vie de moine est synonyme d'une vie de paresseux, et que personne ne travaillait plus que ces secrétaires. Bon THIÉBAULT.

entre eux deux que se traitaient les affaires militaires : là, Frédéric réglait et ordonnait tout ce qui pouvait intéresser l'instruction, la police et la discipline de ses troupes ; il nommait aux places vacantes, et pourvoyait à tout ce qu'exigeait cette branche si importante de son administration. L'aide de camp ne le quittait guère que chargé d'un long travail pour jusqu'au lendemain.

Vers dix heures du matin, le roi allait parfois exercer lui-même son régiment des gardes, ou quelque autre corps de la garnison de Potsdam ; et cette occupation le retenait jusqu'à l'heure de la parade, après laquelle il allait dîner : mais souvent aussi il consacrait ces deux heures à des lectures, à ses compositions littéraires, à la musique, à la rédaction de quelques lettres. C'est pendant ce temps qu'il a composé un grand nombre de ses ouvrages, tant en prose qu'en vers ; alors on le voyait se promener dans ses jardins, un livre sous le bras, accompagné de trois petites levrettes, et suivi d'un page et d'un valet de pied : c'était alors aussi qu'il donnait ses audiences, et qu'enfin il plaçait les occupations accidentelles et qui n'avaient pas d'heure fixe. Au reste, à mesure qu'il a plus avancé en âge, il a toujours moins paru à la parade, surtout depuis la guère de Sept ans.

A midi juste, il dînait avec les convives qu'il faisait inviter a dix heures du matin. Ces convives ont été, selon les temps, des gens de lettres résidant à Potsdam, quelques courtisans, des généraux, et les princes de Brunswick qui se trouvaient près de lui.

Ses déjeuners étaient pour l'ordinaire du chocolat ou des fruits ; ses dîners étaient fort bien servis, car, si Frédéric était naturellement dormeur, il n'était pas moins friand. D'ailleurs, le dîner était pour lui un temps de délassement ; il y était presque toujours gai et causeur. Quand il n'avait pas de promenade en vue, il prolongeait ce repas jusqu'à près de trois heures ; mais lorsqu'il faisait beau et qu'il voulait se promener, ou lorsqu'il avait à s'occuper de quelque étude ou de quelque lettre, il n'y restait pas plus d'une heure. Au moment du dessert, l'un des deux maîtres d'hôtel lui présentait des tablettes et un crayon, et lui-même écrivait son menu pour le lendemain. Il aimait particulièrement les polenta, les pâtés d'anguilles et les fromages renommés, et il avait soin d'en faire venir régulièrement des pays de l'Europe les plus éloignés. Du reste, il fallait que tout fût très-épicé Quant aux vins, ce roi préférait en général les vins de France à tous les autres, au moins comme vins ordinaires; il a été longtemps à ne prendre que du vin de Champagne qu'il coupait avec de l'eau, prétendant que c'était là la boisson la plus saine. Il avait douze cuisiniers, qui étaient assez bien payés, les uns allemands, les autres français, et quelques-uns italiens, anglais ou russes. Tous étaient occupés, attendu que jamais les plats assignés à l'un n'étaient préparés par d'autres; chacun avait sa tâche. Tous ces cuisiniers étaient sous la direction de deux maîtres d'hôtel, ou chefs de cuisine, et cuisiniers eux-mêmes, l'un nommé *Joyard*, et qui était de Lyon, et l'autre *Noël*, qui était de Périgueux. Ces deux chefs dirigeaient le service de la table, et ne se montraient qu'en habits galonnés. Le roi, pendant bien des années, avait donné à chacun d'eux une bouteille de vin par repas; mais à la fin il supprima cet article, persuadé qu'ils avaient assez de vin de ce que la desserte pourrait leur en fournir. J'ai vu le pauvre Noël fort scandalisé de se voir ainsi mis à l'eau sur ses vieux jours; car Noël, très-brave homme d'ailleurs, était fort attentif à tout ce qui tient à l'économie. Joyard, plus modéré, souriait et ne se plaignait pas. Ces deux hommes avaient en effet pour se dédommager de fort bons gages, et avaient eu longtemps des profits journaliers assez considérables sur les fournitures. D'abord Frédéric leur avait payé un reisdaler par plat; ensuite il était descendu à vingt groschen, puis à seize ou un florin, et enfin à douze groschen, ou à un demi-reisdaler, c'est-à-dire trente-six sous. Cette manière de payer les frais de sa table le dispensait d'entrer dans les comptes de tout ce qu'il faut pour l'accommodage; il ne payait en un mot que les plats : sur quoi il faut observer que les cuisiniers avaient gratis, 1° autant de bois qu'il leur était possible d'en brûler, la compagnie qui en avait affermé la vente s'étant engagée à en fournir la maison du roi, celle de la reine, etc.; 2° une quantité très-suffisante de beurre de la meilleure qualité, qui venait à termes fixes de la vacherie hollandaise que Guillaume Ier avait établie sur le Hawel, et qui occupait plus de quatre lieues carrées d'excellents pâturages; 3° un avantage pareil pour tout ce qui est gibier, les baillis et les forestiers étant tenus, par leurs baux, d'en envoyer tant et de telle espèce aux cuisines royales, deux fois par semaine, par les chariots de poste, et à leurs frais, conformément à l'état qui leur en avait été remis. On voit que de cette sorte les chefs de cuisine n'avaient à acheter que les viandes de boucherie, les légumes, les menues fournitures et le poisson ordinaire, objets qui ne sont pas chers en ce pays. Tout ce qui était étranger ou extraordinaire ne se fournissait que par ordre et au compte particulier du roi : c'étaient des articles à part, ainsi que les vins, liqueurs, thés, cafés, chocolat, sucre, confitures, et en un mot tout ce qui entre dans les desserts. On n'a donc fait qu'une pure fable, lorsque l'on a dit et répété que Frédéric payait sa dépense de table à tant par tête, ce qui n'a jamais eu lieu.

Encore un mot. Le roi aimait beaucoup les fruits à noyau, et il avait soin d'en avoir toujours. On en voyait communément chez lui quelques assiettes placées sur les consoles, de manière qu'en se promenant il en mangeait habituellement. Ces fruits lui faisaient autant de bien que de plaisir; on peut même dire qu'ils étaient nécessaires à sa santé. Lorsque son goût à cet égard fut connu, les jardiniers les plus riches eurent bientôt des serres, et lui envoyèrent de ces fruits dans toutes les saisons. Il les payait quelquefois fort cher; on l'a vu, dit-on, donner jusqu'à un ducat d'une cerise; il en a été de même des prunes de bonne espèce et de plusieurs autres fruits; les ananas se payaient beaucoup plus à proportion. Ce genre de luxe a été fort utile au public : il en est résulté, d'abord à Potsdam et à Berlin, et ensuite dans quelques campagnes, un genre de culture très-agréable et très-sain, auparavant entièrement inconnu dans ces climats, où l'on n'avait dans leurs saisons que des pommes, des poires, des prunes et des cerises de médiocre espèce. Au reste, Frédéric avait, à cet égard, donné l'exemple à ses sujets, en faisant cultiver dans ses jardins de Sans-Souci d'immenses espaliers exposés au midi, et tous disposés en terrasses.

Lorsque, dans l'après-dîner, les secrétaires du cabinet étaient repartis avec leurs lettres signées, le roi travaillait avec ses ministres d'État, que parfois cependant il recevait entre dix heures du matin et midi ; ou bien avec le secrétaire de ses commandements, le plus souvent chargé de la correspondance avec l'académie, les professeurs de diverses écoles, les savants et les artistes, tant régnicoles qu'étrangers. Quand toutes ces branches ne donnaient lieu à aucun travail, la lecture et les compositions littéraires profitaient de ce temps.

A six heures, le concert commençait ; il durait une heure. Frédéric y jouait de la flûte. Je l'ai souvent entendu, et toujours avec plaisir. Cependant, à mesure qu'il perdait quelque dent, son souffle produisait un bruit plus sensible et moins harmonieux.

C'était à pied qu'il faisait presque toujours ses promenades de l'après-dîner, exercice auquel il se livrait surtout aux mois de juillet et d'août, époque où il prenait les eaux. Ordinairement il allait alors de l'un de ses deux châteaux de Sans-Souci à l'autre. La distance est assez grande, et il en soutenait très-bien la fatigue, quoique en général il ne parût pas fort marcheur. Comme il ne prenait cet exercice que par raison de santé, il ne cherchait qu'à s'en faire un amusement, ce qui le ramenait naturellement à la gaieté et au persiflage ; aussi n'aimait-on guère à être choisi pour l'y accompagner. Il y eut une année où, par je ne sais quelle prédilection, il y appela presque tous les jours M. le général comte de Schwérin, devenu grand écuyer, et qui, assez petit de taille et replet, n'ayant guère été qu'à cheval toute sa vie, et âgé de soixante-dix ans, ne suivait sa majesté qu'avec peine, suait à grosses gouttes, et se trouvait presque toujours un pas ou deux en arrière. M. de Schwérin n'était pas homme à dissimuler l'humeur que lui donnaient ces promenades, et cette humeur était pour le roi goguenard un amusement de plus. Un jour le monarque le conduisit encore plus loin que de coutume, et voulut revenir sans s'arrêter. Il ne leur restait plus qu'un quart de lieue à faire, lorsqu'ils trouvèrent une chaise à porteurs. Frédéric, tout en raillant son écuyer, le força d'en profiter ; mais à peine se remit-on en marche, qu'ayant mille choses à lui demander, il ne cessa de lui faire des questions, passant continuellement de la droite à la gauche, et de la gauche à la droite; de sorte que le pauvre M. de Schwérin, pour l'entendre et lui répondre, ne fit que se jeter successivement à l'une et à l'autre portière, et arriva bien plus fatigué que s'il eût fait tout le chemin à pied. Le titre d'*excellence*, qu'on ne cessait de lui prodiguer, ne put l'empêcher d'en témoigner une sorte de colère qui manqua de les brouiller, et qui, du moins, lui valut quelques jours de repos.

Après le concert ou la promenade, la conversation ne manquait guère de remplir le reste de la soirée jusqu'au souper, c'est-à-dire jusqu'à dix heures. Mais après la guerre de Sept ans Frédéric ne soupa plus, et eut en conséquence des soirées de deux espèces : les unes où il faisait appeler trois, quatre ou au plus six généraux ou autres courtisans, auxquels il faisait servir un souper de quatre plats, sans compter le dessert ; et les autres où il n'y avait point de souper, parce que ceux qu'il faisait appeler n'étaient point du nombre de ses commensaux. Dans le premier cas, il envoyait son monde souper lorsqu'il voulait se coucher, c'est-à-dire à dix heures au plus tard. Quelquefois cependant la suite de la conversation l'engageait à les accompagner jusque dans la salle à manger : mais il ne s'asseyait pas ; il servait un plat ou deux en causant, et disparaissait. Dans le second cas, c'était aussi vers la même heure qu'il congédiait sa compagnie (1).

Dans cette distribution de toutes les heures on voit qu'il a eu pour objet de se délasser le soir des travaux et des soucis de la journée : il voulait, pour se procurer un meilleur repos, et se préparer aux fatigues du lendemain, se débarrasser l'esprit de tout ce qui avait pu l'occuper, l'inquiéter ou l'agiter dans les affaires qu'il avait eu à décider.

Si l'on considère avec attention cette distribution si régulière et si constante de toutes ses heures, on verra qu'il serait difficile de se former un plan plus sage. Combien d'affaires un homme comme Frédéric ne devait-il pas expédier dans le travail des quatre premières heures de sa matinée ! et les trois heures

(1) Quoique j'évite autant que je le puis de relever et de réfuter les intercalations que l'éditeur de la troisième édition s'est permises, il en est cependant que je ne puis omettre, et de ce nombre est la suivante. Après avoir dit, tom. I, p. 197, *le charme de l'élocution qui rendait si précieux les entretiens de l'intérieur de Frédéric*, etc.,... cet éditeur observe, p. 224, que... *sa longue habitude de préparer à l'avance ses conversations, de leur donner du piquant et de la malignité, mais de les dépouiller de naturel, d'abandon, et par conséquent de grâces, lui faisait sans peine graver dans sa mémoire des formules de réponses.* — Ici deux questions se présentent... 1° Comment l'habitude de *dépouiller de naturel, d'abandon et de grâces des conversations préparées* pouvait-elle les rendre faciles à retenir ?... Comment pouvait-elle *donner des charmes aux entretiens de son intérieur*, supposé même que l'on sache ce que c'est que de tels *entretiens ?* — 2° Tous ceux qui ont approché de Frédéric ont reconnu et publié qu'il était un des plus grands questionneurs qui existassent ; que ses questions étaient aussi pressantes que rapides, et qu'il exigeait des réponses à la fois claires, franches, concises et exactes.

Ils se sont également accordés à dire que rien n'était plus varié que ses entretiens, et que personne ne passait avec plus de tact et d'esprit que lui, d'un sujet de conversation à un autre, ce qui eût été impossible sans *naturel*, sans *abandon*, et par conséquent sans *grâces*. Enfin personne n'a jamais révoqué en doute qu'il n'ait toujours eu l'initiative des matières qu'il traitait... Que peuvent donc signifier *ces formules de réponses qui se gravaient si bien dans sa mémoire*, à lui qui interrogeait toujours, et qui, à moins de discussions suivies, réduisait ceux qui étaient admis à ses soirées, à des observations, ou à des réponses, en général, simples et laconiques ?

Bon THIÉBAULT.

suivantes étaient-elles moins utilement employées? Observons, de plus, que le grand nombre d'objets importants renvoyés à l'après-midi auraient suffi pour effrayer des hommes moins expéditifs; et que, malgré cela, il était rare qu'avant son concert il ne parvînt encore à donner quelques moments à ses compositions, lectures ou correspondances.

Son appartement à Berlin n'était pas celui que son père avait occupé : il était même assez petit. Un grand escalier, du côté de l'ancienne place, conduisait d'abord à la salle des tapisseries des Gobelins; et de là, en allant à gauche, on trouvait la salle de la table ronde, ensuite la salle d'audience, qui était aussi celle du concert. De celle-ci, on passait par le bout d'une longue pièce, qui était la bibliothèque de sa majesté, dans une sorte de rotonde qui lui servait de cabinet, où il se tenait habituellement, et qui communiquait à sa chambre à coucher. Une porte masquée conduisait, par un côté opposé de ce cabinet, dans un corridor, qui, en passant devant les chambres des pages et des domestiques, aboutissait à un autre escalier qui descendait dans la cour.

Au-dessous de l'appartement du roi, c'est-à-dire au rez-de-chaussée, était, au moins de mon temps, l'appartement du marquis d'Argens. Le second étage était occupé par la reine. Tous ces appartements ne prenaient guère que le quart du château; de sorte qu'il y avait je ne sais combien de très-grandes salles et de logements assez vastes qui n'étaient point occupés, indépendamment d'une salle de spectacle, de deux corps de garde, d'un cabinet de curiosités, de la pharmacie royale, des cuisines et des logements des dames d'honneur de la reine, des pages, de la grande gouvernante, et d'un grand nombre de domestiques, etc.

Je n'ai point parlé des écuries du roi, qui, à Berlin, sont au manége où loge le grand écuyer. Du reste, Frédéric n'avait point de luxe sur ce point : je suis persuadé qu'il n'a jamais eu plus de six attelages et d'une vingtaine de chevaux de selle;

comme il était fort éloigné d'aimer la chasse, il n'avait point de meutes, et l'on conçoit qu'il lui fallait beaucoup moins de chevaux qu'à d'autres princes. Je ne lui ai connu qu'un seul objet de luxe, les tabatières : il en avait, dit-on, quinze cents, dont un grand nombre étaient fort riches (1). Je lui en ai vu presque toujours quatre, cinq ou six, tant dans ses poches que sur sa table. Du reste, il ne prenait que du tabac d'Espagne.

Les ameublements de Frédéric étaient antiques et fort simples; mais ils rappelaient qu'il avait préféré les couleurs douces et tendres, et surtout le rose : au reste, ces meubles si simples étaient rongés par ses levrettes, et il se bornait à en plaisanter. « Mes chiens, me disait-il un jour, déchirent mes fauteuils : « mais qu'y faire? Si je les faisais raccommoder aujourd'hui, « ce serait à recommencer demain. Il faut bien prendre pa- « tience : au bout du compte, une marquise de Pompadour me « coûterait bien davantage, et me serait moins attachée et « moins fidèle. » Je n'ajouterai ici que deux choses : la première est qu'il était fort disposé à se prévenir contre ceux que ses chiens accueillaient mal : il imaginait, dit-on, que l'odorat et l'instinct de ces animaux pouvaient leur faire sentir si ceux qui l'approchaient avaient ou non avec lui quelque sorte de sympathie. Ce que j'ai observé, c'est qu'on lui faisait une peine infinie lorsqu'on leur marchait sur les pattes, ce que l'obscurité et l'empressement de ces bêtes à venir vous flairer rendaient parfois difficile à éviter. Le malheur de blesser ces chiens ne m'est jamais arrivé, mais je l'ai vu arriver à d'autres, à qui le roi disait avec humeur : *Prenez donc garde!* J'ai même eu, à cet égard, une autre bonne fortune, c'est que jamais ces chiens n'aboyaient après moi : ils venaient, pour ainsi dire, me reconnaître en silence, et retournaient tranquillement à leur place.

Ma seconde anecdote est que dans ses voyages, et même lorsqu'il faisait la guerre, il prenait ordinairement une de ses

(1) Sa mère lui en laissa six cents.

levrettes avec lui, et la portait sur la poitrine et sous sa veste. On raconte que dans une de ses guerres, étant allé reconnaître l'armée ennemie, et ayant été poursuivi par les Autrichiens, de manière à risquer d'être pris, il avait trouvé dans un détour, et en descendant une colline, un pont sous lequel il s'était caché; que les ennemis avaient passé et repassé sur sa tête, sans avoir eu la pensée de regarder sous le pont, et qu'en cette circonstance, sa petite chienne, qui en général était fort hargneuse, n'avait respiré qu'à peine; ce qu'il avait d'autant mieux remarqué, que sa principale crainte alors avait été qu'elle ne le décelât en aboyant. C'est pour cela, dit-on, qu'elle lui a toujours été si chère, et que lorsqu'elle est morte il lui a fait ériger dans les jardins de Sans-Souci un tombeau en marbre avec une honorable épitaphe.

Il fit prier un jour son médecin, M. *Gothénius*, d'ordonner quelque remède pour un de ses chiens qui était malade. Les domestiques, qui n'aimaient pas ce médecin, lui apportèrent l'ordre de venir voir un chien malade : Gothénius se crut insulté, et ne vint pas. Les domestiques, dans leur rapport, dirent qu'il avait répondu avec humeur qu'il n'était pas médecin de chiens; et cette calomnie le fit congédier.

Quant à la garde-robe de Frédéric, elle se réduisait à quelques uniformes, un habit ou deux de couleur, autant de velours, six chemises, qu'on remplaçait tous les ans, et le reste à proportion. C'était une règle pour tous les princes de cette maison de n'avoir que six chemises, au moins quand ils faisaient campagne. J'ai vu le prince Henri partir pour commander une armée de cent mille hommes, n'avoir que douze mulets pour porter tout son bagage, sa tente, sa chancellerie, etc., etc.

Parlerai-je ici de ce que Frédéric a fait pour les arts? Il a eu plusieurs sculpteurs français, et entre autres Adam, qui modela la statue du feld-maréchal de Schwerin, et qui ensuite quitta la Prusse pour revenir en France. Je ne dis rien ici de Tassaert, dont je parle ailleurs, et dont le marché fut fait par l'entremise de d'Alembert. Entre Adam et Tassaert il eut un autre sculpteur, qui le quitta comme le premier, et qui, après son retour en France, ne recevant aucune réponse à plusieurs réclamations, lui écrivit une lettre de reproches et d'injures dont j'ai vu la copie entre les mains du chargé d'affaires de France, à qui cet homme l'avait adressée. Cette lettre, écrite *ab irato*, n'était pas mal rédigée; le ton en était ferme et hardi; elle était même assez noble et philosophique; il n'y avait d'injures que par le fond des choses; mais, à ce dernier égard, on n'y trouvait aucun ménagement. Les filous, les suborneurs, les voleurs de grands chemins, y étaient offerts comme objets de comparaison qui méritaient la préférence, parce qu'au moins on avait contre eux des recours ou des moyens de vengeance. Frédéric méprisa cette lettre, dont on n'a jamais parlé, et qui, adressée à tout autre souverain, aurait évidemment causé la perte de son auteur.

Frédéric a eu pour peintre Amédée Vanloo, qui a peint les plafonds du nouveau Sans-Souci.

Il a eu, à titre de peintre vernisseur, un neveu du célèbre Martin, lequel quitta la Prusse, pour venir périr à la place Louis XV lors du mariage de Louis XVI. Un de ses cousins lui succéda, demeura sept ans à Berlin, se sauva déguisé en charbonnier, ne pouvant obtenir son congé, et fut remplacé par un M. Chevalier, que j'y ai laissé.

Il a eu un architecte français, nommé Léger, avec lequel il s'est brouillé à l'occasion du nouveau Sans-Souci, et qui est revenu végéter à Paris. Léger avait fait de fort beaux plans pour ce second château : le roi adopta ceux qui avaient pour objet le Grand-Commun, et cet édifice est en effet régulier et fort beau; mais on ne fut pas d'accord pour le château, sa majesté n'y voulant d'autre porte d'entrée qu'une croisée prise au milieu de la grande façade, et s'ouvrant jusqu'à terre. Cette entrée qui, selon Léger, devait présenter une porte noble et convenable, devait aussi, selon cet architecte, s'ouvrir sur un vestibule assez vaste, et conduire à un grand et superbe escalier. Le roi rejeta ces idées; il voulut un escalier ordinaire, placé dans une petite pièce à gauche, et ordonna de convertir le vestibule en une grotte. Léger déclara qu'il ne dessinerait pas ces nouvelles dispositions : la dispute s'échauffa, et tous deux furent aussi tenaces et aussi vifs l'un que l'autre... « Je suis le « maître, disait le roi; et je veux, j'ordonne que ce dessin « soit refait, et exécuté selon mes idées! — Mon honneur y « est intéressé, répondait l'architecte. Léger ne dira pas lui-« même à ses successeurs qu'il n'a eu qu'un goût baroque et « barbare, qu'il a entièrement ignoré son art, ou qu'il a eu la « lâcheté d'en violer toutes les règles par une fausse complai-« sance. » On a prétendu que, dans l'extrême agitation à laquelle ils s'abandonnèrent tous deux, l'architecte, vraisemblablement menacé de la canne, avait porté la main sur la garde de son épée. Quoi qu'il en soit, ils ne se sont plus revus. Léger est parti, et le nouveau Sans-Souci a été construit comme le roi l'avait décidé. C'est dans cette grotte que Frédéric donnait à souper aux officiers des régiments employés aux manœuvres qui avaient lieu à Potsdam, au mois de septembre de chaque année.

Dans un bosquet placé derrière ce château on trouve un assez petit bâtiment en rotonde, construit avec élégance, et que l'on nomme le *Temple d'Apollon*. Frédéric y fit rassembler avec soin tout ce qu'il put recueillir d'ustensiles antiques, tant pour la cuisine ou les appartements, que pour la culture et les arts mécaniques. Mon collègue, M. Stoss, antiquaire distingué, fut chargé de mettre toutes ces pièces en ordre, et d'en faire le catalogue, travail qui le retint à Potsdam près de trois semaines. Frédéric fut quelque temps fort assidu à passer dans ce temple plusieurs heures par jour lorsqu'il habitait Sans-Souci.

Ce roi s'était procuré une grande collection de plans de bâtiments : il avait des modèles de ceux qui ont été un peu célèbres chez les anciens, et, pour les temps modernes, chez les

Italiens, les Français, etc. C'est en étudiant ces modèles qu'il déterminait ses choix, comme c'est à cette étude qu'il faut rapporter tous les bâtiments dont il a décoré Berlin et Potsdam : car il a, pour ainsi dire, rebâti ces deux villes. Cependant, il y a quelque chose de singulier dans la plupart de ses bâtiments ; je ne dis pas l'Arsenal, édifice admirable, mais qui n'est pas de lui ; je ne dis pas l'Opéra, généralement estimé et admiré ; je ne dis pas même l'Hôtel des Invalides, tout à la fois vaste, solide, propre à son emploi, et célèbre par cette inscription, fournie par Maupertuis, *Læso sed invicto militi :* mais je dis, 1° le palais du prince Henri (1), qui, quoique bien distribué en dedans, et ordonné sur des modèles d'architecture italienne, offre au dehors l'aspect d'un bâtiment lourd, épais, rétréci et écrasé ; 2° la Bibliothèque publique, dont la forme extérieure ressemble à celle d'une grande commode (2) ; dont la distribution intérieure est étranglée par les contours des principaux murs, et dont l'inscription, *Nutrimentum spiritus,* fournie par Frédéric, contre l'avis de Quintus-Icilius, meilleur latiniste que lui, est anti-latine et gothique.

Malgré les reproches de cette nature que l'on peut faire à ce grand roi, il faut cependant convenir qu'il a fait de Berlin et de Potsdam deux des premières villes de l'Europe. On ne peut se figurer combien de maisons il faisait bâtir par an, surtout dans les principales rues ; maisons dont il faisait à ses propres frais les parties extérieures, les décorations, la toiture, et même les principaux murs ; ouvrages que son artichitecte Bauhmann exécutait avec tant de célérité, que nous les appelions *les champignons de Frédéric.* Il est vrai que, de cette sorte, il renversait les masures des citoyens, mais c'était pour les remplacer

(1) Ce bâtiment sert aujourd'hui de collége.

Bon THIÉBAULT.

(2) Telle que l'on faisait les commodes du temps de Frédéric, c'est-à-dire, ayant les devants formés de cinq courbes, dont deux rentrantes et trois saillantes. Bon THIÉBAULT.

dans l'année par de belles et solides constructions, qui valaient dix fois mieux.

Il encourageait tous les arts, mais il avait ses gens affidés: pour les bijouteries, par exemple, il ne passait pas une année sans faire faire quelque ouvrage précieux de trente ou quarante mille francs aux bijoutiers Bodson et Jordan : il revenait toujours aux mêmes maisons, à moins qu'il n'ait eu essentiellement à s'en plaindre.

On voit avec quel soin il cherchait à tourner au profit de l'État et de ses sujets même ses goûts particuliers; car il n'affectionnait que ceux qui, par leur probité et leurs talents, jouissaient de la meilleure réputation.

Ce roi n'avait auprès de sa personne, et pour son service, que cinq valets de pied et deux pages : point de valets de chambre, point d'heiduques, etc. Il avait, à la vérité, plusieurs autres pages élevés à ses frais; mais il ne s'en servait que très-rarement, et pour la parade, dans des occasions extraordinaires. Il avait aussi une demi-douzaine de coureurs, dont tout le service se bornait à marcher assez lentement devant lui dans les rues de Berlin, quand il allait à l'opéra, qu'il revenait de faire ses revues dans la plaine de Temploff, ou qu'il avait quelque autre course à faire dans la ville. En général, rien n'était plus simple que lui dans son intérieur; rien n'était également plus modéré. Il voulait sans doute une exactitude très-régulière; il ne pardonnait pas qu'on s'en écartât; mais ceux qui remplissaient leurs devoirs avec fidélité étaient sûrs de trouver en lui le plus paternel, le plus doux et le meilleur des maîtres. Il ne parlait jamais à ses domestiques, dans leur service ordinaire, qu'en leur donnant, avec une vraie bonhomie, la qualification de *mein kind*, *mon enfant*.

Durant la guerre de Sept ans, lorsqu'il était à Dresde, il vit un matin pâlir et trembler le domestique qui lui apportait son déjeuner... « Qu'est-ce qui vous fait ainsi trembler? » lui dit-il d'un air et d'un ton sévères. Le domestique crut que son crime était découvert, et se jeta à genoux pour demander grâce. On fit l'essai du café ou du chocolat que ce malheureux apportait, en en faisant avaler à quelques animaux, qui périrent de suite. On a cité dans le temps les personnes qui, disait-on, avaient séduit le domestique, et l'on a même fort circonstancié toute cette histoire : mais je n'entre point dans ces détails, parce qu'on ne m'a rien prouvé. Quels qu'aient été les aveux de celui qui servait le déjeuner, et les motifs de politique ou autres qui ont déterminé Frédéric à couvrir cette affaire d'un silence absolu, il n'y a eu dans le temps aucune procédure : on n'a même parlé que mystérieusement de ce crime, et le criminel subalterne en a été quitte pour être envoyé comme tambour dans un régiment.

Il arriva de mon temps que, durant un des voyages du roi en Silésie, on fit, à Potsdam et dans ses appartements, un vol considérable dans sa chatouille. Il courut plusieurs bruits à ce sujet : on voulut deviner le voleur; mais Frédéric, instruit ou non, n'en parla pas. Il n'y eut point de poursuites, et il se contenta de mieux prendre ses mesures à l'avenir.

On raconte aussi qu'un jour où on lui peignait la misère d'un de ses anciens serviteurs, il avait répondu : « L'imbécile! je « l'avais mis au râtelier, que ne tirait-il du foin ? » Cette repartie semble indiquer qu'il trouvait bon que ceux qui le servaient se fissent faire des présents; et, en effet, ceux qui montraient ses châteaux et ses appartements en son absence mettaient fort peu de réserve à se faire bien payer : c'est ce que je puis dire entre autres du Savoyard qui avait la garde du nouveau Sans-Souci. Cependant il ne fallait pas pousser les choses trop loin : il ne fallait pas provoquer les plaintes et le scandale; car, en ce cas, le coupable était chassé. Il avait pour principe de pardonner tant qu'il pouvait paraître ignorer les fautes ou feindre de ne pas connaître les coupables; mais si les faits ou les noms arrivaient jusqu'à lui avec quelque éclat, il n'y avait plus d'indulgence à espérer.

Il avait des mouvements de vivacité ; mais il ne fallait souvent qu'un mot pour le rappeler à une bonté qui lui était naturelle. Un de ses cochers le versa : heureusement le roi ne fut point blessé, mais il se mit dans une grande colère contre son vieux serviteur, et venait même à lui la canne levée, lorsque celui-ci lui dit : *Sire, n'avez-vous jamais perdu de bataille, vous qui êtes pourtant le plus grand général du monde? Eh bien, c'est une bataille que j'ai perdue, et c'est la première depuis trente ans! Croyez-vous que je n'en sois pas plus fâché que vous?* Le roi ne put s'empêcher de rire, et sa colère fut éteinte.

Lorsque Beaumarchais eut acheté les manuscrits de Voltaire, il fit faire une copie de la pièce que cet auteur célèbre avait composée sous le titre de son *testament*, pour y décrire à sa manière sa brouillerie avec Frédéric, à l'époque où il revenait de Berlin en France, et son arrestation, ainsi que celle de madame Denis sa nièce, à leur arrivée à Francfort. Beaumarchais adressa cette copie au roi de Prusse, avec une lettre où il présentait ce morceau comme plus propre qu'aucun autre à exciter la curiosité des lecteurs, mais où il ajoutait qu'il avait cru ne devoir pas le publier sans l'avoir mis sous les yeux de sa majesté, disposé à le sacrifier si sa majesté le désirait, bien assuré qu'elle daignerait considérer que ce *testament* entrait pour beaucoup dans les moyens de récupérer le prix que cet achat lui avait coûté. Le roi lui renvoya son manuscrit, en le remerciant de ses offres, et en l'assurant qu'il faisait des vœux pour que son entreprise répondît pleinement à son attente. Caron de Beaumarchais, piqué sans doute de n'avoir pas réussi à se faire payer par Frédéric un manuscrit qui n'aurait pas moins été publié par la suite, en fit d'abord une édition à part, qu'il répandit dans toute l'Europe. Le libraire Samuel Pitra en ayant reçu vingt-cinq exemplaires, vint me consulter pour savoir s'il pouvait les débiter, ou s'il devait les renvoyer. Je lui fis une lettre qu'il adressa au roi avec un exemplaire, en lui demandant ses ordres. Le roi répondit qu'il pouvait les vendre, pourvu qu'il n'y eût ni affectation ni scandale dans sa manière de les annoncer. En deux jours, tout fut enlevé à très-haut prix.

Tout le monde sait l'histoire des deux pages : je n'en dirai donc qu'un mot, pour séparer le fait historique d'avec tout ce qu'on y a ajouté lorsqu'on a mis ce sujet au théâtre. Le roi allant lui-même appeler un de ses pages, le trouva endormi dans sa chambre : le jeune homme avait sur ses genoux une lettre par laquelle sa mère le remerciait des secours qu'elle en avait reçus. Le roi prit la lettre et la lut : touché des vertus du fils et des besoins de la mère, il mit un rouleau de cent ducats dans la poche du premier, et se retira. L'honnêteté du page ne lui permit pas de garder le silence. Le roi se découvrit, et finit par ordonner au page d'envoyer cette somme à sa mère. Tout le reste de la pièce n'est que fable : les pages de la chambre avaient au mois treize à quatorze ans ; et il leur fallait bien cet âge pour qu'à franc étrier ils pussent suivre le roi dans tous ses voyages. L'arrivée de la mère et de la sœur n'a aucun fondement : l'auberge, les rôles de l'aubergiste et de sa femme, sont de pure imagination : l'apparition du roi dans cette auberge est une absurdité, etc.

A l'anecdote du page, je veux en ajouter une autre qui y ressemble beaucoup, et qui, quoique bien postérieure, n'en est pas la copie. Dans un régiment de hussards en garnison en Silésie était un brave soldat bien exact à tous ses devoirs, mais qui ayant plus de soixante-dix ans déplaisait au général, parce qu'il lui semblait déparer le corps et sa compagnie, par ses rides et ses cheveux blancs. Le général le tourmenta longtemps pour le déterminer à recevoir les invalides. Il faut savoir qu'en Prusse, être congédié comme invalide, c'est, à peu de chose près, être condamné à mourir de faim, puisqu'un invalide n'a que trois sous par jour : il faut se rappeler de plus que, dans ce même pays, les soldats sont enrôlés pour toute leur vie, et que par conséquent on n'y donne pour l'ordinaire les invalides qu'à ceux qui sont ou incurables ou très-vieux. Ces deux faits suffisent pour justifier l'horreur que les soldats prussiens, quelque malheureux qu'ils soient, ont pour cette sorte de congé.

Le vieux hussard dont je parle se refusait donc à quitter le corps ; et en effet, il était marié, sa femme n'était guère moins âgée que lui, et tous deux auraient perdu l'adoucissement qu'ils recevaient de la paye de leur fils, brave garçon qui, selon les lois du pays, appartenait au même corps, y était soldat, et faisait chambrée avec eux. Le général, n'ayant aucun reproche valable à faire à ce vieux soldat, et ne pouvant dès lors le faire déclarer invalide de sa seule autorité, résolut de le priver de son fils, espérant parvenir de cette sorte à en être débarrassé, soit par la misère, soit par le chagrin et le désespoir. Pour exécuter ce projet, il écrivit au roi qu'il avait dans son régiment un jeune homme, bon sujet, mais trop grand pour être hussard; et qu'il le proposait à sa majesté pour le régiment des gardes, où il conviendrait beaucoup mieux. Le roi accepta l'offre, et le jeune homme partit pour Potsdam, laissant ses parents dans une désolation d'autant plus grande, que le régiment des gardes, s'il est le plus beau de ce pays, n'en est pas moins celui où les soldats redoutent le plus de servir, parce que, placé sous les yeux du roi, il est le plus sévèrement tenu et le plus exercé, sans avoir d'ailleurs aucune sorte d'adoucissement. Lorsque ce jeune homme fut arrivé, le roi voulut le voir : ce monarque était-il instruit de la malveillance de son général, ou tout fut-il conduit par une destinée heureuse? Je n'en sais rien, mais le roi, au lieu de se le faire présenter à la parade, le fit appeler dans son appartement; et, après l'avoir examiné, il lui ordonna d'essayer un habit de sa livrée. Quand le hussard reparut dans cette parure si nouvelle pour lui, le roi lui demanda s'il se trouvait bien avec cet habit : le pauvre jeune homme répondit qu'il se trouverait toujours parfaitement bien, s'il avait le bonheur de plaire à son maître. « Eh bien, lui dit Frédéric, garde cet « habit, reste auprès de moi, fais bien ton devoir, et j'aurai

« soin de toi : tes camarades te diront ce que tu auras à faire.
« Mais, mon enfant, il faut être exact à la minute ici, et pour
« cela, il te faut une bonne montre. Va-t'en chez tel horloger ;
« dis-lui que tu me sers : et il t'en donnera une en argent,
« dont il te demandera quarante écus. Il te faut, outre cela, et
« indépendamment de hardes et de souliers, six chemises, six
« cravates, six paires de bas, et douze mouchoirs ; ce qui te
« coûtera encore tant d'écus. Voilà la somme nécessaire à ces
« emplettes ; va les faire, et sois auprès de moi exact, fidèle
« et discret. Quant à ton entretien, tu recevras tant par mois,
« plus dix écus (trente-six francs), avec lesquels tu pourras
« subvenir à ta nourriture et à tes menues dépenses. »

Dans l'extrême joie que ce pauvre jeune homme éprouva, la première chose qu'il fit fut de songer à ses parents.... « Que d'ar-
« gent, se disait-il, et mon père et ma mère ont des besoins !
« Ne pourrai-je donc pas leur envoyer les quarante écus de la
« montre, emprunter auprès de mes camarades de quoi la payer,
« sous la clause de leur rembourser cinq écus par mois ? »
Subjugué par cette pensée, il la communiqua à ses camarades, qui lui prêtèrent quarante écus ; il eut la montre, et secourut ses parents : mais il ignorait encore que les rois savent tout ; et que Frédéric, en particulier, imposait pour première loi à ses serviteurs de ne lui laisser rien ignorer de ce qu'ils savaient eux-mêmes. Le lendemain il fit entrer son nouveau domestique, et lui dit : « Je t'ai donné de l'argent pour acheter une montre,
« et tu l'as envoyé à tes parents. Tu as cru faire une belle ac-
« tion, et tu n'as pas senti que tu commettais une infidélité. Il
« est juste de secourir ses parents quand ils sont dans le besoin,
« et surtout quand ils sont vieux ou infirmes, mais nous ne
« devons y employer que ce qui est à nous : or l'argent que je
« t'avais donné n'était pas à toi ; tu ne l'avais qu'à condition
« que tu en ferais l'usage que je t'avais indiqué. Il n'était dans
« tes mains qu'un dépôt, et tu as violé la loi imposée aux dé-
« positaires. Je te pardonne néanmoins pour cette fois, parce

« que tu as été égaré par un sentiment pur et par un principe « de bon naturel, et parce que tu n'as pas pensé aux vérités que « je viens de te rappeler. Quant à l'emprunt que tu as fait, « c'est une nouvelle faute ajoutée à la première ; car doit-on « emprunter ce qu'on n'est pas sûr de pouvoir rendre ? et com- « ment tes camarades seraient-ils payés, si tu venais à mourir, « ou si je te renvoyais ? Je te donne en ce moment de quoi « acquitter ta dette ; mais songe que je te défends d'en faire « de nouvelles. »

Quand monsieur le général de hussards sut la bonne fortune arrivée à ce jeune homme, il eut la lâcheté de venir en féliciter ses parents... « C'est moi, leur dit-il, qui lui ai procuré cette « place par le bien que j'en ai dit au roi. »

Frédéric ne tarda pas à être lui-même récompensé des bontés qu'il avait pour ce brave domestique. Attaqué d'un accès de goutte très-violent, il fit appeler son médecin, qui, lui trouvant une fièvre ardente et une grande sécheresse, jugea qu'il était urgent de provoquer la transpiration, et voulut prescrire quelque remède propre à produire cet effet ; mais Frédéric avait, dirai-je la faiblesse ou la manie de tant de grands capitaines, qui, comme Mithridate, s'imaginent être de fort habiles gens en médecine ; il voulut savoir ce qu'on allait lui ordonner, rejeta tout ce que le médecin put lui proposer, et même finit par le renvoyer en lui disant qu'il n'était qu'un âne. Le médecin, arrivé à l'antichambre, déclara aux valets de pied que le roi était très-mal ; qu'il était important de le faire transpirer ; mais que ce monarque ne voulait aucun des remèdes qui conviendraient à son état ; que même il l'avait maltraité de paroles ; que lui, médecin, allait écrire et leur laisser l'ordonnance nécessaire ; que ce serait ensuite à eux à faire préparer la potion qu'il indiquerait, et à obtenir du roi qu'il la prît ; qu'ils devaient être assurés que jamais ils n'avaient eu de devoir plus sacré à remplir, et qu'il y allait de la vie de leur maître ; qu'enfin, après avoir fait avaler la potion, il fallait, à tout prix, empêcher le malade de se découvrir, et l'envelopper de couvertures, jusqu'à ce qu'il eût bien sué. Les domestiques, délibérant entre eux, jugèrent que le jeune hussard était celui qui pourrait plus facilement fléchir le roi. Il fut donc chargé de le veiller la nuit suivante; commission qu'il accepta, non sans crainte, mais sans répugnance, et même avec dévouement. La potion fut apportée vers les dix heures du soir; et aussitôt le jeune homme entra dans la chambre à coucher du roi, la tenant à la main. « Qu'avez-vous là? lui dit le roi. — Sire, c'est une potion prescrite « par le médecin. — Jetez-la au feu. — Mais, Sire, si elle est « nécessaire? — Je n'en veux point. — Sire, le médecin nous « a ordonné de vous la présenter. — Le médecin est un âne. — « Hélas! Sire, il a déclaré qu'il était indispensable que vous « la prissiez. — Je ne la prendrai point. — Il a dit que sans cela « vous n'auriez point la transpiration qu'il faut pour vous guérir. — Il ne sait ce qu'il dit. — Si pourtant il nous a recommandé de prier Votre Majesté de la prendre? — Mon enfant, « vous me fatiguez inutilement; retirez-vous. — Mais, Sire, celui qui a ordonné ce remède n'est-il pas médecin, et attaché « à Votre Majesté? — Vous m'ennuyez. — Sire, il a dit qu'il y « allait de votre conservation. — Je vous ordonne de vous retirer. — Et notre devoir ne nous oblige-t-il pas de supplier « Votre Majesté de prendre un remède qui doit la guérir? » Le roi se mit en colère; il jura, ordonna, envoya au diable, et menaça. Le jeune homme, de son côté, ayant toujours la potion à la main, pria, sollicita, conjura, se mit à genoux, pleura à chaudes larmes, déclara se soumettre à tout, pourvu qu'il pût contribuer à sauver Sa Majesté, et fut enfin inébranlable. Cette lutte dura jusqu'après minuit, que le roi fatigué, et comme épuisé, se détermina à prendre la potion pour se débarrasser de tant d'importunités et avoir quelque repos. Mais, peu de temps après, il survint un nouveau combat entre le maître et le serviteur. Le remède agit, et excita dans tout le corps du monarque une chaleur brûlante et difficile à supporter : le roi voulut se découvrir, et le valet de pied ne le voulut pas. Si celui-là rejetait une couverture, celui-ci se hâtait de la replacer : si le premier voulait seulement sortir un bras de son lit, le second s'empressait de l'envelopper le mieux qu'il pouvait, toujours priant, conjurant, demandant pardon, et se cramponnant en quelque sorte sur le lit du malade, qui se fâchait et criait, et menaçait en vain. Ce nouveau combat dura jusque vers trois heures du matin, où enfin la transpiration s'établit. Le roi, moins tourmenté, redevint plus calme, et sentit que le médecin et le serviteur avaient eu raison ; aussi dit-il alors à ce dernier : « Mon enfant, je n'ai plus besoin de vous. La transpiration « est venue, je ne sens plus cette chaleur violente qui m'agitait, « je vous promets que je ne me découvrirai plus ; soyez-en sûr, « et allez prendre du repos, car vous devez être bien fatigué. » Le domestique fit semblant d'obéir, et se retira dans un coin, d'où, sans être aperçu, il continua de surveiller son maître jusqu'à ce que celui-ci se fût endormi. Le jour venu, le roi se trouva beaucoup mieux ; il se leva, et fit entrer son jeune gardien, auquel il dit : « Mon enfant, vous êtes un brave garçon ; « vous faites bien votre devoir, et je suis fort content de vous ; « vous m'avez servi cette nuit avec beaucoup de zèle. Tenez, « voilà cinquante ducats, que je vous donne pour les envoyer « à vos parents. »

CHAPITRE VI.

Vieillesse, infirmités et mort de Frédéric le Grand.

Les derniers temps de la vie et du règne de Frédéric offrent peu d'anecdotes : il vivait beaucoup plus retiré, mais toujours également occupé. Il avait renoncé à la musique, après avoir perdu une partie de ses dents ; il avait de même abandonné la poésie. Ses anciens amis avaient disparu de ce monde les uns après les autres. Il n'était entouré que de souvenirs, et n'avait plus guère que la société de quelques plastrons, sur lesquels même il avait usé tous ses bons mots depuis longtemps, et celle de quelques anciens serviteurs, plus intéressants par les temps que leur aspect semblait rappeler, que par eux-mêmes. Je ne puis guère excepter ici que les princes de Brunswick, toujours chéris et toujours bien venus ; quelques généraux, que tant de services, de périls, de fatigues et de belles actions rendaient recommandables ; le baron de Hertzberg, le comte de Goertz, et le marquis de Luchesini. Frédéric, d'ailleurs, sentait que ses forces s'affaiblissaient ; et, toujours occupé de son rôle, il ne négligeait rien de ce qui pouvait dérober aux autres la connaissance de son affaiblissement (1).

(1) Dix jours avant sa mort, des voyageurs suisses lui furent présentés : il les reçut avec affabilité, mais debout, se soumettant lui-même à l'étiquette, qui ne permettait pas de s'asseoir en sa présence. Après quelques minutes, il les congédia. Arrivé à la porte du cabinet, l'un d'eux, fils de Tronchin, se retourna, et aperçut le roi tombant sur son fauteuil, avec l'air de l'accablement et de la souffrance. Un regard foudroyant punit ce jeune homme de son indiscrète curiosité. PR. ÉDIT.

Comment était-il possible de sortir du cabinet d'un roi sans se retourner à la porte pour lui faire un dernier salut ; et comment Frédéric pou-

On prétend que lorsqu'il avait à se présenter à ses troupes, ou en général au public, et qu'il se trouvait un peu pâle ou abattu, il ne manquait pas de mettre du rouge. Si dans la conversation il sentait quelque faiblesse, lenteur ou inactivité dans l'esprit, sa main droite allait comme machinalement s'enfoncer dans la poche de sa veste, et revenait essuyer ses lèvres, c'est-à-dire porter à sa bouche quelques pastilles propres à le ranimer, et qu'il ne parvenait pas toujours à cacher aux regards de ceux avec qui il causait. Quoique je l'aie quitté près de deux ans avant sa mort, je me suis moi-même aperçu de ce manége, que M. de Launay avait découvert avant moi, et que bien d'autres ont vu depuis.

Ce qu'il y a de plus remarquable dans cette dernière période de sa vie, et ce que je sais très-certainement par ceux qui l'ont le mieux observé, c'est qu'il n'a ni vacillé, ni varié dans aucun des principes qu'il avait précédemment professés. Ceux qui ont dit qu'il s'était alors rapproché des principes religieux et avait témoigné le regret de ne les avoir pas suivis ont été trompeurs ou trompés. La vérité est que Frédéric, qui avait toujours été tolérant, a fini par l'être sans sarcasmes; qu'il a beaucoup moins parlé de ces matières qu'autrefois, et qu'il a vu arriver la mort et en a subi la loi avec toute la force d'âme et tout le calme qu'on pouvait attendre d'un aussi grand homme (1).

vait-il punir cette marque obligée de respect? La fin de cette anecdote est nécessairement inexacte. Bon THIÉBAULT.

(1) M. de Mirabeau, chargé alors d'une mission secrète à Berlin, a donné dans sa *Correspondance* une sorte de journal de la maladie de ce grand homme. Je ne rapporterai pas les détails où il est entré, parce que j'y soupçonne trop d'erreurs et même trop de crédulité sur plusieurs circonstances. De plus, il présente Zimmermann, que j'avais vu à Berlin à une époque où Frédéric le goûta très-faiblement, comme un grand médecin, quoique ce docteur n'ait jamais été cité pour aucune cure mémorable, et qu'il ait dû principalement sa célébrité à son ambition inquiète et active, et plus encore à son animosité contre les Français. Ce qui a le plus contribué à le faire prôner chez les Allemands, c'est son traité, non de l'*orgueil*, comme le dit le titre, mais de la *vanité* des nations; ouvrage qui n'est réellement qu'une satire contre la France. Ceux de ses compatriotes qui

Il a gouverné ses États jusqu'au bout; et peu de minutes avant sa mort il a encore voulu signer une lettre adressée à M. de Launay; mais déjà sa vue et sa main le trahissaient, et sa signature n'a plus été qu'un pâté d'encre. M. de Hertzberg, ancien et fidèle serviteur, passa la nuit auprès de lui, et, vers trois heures du matin, reçut son dernier soupir. Ce fut ce ministre qui, à l'instant même, fit avertir le prince Frédéric-Guillaume, neveu et héritier du grand homme qui venait d'expirer. Le nouveau roi arriva presque aussitôt, et trouva M. de Hertzberg fondant en larmes devant le corps inanimé que venait d'abandonner une âme digne des regrets et de l'admiration des siècles futurs. Le nouveau roi, touché de ce spectacle, et joignant à sa propre douleur (1) le sentiment de celle d'un si fidèle ministre, se dépouilla à l'instant du cordon de l'aigle noir, et en décora un des hommes du pays qui en était le plus digne, lui

l'ont le mieux connu m'ont avoué qu'il avait eu à lui seul plus de vanité que quelque nation que ce soit. Du reste, l'auteur de la *Correspondance* redevient un écrivain précieux et vrai quand la passion ou la prévention ne l'égare pas : on ne peut que l'applaudir lorsqu'il observe que « ce « n'était qu'en mourant que ce roi pouvait oublier son métier, » et qu'il ajoute, à l'occasion de ceux des Berlinois qui, après sa mort, s'évertuaient à prouver qu'il n'avait été qu'un homme ordinaire... « Oh! si ses « grands yeux, qui portaient, au gré de son âme héroïque, la séduction « ou la terreur, se rouvraient un instant, ils mourraient de honte, ces « adulateurs imbéciles! » On retrouve également le philosophe plein d'énergie, lorsqu'il nous dit « que la nature a tâché de sauver cette compo- « sition rare à quatre reprises différentes; et que sa maladie, qui aurait « tué dix hommes, a duré onze mois sans relâche, depuis le premier accès « d'apoplexie asphyxique, d'où il était revenu par de l'émétique, et en « proférant avec un geste impérieux, et pour premiers sons, ces deux « mots si politiques et si expressifs : *Taisez-vous!* » En effet, rien ne peint mieux le génie tout royal de cet homme fait pour gouverner, que ce soin et ce besoin si pressant d'imposer silence sur l'accident qu'il venait d'éprouver.

« (1) A la vue du corps inanimé de son illustre prédécesseur, Frédéric- « Guillaume répandit des larmes et poussa des sanglots. Ceux qui ne « furent point appelés à l'honneur de l'approcher sont seuls excusables « dans les doutes sur la sincérité de ses profonds regrets. »

PR. ÉDIT.

accordant de plus le titre de comte : ce trait fit également honneur, et à M. de Hertzberg, parce qu'il méritait cette double distinction, et au nouveau roi, qui ne pouvait signaler son avénement au trône par un acte plus propre à lui mériter les applaudissements de presque tous les Prussiens.

Ce fut ainsi que l'Europe perdit l'un des plus grands hommes qu'elle ait jamais eus. Quoique la suite de mes souvenirs doive encore se rapporter à lui, parce que partout il est le centre autour duquel se rangent d'eux-mêmes et les hommes et les faits dont il me reste à entretenir mes lecteurs, il est cependant vrai que c'est ici que je dois réunir, comme en un faisceau, les traits qui le peignent essentiellement, et contribuer à fixer le jugement que la postérité devra en porter.

Annibal, Alexandre, Marius, Sylla, Mithridate, César, Charlemagne, Louis IX, Condé, Turenne, Villars, Pierre Ier, furent de grands hommes, quoique l'on ait à reprocher à l'un de la fourberie, à l'autre une extravagante exagération, une ambition féroce aux deux qui suivent, une atrocité de sauvage au cinquième, plus de dissimulation encore que de grandeur à César, trop peu de prévoyance à Charlemagne, trop de crédulité à Louis IX, trop de fierté à Condé, trop de faiblesse à Turenne, de l'avarice et de la vanité à Villars, et enfin le caractère barbare des anciens temps au héros de la Russie. Donc le grand homme n'est pas un homme sans défaut ; mais c'est celui qui, malgré ses défauts, s'élève au-dessus des autres par des qualités transcendantes et propres à influer puissamment sur les destinées des nations. Ces qualités tiennent à des vertus sublimes, à un caractère héroïque, et à des talents extraordinaires ; or, il est évident à mes yeux que Frédéric a réuni tous ces titres.

Le premier des défauts que nous ayons eu lieu de remarquer en lui, c'est cette extrême vivacité, qui a bien pu quelquefois lui faire prendre des déterminations hasardées et périlleuses ou même dommageables, mais qui, secondée par son génie, l'a si souvent fait sortir avec gloire des situations menaçantes où auraient succombé tous ceux qui auraient été plus lents. Les militaires qui ont étudié ses campagnes s'accordent à dire, et ce mot seul suffirait pour le signaler comme un homme de génie, qu'il n'a jamais été plus grand, qu'il n'a jamais déployé des ressources plus étonnantes que quand il a eu à réparer quelques fautes ou quelques désastres de nature à le perdre.

Le second défaut de Frédéric a été son goût décidé pour le persiflage et le sarcasme, dans lesquels, si souvent, je n'ai vu que de l'adresse et de la politique.

Mais après ces deux défauts, ou ces motifs de reproches, quels sont ceux que j'aurai encore à lui faire ou à compter?

Dira-t-on qu'il était avare? lui qui n'était qu'homme d'ordre; lui qui n'économisait que par nécessité, et qui cependant a fait tant de constructions, d'embellissements, d'améliorations coûteuses; lui qui faisait tant de bien à ses sujets, et qui enfin disait avec tant de profondeur à M. de Launay, « Louis XV et « moi, monsieur, nous sommes nés plus pauvres qu'aucun de « nos sujets : car, parmi nos sujets, il y en a peu qui n'aient « quelque patrimoine, et du moins est-il vrai que ceux qui n'en « ont pas peuvent en acquérir; au lieu que Louis XV et moi, « monsieur, nous n'avons rien, et nous ne pouvons rien acquérir qui ne soit à l'État. Nous ne sommes, monsieur, que les « administrateurs de la fortune publique, voilà notre seul rôle. « Si en cette qualité nous pouvons prendre ce que notre dépense exige, ce n'est encore qu'autant que la raison de l'État « nous y autorise; et si nous allons au delà, nous devenons infidèles et coupables. »

Dira-t-on qu'il était dur et cruel, ce roi qui n'a été que fidèle aux principes de fermeté et de constance qu'il s'était tracés à lui-même? Quel homme a plus adouci la sévérité des lois? Je l'ai déjà observé et je dois le répéter encore : il n'a été inflexible à punir qu'autant que cela lui a paru nécessaire pour maintenir ou assurer la discipline militaire, l'application des lois, la fidélité dans ses finances, et la discrétion dans ses relations politiques : hors ces quatre articles, sur lesquels il a parfois encore montré quelque indulgence, quel souverain, gouvernant par lui-même, a jamais moins puni ou plus modéré les punitions ? Il semblait vouloir tout pardonner, pourvu que l'ordre public n'eût pas à en souffrir.

Dira-t-on qu'il était implacable dans ses haines ou ses préventions ? Je dois ici un hommage à la vérité : je lui ai vu un profond mépris pour bien des personnes; mais je ne lui ai jamais vu de haine que pour le duc de Choiseul : oh ! pour celui-là, je conviens que sa haine était extrême. Il n'en fallait que le nom pour lui donner les plus hautes couleurs. Il le regardait tout à la fois comme son ennemi personnel et l'ennemi de son roi et de la France. Quoi qu'il en soit de cette dernière opinion, qui pourrait nier que ce duc n'eût fait beaucoup de mal à Frédéric en alliant la France et la maison d'Autriche ?

DEUXIÈME PARTIE.

FRÉDÉRIC LE GRAND

ET SA FAMILLE.

CHAPITRE PREMIER.

Frédéric Ier et Sophie-Charlotte.

La maison de Brandebourg est une branche cadette de celle de Hohenzollern, établie en Franconie depuis les temps les plus anciens de l'empire germanique. Un prince cadet de Hohenzollern, margrave de Nuremberg, rendit de si grands services à l'empereur, par son génie militaire, sa bravoure et ses succès, qu'il reçut de ce prince, à titre de récompense, le margraviat de Brandebourg. Ses descendants, par leurs alliances, par leurs traités, et ensuite par le bénéfice de la réformation, se sont agrandis peu à peu ; et c'est ainsi qu'ils ont acquis successivement la majeure partie de la Poméranie, la Prusse ducale, le duché de Westphalie, celui de Magdebourg, la principauté de Halberstadt, celle de Minden, une partie de la succession de Clèves, etc.

Par l'importance de ces possessions et l'état prospère où le grand électeur avait laissé ses États, Frédéric se crut assez puissant pour figurer parmi les rois. Il n'eut point de repos qu'il n'eût satisfait à cette ambition, qui dans le temps fut regardée comme un excès de vanité, et qui, chez lui, ne fut que cela. Cette circonstance prouve néanmoins combien les jugements des hommes sont parfois incertains; car c'est à cette vanité de Frédéric Ier que la maison de Brandebourg doit les succès qu'elle a eus depuis. Jamais Guillaume Ier n'aurait songé à consolider sa puissance comme il l'a fait; jamais Frédéric II ne serait parvenu à l'agrandir encore, s'ils n'avaient eu dans le titre de roi le stimulant qui les a enhardis à concevoir de si vastes desseins. Ainsi, voilà en Europe une grande et respectable puissance, qui doit tout à une vanité presque puérile, et qui depuis Frédéric Ier a moins donné qu'aucune autre dans ce défaut, qui, dans le fait, l'aurait perdue, si elle n'y eût renoncé. Leçon précieuse de politique et de morale, qui nous montre comment, sur une base faible et fragile, la sagesse et le génie peuvent élever et consolider un édifice à la fois majestueux et durable (1)!

Frédéric Ier était aussi fastueux que vain (2); mais, sa seconde

(1) Je ne sais à quelle occasion l'empereur Léopold Ier s'écria que ceux qui ne s'étaient pas opposés à ce qu'il reconnût Frédéric Ier comme roi, mériteraient qu'il les fit torturer. Cette couronne a, en effet, fondé en Allemagne une rivalité menaçante pour la maison d'Autriche; mais quelques circonstances favorables, trente millions répandus à propos, et de la persévérance, tirent raison des oppositions que les intérêts ou la jalousie des autres puissances devaient faire craindre à Frédéric Ier.

Bon THIÉBAULT.

(2) Aucun prince de l'Europe ne poussa aussi loin que Frédéric Ier la manie d'imiter Louis XIV, faiblesse qui, néanmoins, ne put attester que son insuffisance! Où eût-il pris, en effet, les milliards que coûta la seule construction de Versailles? et quand il les aurait eus, qu'aurait-il pu faire, sans cette masse d'hommes de génie qui secondèrent Louis XIV? Les faits répondent à cette question : comme lui, il voulut laisser des monuments, et fit bâtir, hors de Berlin, indépendamment de Charlottenbourg, dont parle mon père, le château d'Orangebourg (*), qui depuis fut abandonné; et dans Berlin, le château royal, masse sans régularité, sans noblesse et sans élégance; l'hôtel des postes, bâtiment tout à fait insignifiant, et l'église de la garnison, qui n'a rien de remarquable. Il n'y a d'exception à cette égard

(*) Pour perpétuer la mémoire de sa mère, princesse d'Orange.

femme, Sophie-Charlotte, de la maison de Hanovre, sœur de George Ier, roi d'Angleterre, et mère de Guillaume Ier, était

que pour l'arsenal, qui est, dans ce genre, le plus bel édifice que je connaisse.

Il fit couler en bronze la statue du grand électeur, son père, et la fit placer sur le pont royal, avec une pompe inconnue jusqu'à lui dans le nord de l'Europe. Il fit également faire la sienne qu'il destinait à occuper le centre de la cour de l'arsenal, mais dont son fils, Guillaume Ier, orna le principal marché de Berlin.

Sa première entrée dans cette ville, comme roi, fut aussi magnifique que ses moyens, son goût et les localités le rendirent possible. Les hommes les plus marquants de ce nouvau royaume, couverts des plus riches costumes, entourèrent leur nouveau roi. Quant à lui, il était resplendissant, et jusqu'aux ornements de l'équipage de son cheval, les étriers y compris, étaient d'or, enrichis de diamants! De plus, et pour perpétuer le souvenir de cette entrée, la porte de la ville par laquelle elle se fit fut nommée *la Porte Royale*, la belle rue que le roi suivit devint *la rue Royale*, et le pont qu'il traversa pour arriver à la place du château, *le Pont Royal*.

Chez Frédéric Ier, les tables, les guéridons, les lustres, les girandoles, les écrans, les bordures des glaces, étaient en argent massif, et formaient avec la vaisselle courante, les montants des canapés, des fauteuils, etc., une valeur de plus de dix millions. Je ne sais plus dans quelle salle se trouvait une balustrade en argent, ou même en vermeil; mais dans la salle dite des *Chevaliers*, un buffet, occupant tout un côté de cette pièce, était rempli de bassins et d'énormes vases de cette dernière matière. Enfin, Frédéric Ier laissa, en or massif, un service de cent couverts, dont les principales pièces ne pouvaient être portées que par deux hommes.

Sous d'autres rapports, il créa l'ordre royal de l'Aigle noir; il fonda une académie des nobles, établissement qui, par la faute de ceux qui en eurent la direction, dura peu, et dont le bâtiment, précédemment acheté aux héritiers du maréchal de Flamming, est devenu une manufacture de laine, sous le nom du Lagerhaus.

Quoique prince dépensier, il augmenta son armée, et ajouta à la bonne réputation de ses troupes; il fut administrateur ferme et éclairé, et continua la protection que son père avait accordée aux réfugiés français.

Voici, relativement au règne de ce prince, une anecdote rapportée par le baron de Poëllnitz, et qui me semble assez curieuse pour être rappelée.

Il dit que le bâtiment nommé de son temps *l'hôtel des ambassadeurs* fut bâti par un baron de Danckelmann, premier ministre de Frédéric Ier, avant même que ce prince parvint a se faire couronner. Ce bâtiment étant achevé, Frédéric voulut le voir, et son ministre lui donna à cette occasion une grande fête, à laquelle la reine et toute la cour assistèrent. Au nombre douée d'un mérite supérieur. Il paraît qu'elle faisait assez peu de cas de son époux. Leibnitz, dont elle était la protectrice, lui ayant envoyé un mémoire sur les infiniment petits, elle s'écria : « *Leibnitz veut m'apprendre ce que c'est que les infiniment petits! a-t-il donc oublié que je suis la femme de Frédéric Ier, ou s'imagine-t-il que je ne connaisse pas mon mari!* » Ce fut cette princesse qui, sur la proposition et les plans de Leibnitz, établit l'académie de Berlin, dont l'installation se fit sous la présidence de ce grand homme, qui jusqu'à sa mort

des choses que le roi admira le plus, chez son ministre, se trouva un tableau ; et ce dernier profita de ce moment pour dire à son maître que ce tableau et tout ce qu'il voyait lui appartiendrait bientôt. Le roi ayant demandé l'explication de cette prophétie, le ministre lui dit... « Sire, j'en« courrai sous peu une disgrâce complète. Ma chute sera suivie de la « confiscation de tous mes biens. Je serai arrêté et conduit à Spandau. « J'y resterai dix ans, au bout desquels mon innocence sera reconnue; « mes biens me seront rendus, et je rentrerai dans les bonnes grâces de « Votre Majesté. » Le roi, qui aimait son ministre, voulut jurer sur le Nouveau Testament, qu'il aperçut dans le cabinet où cet entretien avait lieu, que cette prédiction ne s'accomplirait jamais. « Arrêtez, Sire! » s'écria le ministre, « et ne jurez pas une chose qu'il ne dépendra pas de « Votre Majesté de tenir. »

Peu après, M. Danckelmann fut disgracié, arrêté et conduit à Spandau, d'où il fut transféré à Peitz. Sa détention dura quinze ans ; mais ses biens, qui avaient été confisqués, ne lui furent jamais rendus, de même qu'il ne rentra pas dans les bonnes grâces du roi, quoique les savants et les hommes de lettres eussent perdu en lui un Mécène, le roi un sujet très-dévoué, et l'État un grand ministre.

Le même roi traita bien différemment, depuis, le comte de Wartenberg, successeur du baron de Danckelmann.

Lorsque Frédéric Ier lui ôta ses charges et le relégua à Francfort-sur-le-Mein, il lui laissa emporter ses immenses richesses, et lui donna, pour sa femme et pour lui, 24,000 écus de pension (85,000 francs). C'est en retour de ces bienfaits, et peut-être par politique autant que par reconnaissance, que la comtesse de Wartenberg, par qui le château de Mon-Bijou avait été bâti, le donna au roi, qui en disposa en faveur de la princesse royale de Prusse, mère de Frédéric le Grand. Après la mort de cette princesse, Frédéric le donna à la reine sa femme. C'est dans ce château, qui semble destiné aux reines douairières de Prusse, que la mère du roi actuel se retira après la mort de Guillaume II.

Bon THIÉBAULT.

fut le chef de ce corps savant. Le château de Charlottenbourg ayant été bâti pour elle (1), le fameux Lenostre fut invité à en dessiner le parc. Ayant à travailler pour un souverain dépensier, il se livra à tout son génie, et ne songea qu'à ériger un monument qui pût perpétuer en Prusse et son nom et le souvenir de ses talents. Il profita de tout ce que les localités offraient d'avantageux : le château étant peu éloigné de la Sprée, il prit cette rivière pour le centre des jardins qu'il s'agissait de créer. A la droite de la Sprée se trouve une vaste prairie, qui aboutit à une forêt immense. La prairie fut destinée à des plantations d'un effet tout nouveau, et la forêt à devenir un parc vraiment royal. A la gauche de Charlottenbourg, Lenostre s'étendait assez loin pour couronner une hauteur d'où l'on voit Spandau. Entre ces deux parties, il forma une sorte de milieu dessiné de manière à préparer à tout le reste. Cette partie est tout ce qu'on a exécuté; mais il ne faut pas croire qu'elle n'offre qu'un espace borné, elle est au contraire fort étendue. Admirable d'ensemble, elle est terminée au fond par deux étangs considérables, derrière lesquels un bois épais et presque sauvage dérobe aux yeux la fin des jardins. Quoique tout ce qui existe ait été conçu pour servir de point de départ, les connaisseurs ne devinent pas qu'il y manque quelque chose, et s'accordent à vanter la régularité, l'harmonie, la variété, la noblesse de ce parc, et à le mettre au nombre des belles conceptions de Lenostre. Malheureusement pour la gloire de cet artiste, Frédéric Ier ne se trouva pas assez riche pour suivre en son entier ce plan, dont le dessin, m'a-t-on dit, existe encore dans les archives de Berlin.

(1) Ce village de Charlottenbourg avait appartenu à M. d'Oberginski, grand maître de la maison de cette reine. Il y fit bâtir une maison de campagne : la situation plut à Sophie-Charlotte ; elle acheta cette terre, et fit commencer les constructions et plantations qui en ont fait une résidence royale. Il paraît, d'après le baron de Poëllnitz, que ce ne fut qu'après sa mort que ce lieu, qui se nommait *Lutzenbourg*, fut appelé *Charlottenbourg* par Frédéric Ier, et dans le but de perpétuer le souvenir de Sophie-Charlotte, sa femme. Bon THIÉBAULT.

La reine Charlotte vit les approches de la mort avec une fermeté d'âme infiniment rare : on ne se lassait point d'admirer la sérénité avec laquelle elle en parlait. Quelqu'un ayant voulu lui persuader que le malheur de la perdre plongerait le roi dans le plus affreux désespoir : « Oh ! pour lui, répondit-elle, je suis « fort tranquille : le soin de me faire faire de magnifiques obsè« ques le distraira ; et pourvu qu'il ne manque rien à cette « cérémonie, elle le consolera de tout. » L'événement prouva qu'elle avait déviné juste.

Je finirai cet article par une anecdote plus curieuse et plus importante. Lors du voyage que Pierre le Grand fit en Allemagne, en France et en Hollande, il passa par Berlin : on lui assigna pour logement la maison de messieurs de Sidow, dans la rue Saint-Esprit : c'est le bâtiment qu'occupent aujourd'hui les professeurs de l'école civile et militaire fondée par Frédéric le Grand. Dès que Pierre fut arrivé, le premier roi de Prusse, qui voulait lui faire une réception qui le flattât, se hâta de venir à pied, depuis son château, faire une première visite à ce redoutable monarque ; et il fit cette course accompagné de ses ministres, généraux et chambellans, en un mot des officiers et seigneurs de sa cour. Pierre, en descendant de voiture, avait été conduit au premier étage, et n'avait eu rien de plus pressé que de se mettre à la fenêtre pour voir comment la ville était bâtie. Ce fut de là qu'il aperçut le cortége... « Ah, mon frère ! s'écria-t-il, que « faites-vous ! Vous me prévenez ! » En même temps il descendit, et vint recevoir cette visite à la porte ; après quoi on remonta, on se fit beaucoup de compliments, et l'on causa. « Mon « cher frère, dit le czar, je voyage pour m'instruire : j'ai beau« coup à apprendre ; et il faut, d'une part, que tout le monde « concoure à mon instruction, et de l'autre, que je mette tous les « instants à profit. Je ne puis pas m'arrêter longtemps à Ber« lin ; mais je vous prierai néanmoins de me faire voir com« ment on s'y prend, chez vous, pour certains actes que chez « moi l'on exécute fort mal ; et pour commencer par un point

« très-nécessaire, daignez faire pendre quelqu'un dès demain. » Frédéric Ier, aussi embarrassé que surpris de cette demande, répondit qu'il allait s'informer près des tribunaux s'il y avait quelque criminel condamné à ce supplice... « Comment, repartit « Pierre, n'êtes-vous pas le maître de faire pendre qui bon vous « semble ? — Nous sommes ici, reprit Frédéric, dans les cercles « de l'Empire ; et l'Empire a des lois que nous sommes obligés « de suivre.— Eh bien ! faites pendre un de mes mougicks, celui « que vous voudrez. — Les lois dont je vous ai parlé concernent « les étrangers aussi bien que nos sujets. — Vous n'êtes donc pas « roi ici ? Vous n'êtes donc pas le maître ? — Les souverains ont « bien la souveraineté dans l'Empire comme ailleurs, mais ils « ne l'ont que selon les lois. » Pierre eut beaucoup de peine à se rendre, et trouva cet état de choses fort déplaisaut.

En 1717, quatre ans après la mort de Frédéric Ier, Pierre revint à Berlin, accompagné de Catherine Ire, sa femme : ce grand homme n'était guère plus civilisé. On le logea à Mon-Bijou, qu'il laissa dévasté et presque démoli. Il se fit donner par Guillaume Ier quelques objets d'art et autres, dont on m'a parlé comme très-précieux (1). C'est à cela que se bornent mes souvenirs relativement à lui, si cependant j'en excepte une anecdote qui n'est pas de nature à être rapportée.

(1) Le baron de Poëllnitz cite à ce sujet, comme objet de la plus grande magnificence, unique dans son espèce, et dû aux soins et aux dépens de plusieurs électeurs, le *lambrissage* d'un salon dont les murs étaient couverts d'ambre du haut en bas. Bon THIÉBAULT.

CHAPITRE II.

Guillaume Ier et Sophie-Dorothée.

Fils d'un père faible et vain, et d'une mère distinguée par ses vertus, ainsi que par la beauté de son caractère, par son esprit et son goût pour les sciences, Guillaume fut en tout l'opposé de l'un et de l'autre : original et fantasque, austère et grossier dans ses mœurs, dur et brusque, il fut ferme et persévérant, politique et économe, non selon les temps ou les circonstances, mais selon les personnes ou les objets : il fut de même juste et brutal, ladre et généreux, doué d'un jugement droit, et insouciant pour les progrès des sciences ; père de famille soigneux, mais bourru, cruel même envers ses enfants ; de plus, monarque très-soupçonneux, et cependant dupe d'intrigues presque continuelles : que dirai-je ? jamais fils ne différa plus de son père et de sa mère, comme jamais père ne ressembla moins à ses enfants ; quelques faits et anecdotes suffiront pour prouver toutes ces assertions.

Sous le rapport des intrigues, il fut en quelque sorte asservi par le prince d'Anhalt, et par le général de Grumbkow, qui, unis d'intérêt et d'amitié, exercèrent sur lui une influence antérieure à son avénement et même à son mariage, et qui, dans trop de circonstances, fut aussi complète que fatale (1).

(1) Voici comment la princesse Wilhelmine, devenue *margrave de Bareith*, après avoir été *recherchée en mariage par quatre têtes couronnées, celles de Suède, de Pologne, d'Angleterre et de Russie*, trace, dans les mémoires qui révèlent ses infortunes, les caractères et les rôles de ces deux hommes.

Le prince d'Anhalt peut être compté parmi les plus grands capitaines de ce siècle. Il joint à une expérience consommée dans les armes un génie

Relativement aux finances, il reprit les errements de son aïeul, le grand électeur : il paya les dettes de son père, remit dans toutes les branches l'ordre, et même (on peut le dire) le

très-propre pour les affaires. Son air brutal inspire de la crainte, et sa physionomie ne dément pas son caractère. Son ambition démesurée le porte à tous les crimes pour parvenir à son but. Il est ami fidèle, mais ennemi irréconciliable. Il est vindicatif à l'excès envers ceux qui ont le malheur de l'offenser ; il est cruel et dissimulé. Son esprit, du reste, est cultivé et très-agréable quand il le veut.

M. de Grumbkow peut passer pour un des plus habiles ministres qui aient paru depuis longtemps. C'est un homme très-poli, d'une conversation aisée et spirituelle. Avec un esprit cultivé, souple et insinuant, il plaît surtout par son talent pour la satire, talent fort en vogue dans ce siècle. Il sait joindre le sérieux à l'agréable : mais tous ces beaux dehors renferment un cœur fourbe, intéressé et traître. Sa conduite est des plus déréglées : tout son caractère n'est qu'un tissu de vices, qui l'ont rendu l'horreur de tous les honnêtes gens.

Cette princesse ajoute que ces deux hommes furent les favoris de Guillaume, lorsqu'il n'était encore que prince royal ; qu'à son avénement au trône, le prince d'Anhalt eut le détail de l'armée, et de Grumbkow la direction des affaires civiles ; et que, d'intelligence l'un et l'autre, ils étaient très-capables de corrompre le cœur d'un jeune prince et de bouleverser un État.

Selon elle, le prince d'Anhalt ne pouvait pardonner à Sophie-Dorothée la préférence que Guillaume lui avait donnée sur sa nièce : il ne cessa de calomnier cette reine auprès de Guillaume, et cela autant par vengeance que par soif de régner, ou du moins de faire arriver au trône de Prusse son neveu le margrave de Schwedt.

Cet espoir l'occupa même longtemps. D'abord, secondé par de Grumbkow, et à l'aide des calomnies les plus atroces, il tâcha de brouiller Guillaume avec sa femme, pour empêcher qu'elle n'eût des enfants. Il manqua ce but : Sophie-Dorothée, mariée en 1706, accoucha en 1707, d'un prince ; mais il mourut dans l'année. En 1709, elle donna le jour à Wilhelmine de Prusse. En 1710, elle eut un second fils, qui vécut encore moins que son frère : enfin, en 1712, naquit Frédéric, mais si faible, si délicat, qu'on ne pensa pas qu'il pût vivre ; circonstance qui, jointe à l'embonpoint que Sophie-Dorothée prit à cette époque, fit concevoir au prince d'Anhalt le projet d'unir son neveu à la princesse Wilhelmine, et de lui assurer de cette sorte le trône de Prusse.

Les couches subséquentes de la reine, et la naissance de trois autres princes (Guillaume, Henri et Ferdinand), firent évanouir ce projet ; mais d'Anhalt, tant qu'il resta au service de Prusse, et de Grumbkow, qui se maintint en faveur pendant tout le règne de Guillaume, ne cessèrent sublime de la régularité. Il forma ce trésor dont son fils a si bien profité, et qui sans doute serait un vice chez les peuples qui ont de grandes ressources, mais qui était une précaution nécessaire dans un pays pauvre, ouvert de toutes parts à l'ennemi, et sans commerce. Du reste, il ne pardonna sur l'article de ses finances ni négligence ni infidélité. Un de ses receveurs établi à Königsberg, ayant dans sa caisse une somme considérable sans destination ni emploi actuel, en tira dix mille écus dont il avait besoin pour ses affaires personnelles; il mit à la place de cet argent un billet, où il déclarait le devoir, et annonçait qu'il le remplacerait dans un délai très-court. Cet homme, fort estimé d'ailleurs, était riche en biens-fonds. Guillaume arrive à l'improviste dans cette capitale, visite cette caisse dans le jour, voit le billet, constate le vide, et fait pendre le receveur comme dépositaire infidèle.

d'être les instigateurs de tous les maux et chagrins qui, durant tant d'années, désolèrent la famille royale de Prusse.

Nota. Je suis loin de regarder le baron de Poëllnitz comme un homme qui ait été capable de sacrifier à la vérité des considérations ou des intérêts personnels : je suis même porté à croire que ce baron, si bien traité par un souverain, sur lequel le général de Grumbkow ou de Grumkau (comme il l'écrivait) a eu pendant tout son règne un si grand empire, eut à ce ministre de nombreuses obligations. Il faut considérer, de plus, que lorsque le baron de Poëllnitz écrivit ses lettres, et les vendit à un libraire à Paris, le général de Grumbkow vivait encore et était tout-puissant : malgré cela, il me paraît curieux de rapprocher du tableau que la princesse Wilhelmine a fait de ce ministre de son père, le portrait qu'en a laissé le baron de Poëllnitz, et c'est ce qui me décide à le transcrire à la suite de cette note historique.

M. de Grombkau, dit-il, *est doux, civil et affable. Il a les manières et les sentiments d'un homme de qualité, tel qu'il est : il est généreux, libéral, aime la magnificence et les plaisirs, mais ne s'y livre pas assez pour négliger les affaires du ministère. Il est laborieux, et a une conceptionnette et aisée; l'esprit agréable, vif et pénétrant; ne haïssant pas la satire, lorsqu'elle n'attaque point la réputation du prochain. Comme il est bienfaisant, il a des amis, et se fait des créatures. C'est de tous les ministres celui qui parle au roi avec le plus de liberté ; et je crois qu'on peut, sans se tromper, le mettre au rang des favoris.*

Bon THIÉBAULT.

Parmi ses généraux se trouvait un lieutenant général de cavalerie regardé comme le plus habile écuyer de son armée : c'était M. de Schwérin, cousin germain du feld-maréchal de ce nom, et père de madame du Troussel. Ce général entreprit de guérir un superbe cheval de selle qui appartenait à Guillaume, et qui était devenu fou. Schwérin fit conduire le cheval en Westphalie, où il commandait ; et au bout de huit à dix mois, il renvoya cet animal parfaitement guéri. Le roi était à la parade lorsqu'il lui fut présenté par un jeune officier, neveu du général, et nommé de Schoënfeld, le même qui a été depuis grand écuyer du landgrave de Hesse-Cassel, et son ministre à Paris, où M. d'Aiguillon le retint pour dettes, après qu'on lui eut donné son audience de congé. Le roi eut une grande joie de revoir son cheval en si bon état. Le jeune de Schoënfeld fut obligé de le monter, et de lui faire subir toutes les épreuves que sa majesté put imaginer. Lorsque le cheval et le cavalier eurent répondu à tous les désirs du monarque, celui-ci ordonna au jeune officier, venant de Westphalie pour cette mission, de faire conduire ce cheval précieux à l'écurie, et ensuite d'aller au château se faire donner à déjeuner *et de la bière ;* et en même temps il lui remit un florin en argent (48 sols), pour marque spéciale de sa satisfaction, le chargeant de bien remercier le général de Schwérin.

On raconte et l'on donne pour certaine une anecdote singulière, mais qui dans le pays est reçue comme avérée et constatée par des circonstances qui subsistent encore. J'ai interrogé moi-même, à ce sujet, le célèbre chimiste M. Margraff, qui m'en a confirmé l'authenticité, mais en l'expliquant en homme instruit et de bon sens... « Donnez-moi, me disait-il, dix mille « louis en or ; je les mettrai en poudre, de telle couleur, et « sous telle forme, et même en grossissant le volume, d'un « poids qui paraîtra léger. Vous transporterez cette poudre où « vous voudrez ; et en suivant le procédé que j'indiquerai, vous « y retrouverez la matière de vos dix mille louis, à un très-faible « déchet près. » On raconte donc qu'un vieillard, mis très-simplement et inconnu, était entré dans l'apothicairerie royale de Berlin, et y avait demandé successivement plusieurs drogues; qu'à différents intervalles, on l'y avait vu reparaître, et toujours pour diverses demandes du même genre; que le premier garçon de cette pharmacie, qui d'ailleurs avait une excellente physionomie, l'avait toujours servi avec autant de soin que d'honnêteté, si bien qu'à la fin le vieillard lui avait dit, en lui désignant sa demeure, que s'il voulait le venir voir, il n'aurait pas à s'en repentir; que le jeune homme lui avait fait une visite, et qu'après un entretien assez long, le vieillard lui avait dit : « Vous me pa-« raissez un brave jeune homme, je veux faire votre fortune : « je ne vous demande que votre promesse solennelle de garder « le secret, de n'avoir jamais de confidents, et de ne point faire « un mauvais usage de ce que vous aurez reçu ou appris de « moi; » que, de cette sorte, il lui donna une boîte ou cassette, pleine d'une poudre particulière, et lui indiqua le procédé à suivre pour en tirer de l'or, tel poids pour tel volume; qu'il ajouta : « Si par malheur cette boîte était épuisée, et si vous « éprouviez de nouveaux besoins, examinez bien cette terre « dont je vous laisse un échantillon : elle est assez commune « dans le nord de l'Allemagne; or, en suivant tels procédés, « vous en ferez une porcelaine aussi parfaite que celle de la « Chine; » que le jeune homme, qui depuis n'a jamais revu son vieillard, n'eut rien de plus pressé que de faire l'essai de sa poudre; que le succès ayant été tel qu'on le lui avait annoncé, il s'était permis plus de dépenses qu'auparavant, usant ou plutôt abusant de son trésor; qu'un soir régalant ses amis, il but assez pour devenir imprudent et fanfaron; que s'étant vanté de savoir faire de l'or, il avait voulu justifier ce propos, et en avait fait en leur présence; que le lendemain, en s'éveillant, il avait été effrayé de son étourderie, et avait pris la fuite; qu'en effet ses amis avaient parlé; que Guillaume ayant été instruit du fait et du départ, et ayant fait des recherches sur la route que ce jeune homme avait prise, avait découvert qu'il avait passé en

Saxe; que ce roi avait dépêché un courrier à Dresde pour le réclamer : que ce garçon apothicaire avait bientôt été reconnu, arrêté et mis en prison; que, craignant surtout d'être livré au roi de Prusse, il avait offert au gouvernement de Saxe d'enrichir le pays par la fabrique d'une porcelaine égale à celle de la Chine, pourvu qu'on ne le livrât pas, et qu'on lui garantît sa liberté; et qu'enfin telle était l'origine de la manufacture si fameuse de Meissen en Saxe. On voit encore au cabinet des curiosités, au château de Berlin, le clou qui fut employé comme spatule, dans la fâcheuse épreuve que le garçon apothicaire fit de sa poudre en présence de ses amis : c'est un grand clou qui est changé en or, au moins quant à la couleur, dans la grande moitié de sa longueur, c'est-à-dire dans toute la partie qui servit à remuer la composition.

Je ne reviendrai pas sur les duretés de Guillaume envers sa femme et ses enfants, et sur les coups de pied, les coups de poing et de canne qu'il a donnés à sa fille et à son fils aîné : je ne parlerai pas même des hommes qu'il a tourmentés, et de celui que, selon le rapport du baron de Poëllnitz, il a tué, et fait enterrer dans le bois pour une pièce de gibier : ces traits sont trop odieux; mais je dirai qu'aimant beaucoup à peindre, ou plutôt à barbouiller, il y employait assez régulièrement une heure ou deux après son dîner; qu'il avait pris un pauvre peintre, père de famille, pour préparer ses couleurs, et qu'il lui donnait, de prix fait, un florin par séance; que, comme la digestion lui causait assez fréquemment un assoupissement qu'il ne parvenait pas toujours à vaincre, il lui arriva plus d'une fois de s'endormir, et par conséquent de laisser le pinceau traîner du haut de la toile en bas, et y former des traits qui n'étaient pas entrés dans sa composition; que lorsqu'ensuite il s'éveillait, et apercevait ce fâcheux accident, il prétendait que c'était son peintre qui, par jalousie, avait ainsi défiguré ses chefs-d'œuvre pendant qu'il dormait; et que, pour surcroît de salaire, il ne manquait pas, dans sa colère, de s'en venger à coups de pied ou à coups de canne.

Enchanté de ses ouvrages, il les montrait à ses courtisans, et invitait ceux-ci à lui en dire leur avis; mais, comme on aurait été mal reçu à les critiquer, il était bien sûr de n'obtenir que des témoignages d'admiration. « Hé bien, » dit-il un jour à l'un de ces messieurs, qui ne se lassait pas de vanter les beautés d'un de ses tableaux, « combien crois-tu qu'on pût le vendre; « si on le mettait dans le commerce? — A cent ducats, Sire, « il serait donné pour rien. — Tiens, prends-le, je te le donne « pour cinquante, parce que je vois que tu es bon juge, et que « je suis bien aise de te faire plaisir. » Le pauvre courtisan, forcé d'emporter cette misérable croûte et de la payer si cher, résolut d'être à l'avenir plus circonspect dans ses louanges. J'ai vu un de ces tableaux, conservé par le prince Henri, on ne voit rien de plus mal dessiné et de plus mal peint. Le prince lui-même n'en jugeait pas autrement; aussi ne le conservait-il que parce qu'il représentait avec beaucoup de fidélité la tabagie de son père, et que l'on y retrouvait non-seulement le local, les meubles et les costumes, mais même les ressemblances. Je me rappelle que, dès le premier coup d'œil, je reconnus le baron de Poëllnitz, quoique de quarante ans plus jeune que lorsque j'en avais fait la connaissance. On y voyait aussi les feld-maréchaux de Buddenbrock et de Glassenapp, les généraux de Grumbkow, Einsiedel, etc.

Ce roi allait quelquefois dîner chez ses généraux. Un jour, chez le comte de Grumbkow, depuis feld-maréchal et gouverneur de Berlin, on lui servit un jambon si bien accommodé, qu'il déclara n'en avoir jamais mangé de si bon, et demanda que le cuisinier qui l'avait préparé vînt montrer aux cuisiniers royaux comment il s'y était pris. Peu de jours après, le chef de cuisine du roi vint lui demander quinze bouteilles du meilleur vin de Champagne. Sa majesté n'allait pas elle-même à la cave, mais elle en avait la clef, et tenait un compte exact de ses vins et de ses liqueurs. Il voulut donc savoir quel usage on ferait de ces quinze bouteilles, et on lui répondit que le cuisinier de M. de

Grumbkow les demandait pour faire tremper pendant deux jours un jambon qu'il aurait l'honneur de lui servir ensuite. Le roi envoya promener son cuisinier, et dit à son général : « Quand je voudrai manger de l'excellent jambon, j'irai dîner « chez toi : je ne suis pas assez riche pour le faire préparer à « la manière de ton cuisinier : je n'ai de vin de Champagne que « pour le boire. »

En effet, il buvait volontiers de bons vins, quoiqu'il ne se grisât pas. Dans un repas où l'on servait du vin de Champagne, il demanda si on pourrait lui expliquer pourquoi ce vin était mousseux. Quelqu'un lui observa qu'il avait une académie qui sans doute pourrait résoudre ce problème. « Ah! répondit-il, « tu me le rappelles ; c'est en effet bien le moins que mon aca- « démie, qui m'est très-inutile d'ailleurs, me serve sur ce point ; » et il ordonna à un de ses ministres d'écrire en conséquence à l'académie. Les académiciens s'assemblèrent, et comme ils étaient, en général, fort mécontents d'être aussi négligés sous ce règne, et qu'ils se trouvaient humiliés de voir qu'on ne se souvînt d'eux que dans une occasion aussi peu honorable, ils résolurent de se refuser à satisfaire la curiosité du roi ; et pour y parvenir, ils répondirent au ministre, que, pour remplir les intentions de sa majesté, ils étaient obligés de faire des expériences, pour lesquelles il leur fallait au moins un panier de soixante bouteilles de vin de Champagne, et qu'ils s'en occuperaient dès qu'ils auraient reçu le panier. « Qu'ils aillent se « promener! » s'écria le roi, lorsqu'on lui lut cette réponse : « je n'ai pas besoin d'eux pour boire mon vin, et j'aime « mieux ignorer toute ma vie pour quoi il mousse. » C'est à cette aventure burlesque que se réduisirent les relations directes que, durant son règne, l'académie eut avec ce roi ; aussi était-elle presque entièrement éteinte et oubliée lorsqu'il mourut. Elle n'avait presque plus de séances; et, lorsqu'on voulait réunir ses membres, à peine parvenait-on à en rassembler deux ou trois, qui même n'avaient rien à faire ou à se dire. Guillaume méprisait les sciences et les arts; et il eût été presque honteux pour les sciences et les arts qu'un tel homme ne les eût pas méprisés. Cependant, pour montrer combien la vie de ce roi renferme de contrastes, j'observerai ici que c'est à lui que l'académie de Berlin est redevable de ses revenus les plus importants : il lui accorda le privilége de la rédaction et publication des almanachs du pays, ainsi que celui de l'impression et du débit des lois et cartes géographiques ; non pas qu'il cherchât à faire aux savants aucune sorte de fortune, mais parce que, voulant utiliser tous les hommes, il ne vit rien de mieux à leur confier que la surveillance des dessinateurs, des imprimeurs et des graveurs, et la composition d'un almanach. Nous verrons plus loin combien ces dons, si mesquins en apparence, procurèrent par la suite de ressources à cette académie.

Le baron de Poëllnitz et quelques autres de ses courtisans lui parlaient souvent du luxe de Paris : on lui vantait le nombre infini de voitures, plus élégantes et mieux attelées les unes que les autres, qui, à certains jours, et aux heures de la promenade, formaient plusieurs files parallèles sur toute l'étendue des boulevards. Pour parodier ce luxe, dont l'idée seule le révoltait, il ordonna un jour, à l'insu de ses courtisans, de rassembler, le long du canal qui traverse Potsdam, toutes les charrettes des petits marchands du pays, et tous les chariots servant à la culture, et chargés de grains, paille, fumier, légumes ou bois, et de leur faire faire, en bon ordre et bien lentement, trois ou quatre fois le tour de ce canal. Lorsque cette farce grotesque, au succès de laquelle il avait employé même des troupes, fut organisée, il alla en admirer le spectacle, suivi de sa cour, et disant avec un sourire vraiment sauvage : « Voilà « mes boulevards! Admirez l'élégance et la richesse de ces voi« tures! Voyez-vous l'ordre qui s'y observe! Qu'est-ce que « Paris en comparaison de cela? »

Guillaume assistait aux noces de ses moindres officiers, quand on l'en priait, et il aimait assez qu'on l'en priât; il forçait même la reine à y assister, et à ouvrir le bal avec le nouveau marié. Elle crut, aux noces d'un simple lieutenant des gardes, qu'elle se compromettrait moins en dansant une polonaise, que si elle dansait un menuet. Mais monsieur le lieutenant, un peu ivre et fort rustre, la fit sauter, courir et tourner avec tant de force et de rapidité, qu'il semblait, me disait le baron de Poëllnitz, voir une fille de cabaret dans une fête de village. Le roi, dans son fauteuil, voyant ses jupes voler en l'air, et n'avoir pas le temps de retomber, se tenait les côtés de rire à ce spectacle si conforme à ses goûts.

Tout le monde connaît sa manie pour les hommes grands; manie qui, même sous son successeur, et jusqu'à présent, ne s'est qu'affaiblie. Guillaume faisait enlever les hommes d'une taille extraordinaire partout où il pouvait en découvrir. J'ai encore vu l'abbé *Bastiani* qui, étant moine en Italie, avait été enlevé à l'autel tandis qu'il disait la messe dans un village du côté du Tyrol. J'ai connu un aubergiste, rue de la Poste, nommé *Pouzzano*, autre Italien, qui avait été enrôlé par surprise dans son pays, et avait servi pendant trente ans dans les gardes. J'ai vu le plus bel homme de tous, qu'on appelait le *grand Anglais*, et que Guillaume n'avait pu avoir qu'à force d'argent : cet homme ayant eu son congé comme invalide, s'était établi marchand épicier à Berlin, où il a vécu jusqu'à près de cent ans, toujours le plus grand et le mieux fait de la ville. J'ai connu un M. d'Archambaud, de famille française, vieux colonel d'un régiment de garnison, qui avait été employé dans sa jeunesse à ces sortes d'enlèvements. Il m'a raconté les peines que lui avaient données quelques-unes de ces expéditions, et les dangers que d'autres lui avaient fait courir. Je me rappelle, en particulier, qu'il suait encore d'angoisses lorsqu'il parlait d'un menuisier, père de famille à Saint-Mihiel, en Lorraine, ayant plus de six pieds et fait au tour. Guillaume avait appris l'existence et la taille de cet homme, et ordonné à deux de ses enrôleurs, savoir à d'Archambaud et à un autre, d'avoir cet homme, et de le lui amener, à quelque prix que ce fût. Les deux embaucheurs firent dix fois le voyage de Saint-Mihiel, toujours déguisés en voyageurs marchands, et venant tantôt de Suisse et tantôt de Liége : à chaque voyage, ils avaient quelque chose à dire à cet homme ou à lui faire faire; ils causaient et déjeunaient ou soupaient avec lui, et le payaient bien. Ce fut après avoir ainsi tout employé pour gagner sa confiance, qu'on en vint aux compliments sur ses bonnes qualités et ses talents, plus encore que sur la beauté de sa taille. Que ne fit-on pas pour lui persuader que, dans tout autre pays, on serait trop heureux de l'avoir, et qu'il y ferait sa fortune! Le menuisier les écoutait d'un air bénévole, et de bonne foi : peu à peu on en vint à des propositions, mais sous la loi du secret le plus inviolable. Enfin, on se donna parole pour un prochain voyage, et on se sépara. A une quinzaine de là, le jeune d'Archambaud fut envoyé seul à Saint-Mihiel pour terminer cette négociation, et emmener l'homme. Mais celui-ci avait parlé : la maréchaussée prit monsieur l'officier prussien en flagrant délit d'embauchage; on l'arrêta, on le garrotta, et on le fit partir pour Metz, où il devait être pendu. Il parut si résigné et si tranquille les premiers jours de marche, qu'on finit par le surveiller moins rigoureusement : il n'était même plus entre les mains de la maréchaussée : des grenadiers étaient chargés de le conduire aux prisons militaires de Metz : il marchait assez mal attaché, causant avec ses gardes, de manière à les confirmer dans la sécurité la plus entière, lorsqu'arrivé à peu de distance d'une auberge isolée, sur une hauteur à cinq lieues de Metz, et nommée les *Quatre-Vents*, il brise ses liens, part comme l'éclair, arrive à l'auberge, et crie : *Déserteur, sauvez-moi!* On lui montre une porte de derrière, par laquelle il saute dans le jardin, en tirant la porte sur lui; du jardin il traverse un bout de pré, et gagne un bois voisin, tandis que les grenadiers courant après lui fouillaient cette maison, où on leur avoua avoir vu un homme traverser la cuisine si rapidement, qu'on ne savait pas s'il avait monté au grenier ou était descendu à la cave. Quand les grenadiers, après une recherche aussi scrupuleuse que vaine, eurent fait attester leur diligence, et furent partis, on en avertit le prétendu déserteur, qui, après avoir pris quelques aliments, regagna comme il put le pays de Liége.

Guillaume ne tenait pas sans doute tout ce qu'il faisait promettre à ces beaux hommes : cependant il en tenait une partie, et les traitait assez bien pour qu'ils n'eussent pas une trop forte envie de déserter. Le grand Anglais avait un ducat par mois de haute paye; d'autres avaient un écu ; d'autres moins : mais le tout formait une somme assez forte; et c'est pour l'épargner, que Frédéric II a été si facile à donner les invalides à ceux qui ont survécu à ses premières guerres : il a toujours désiré avoir de beaux et grands hommes dans ses troupes, et surtout dans ses gardes; mais il voulait les avoir sans leur donner de haute paye (1).

Guillaume s'imaginait qu'il pourrait établir dans ses États et y perpétuer une race d'hommes extraordinaires : aussi ne manquait-il pas l'occasion de marier ses gardes avec les plus grandes femmes qu'il pouvait rencontrer. Dans un voyage de Potsdam à Berlin, il aperçut une fille presque gigantesque, et d'ailleurs jeune, assez belle et très-bien faite; il en fut frappé : il fit approcher cette fille, et apprit d'elle-même qu'elle était Saxonne, non mariée; qu'elle était venue, pour affaires, au marché de Berlin, et qu'elle allait s'en retourner. « En ce cas, lui dit Guillaume, tu « passes devant la porte de Potsdam; et si je te donne un billet

(1) Selon le baron de Poëllnitz, ce que coûtait à Frédéric-Guillaume le premier bataillon des gardes, que l'on nommait le *bataillon des grands grenadiers*, était beaucoup plus considérable : presque tous les souverains de l'Europe, dit-il, lui envoyaient des hommes extraordinaires par leur taille; mais, ajoute-t-il, il s'en procurait, outre cela, à prix d'argent, et dans le nombre de ces derniers, il en a eu qui lui ont coûté jusqu'à quinze cents écus d'engagement, et jusqu'à deux florins de haute paye par jour; d'où il est résulté que ce bataillon lui coûtait autant que six régiments.

Bon THIÉBAULT.

« pour le commandant, tu pourras le remettre sans te détour-
« ner. Charge-toi de ce billet que je vais écrire : promets-moi
« que tu le donneras toi-même au commandant, et tu gar-
« deras pour ta peine cet écu. » La fille, qui connaissait le caractère de ce roi, promit tout ce qu'on voulut : le billet fut écrit, cacheté, et remis avec l'écu; mais la Saxonne, devinant le sort qui l'attendait, n'entra point dans Potsdam. Elle trouva près de la porte une pauvre femme petite et vieille, à laquelle elle remit le billet et l'écu, lui recommandant bien de faire la commission, sans délai, l'avertissant que c'était de la part du roi, et qu'il s'agissait de choses importantes et pressées. Ensuite notre grande et jeune héroïne continua sa route, faisant, comme on peut le penser, la plus grande diligence. La vieille, de son côté, se hâte d'arriver chez le commandant, qui ouvre le billet de son maître, et y trouve l'ordre très-précis de faire sur-le-champ épouser la commissionnaire à tel grenadier, qui y est nommé. La pauvre vieille, veuve depuis longtemps, fut très-surprise de ce résultat, mais elle se soumit aux ordres de sa majesté; tandis qu'il fallut employer l'autorité, les menaces et les promesses les plus flatteuses, pour vaincre la répugnance extrême et calmer le désespoir du soldat. Ce ne fut que le lendemain que Guillaume sut qu'il avait été joué, et que son soldat était inconsolable de ce malheur : il ne resta au roi d'autre ressource que d'ordonner le divorce entre ces deux époux.

Il lui prit une fantaisie aussi baroque en elle-même, que barbare dans son exécution; il fit faire son cercueil et celui de la reine en très-beau marbre; il les fit apporter quand le travail en fut achevé; il essaya le sien, et le second ayant été présenté à la reine, sans qu'elle fût prévenue de rien, il fallut qu'elle s'y couchât, pour en faire également l'essai.

Cet homme brusque et grossier, l'était envers tout le monde; s'il voyait un pasteur dont la perruque fût poudrée à blanc, il lui disait des sottises, persuadé que c'était un Français : si, durant un jour ouvrable, il voyait un jeune homme dans les rues, il le faisait enlever, et le plaçait comme soldat dans un régiment; aussi, dès qu'il paraissait, tout le monde fuyait, et s'empressait de se renfermer chez soi. Les rues où il passait étaient toujours désertes. Les hommes âgés et les femmes qu'il pouvait imaginer n'être point occupés étaient sûrs, en cas de rencontre, d'être honnis de sottises, ou chargés de coups de canne. « Je « suis bien petit, me disait M. Formey; mais, n'importe, il n'est « rien que j'aie plus redouté que de le rencontrer. Il m'aurait « confiné dans un régiment de garnison. Aussi ne l'ai-je pas vu « dix fois. »

Il eut cependant quelques aventures qui firent impression sur lui, et le corrigèrent, à quelques égards, autant que peut se corriger un souverain aussi brutal. J'en citerai une, d'après laquelle il n'a plus frappé d'officiers de son armée. Irrité de voir une manœuvre moins parfaite qu'il ne le voulait, il court, en pleine parade, et donne un ou deux coups de canne au major qui commandait la manœuvre. Ce brave officier, homme âgé, et très-estimé dans l'armée, à la manœuvre suivante, s'approche du roi, arrête son cheval devant celui de sa majesté, et lui dit : « Sire, vous m'avez déshonoré, et je dois en avoir satisfaction. » En même temps il prend ses deux pistolets d'arçon, tire le premier par-dessus la tête du roi, en lui disant : *Voilà pour vous;* ensuite, dirigeant l'autre contre lui-même, il ajoute : *Voici pour moi;* et se brûle la cervelle.

L'anecdote qui suit fait un singulier contraste avec celles qui précèdent, et pourra servir à reposer les âmes sensibles. Dans un moment où il était pris de vin, un jeune homme, nommé Daum, bas officier dans un régiment, avait tiré le sabre contre son officier : on l'avait condamné à être fusillé, et on le conduisait au lieu du supplice, lorsque Guillaume, faisant une de ses rondes, vit ce cortége, demanda ce que c'était, et sur le compte qu'on lui rendit de cette affaire, sur le bien qu'on lui dit du jeune homme, lui fit grâce de la vie, et se contenta de le casser, et de l'envoyer pour deux ans à Spandaw. Ces deux ans écoulés, et de retour à Berlin, le jeune Daum revit un de ses amis, nommé Splikgerber. Ils n'avaient d'état ni l'un ni l'autre, et résolurent de faire le commerce en société. Leur activité fut couronnée d'un succès rapide et extraordinaire au point de se trouver après quelques années assez riches et assez accrédités pour offusquer les premières maisons de Leipsick et les décider à comploter leur perte. Pour l'assurer, les chefs de ces maisons s'arrangèrent de manière à tirer ou à faire tirer en même temps sur Daum et Splickgerber, jusqu'à concurrence des crédits que ces deux jeunes gens avaient ouverts non-seulement à chacune d'elles, mais aux principales maisons de commerce de l'Allemagne. Daum et Splikgerber, ne pouvant faire honneur à tant de traites à la fois, ne perdirent cependant point la tête. Le premier alla se jeter aux pieds du roi; lui rappela en peu de mots comment il lui était redevable de la vie; lui exposa de même, comment, après ses deux ans de prison, ne pouvant plus rentrer dans son régiment, il avait entrepris un commerce en s'associant avec un ami, qu'il nomma; comment leur économie et leurs soins avaient fait prospérer leur entreprise; comment enfin les négociants leipsickois, jaloux de leur prospérité, et ne voulant pas que des sujets de sa majesté entrassent en concurrence avec eux, avaient concerté et exécuté le moyen de les déshonorer et de les ruiner. Guillaume, qui haïssait les Saxons, fut facile à persuader; il fut même touché du sort de ces deux jeunes gens, et pour sauver ceux-ci du piége qu'on leur avait tendu, il ordonna au gardien de son trésor de remettre à Daum, sur son billet, les sommes dont il se trouvait avoir besoin, et qui montaient à plus de trois cent mille écus (1), et même de les lui remettre en telles espèces que ce dernier pourrait désirer, mais en gardant le plus profond secret sur toute cette affaire. Les porteurs des lettres de change furent donc payés tous à présentation de leurs titres,

(1) L'écu de Prusse est de 3 liv. 12 s., 24 groschen; le groschen de 3 s. à peu près.

et cela sans embarras, sans plainte, et même en or ou en argent, à leur choix. Cette aventure humilia et déconcerta les Saxons, et éleva au plus haut degré dans toute l'Allemagne, et en Europe, le crédit des Daum et Splikgerber, qui longtemps formèrent la première, la plus riche et la plus solide maison de commerce de la Prusse.

Il me reste à dire comment est mort ce roi vraiment extraordinaire : car ce que j'ai à raconter de sa tabagie se trouvera plus naturellement placé dans l'article du baron de Poëllnitz, son favori, comme ce que j'aurais à dire des horribles traitements qu'il fit subir à sa fille aînée et à l'héritier de son trône a été indiqué en parlant de l'arrestation de Frédéric.

Vers la fin de mai 1740, Guillaume, qui s'affaiblissait sensiblement, eut à Potsdam, où il était, une si longue faiblesse ou léthargie, qu'un officier de cette garnison, trompé par les apparences, envoya secrètement, et en très-grande diligence, un exprès à Rheinsberg, pour annoncer au fils la mort du père.

L'exprès arriva au milieu de la nuit. A l'instant un cri se répand dans le château : « Nous sommes roi ! nous partons ! » On se lève à la hâte, on s'habille sans lumière. Le comte de Wartensleben, que j'ai connu vieux, et lieutenant général, mais qui était alors aide de camp du prince, couchait dans la même chambre qu'un autre de ses camarades. Cherchant ses culottes dans l'obscurité, il les prit par les jarretières, au lieu de les prendre par la ceinture, et toute la monnaie qu'il avait dans son gousset roula sur le plancher. Wartensleben tâtait partout pour la ramasser, lorsqu'on apporta de la lumière. « Eh ! malheureux, que fais-tu ? lui dit son ami. Tu t'amuses à chercher « des pièces de deux groschen (six sous), tandis que nous allons puiser les ducats à pleins sacs ! » On part avant le jour, on arrive à Potsdam ; le roi vivait encore ; il était revenu de sa léthargie, et avait même voulu qu'on le levât, et qu'on le promenât dans les corridors du château. Le baron de Poëllnitz revenant auprès de lui, après avoir pris un peu de repos, l'y trouva à quatre heures du matin, sur une sorte de petit char que traînaient deux domestiques. Il avait son uniforme, ses bottes, son écharpe, son épée, et son chapeau d'ordonnance. Dès qu'il reconnut son chambellan, qui s'approchait respectueusement de lui, il lui tendit la main, que le baron baisa, et lui dit : « Ah ! mon ami, c'en est fait, je vais vous quitter. » Cette promenade, en effet, ne fit qu'achever de l'épuiser. Son pasteur fut appelé, et, selon la méthode des réformés, lui récita des prières et des psaumes, lui fit des exhortations, et, au lieu de confession, lui développa un long examen de conscience. Ce prêtre parut à quelques personnes, avoir mis de la malice dans cet examen ; au moins est-il vrai qu'il parcourut en détail tous les articles sur lesquels Guillaume avait le plus de reproches à se faire, soit comme chef de famille, soit comme simple citoyen, soit surtout comme roi. Il priait sa majesté de se rappeler s'il n'avait pas été quelquefois trop vif, impatient et sévère ; s'il n'avait pas maltraité sans motifs ses enfants, et ceux qui le servaient ; s'il n'avait pas été trop prompt à imaginer, à croire le mal, et par conséquent à punir comme coupables des personnes qui ne l'étaient pas ; si, dans ses actes de rigueur, il n'y avait pas eu plus d'humeur et de dureté que d'amour de la justice ; si même, sous le prétexte du bien général, il n'avait pas fait le malheur de beaucoup de particuliers sur lesquels il n'avait aucun des droits qu'il s'était arrogés. Cette scène devint très-plaisante, en ce que cet homme dur et fantasque, rentrant alors en lui-même, et lisant dans son cœur que ce pasteur ne lui disait que des choses trop fondées, l'interrompait à chaque instant, pour s'écrier : « Mais je n'ai jamais fait d'infidélité à ma « femme, et j'espère que Dieu, en faveur de ma continence, « me pardonnera le reste. » Le prêtre ne manquait pas de lui promettre grande miséricorde, moyennant un sincère et vif repentir ; et ensuite il reprenait cet éternel examen.

Cet exercice de piété fut suivi d'une seconde léthargie, qui dura presque toute la journée, puisqu'elle ne finit qu'à six ou sept heures du soir, et qu'elle avait commencé vers les onze heures du matin. On ne ferma cependant point les portes de la ville, comme on l'avait fait la veille. Quand on vint pour avoir le mot d'ordre, ceux qui l'entouraient renvoyèrent au prince de Prusse, qui n'osa le donner. La garde même ne fut pas relevée; et les troupes, réunies depuis la veille, restèrent sous les armes. Le rôle du prince fut extrêmement pénible durant tout cet intervalle. Si le roi eût su qu'il était venu sans être mandé, Dieu sait quels ordres il aurait donnés dans sa colère! C'eût été encore pis, s'il eût appris que déjà on avait fermé les portes de la ville. Il n'aurait pas manqué d'attribuer cette faute à l'ambition de son fils : mais rien de ce que ce dernier avait à craindre n'arriva; le roi donna le mot d'ordre à sept heures du soir, et ce fut son dernier acte de souveraineté. Il retomba dans la nuit en ses premières faiblesses, et mourut le lendemain, 31 mai. Le prince craignit encore pendant quelques heures que ce ne fût une léthargie : bientôt, néanmoins, les indices de mort furent si évidents, qu'enfin on ferma de nouveau les portes de Potsdam; les troupes prêtèrent le serment de fidélité au nouveau roi, qui, après avoir donné quelques ordres, se rendit à Berlin (1).

(1) Guillaume Ier est mort le 31 mai 1740. Mon père est arrivé à Berlin le 16 mars 1765, c'est-à-dire 25 ans après la mort de ce roi; mais les anecdotes qu'il rapporte sur les derniers moments de ce monarque, et les nombreuses circonstances qu'il relate, il les a apprises de témoins de cet événement, et de personnes de cette cour, placées de manière à avoir été parfaitement informées. Je fais ce rapprochement, parce que, sur les circonstances et les détails de la mort de ce roi, la relation de mon père diffère entièrement de celle de la margrave de Bareith. En effet, et d'après cette princesse, Frédéric était, non à Rheinsberg, mais auprès de son père quand il le perdit. Elle semble même faire croire que Guillaume Ier est mort à Berlin. Elle affirme, au reste, qu'il refusa de voir les deux ecclésiastiques qui venaient pour lui faire la prière. Elle dit qu'avant de mourir il abdiqua entre les mains de son fils; et elle cite plusieurs mots

Arrivé dans la soirée, Frédéric envoya un message à Poëllnitz, pour qu'il vînt lui parler le lendemain. Le baron arriva à huit heures chez son jeune souverain, qui était encore au pa-

de nature à caractériser cette fin, qu'elle a fait tous ses efforts pour rendre *singulière et héroïque.*

Quelle que soit la cause de cette dissidence, elle me semble provoquer quelques questions et observations. Wilhelmine de Prusse était à Bareith lorsque son père mourut. Par qui fut-elle informée des circonstances qu'elle rapporte? Dans l'effusion de sa douleur et d'une affection qui résista aux plus atroces traitements, dans l'intérêt de la gloire de sa famille, qu'est-ce qu'elle crut devoir changer ou ajouter à des détails qu'à ma connaissance aucun historien n'a relatés? Jusqu'à quel point fit-elle coïncider, avec la fin de Guillaume, des faits ou peut-être des mots plus ou moins antérieurs à ce moment? A quelle époque et sous quelles influences écrivait-elle ses mémoires? etc., etc. Quant à mon père, le comte de Wartensleben, qu'il a connu, était auprès de Frédéric lorsque Guillaume mourut; et le baron de Poëllnitz, d'après lequel principalement il a écrit cette partie des anecdotes qu'il rapporte sur Guillaume, était attaché à ce roi, et de service auprès de lui à ses derniers moments. Acteur dans cette circonstance, il offre même comme garantie, non-seulement cet esprit de courtisan qui ne permet pas de se tromper sur des faits de cette nature, alors surtout qu'ils se sont passés sous nos yeux, et qu'on a dû en parler mille fois, et devant des milliers de témoins; mais, de plus, l'habitude de tout noter, ainsi que le prouvent les lettres qu'il a publiées, et les mémoires qu'il avait écrits, et dont mon père parle dans ses *Souvenirs.*

On trouve, d'ailleurs, dans les mémoires de la margrave de Bareith la preuve qu'elle les a écrits longtemps après les événements qui tiennent à cette époque, ce qui prouve qu'elle a pu en arranger quelques-uns d'après ses idées ou ses sentiments, plus que d'après la vérité. Indépendamment de cela, elle put croire qu'à l'époque où ses mémoires paraîtraient, personne ne la réfuterait; et sans mon père, en effet, elle ne l'eût été par personne. J'ajouterai de plus, qu'elle n'est pas partout d'accord avec elle-même sur ce qui concerne son père. Ainsi elle dit, page 8, tome Ier (4e édition) : « *Sa dévotion allait même jusqu'à la bigoterie;* » et tome II, page 320, parlant du moment de sa mort : « *On voulut faire « entrer deux ecclésiastiques pour lui faire la prière; mais il leur dit: « qu'il savait tout ce qu'ils avaient à lui dire, et qu'ainsi ils pouvaient « se retirer.* » Enfin, elle met dans la bouche de son père mourant, ce mot : « *Je rentrerai bientôt dans mon* néant. » Et cette expression ferait penser que sa dévotion était aussi douteuse que sa croyance.

Bon THIÉBAULT.

lais destiné à l'héritier du trône. Ce prince dit au baron qu'il le chargeait de diriger les obsèques de son ancien maître. « Je « ne puis confier ce soin, ajouta-t-il, à personne qui soit plus « capable de s'en bien acquitter que vous. Que les dispositions « prescrites dans le testament de mon père soient exécutées « avec fidélité. Vous observerez que mon intention est que « tout se fasse avec dignité et noblesse. Ainsi n'épargnez rien de « ce qui sera nécessaire pour y mettre la pompe convenable. « Allez chez les marchands, et prenez-y en noir tout ce qu'il « faudra pour les tentures : vous me remettrez ensuite vos mé- « moires, que je ferai payer. » Le baron sortit : et, lorsqu'il commençait à descendre l'escalier, Frédéric, qui n'était point encore chaussé, et qui n'avait à ses pieds que des souliers en pantoufles, le suivit pour lui crier : « Du reste, point de fri- « ponneries, je vous prie ; point de tours d'escrocs ou de filous ; « je ne les pardonnerais pas, je vous en avertis. » Ces mots, que le baron m'a souvent répétés, l'irritaient encore après quarante ans d'intervalle.

Les funérailles se firent comme l'ordre le portait : Guillaume fut placé dans un caveau de la chapelle de Potsdam, et son fils n'eut rien à rabattre sur les mémoires. On se conforma à toutes les dispositions du testament du défunt, jusqu'à la quantité et à la qualité de vin qu'il était dit qu'on donnerait à ceux qui auraient suivi le convoi. La garnison de Berlin prêta le serment, comme celle de Potsdam l'avait prêté : il en fut de même de toutes les autres. Après cette cérémonie, il y eut grande cour au château. Toute la noblesse y vint rendre hommage au soleil levant. Là, Frédéric, après avoir dit quelques mots aux ministres, aux généraux, aux ambassadeurs et à quelques autres personnes, s'écarta de la foule, et, prenant son jeune comte de Wartensleben par le bras, fit avec lui plusieurs tours au fond de la salle, trop éloigné de tout le monde pour risquer d'en être entendu. « Ah çà, mon cher comte, » lui dit-il d'un ton confidentiel et amical, « me voilà maître d'un

« royaume, d'une belle armée et d'un trésor bien fourni. Vous « ne doutez pas que je ne mette tous mes soins à faire prospérer « l'État, à maintenir la bonne réputation de mes troupes, et à « faire un bon emploi de mes richesses. Certainement je n'en-« fouirai pas l'argent comme un Harpagon ; je sais l'usage qu'il « convient d'en faire : je sais qu'il n'est utile qu'autant qu'il « circule ; et vous devez être bien assuré que, dans mes distri-« butions, je n'oublierai ni ceux qui servent bien la patrie, ni « ceux qui sont vraiment mes amis. Mais j'espère que vous, « qui êtes riche et plus qu'économe, vous ne vous flattez pas « d'y avoir part. Comptez bien que je choisirai avec plus de dis-« cernement ceux qui deviendront l'objet de mes faveurs... » C'est ainsi que ce monarque débuta : il accablait celui à qui il parlait, par la perspective la plus désespérante pour un avare, et excitait contre lui, dans l'âme des autres courtisans, tous les serpents de l'envie. Ce fait offre le premier châtiment infligé par Frédéric, et le premier essai de ce roi dans l'art de se jouer des hommes (1).

(1) L'éditeur de la troisième édition raconte cette anecdote avec quelques changements qui ne tendent qu'à la rendre moins piquante, mais qui inculpent Frédéric davantage. De plus, ils sont en partie invraisemblables, et notamment en ceci, que le comte Wartensleben, aide de camp de Frédéric au moment où il monta sur le trône, ne dut pas avoir alors d'audience à lui demander. Au reste, et pour que le lecteur puisse juger entre les deux rédactions, voici celle de cet éditeur.

« Dans son habitude de persiflage, Frédéric ne ménageait ni les hommes qui lui donnaient le plus de preuves de leur dévouement, ni ceux qui avaient des droits à son estime, ni ceux qu'il comblait des assurances de son affection : après la fuite de Keith, et le supplice de de Katt, n'étant encore que prince royal, le comte de Wartensleben fut admis à l'honneur de vivre avec lui dans une confidence intime. Le prince royal se persuada qu'il découvrait les symptômes de l'avarice au nombre des faiblesses qui ternissaient les qualités de son jeune ami. Peu de jours après la mort de Frédéric-Guillaume, Wartensleben obtient une audience : « Mon cher « comte, lui dit Frédéric d'un ton grave, mes devoirs et mes charges se « sont accrus avec mes grandeurs. Prince royal, je pouvais m'abandonner « aux charmes de la générosité ; roi de Prusse, je suis astreint aux lois « d'une sévère économie ; mon cœur souffre de cette cruelle nécessité. »

Sophie-Dorothée d'Hanovre avait été d'autant moins heureuse avec son mari, qu'elle était ambitieuse et fière. C'est à cause de ce défaut, qui avait été si bien remarqué par la maréchale de Broglie, que le baron de Poëllnitz, habituellement espiègle et malin, résolut un jour de renouveler avec elle une historiette que l'on a attribuée à l'une de nos reines. Il avait l'honneur de dîner chez elle, lorsqu'à propos de la vertu des femmes, il soutint qu'il n'y en avait aucune qui tînt contre l'argent. La reine fut indignée de ce propos. Le baron observa qu'il n'avait pas fixé la somme, et qu'il sentait bien qu'il faudrait en augmenter le montant selon le rang, la fortune, les charmes et les vertus de la dame qu'on attaquerait. Sophie-Dorothée, plus irritée encore, dit des choses dures au baron : celui-ci ne manqua pas de se prévaloir de la règle qui, en pareil cas, excepte toujours les personnes présentes, et de flatter la reine en lui reconnaissant toutes les qualités extraordinaires et supérieures à la nature humaine, par où elle serait toujours essentiellement exceptée lorsqu'il s'agirait de faiblesses : mais, revenant à sa thèse, il demanda ce que ferait même une reine, à qui on offrirait un million bien compté; d'un million il passa à dix, de dix à vingt, à cinquante, à cent, enfin il monta jusqu'au milliard, et il arriva à ce mot qu'il voulait arracher, et qu'il obtint : « Ah! vous en mettrez tant! — Vous voyez donc « bien, » me disait le malin baron en me contant ce trait, « qu'il ne manquait plus que la somme pour soumettre même la

Le visage de Wartensleben devient sombre. Frédéric, après une courte pause, reprend son discours : « Cependant, il se rencontre des exceptions, la justice les prescrit, et la sensibilité les recherche; par exemple, « mon cher Wartensleben, vous...... vous...... vous.... » A chacun de ces vous le calme renait sur la physionomie de Wartensleben, la joie y brille. Lorsque Frédéric le voit parvenu à cette ivresse d'espérance, il ouvre des yeux perçants; le rire sardonique se place sur ses lèvres, et, d'une voix tonnante, il prononce : « Vous ne recevrez pas de moi un écu. » Parvenu à une grande vieillesse, le général comte de Wartensleben répétait, avec une amertume plaisante : « Si jamais vérité sortit de sa bouche, c'est bien celle-là. »

Bon THIÉBAULT.

« fière Sophie-Dorothée. » Au reste, il était difficile, me disait-il, de trouver une femme qui eût un plus grand air ; et si l'on ne peut pas dire qu'elle ait été d'une beauté extraordinaire, il est au moins vrai qu'elle était très-bien. Il était rare surtout de voir des yeux aussi beaux que les siens : sa taille, d'ailleurs, était haute et majestueuse, et son regard imposant. Depuis son veuvage, elle prit beaucoup d'embonpoint ; il alla même si loin que, par la suite, il fallut faire faire des fauteuils exprès pour elle. Elle avait environ quatre-vingts ans, en 1757, quand elle mourut, ayant survécu dix-sept ans à son mari.

Quoique cette reine eût une grande quantité de diamants, elle n'osait s'en parer : un jour que son mari était absent, elle se livra à son goût, et parut au milieu de sa cour dans une grande magnificence : à peine au jeu, on annonça l'arrivée du roi, qu'on n'attendait que vingt-quatre heures plus tard. Sa frayeur fut telle, qu'à l'instant même, et sans se lever de sa place, elle ôta en grande hâte, et en présence de tout le monde, ses ajustements, qu'elle entassa dans ses poches.

Elle aimait à jouir de quelque crédit, et avait été loin d'en avoir tant que son mari avait vécu. Lorsque son fils fut monté sur le trône, cette reine espéra que du moins elle oserait lui parler, et qu'elle en serait écoutée. L'occasion de faire à cet égard un essai propre à détruire ou à confirmer ses espérances ne tarda pas à se présenter. Le roi avait accueilli et fixé dans ses États un étranger nommé M. de Néal, dont j'ai déjà parlé, et qu'à cause de sa fortune Frédéric n'avait pas même chicané sur son nom. Mais il n'en fut pas de même de la reine douairière : elle ne fut pas persuadée que ce M. de Néal appartînt à l'ancienne famille de ce nom ; elle parut craindre que ce ne fût un homme n'ayant ni parents connus, ni titres réels, même une patrie avouée, et une légère différence dans la manière d'écrire le nom lui parut une raison suffisante pour refuser à cet étranger l'honneur d'être admis à sa cour et de lui être présenté.

Vers le même temps, M. le comte de Roëderer, maréchal de

cour de cette reine, épousa mademoiselle Orguelin, fille unique d'un M. Orguelin, riche de plusieurs millions de livres, tant par le bonheur avec lequel il avait fait le commerce, que par la succession de son frère, qui avait encore été plus heureux que lui. Mademoiselle Orguelin, devenue comtesse, eut envie de voir la cour et d'être présentée. La reine mère, fort contente de son maréchal, fut de son côté curieuse d'en connaître l'épouse, la vit plusieurs fois en comité secret, et la goûta. Madame de Roëderer, en effet, avait eu une éducation très-soignée ; la nature lui avait donné de l'esprit ; elle avait des talents, et joignait à beaucoup d'honnêteté et de droiture dans le caractère un jugement fort sain, ce qui, à la vérité, cadrait mal avec la faiblesse dont il s'agit. Quoi qu'il en soit, la reine mère se chargea d'obtenir de son fils les ordres nécessaires pour qu'elle fût reçue par la reine régnante ; car c'est par là que les présentations devaient commencer. A la première entrevue que Sophie-Dorothée eut avec le roi, elle se hâta de lui faire sa demande. « Mon fils, lui dit-elle, j'ai une grâce à vous demander ! — Comment, madame, une grâce ! Tous vos désirs « sont pour moi des ordres. — Eh bien, daignez ordonner que « la comtesse de Roëderer, femme de mon maréchal de cour, « soit présentée. — Madame, vous savez bien que je ne puis « rien vous refuser ; mais, à titre de faveur pour faveur, vous « me promettrez aussi de recevoir à votre cour mon confrère le « vice-roi de Surinam. » La reine fut prise dans ses propres lacs ; elle ne put reculer, et en eut un si grand dépit, que, dès ce moment, elle résolut de ne plus rien demander à son fils, et elle a tenu parole. La comtesse de Roëderer et le comte de Néal furent présentés tous deux, et tous deux assez mal reçus, l'un à la cour de la reine mère, et l'autre à la cour de la reine régnante ; et c'est ce qui leur fit perdre l'envie d'y reparaître souvent. La comtesse de Roëderer y alla deux ou trois fois cependant, pour soutenir la gageure ; mais elle s'en est ensuite abstenue pour le reste de sa vie.

La reine mère, devenue veuve, se retira à Mon-Bijou, petit château placé au milieu d'un jardin assez médiocre, dans la ville de Berlin, mais au delà et sur les bords de la Sprée, en face d'une chaussée plantée de saules, et d'une prairie presque toujours inondée; quartier alors fort désert, mais qui sous Frédéric s'est couvert d'immenses casernes, dans lesquelles on a placé trois régiments d'artillerie. Cette cour de Mon-Bijou devint célèbre à plusieurs titres. Frédéric venait tous les mercredis y rendre ses devoirs à sa mère, à moins qu'il ne fût occupé à faire ses revues ou à guerroyer. Jamais on ne vit un souverain montrer plus d'assiduité et de respect. Il avait toujours son chapeau à la main, avant même d'entrer dans les appartements; s'il arrivait lorsque la reine douairière était au jeu, il se tenait debout derrière son fauteuil, et ne s'asseyait ni alors, ni en d'autres moments, qu'elle ne le lui permît par ces mots, ou d'autres équivalents : *Mon fils, asseyez-vous.* Un jour il entra au moment qu'on s'y attendait le moins : les cavaliers étaient dans un premier salon, à faire entre eux une partie de pharaon, de sorte qu'en le voyant entrer ils ne songèrent d'abord qu'à cacher leurs cartes. Frédéric, qui vit leur trouble et leur embarras, leur dit « qu'ils savaient bien que chez sa majesté la reine douairière il n'y avait jamais de roi, et que tout « ce qu'elle jugeait à propos de permettre chez elle était à l'abri « de toute censure. » Ensuite il leur demanda à quel jeu ils jouaient. Ayant appris que c'était au pharaon, il leur témoigna le désir de les voir reprendre ce jeu, afin de s'en faire une idée : il demanda même qu'on le lui expliquât. Pour rendre cette explication plus facile à saisir, on lui remit un jeu de cartes; il en tira une, et la chargea d'un frédéric d'or. Les chances lui furent toutes favorables : à chaque nouveau gain, il demandait : *A présent, que dois-je faire?* Et on lui répondait : *Retirer l'argent que vous gagnez, ou bien faire tel pli à votre carte, ou même y substituer une autre carte avec les mêmes plis, ce qui doublera votre mise et vos bénéfices.* Le roi fit les plis, reprit d'autres cartes, quand les premières furent épuisées, et gagna toujours, jusqu'à ce que le banquier lui eût annoncé que la banque n'étant pas forte, vu qu'on n'avait voulu que s'amuser, elle appartenait tout entière à sa majesté. Alors le roi, jetant le jeu sur la table, répondit : « Vous vous trompez, rien ne peut « m'appartenir; car je ne jouais pas : j'apprenais seulement à « connaître le jeu. Je vous remercie de votre complaisance. » Et là-dessus il entra chez sa mère. C'est, dit-on, la seule fois de sa vie qu'il ait joué aux cartes.

La reine mère avait pour dames d'honneur de jeunes demoiselles des premières familles du pays, et plus belles et plus aimables les unes que les autres : on imagine bien que dès lors cette cour devint célèbre par la galanterie qui y régna. Je citerai une demoiselle de Schwérin, connue depuis sous le nom de la belle de Kleist, et ensuite de madame du Troussel; une demoiselle de Brédow, qui épousa M. de Krauth, homme plus que maussade, et ivrogne de profession, et qui fut ensuite femme de M. de Werels, ministre de Hollande; une demoiselle de Pannewitz, qui dans le temps épousa M. de Voss, etc. La seule qui n'ait pas été belle, mais qui fut connue par sa bonhomie, fut mademoiselle de Knesebeck, qui est restée fille. C'est à elle que Frédéric adressa une assez longue épître en vers, à l'occasion du saut périlleux qu'elle fit, dans une promenade, en se jetant hors de sa voiture, d'après l'idée que les vieilles haridelles de la cour qui la traînaient avaient pris le mors aux dents. Toutes ces beautés étaient entourées d'amants; mais bientôt le prince de Prusse, l'aîné des frères de Frédéric, écarta cette foule d'adorateurs. Ses poursuites successives envers l'une et envers l'autre produisirent des intrigues multipliées, qui, longtemps après, fournissaient encore une foule d'anecdotes aux amateurs. Les succès du prince, qui, à la vérité, était très-aimable, nécessitèrent, dit-on, quelques mariages, dans lesquels on n'eut pas toujours le temps ou la possibilité de choisir.

Mais celle de toutes ces demoiselles qui inspira la plus violente passion à leur amant commun fut mademoiselle de Pannewitz; et tout le monde convient qu'elle méritait une semblable préférence. Grande, faite comme Diane, blonde comme Vénus, elle était aussi douce, aussi naïve, aussi tendre que belle. Le prince voulut absolument l'épouser : les autorités suprêmes furent obligées d'intervenir, et les voies obliques employées par la politique la plus active et la plus adroite ne parvinrent à la lui arracher qu'avec peine. Mademoiselle de Pannewitz fut obsédée, subjuguée et entraînée par les exhortations, remontrances, supplications et menaces, au point que, par un dévouement que les âmes délicates concevront, elle choisit subitement et à l'improviste pour époux l'homme qu'elle aimait et estimait le moins, le comte de Voss, son parent, avec lequel elle n'a pu être heureuse, parce qu'il n'avait pas l'âme faite pour sentir le prix d'une épouse comme elle, et qu'il n'a jamais été assez estimé pour entourer cette épouse d'une juste considération. Aussi madame de Voss a-t-elle vécu fort retirée, toujours douce, et principalement occupée de l'éducation de ses enfants. Il n'est pas douteux qu'elle n'ait été vivement touchée du mérite et de l'amour du prince : cependant elle se détermina à se marier d'une manière si prompte, si décisive et si ferme ; elle manifesta tant de courage à soutenir sa détermination et à résister à toute la fougue du désespoir de son amant; elle a été si constante à se soustraire à toutes les occasions de rappeler de dangereux et inutiles souvenirs, qu'elle a vraiment causé l'étonnement, l'admiration et le respect de ceux qui connaissaient le mieux la sensibilité et la douceur de son caractère. Cette époque lui a sans doute coûté bien des larmes ; ce ne fut qu'en sanglotant qu'elle déclara sa résolution; ce ne fut que par ses sanglots qu'elle répondit aux plaintes du prince, dont elle voyait le désespoir, et qu'elle en repoussa toutes les propositions ; mais elle n'en eut pas moins de fermeté, et même, dans la suite, ses plus intimes amies n'ont pu obtenir d'elle aucun éclaircissement, aucune explication sur ces temps si douloureux à rappeler (1).

Je ne parlerai point ici de mademoiselle de Schwérin, elle sera le sujet d'un article particulier ; mais j'observerai que toutes ces dames ont toujours été accueillies d'une manière très-distinguée à la cour, et surtout par les princes Henri et Ferdinand, qui, ayant été en quelque sorte élevés avec elles, goûtaient, à les revoir ce charme puissant qui nous rappelle les anecdotes de notre jeunesse, et nous rapproche de ceux qui en ont été les témoins, ou qui même y ont eu quelque part. J'ai vu constamment le prince Henri montrer la même satisfaction lorsque mademoiselle de Knesebeck arrivait dans la société où il était.

(1) D'après l'éditeur de la troisième édition, t. II, p. 55, Frédéric-Guillaume II, par respect pour la mémoire de son père, a nommé cette comtesse de Voss grande gouvernante de la reine. Il ajoute : *Cette nomination, d'abord l'objet de quelques remarques malignes, obtint bientôt l'assentiment général. Jamais personne ne fit les honneurs d'une cour avec plus de politesse, de bienveillance et de dignité. Lord Elgin, envoyé d'Angleterre, exprimait par une plaisanterie délicate cette opinion, lorsqu'il mit sur l'enveloppe d'une lettre qu'il lui adressait... A madame la comtesse de Voss, née grande gouvernante. — Elle n'a eu qu'une fille, madame la comtesse de Castel ;* et par conséquent n'a pas été, ainsi que mon père l'avait cru par la ressemblance des noms, la mère de cette demoiselle de Voss que Frédéric-Guillaume II a tant aimée. Au reste le même éditeur ajoute qu'en devenant la maîtresse de Guillaume, cette dernière *ne sacrifia pas à la générosité, mais céda à l'ambition de devenir l'épouse du roi, d'après la décision du consistoire, et avec l'aveu de la reine régnante*, assertion qui, je l'avoue, n'a pas d'explication pour moi. Il ajoute encore... *Fille d'un gentilhomme de la Marche, elle avança son frère au ministère, et lui fit épouser une fille du comte de Finckenstein, premier ministre des affaires étrangères. Elle fut déclarée comtesse d'Ingenheim, donna un fils au roi, et mourut bientôt après de la poitrine. Sa douceur, sa modestie et sa bienfaisance lui valurent les regrets du public. La reine dit à plusieurs reprises : « J'ai perdu une « véritable amie. » Une foule de circonstances trop longues à rapporter autorisent l'opinion que cette excellente personne chérissait le roi avec une vive tendresse ;* ce qui néanmoins ne s'accorde guère avec *l'ambition* à laquelle *il est dit plus haut qu'elle céda*. Tom. I, pag. 276.

Bon THIÉBAULT.

L'accueil qu'elle en recevait, toujours le même, était simple et familier, mais naturel et gai. Il prétendait qu'elle avait été un effet mobilier de la succession de la reine sa mère, et qu'en conséquence elle lui appartenait pour un huitième ; et il se plaisait à la tourmenter pour qu'elle reconnût ses droits, et qu'il fût enfin décidé quelle part était la sienne. Madame de Werels, veuve de l'envoyé de Hollande, et mère de mademoiselle de Krauth, était reçue avec une amitié plus délicate et plus essentielle ; le prince y joignait beaucoup plus de confiance et de considération : aussi allait-elle tous les ans passer l'été à Rheinsberg.

Parler de madame de Werels, femme adroite, sérieuse, réfléchie, toujours honnête et confidente, sûre de ses amis, c'est naturellement rappeler la longue histoire de mademoiselle de Krauth sa fille ; mais je renvoie cette histoire à l'article de l'Angleterre, ou de M. Elliot son premier mari.

A l'avénement de Frédéric II au trône, la famille royale de Prusse se composait, en princesses, de :

La reine régnante, Élisabeth-Christine, fille du duc Ferdinand-Albert de Brunswick-Wolfenbutel, épouse de Frédéric depuis près de sept ans : elle avait, à cette époque, vingt-quatre ans et demi ;

La reine douairière, que nous venons de faire connaître ;

La princesse Ulrique, sœur du roi, et qui, depuis, a été reine de Suède, alors âgée de vingt et un ans ;

La princesse Amélie, autre sœur du roi, âgée de dix-sept ans.

Les autres sœurs de sa majesté étaient déjà mariées ; savoir, l'aînée, au margrave de Bareith ; la seconde, au margrave d'Anspach, la troisième, au margrave de Schwedt ; et la quatrième, au prince Charles, duc régnant de Brunswick.

Il y avait encore alors une vieille princesse, la margrave Albert, mère du margrave Charles de Brandebourg.

Nous ne citons point celles qui, depuis, ont embelli la cour de Prusse, mais qui, en 1740, n'y paraissaient point encore, ou même n'étaient pas nées.

En princes cette famille comptait, indépendamment du roi :

Guillaume-Auguste, prince royal, l'aîné des frères de Frédéric, âgé d'environ vingt ans;

Le prince Henri, second frère du roi, âgé de dix-huit ans ;

Le prince Ferdinand, troisième et dernier de ses frères, lequel était dans la dixième année de son âge;

Le margrave de Schwedt, oncle du roi à la mode de Bretagne;

Le margrave Henri, frère cadet du précédent;

Le margrave Charles, leur cousin germain.

Mes souvenirs n'embrassent pas toutes ces princesses et tous ces princes, et je n'ai intention de parler que des personnes de la famille royale de Prusse que j'ai eu occasion de connaître : cependant je consacrerai un article au feu roi, neveu de Frédéric, qui n'était pas né en 1740, mais qui a vécu de mon temps.

CHAPITRE III.

Elisabeth Christine, reine de Prusse.

César voulait que l'on n'eût jamais à parler de sa femme. Ce mérite singulier et si rare de ne jamais faire parler de soi, la reine épouse de Frédéric l'a eu durant tout son règne, au moins en ce qui tient à l'ordre politique. Jamais il n'a été question d'elle dans aucune sorte d'affaire ou d'intrigue ; jamais elle n'a rien demandé, ni pour elle-même, ni pour personne. En tout ce qui pouvait la concerner, elle ou sa cour, cette reine n'avait, ainsi que sa grande gouvernante, qu'un seul objet en vue, savoir, de bien connaître les intentions du roi, et de s'y conformer. Admiratrice de son auguste époux plus que personne au monde, elle n'aurait pas souffert qu'on en parlât avec indifférence : elle approuvait et voulait qu'on approuvât tout ce qu'il faisait et disait : quant à la discrétion, elle la poussait à un degré qu'on aurait peine à imaginer. Croirait-on, par exemple, que, depuis qu'elle a été reine, elle n'a jamais été à Postdam, quoiqu'elle eût une très-grande envie de voir le vieux et le nouveau *Sans-Souci*, qu'elle n'a jamais vus ? Personne au monde n'eût obtenu d'elle qu'à cet égard elle manifestât ses désirs en présence de quelqu'un qui pût en parler au roi. Toutes ses courses, comme reine, se sont bornées à Schönhausen, à Charlottenbourg, dans des occasions extraordinaires, et à Magdebourg, pendant la guerre de Sept ans, lorsqu'après la bataille de Cunersdorff le roi écrivit : *Sauvez la reine, la famille royale, et ce que vous pourrez, à Magdebourg.* Rien n'était simple, uniforme et paisible comme la cour de cette reine. On n'en parlait pas, parce qu'on n'avait rien à en dire. C'était elle cependant qui tenait la véritable cour du pays ; c'était chez elle que se rendaient, aux jours et heures marqués, les ministres, généraux, envoyés et courtisans ; c'était à elle que se faisaient les présentations d'étrangers et autres. L'étiquette tenait tout entière à sa cour ; mais le tout était tellement réglé, et si constamment la même chose, qu'excepté ceux qui avaient à s'y rendre, personne n'y songeait. « Il y a aujourd'hui grand gala chez la « reine, » nous disait, en 1768, un Français facétieux, nommé M. Charpentier ; « car, en traversant le château, j'ai vu une vieille lampe allumée sur le grand escalier. » Il est vrai que la reine usait d'une économie fort rigoureuse, ainsi que je le dis ailleurs. Elle donnait les soupers d'usage, mais on avait soin de si bien couvrir la table de plateaux, qu'il ne fallait plus que quelques assiettes pour la garnir. Aussi, la plupart de ceux qui avaient l'honneur de souper chez elle ne manquaient-ils guère ensuite d'aller souper chez eux ; ce qui, du reste, devenait très-incommode en été, vu que la reine était alors à Schönhausen, c'est-à-dire à une bonne lieue de Berlin. Souvent les convives ne parvenaient à avoir d'aucun plat, parce que les commensaux, qui ne pouvaient pas se dédommager ailleurs, avaient soin de tout garder pour eux. Je me souviens qu'un soir madame la maréchale de Schmettau, déjà attaquée de la longue maladie dont elle est morte, n'eut pour sa part, de tout le souper de la reine, qu'une cerise confite, bien que sa majesté eût recommandé qu'on eût grand soin d'elle.

J'ai dit ce que tout le monde a su, que cette reine avait été la mère des pauvres ; cependant on avait été assez longtemps avant d'en être instruit, parce que ce n'était pas par elle-même qu'elle faisait le plus de bien : c'était par l'entremise des autorités subalternes. Je ne dirais pas qu'elle a composé et fait imprimer un livre de dévotion, si je n'avais à remarquer qu'elle l'a dédié à son frère Ferdinand de Brunswick, par une épître assez longue, où l'on voit toute la candeur de son âme, et la tendresse qu'elle avait, non-seulement pour ses proches, mais en particulier pour ce frère qui s'était fait, pendant la guerre de Sept ans, une si belle réputation militaire à la tête de l'armée des alliés.

Le roi ne manquait jamais de venir à la cour chez elle le jour où l'on célébrait l'anniversaire de la naissance de cette respectable reine : il y restait ordinairement une demi-heure à causer, tant avec elle qu'avec ceux qu'il y trouvait. C'était le seul jour de l'année où il ne fût pas en bottes : il avait pour cette cérémonie une paire de bas de soie noirs, qui, n'étant point retenus par des jarretières, formaient pour l'ordinaire plusieurs plis le long de ses jambes. Dans cette visite, où il avait en quelque sorte toute sa noblesse sous les yeux, il passait régulièrement quelques minutes à regarder toutes les dames, et surtout à examiner celles qu'il connaissait depuis sa jeunesse. « Je ne sais, « disait-il vers 1770, comment la Schwérin peut faire pour se « soutenir si longtemps ; il y a trente ans que je la vois, et elle « est toujours une des plus belles femmes de la cour ; outre « qu'elle a un éclat que les autres n'ont pas, il ne semble point « qu'elle vieillisse. » Il est assez remarquable que c'est toujours par son nom de famille qu'il a nommé cette dame, successivement madame de Kleist et madame du Troussel.

On pensait assez généralement que le roi n'avait pour la reine que des égards de convenance ; mais on fut détrompé, lorsqu'apprenant, à Potsdam, qu'une de ses jambes, ouverte depuis plusieurs années, venait de se fermer, il en fut tellement inquiet, qu'il envoya sur-le-champ, par un chasseur, au docteur Musselius, un billet de sa main, où il lui disait : « J'apprends avec une « extrême douleur, monsieur, que sa majesté la reine est malade, « et que sa maladie pourrait devenir inquiétante et grave si « on n'y apportait un prompt remède. Je vous recommande en « conséquence de la voir sans délai, et de vous réunir avec les « deux autres médecins de Berlin aux lumières et à la sagesse « desquels vous aurez le plus de confiance, pour lui donner « tous les secours qui peuvent dépendre de votre art. Songez

« bien qu'il s'agit de la personne la plus chère et la plus néces-
« saire à l'État, aux pauvres et à moi. »

La reine avait un ancien chambellan, le baron Müller, originaire des frontières du Mecklenbourg, et qui a été le joueur le plus incorrigible de ce pays : il avait des connaissances assez étendues, qu'il devait au conseiller Achard son gouverneur. Il avait hérité de cent mille livres de rentes : tout a été sacrifié et perdu au jeu. Dès qu'il recevait de l'argent, il ne retournait pas chez lui, il rejoignait ses joueurs, et ne les quittait que lorsqu'il n'avait plus ni argent ni crédit. En passant ainsi les nuits au jeu, il avait acquis, encore jeune, de grandes infirmités; la goutte ayant, pour ainsi dire, marqué tout son corps de son plus triste cachet. Il ne marchait plus que sur la pointe des pieds; tout, excepté le visage, était chez lui comme défiguré. Il ne restait au public qu'un souvenir attristant de l'avoir vu bel homme dans sa jeunesse. Comme néanmoins il avait de l'esprit, et était très-bien né, et que surtout il était habituellement de service chez la reine, on était encore forcé de le voir; mais on se vengeait de cette nécessité en le mortifiant par les marques du plus cruel mépris. Le jour du premier mariage du prince royal, neveu de Frédéric, je me rendais au parc, lorsque ce baron, assis sur un des bancs de la promenade des tilleuls, me pria de m'asseoir à côté de lui, et bientôt me demanda de lui prêter quinze cents francs. Je lui fis sentir combien cette demande était déplacée envers un nouveau venu, père de famille, et n'ayant que des appointements bornés. « Mais, me dit-il, vous avez ici des compatriotes,
« des amis, riches financiers, qui ne vous refuseront pas cette
« bagatelle. — Si j'avais besoin d'argent, ce ne serait pas à eux
« que je m'adresserais. — Pourquoi donc? — Parce que leur
« amitié m'est chère. — Eh bien, vous me prêterez bien quatre
« cents francs? c'est si peu de chose! — Pas plus quatre cents
« francs que quinze cents. — Mais, homme rangé comme vous
« l'êtes, vous avez toujours quelque argent; et ce que je vous
« demande ne peut pas vous gêner. — Voici, monsieur, com-

« ment je suis rangé : dès que je reçois de l'argent, je le remets « à ma femme, qui a un esprit d'ordre que je n'ai pas, et qui « seule est chargée de toutes nos dépenses. — C'est trop dire ; « car vous avez toujours quelques louis en poche, et vous pouvez « bien m'en prêter un ou deux. — Des louis ! je n'en porte point. « Quand je prévois que j'aurai une voiture à payer, ou quelque « autre dépense à faire, j'en prends le montant avant de sortir. « — En ce cas, prêtez-moi vingt-quatre sous pour prendre « un fiacre et m'en retourner chez moi. — Par malheur, mon- « sieur, vous me prenez au dépourvu ; comme aujourd'hui le « temps est au beau fixe, je n'ai rien pris. » Je le quittai, indigné de sa bassesse.

Je reviens à la reine, pour un dernier trait propre à caractériser sa bonté. Le prince Henri avait envoyé à Berlin les trois cents officiers français faits prisonniers à Rosbach : ils furent reçus à la cour et dans la ville comme des alliés auraient pu l'être ; tous furent admis chez la reine aux jours de sa cour ; mais quelques-uns d'entre eux s'y conduisirent avec la plus grande indécence : on les voyait casser et manger des noisettes jusque derrière le fauteuil de sa majesté ; il fallait le lendemain en balayer les coquilles. Cependant la reine ne voulut pas s'en plaindre. Mais ils affichèrent la liste des dames de la cour en plusieurs quartiers de la ville, indiquant, pour chacune, le prix auquel ils annonçaient qu'elles mettaient leurs faveurs ; alors on leur ôta leurs épées, et on les envoya à la forteresse de Magdebourg : punition à laquelle la reine n'eut aucune part, qui ne provint que du gouvernement, mais qui certes était méritée.

CHAPITRE IV.

Guillaume-Auguste, prince royal.

J'ai déjà parlé de ce prince, à l'article de la reine mère. Plein d'esprit et très-aimable, il relevait ses autres qualités par une modestie qui dégénérait souvent en une timidité singulière : il était toujours embarrassé avec les étrangers, c'est-à-dire avec les personnes qu'il ne connaissait pas. Il épousa une princesse de Brunswick, sœur de la reine de Prusse, comme elle douce, bonne et ennemie de toute tracasserie ou intrigue. Les enfants issus de ce mariage furent deux fils et une fille ; savoir : le feu roi Guillaume II, le prince Henri, mort jeune, et dont j'ai parlé précédemment, et l'épouse du prince d'Orange, ci-devant stathouder. Ce que j'ai déjà rapporté de ce prince rend inutiles les autres détails où je pourrais entrer, et ne me laisse plus qu'à raconter comment il s'est brouillé avec le roi son frère, et comment il est mort.

Chéri de son père plus qu'aucun de ses autres frères, il eut aussi le même avantage auprès de Frédéric, du moins pour un temps, ainsi qu'on le voit par les œuvres du philosophe de Sans-Souci.

C'est dans l'armée commandée par le roi que ce prince a le plus ordinairement servi, durant les campagnes qu'il a faites, circonstance qui, au surplus, résultait de sa qualité d'héritier de la couronne, plus encore que de l'amitié qui unissait les deux frères.

Après la bataille de Colin, donnée le 18 juin 1757, le roi ayant rejoint les troupes qu'il avait devant Prague, divisa son armée en deux corps : il se mit à la tête de l'un, se soutint le plus longtemps qu'il put en Bohême, et se rendit ensuite heureusement en Saxe; l'autre, placé sous les ordres du prince Guillaume-Auguste, devait également faire la plus longue station possible chez l'ennemi, et gagner ensuite la Lusace. Dans cette marche, le prince, constamment précédé et suivi par les Autrichiens, manqua de vivres, perdit du monde et des bagages, et ne sortit de la Bohême, pour se rapprocher de Dresde, qu'avec des peines infinies.

Si l'on s'en rapporte à l'auteur de la vie de Frédéric II, qui, au surplus, déclare ne parler en cette circonstance que d'après une relation écrite par le prince lui-même, celui-ci et les généraux qu'il avait à sa suite furent extrêmement mal reçus par le roi. Il leur ôta à peine son chapeau, ne leur dit pas un mot, et leur tourna le dos. A quelques jours de là, il chargea le général de Goltz de dire à ces généraux que, le général de Winterfeld seul excepté, il devrait leur faire couper la tête à tous.

Le prince, désespéré de cet affront, se retira à Buddissin, d'où il écrivit au roi que les fatigues et le chagrin avaient entièrement ruiné sa santé : le roi lui répondit par les reproches les plus humiliants, et lui permit de se rendre à Dresde.

On pourrait croire qu'à dater de cette époque les deux frères ne se sont pas revus : cependant voici une anecdote que plusieurs personnes dignes de foi m'ont contée, que plusieurs faits graves confirment, et qui prouve une entrevue postérieure à la séparation dont il s'agit.

Dans cette guerre, le roi de Prusse avait contre lui plus de deux cent mille Autrichiens, cent vingt-cinq mille Français, cent mille Russes, quarante mille Allemands, fournis pas les Cercles, et trente mille Suédois, en tout, cinq cent mille ennemis ! Et quels étaient ses moyens de défense? moins de deux cent mille hommes; une population faible; des États morcelés, envahis sur plusieurs points, et en grande partie sans places fortes; des peuples pauvres; point de commerce, et des subsides très-bornés : il n'avait, en un mot, d'autre ressource qu'un trésor qui, malgré la plus stricte économie, se vidait tous les jours. Frédéric ne pouvait donc se sauver que par un miracle; et c'est ce miracle que ceux qui admiraient le plus son activité, son courage et son génie, que ses plus proches parents mêmes, n'espéraient plus ! Il arriva donc parmi les frères et sœurs de ce roi ce qui arrive toujours en pareil cas : ils s'écrivirent et toutes leurs lettres n'étaient remplies que de réflexions accablantes, de sinistres pronostics, de frayeurs et de désespoir; bientôt ils s'exhortèrent et s'enhardirent les uns les autres; enfin, et comme de concert, ils écrivirent au roi, lui mirent toutes leurs pensées sous les yeux, et le conjurèrent de demander la paix, surtout à la France. Le roi leur répondit sèchement et leur imposa silence. Alors tous s'adressèrent à l'héritier du trône, à celui qui était le plus intéressé à la chose publique, et qui, si longtemps chéri par Frédéric, avait pour se faire entendre des moyens qui manquaient aux autres. Ainsi ce pauvre prince avait à souffrir les persécutions de tous! Quel tourment pour une âme douce et sensible ! Car on voulait qu'il revînt à un sujet qui leur avait été interdit avec tant de fermeté. La margrave de Bareith, l'aînée des sœurs, et qui avait conservé tant de crédit sur l'esprit de ses frères, était aussi celle qui mettait le plus de chaleur dans ses sollicitations (1); la reine de Suède et la duchesse de Brunswick, plus gênées par leur position, et naturellement plus circonspectes, n'en gémissaient pas moins douloureusement; mais le prince Henri, doué d'une raison plus ferme, incapable de ressentir aucune crainte, et par conséquent très-fier lorsqu'il croyait que le droit était de son côté, ne tourmentait pas son frère aîné avec moins de force que la margrave de Bareith.

(1) Aussi voyons-nous dans les *Œuvres de Voltaire* que, peu après la brouillerie des deux frères, cette princesse écrivit, de son propre mouvement sans doute, au cardinal de Tencin, pour lui faire des propositions de paix, que le cabinet de Versailles rejeta avec fierté.

A la fin ce n'était plus des prières et des supplications, c'étaient des reproches amers que le prince Guillaume recevait : que l'on juge de sa position! Timide par caractère, et surtout devant Frédéric, qu'il aimait, respectait et craignait plus qu'aucun autre; brouillé avec ce roi, qui imputait à son incapacité des malheurs que peut-être il avait été impossible d'éviter; l'ayant quitté dans des circonstances si graves, et avec un éclat scandaleux et accablant, ce prince fit ce que font dans les cas extrêmes toutes les personnes timides : il devint capable de la plus grande hardiesse, et se détermina à tout risquer pour remplir les vœux de sa famille. Il demande donc une dernière entrevue, médite bien le contenu de toutes les lettres qu'il a reçues, se résout à ne pas supprimer une seule des considérations qu'elles rappellent, forme son plan, et arrive. Le roi le reçoit debout, avec le sérieux le plus glacial, mais sans aucun signe de colère, et lui dit : « Mon frère, qu'avez-vous à me dire? « Parlez. » Le prince, extrêmement agité, d'abord embarrassé, tremblant, commence son discours, et s'anime à mesure qu'il parle : il lui peint la situation passée, actuelle et future de la Prusse; il évalue ses ressources et ses moyens de défense, et les met en parallèle avec les forces et la puissance des ennemis; il rapproche tous ces objets des règles de la politique, et les soumet aux calculs de la prudence humaine; il examine ensuite comment on pourrait avec honneur obtenir la paix avec la France, et par conséquent avec la Suède, peut-être même avec les Cercles de l'empire; il conjure le roi d'en faire au moins l'honorable tentative; il lui remet sous les yeux les vœux unanimes et les intérêts de sa maison, la ruine entière de toutes les provinces de la monarchie; il lui retrace les maximes des grandes âmes, et la gloire attachée aux sacrifices que sollicite l'humanité; il prie, il conjure, il emploie les larmes les plus abondantes, il embrasse les genoux de son frère, qui, toujours immobile, sans aucun signe de passion, mais attentif et plongé dans la méditation la plus profonde, l'écoute sans l'interrompre et finit l'entrevue par ces mots : « Monsieur, vous partirez « demain pour Berlin : allez faire des enfants, vous n'êtes bon « qu'à cela. »

Ce fut avec ce trait, si profondément enfoncé dans le cœur, que le prince Guillaume se retira. Auquel des deux cette anecdote peut-elle nuire ? Ni à l'un ni à l'autre : je parle également des opinions des deux princes, et du mot cruel par lequel le roi termina cet entretien : en effet, et pour ce dernier article, ne doit-on pas présumer qu'en ce moment Frédéric crut ne pouvoir s'exprimer avec trop de dureté, non pas que les sentiments qu'il manifestait de cette sorte fussent réellement dans son cœur, mais parce qu'il jugeait ne pouvoir mettre trop d'énergie à imposer silence à ses parents, en leur faisant craindre ses reparties, et à en imposer à ses ennemis, en les convaincant qu'il était déterminé à tout ? Et quant au fond des opinions, peut-on ne pas admirer ces deux frères ? Quel serait donc celui que l'on blâmerait ? Le prince avait pour lui les apparences, les règles de la plus saine raison, le cri de toute sa famille, et la désolation des peuples : l'homme sage, sensible et réfléchi peut-il ne pas céder à tant d'autorités réunies ? Le prince, vu son caractère et son attachement pour le roi, fit par sa démarche même un acte héroïque, l'acte le plus propre à le faire estimer et chérir. Mais le roi avait-il tort ? Qui oserait le dire ? Qui pouvait sentir comme lui l'inconvénient d'une démarche humiliante, faite même indirectement envers la France ? Qui mieux que lui savait quelle était contre sa personne la rancune de la marquise de Pompadour, la haine du duc de Choiseul, et quelle était la faiblesse de Louis XV ? Et n'est-ce donc rien pour une âme aussi forte que la sienne, qu'un courage à toute épreuve, une activité infatigable, et mille ressources inconnues aux autres ? N'en recevait-il pas l'assurance de surmonter tous les obstacles ? Ne voyait-il pas les chances que des événements imprévus pourraient lui ménager ? Son génie, en un mot, ne devait-il pas lui inspirer une confiance qui n'appartenait qu'à lui ? Et en supposant que la fortune lui fût contraire, n'était-il pas plus digne d'un amant de la gloire de succomber sans honte, que de s'abaisser d'avance devant ses ennemis? Si l'on se rappelle qu'il s'agit ici d'un homme infiniment supérieur par toutes les qualités du caractère et tous les dons de l'esprit qu'il est possible de réunir, on verra qu'il fut en ce moment ce qu'il devait être. Le malheur est que les hommes médiocres n'ont pour juger les autres que la mesure de leur capacité; et c'est ainsi que personne peut-être n'oserait aujourd'hui entreprendre l'apologie de Frédéric lui-même, si les succès étonnants qu'il a obtenus ne concouraient aussi puissamment à le justifier.

Tandis que ce héros, n'ayant plus que des armées affaiblies et épuisées, allait battre les Français à Rosbach, et les Autrichiens à Lissa, le prince son frère vint nourrir ses douleurs et ses chagrins à Berlin, où il resta assez longtemps, et ensuite au château d'Orangebourg, qui lui avait été accordé. Il vécut ainsi pendant plus d'un an, n'ayant en dernier lieu auprès de lui, outre un petit nombre de domestiques, que MM. Hainchelin et de Francheville, qui lui étaient attachés, celui-là comme ci-devant quartier-maître de son régiment, celui-ci comme lecteur et secrétaire. Tous les deux le suivirent à Orangebourg, y passèrent plusieurs mois, ne le quittant point, formant à eux deux la seule société qu'il admît, le soignant, partageant ses peines, gémissant de le voir s'affaiblir tous les jours davantage, confidents de ses pensées et de tous ses secrets, et enfin lui fermant les yeux. Eux seuls l'ont veillé, et c'est dans leurs bras qu'il a expiré.

J'ai dit peu de choses de la princesse douairière de Prusse, parce qu'il n'y a qu'un mot à dire d'une personne dont la conduite est entièrement uniforme et tranquille, et qui ne sort jamais du cercle de ses occupations journalières. Elle a continué d'habiter le palais du prince de Prusse, où elle recevait peu de monde, et d'où elle ne sortait guère que pour aller à l'église, ou chez la reine sa sœur. Elle a survécu longtemps à son époux

CHAPITRE V.

Guillaume II, neveu de Frédéric le Grand.

Le prince Frédéric-Guillaume de Prusse, fils aîné de Guillaume-Auguste, et par conséquent héritier du trône de Frédéric après la mort de son père, était encore très-jeune quand il le perdit. Le roi lui avait donné, dès l'âge de quatre ans, M. Béguelin pour précepteur. Ce M. Béguelin était un Suisse, né à Bienne. Son esprit juste et réfléchi, son caractère sérieux, honnête et calme, ses mœurs douces et régulières, enfin ses connaissances étendues et variées justifiaient également le choix du roi. Quand le prince fut plus grand, on lui donna pour gouverneur M. le comte de Borck, homme fort estimé et qui méritait de l'être. Le gouverneur et le précepteur furent toujours d'accord, et plus étroitement unis encore par les sentiments qu'ils s'inspirèrent l'un à l'autre que par la nature de leurs fonctions. Frédéric fit faire quelques campagnes à son jeune neveu vers la fin de la guerre de Sept ans. On raconte que ce prince, galopant à la suite de son oncle, dans une bataille, eut son cheval tué sous lui d'un boulet de canon. Le roi, voyant le prince et le cheval tomber dans une sorte de fossé, dit en continuant de galoper : « Ah! le prince de Prusse est mort! » On a cité ce trait comme une preuve de sa dureté et de son indifférence pour le prince. C'était méconnaître ce grand homme. Dans la chaleur du combat, il n'avait qu'une pensée. Toutes les affections qui n'appartenaient pas à elles étaient comme suspendues en lui. On ne fait de grandes choses qu'autant que l'on sait se concentrer tout entier sur un même objet : ce que l'on dit et ce que l'on fait d'étranger ne doit être considéré alors que comme distraction ou acte purement machinal. Jamais Frédéric n'a eu ni cette dureté, ni cette indifférence. Heureusement, le cheval seul avait été atteint : le prince se releva, monta un autre cheval, et rejoignit son oncle.

En 1764, environ un an et demi après la paix de Hubertsbourg, le roi parut fort mécontent de M. de Borck et de M. Béguelin. Tous deux furent renvoyés, le premier dans ses terres en Poméranie, où il a joui de la considération la plus universelle et la mieux méritée, et le second à Berlin, uniquement occupé de ses devoirs, comme père de famille et comme académicien. On a prétendu que ce qui avait déterminé le roi à les renvoyer, c'est qu'un jour le comte de Borck, interrogé chez le prince, et pendant le dîner, sur la préférence à accorder en général à un roi guerrier ou à un roi pacifique, avait déclaré qu'à ne considérer que l'intérêt des peuples, la paix était préférable à la guerre, et par conséquent le prince pacifique au prince guerrier. On n'a pas été d'accord sur la personne qui avait rendu compte de cette conversation à Frédéric. On en a accusé tantôt l'un des convives, et tantôt tel autre individu : c'est en général s'exposer à s'égarer que de se livrer à de semblables conjectures. Dans cette circonstance cependant tous les soupçons finirent par se réunir sur un nommé Spérandieu, Français et protestant, ancien valet de chambre du feu prince royal Guillaume-Auguste, et que Frédéric plaça en cette même qualité auprès du fils, sous la condition secrète qu'il lui rendrait un compte exact et fidèle de tout ce qui se dirait ou se ferait chez le prince. J'ai su de Spérandieu lui-même que, durant bien des années, il avait rempli ces conditions avec beaucoup de bonhomie. Au reste, cette conversation, à laquelle M. Béguelin était étranger, fut moins la cause que l'occasion de la disgrâce de tous deux. Frédéric ne trouvait son neveu ni assez instruit, ni assez appliqué, et il s'en prenait au gouverneur et au précepteur. Ce qui donne quelque poids à cette dernière raison, c'est que Frédéric a paru garder rancune à l'un et à l'autre, tant qu'il a vécu. Lorsque Guillaume II est monté sur le trône, il a cherché à les dédommager : il est venu voir le vieux Béguelin dans sa retraite, et l'a anobli. M. de Borck n'a pu se refuser à faire le voyage de Berlin, et à passer quelque temps auprès de son élève, devenu son roi; mais, malgré toutes les offres et les sollicitations possibles, il a voulu retourner dans sa solitude, où il est mort.

Le prince Guillaume fut plus heureux que son père dans ses commandements : son oncle, durant la petite guerre de la succession de Bavière, ayant résolu de ramener en Silésie, pour les quartiers d'hiver, son armée, qui était de cent mille hommes, la divisa en trois corps, qui devaient marcher par trois points différents. Il rentra en Silésie le premier, à la tête de l'un de ces corps, qu'il conduisit à Breslaw. Le duc de Brunswick, conduisant le second, ne fut nullement inquiété par les Autrichiens, non plus que le roi; mais le prince royal, à qui le troisième corps d'armée avait été confié, eut tous les Autrichiens sur les bras, et en fut vivement harcelé : cependant ils ne purent ni l'arrêter, ni lui causer aucune perte grave, tant il sut mettre de sagesse dans ses mesures et d'activité dans ses opérations. Après qu'il eut fait prendre à toutes ses troupes les cantonnements qui leur étaient assignés, il se rendit à Breslaw, et y arriva à l'heure de la parade. Lorsqu'il se présenta à son oncle, celui-ci lui dit d'un ton grave et sérieux, en présence des généraux : « Monsieur, vous n'êtes plus mon ne-« veu; » et l'embrassant ensuite, il ajouta : « Vous êtes mon « fils. »

Cet éloge fut suivi d'un autre mot qu'on a également remarqué dans le temps, et qui semble en avoir été la suite. Environ un an après cette guerre, Frédéric eut, en hiver, un violent accès de goutte. Comme il savait avec quelle impatience Joseph II épiait l'instant de sa mort, il dit : « On pourrait bien cette « fois ne pas se tromper; il est possible que j'en meure; mais

« on n'y gagnera rien : je laisse après moi un neveu qui me « recommencera. »

Guillaume II était doux et bon comme son père ; mais il n'avait pas la taille des princes de sa maison, qui sont en général assez petits : il tenait, quant à ce point, des princes de Béwern ; il avait plus de six pieds du Rhin, et était très-bien proportionné. Il avait cultivé la musique comme son oncle ; il jouait du violoncelle, et de manière à ce qu'on eût encore du plaisir à l'entendre même après les deux célèbres frères Duport, dont l'aîné a été son maître de chapelle.

Ce prince était naturellement indulgent, quoiqu'il eût quelquefois des mouvements de vivacité et de colère. Son expédition en Champagne a été une erreur, qui lui a valu la gloire d'être le premier à se retirer d'une coalition funeste pour tout ceux qui s'y étaient engagés. Il a été plus heureux dans le dernier partage de la Pologne ; mais c'est à la saine politique, à la morale et aux temps futurs, à décider si ce projet aurait dû être exécuté ; si c'eût été à lui à le concevoir, et s'il aurait dû en préparer le succès par les moyens qu'il employa. On verra ailleurs que j'ai eu l'honneur de l'approcher et de me trouver plusieurs fois avec lui, et jamais je n'ai vu en lui qu'une bonté et qu'une aménité aussi naïves que naturelles. On a beaucoup parlé de ses amours, article sur lequel je suis peu disposé à m'arrêter. Cependant je rapporterai un petit nombre d'anecdotes qui me semblent assez curieuses, et deux, entre autres, où Frédéric se retrouve tel qu'il a toujours été.

Il était arrivé à Berlin une personne accomplie pour la beauté, l'esprit et le bon ton, envoyée, disait-on, et recommandée par un ancien valet de chambre résidant à Paris, et se nommant M. Paris : cette belle personne s'appelait, à Berlin, madame de Valmore. Elle se montrait peu ; on savait à peine son existence, lorsque M. le général de Ramin, gouverneur de la ville, vint lui intimer l'ordre de partir dans les vingt-quatre heures. La dame se récria beaucoup sur cet ordre, qu'elle assurait n'avoir été provoqué par aucune sorte de faute : mais à quoi pouvaient servir des réclamations qu'un seul mot étouffait? Ramin était dans les formes, en ce moment, aussi courtois qu'il pouvait l'être, parce qu'il pouvait l'être sans risque, la volonté absolue du monarque ne lui laissant aucun moyen de fléchir quant au fond. La dame se borna donc à demander quelque délai : Ramin répondit n'avoir pas la faculté d'en accorder. Elle observa qu'elle n'avait point de voiture : Ramin dit avoir prévu cet embarras, et s'être procuré, pour la lui offrir, une voiture très-convenable. Elle avoua de plus qu'elle n'avait pas d'argent. « Je l'ai également imaginé, répliqua-t-il, et voici deux cents « frédérics d'or que je vous offre et que je vous prie d'accepter. « — Mais, monsieur, vous voyez comme je suis meublée ; or « il faut vendre ces meubles, et j'espère que vous m'en donnerez « le temps. — Madame, c'est là un soin que vous pouvez me « laisser. Soyez assurée que je les vendrai mieux que vous, et « que je m'empresserai de vous en faire passer le prix. » Il fallut bien se rendre, et promettre qu'on partirait le lendemain dans la matinée. Tant de courtoisies serait rare en tous pays : au moins faut-il convenir que Ramin était l'homme du monde chez qui elle devait surprendre le plus. En agissait-il ainsi par ordre du roi? En ce cas, qui était donc cette madame de Valmore, de qui on n'a plus parlé, et que le public n'a point connue (1)? Ramin savait-il, en entrant chez cette dame, que le prince y était *incognito*, et caché derrière une porte vitrée, d'où il voyait et entendait tout? et est-ce à cette connaissance que l'on doit attribuer ses politesses si extraordinaires?

Ce que l'on a débité, dans le temps, de plus avéré, c'est que Frédéric, averti de l'arrivée de cette dame, en avait décidé le renvoi, en disant : « Je veux bien fermer les yeux sur des erreurs « semblables, lorsqu'elles n'ont pour objet que des Allemandes,

(1) Mirabeau parle de cette *demoiselle Valmore* comme d'une personne connue de lui et de son correspondant, et n'ayant d'autres titres que ceux qui tiennent à la galanterie.

« telles que la Encke : ce sont des femmes trop ignorantes, trop « bonasses, trop apathiques pour se mêler de politique, et qui « borneront leurs efforts à dépouiller leurs amants; mais les « Françaises, intrigantes par goût, ont un manége dangereux « et adroit, et la galanterie chez elles n'est souvent qu'un moyen « de cabaler avec succès. »

La crainte que les dames françaises inspiraient à Frédéric était fondée sur l'étude qu'il avait faite de l'histoire de France, et spécialement de celle des maîtresses de nos rois. Un jour, il en parla assez longuement à M. de Lahaye de Launay, et prouva que presque toutes ces maîtresses avaient été ennemies de la gloire de leurs amants. De toutes celles qu'avait eues Louis XV, il n'exceptait que madame de Châteauroux. « Celle-« là, disait-il, engageait le roi à se metre lui-même à la tête « de ses armées; elle lui faisait sentir qu'il le devait; et elle en « agissait ainsi, au risque même d'en perdre l'affection. Elle « était vraiment digne d'être la maîtresse d'un roi. Aussi voyez-« vous que j'en ai le portrait dans mon cabinet. Toutes les au-« tres ne sont que des pestes publiques, que des, etc. »

Madame de Valmore n'est pas la seule qu'il ait congédiée avec tant de célérité. Je me souviens qu'en 1767 il fit subitement partir, au plus fort de l'hiver, sur des chariots de poste, toute une troupe de comédiens français, parce qu'on lui avait dénoncé quelques intrigues amoureuses des actrices, et surtout de deux sœurs, dont une était encore fort jeune.

Il ne m'a pas paru que le prince Guillaume se fût fort occupé d'études; cependant il assistait aux séances publiques de l'académie, lorsqu'il était à Berlin. J'ai vu d'ailleurs, de sa main, plusieurs lettres fort bien dictées. Mais il a fait un grand changement dans l'académie, en y plaçant un nombre beaucoup plus considérable d'Allemands, et surtout en autorisant à faire imprimer dans la langue du pays les mémoires qui n'auraient pas été originairement composés en français; dispositions que j'examinerai peut-être en parlant de l'école civile et militaire.

Je terminerai donc ici l'article du feu roi Frédéric-Guillaume, parce que les nombreuses anecdotes que je pourrais ajouter se trouvent ailleurs, ou conviendraient bien plus à l'histoire de ce prince qu'à de simples souvenirs (1). On sera peut-être surpris que je n'aie rien dit de mademoiselle Encke, celle de ses maîtresses qui s'est le mieux soutenue; mais que pourrais-je dire à ce sujet qui ne soit pas connu? ou si elle m'offre quelques faits qui n'aient pas été recueillis, ne dira-t-on pas qu'ils méritent peu de l'être? Mademoiselle Encke, la plus jeune des trois filles d'un pauvre musicien allemand, n'a fait que marcher sur les traces de ses deux sœurs. A peine âgée de dix ans, cette petite créature, qui joignait une figure commune à peu d'intelligence, et à moins d'éducation, poussait déjà l'effronterie jusqu'à dire à ses sœurs : « Je serai plus que vous : vous n'avez « été que les maîtresses d'un prince; je serai la maîtresse d'un « roi. »

Sa sœur aînée, la seule des trois qui ait été belle, a fait des passions. Un comte Matouchki, Russe ou Polonais, l'enleva en passant à Berlin, alla l'épouser à Venise, et ensuite l'abandonna. Elle revint à Berlin, sous le titre de comtesse Matouchka, et y reprit son premier métier. La seconde n'a eu qu'une fortune éphémère. Mais comment la troisième, qui semblait ne pas mériter une plus belle destinée, a-t-elle pu plaire si longtemps? C'est par un art qui ne peut être connu que de ses pareilles. Quand elle a été anoblie, et nommée comtesse de Lichtenau, elle a voulu accroître et consolider sa fortune; et si elle n'a pas choisi, à ce qu'il a paru, les moyens les plus délicats, du moins a-t-elle pris les plus prompts et les plus lucratifs : il en est résulté un scandale public, et par suite une juste punition : on l'a réduite à un état plus modeste, et encore assez heureux

(1) Mirabeau a jugé à propos de comprendre ce prince dans le très-grand nombre des hommes dont il parle mal : « Ma hure, dit-il, l'embar-« rasse. » Il a raison d'employer, en parlant de lui, cette comparaison tirée du Dictionnaire des chasses.

pour qu'elle eût à se louer de l'indulgence avec laquelle elle était traitée (1). Je ne puis la comparer ni à la Pompadour, ni à la du Barry : car celles-ci étaient belles, elles avaient de l'esprit, et la Encke n'avait ni esprit ni beauté.

(1) Les mémoires publiés sous son nom font connaître sa faveur, sa fortune, ses revers et ses malheurs. Pr. Éd.

CHAPITRE VI.

Le prince Henri, second frère de Frédéric.

Peu après mon arrivée en Prusse, M. Réclam, ami de Bitaubé, me conduisit à l'église du Verder pour y entendre un M. Achard, alors réputé le premier prédicateur français de Berlin. Le sermon terminé, mon conducteur m'invita à différer de quelques moments notre sortie, pour laisser partir les princes, princesses, et autres personnes de la cour. Nous attendîmes quelque temps, cependant pas assez; car, arrivés dans le tambour, nous trouvâmes encore le passage obstrué : enfin la foule s'éclaircit, et je ne vis plus devant moi que quelques militaires, qui me parurent rester sur la porte par goût ou par désœuvrement plus que par nécessité. L'ennui d'ailleurs commençait à me gagner, et l'un de ces messieurs, que je ne voyais que par derrière, n'opposant plus à mon passage qu'une épée formant avec sa personne un angle droit, je résolus de lever cet obstacle, et, pour y parvenir, je portai doucement mon pied sur cette épée, et je la ramenais vers la direction qu'elle aurait dû avoir, lorsque celui à qui elle appartenait retourna la tête, et même un peu sa personne, cherchant à voir l'homme assez hardi pour se permettre une semblable témérité. Dans le même temps que cet officier, à très-petite taille, jetait sur moi un regard de surprise et d'examen, et me montrait à demi son crachat et son grand cordon, mon *cicerone*, placé derrière moi, et effrayé de la liberté que j'avais prise, me tirait par l'habit, et s'empressait de me souffler à l'oreille : *C'est le prince Henri.* Au même instant, la voiture du héros de Fridberg arriva; il partit, et je m'en allai, plus content d'être libre, que je n'étais ému de cette petite aventure. C'est ainsi que j'ai vu, pour la première fois de ma vie, un prince qui m'a honoré pendant longtemps des marques de bonté les plus flatteuses.

Je fus quelques années sans fréquenter son palais, parce que je voulais vivre en paix avec M. Toussaint, mon collègue, qui en parcourait les corridors tant qu'il pouvait, et qui ne m'aurait point pardonné de partager les faveurs qu'il y recevait, ou d'être témoin des négligences dont il était quelquefois l'objet. D'ailleurs, j'ai toujours été convaincu que l'on perd plus que l'on ne gagne à montrer tant d'empressement pour approcher ceux qui sont au-dessus de nous. En cherchant à franchir l'intervalle qui nous sépare d'eux, nous leur donnons lieu de nous regarder comme des intrigants : ils se méfient de nous, nous en sommes moins bien accueillis, et, tout compte fait, il vaut mieux rester dans nos errements accoutumés. S'ils ont envie de nous voir, ils sauront bien nous rapprocher d'eux ; s'ils ne le font pas, c'est qu'ils n'ont point cette envie, sans laquelle nos espérances de succès ne réalisent souvent que des mortifications. En général, il n'y a de liaisons agréables et solides que celles qui se forment naturellement. Je n'ai jamais fait le premier pas, à moins qu'il ne me parût un devoir; je n'en excepte pas même les liaisons que j'ai le plus vivement désirées, et cette circonspection, jointe à mon peu d'ambition, et à mon système de tolérance et de franchise, a peut-être plus contribué que toute autre cause à me procurer l'accueil obligeant et distingué que j'ai obtenu toute ma vie de tant de personnes du plus haut rang.

Ce fut à l'académie que le prince Henri me parla pour la première fois. J'avais été chargé par le roi de lire en séance publique, et vers l'automne de 1766, l'éloge qu'il avait composé du jeune prince Henri, son neveu, et frère cadet du prince royal. La cour, les ministres et les ambassadeurs assistèrent à cette séance : ma lecture terminée, le prince Henri s'approcha, et me dit : « C'est dans une circonstance bien triste pour moi,

« monsieur, que je fais votre connaissance ; je suis bien aise « néanmoins de la faire : j'espère que je pourrai la cultiver dans « des moments moins douleureux. Je vous remercie, pour ma « part, de l'intérêt avec lequel vous avez lu l'éloge de mon ne- « veu. » Tout autre se serait empressé d'aller se faire écrire au palais de ce prince ; je n'en fis rien, ne voulant pas d'ailleurs ajouter au chagrin de Toussaint, fort affecté de n'avoir pas été choisi par Frédéric pour cette lecture.

A cette époque, cependant, je sollicitais du prince une grâce particulière : il s'agissait de la liberté d'un jeune homme, enrôlé comme soldat dans son régiment. Ce jeune homme, qui avait été sous-lieutenant en France, ne se trouvait dans cette triste situation que par une erreur pardonnable à son âge. Il appartenait à une famille très-honnête ; il était Français, d'une province voisine de la mienne, et le frère chéri du docteur Backer, l'un de mes plus intimes amis. Que l'on juge du zèle avec lequel je m'occupais de sa délivrance ; mais qu'on se rappelle également que rien au monde n'était plus difficile à obtenir que le congé d'un soldat prussien. Il n'y avait peut-être dans toute l'armée que le prince Henri auprès de qui toute tentative de ce genre ne fût pas une folie, à moins que l'on ne se montrât les mains pleines d'or. Le prince était le seul qui à cet égard connût le plaisir d'obliger ; en quoi même il était d'autant plus estimable, que, malgré son rang et son nom, il rencontrait de grandes difficultés à rendre à lui-même ou à sa famille un seul homme de son propre régiment : en effet, la loi prohibait ces actes d'humanité, et l'on sait avec quelle fermeté Frédéric veillait au maintien des lois militaires. De plus, nul soldat ou officier ne pouvait être congédié que sur un rapport revêtu du consentement de l'inspecteur ; et le prince était beaucoup trop fier pour demander un pareil consentement à un général inspecteur, que même il n'aimait pas. On le voit, il était impossible que je misse trop de prudence et de circonspection dans mes démarches.

Parmi les hommes vraiment dévoués au prince Henri, et qui étaient le plus intimement liés avec lui, se trouvait le baron de Kniphausen, ancien ministre de Frédéric à Paris et à Londres, et qu'on appelait le grand ou le vieux Kniphausen, pour le distinguer d'un de ses parents, qui était cavalier du prince, et désigné dans le public par la qualification du beau Kniphausen. Comme il sera probablement parlé de l'un et de l'autre dans la suite, je me bornerai à observer que le baron fut à Berlin un des premiers à me prévenir et à m'accueillir d'une manière obligeante; et c'est ce qui me détermina à chercher à l'intéresser au sort du jeune Backer. Je dînais chez lui avec la plupart des ministres étrangers, lorsque, vers le dessert, je fis naître l'occasion de parler de mon malheureux soldat : je racontai comment il avait été trompé, et combien il était à plaindre; je rapprochai son état actuel de celui qu'il avait eu précédemment, de l'éducation qu'on lui avait donnée, et des espérances qu'il devait naturellement avoir. J'observai que, depuis qu'il avait été enlevé, plutôt qu'enrôlé, il avait eu déjà plusieurs maladies graves, et qu'il était à craindre qu'il ne succombât aux rechutes dont il était encore menacé. J'ajoutai enfin que probablement il n'existerait plus, s'il n'avait eu, dans son désastre, le bonheur d'être envoyé au régiment du prince Henri : qu'en effet ce prince, ayant été informé d'une partie de son histoire, avait eu pour lui des bontés particulières. En faisant ce récit ou cet exposé, je m'animai peu à peu; je mis de la chaleur dans les détails, et surtout dans mes derniers tableaux. Aussi mon baron de Kniphausen, après m'avoir attentivement écouté, me dit en souriant : « Pouvez-vous me procurer l'extrait de baptême de « ce jeune homme, et le brevet qui prouve qu'il a été sous-« lieutenant dans un régiment de France? Je ne vous pro-« mets pas d'obtenir son congé, mais, si vous me procurez ces « deux pièces, je vous promets de les mettre sous les yeux du « prince. »

On conçoit que ce succès me combla de joie. Je remis au

baron les papiers qu'il m'avait demandés, et la réponse du prince fut qu'il allait écrire à un recruteur, pour avoir un homme qui remplaçât le mien, et qu'aussitôt qu'il serait arrivé, mon protégé serait libre. Nous imaginâmes d'abord que la condition apposée par le prince pourrait nous prendre deux ou trois mois tout au plus ; mais une cruelle expérience nous apprit que les événements sont, pour l'ordinaire, bien éloignés d'aller aussi vite que les vœux et les espérances de l'homme. Les mois et même les saisons se suivirent ; la recrue n'arrivait point ; Backer se désespérait, et moi-même j'éprouvais de vives inquiétudes. Il s'écoula près d'un an de cette manière ; si bien que, craignant que nous ne fussions oubliés pour toujours, je hasardai une démarche propre à rappeler la promesse qui nous avait été faite.

Pour entendre cette démarche, il faut savoir qu'en Prusse il y avait des régiments dont les recrues se faisaient au compte du roi, et celui du prince Henri était de ce nombre ; tandis que c'était au compte des officiers, ou de la caisse des régiments, que les recrues des autres corps étaient payées (1). Or, il résultait de là que la manie des beaux hommes engageait ces derniers régiments à payer les recrues selon leur taille, et que tel général donnait jusqu'à trois et quatre cents reisdalers de certains sujets ; au lieu que le roi ne donnait pour tous que la somme toujours égale de vingt-cinq reisdalers. La connaissance de ces faits me convainquit que le prince passerait des années entières avant qu'aucun recruteur lui envoyât un homme de cinq pieds neuf pouces du pays, tel qu'il le fallait pour remplacer le mien, qui était un des premiers de tout le régiment. Pour lever cette difficulté, je me décidai à aller trouver M. le capitaine de Schwérin (devenu général, et disgracié depuis le dernier partage de la Pologne), alors premier adjudant d'infanterie du prince, et à le prier d'obtenir pour la famille de Backer la permission d'ajouter aux vingt-cinq reisdalers d'usage ce qu'il faudrait pour

(1) On m'assure qu'aujourd'hui toutes les recrues se font au compte du roi.

accélérer l'arrivée de la recrue, ce surplus dût-il monter à trois ou quatre cents écus.

M. de Schwérin, logé au rez-de-chaussée du palais du prince, était à s'habiller lorsque j'arrivai. Ses trois grands laquais me laissèrent debout dans l'antichambre de leur maître. Toutes les portes étaient ouvertes : je voyais les laquais qui s'occupaient fort peu de moi, et M. de Schwérin, encore jeune et très-joli garçon, qui ne s'occupait que de sa toilette. Je restai plus d'un grand quart d'heure dans cette situation, me répétant, pour écarter de mon âme tout mouvement d'impatience et de colère, que la moindre humeur de ma part pourrait priver de toute ressource un brave et digne Français, malheureux, et frère de mon ami.

Ce fut très à propos que je cherchai ainsi à me fortifier dans les dispositions de douceur et d'honnêteté nécessaires au succès de ma démarche : en effet, lorsque M. de Schwérin fut habillé, ou plutôt paré, il sortit de sa chambre comme l'éclair, passa devant moi à pas précipités ; et, sans me saluer, sans me regarder, sans s'arrêter, me dit, courant toujours : « De quoi « s'agit-il? dépêchez-vous, car monseigneur m'attend. » J'avoue que mon premier mouvement (et je ne sais comment je pus y résister) fut de lui répondre « qu'il ne s'agissait de rien ; que « j'avais une démarche honorable à faire ; mais que je m'étais « trompé en croyant que je pouvais la faire auprès de lui !... » Heureusement le mot que je m'étais tant répété dans cette chambre produisit son effet ; il se représenta à mon esprit, et je suivis l'adjudant d'infanterie, courant plutôt que je ne marchais, et lui exposant le sujet qui m'avait amené auprès de lui, tandis qu'il continuait de fuir devant moi, et que ses laquais, nous suivant des yeux dans un long corridor, riaient de ma situation sans me connaître, et prenaient une admirable leçon d'impertinence. Nous arrivâmes de cette sorte sous le vestibule du palais, et au pied du grand escalier : M. de Schwérin en avait déjà monté trois marches, lorsque je ne sais quel mouvement de pudeur le fit arrêter : il se retourna, me demanda mon nom, devint poli, et me promit de mettre dans le jour ma proposition sous les yeux du prince, et de m'en envoyer la réponse dans les vingt-quatre heures. Il me tint parole : car le lendemain un de ses domestiques m'apporta un billet de sa main, contenant ces mots : « Monsieur, j'ai rendu compte au prince de « ce que vous m'avez dit ce matin. Monseigneur m'a chargé « de vous répondre que quand il fait une grâce il ne la vend « pas, etc. »

Jamais je n'ai été plus cruellement agité que je le fus après avoir lu ce billet. Je n'y vis qu'un prince en colère, et un brave compatriote victime de mon zèle et de ma maladresse, ou plutôt de mon propre malheur. J'étais désespéré. Cependant il s'en fallait que ma démarche eût produit le mal que le style de M. de Schwérin pouvait me faire craindre : ma proposition, il est vrai, avait fait de la peine au prince ; mais elle ne l'avait pas indisposé : il n'en fut irrité que contre son recruteur, auquel il écrivit d'une manière si ferme, que la recrue arriva au bout d'environ six semaines.

J'avais fait faire d'avance un habit complet à mon jeune ami et je l'avais adressé au capitaine dans la compagnie duquel il servait ; précaution nécessaire dans un pays où les lois condamnent ceux qui favorisent même indirectement la désertion, ou à l'état militaire pour toute leur vie, ou à la forteresse pour plusieurs années. Dès que la recrue fut arrivée, le prince, qui alors était à son régiment, fit appeler Backer, lui annonça qu'il lui accordait la liberté, et l'avertit de se préparer à partir sous deux jours.

Mon heureux compatriote, après lui avoir exprimé sa vive reconnaissance, lui demanda la permission de venir à Berlin. « Quelle raison vous appelle à Berlin ? lui dit le prince. — Le « besoin d'aller recevoir chez M. Thiébault l'argent nécessaire « pour ma route. — Eh bien, je vous permets d'y aller, mais « à condition que vous vous montrerez le moins possible ; que « vous ne direz à personne que vous avez appartenu à mon

« régiment ; que vous prierez de ma part M. Thiébault, en lui « faisant mes compliments, de ne point parler de ce que j'ai « fait pour vous, et que vous serez de retour ici après-demain, « vu qu'il faut que vous partiez le lendemain, avec un bas « officier affidé qui vous sera donné pour guide, et vous con- « duira jusqu'en Saxe par des chemins détournés, évitant « surtout de vous faire passer par aucun endroit où il y ait gar- « nison, et où l'on ait à vous faire aucune sorte de question. » Backer partit à l'instant, vêtu de l'habit bourgeois que je lui avais fait faire, et arriva encore chez moi pour l'heure du dîner. En traversant le bois qui remplit presque tout l'intervalle entre Charlottenbourg et Berlin, et qu'on appelle le *Parc*, il fut aperçu par le prince Frédéric de Brunswick, qui se promenait à cheval dans des allées voisines de la route. Ce prince entièrement occupé alors d'idées militaires, fut frappé de la taille de ce voyageur ; il le fut également de sa marche droite, mesurée et un peu roide, telle que l'ont communément les soldats. Il tourna bride de son côté, et fut bientôt à lui... « Qui êtes-vous? « lui dit-il en langue allemande. — Je m'appelle Théobald » (c'était son nom de baptême, et il n'en avait pas pris d'autre dans le régiment). — « Quel est votre état ? — Employé à l'ac- « cise. — De quel pays êtes-vous donc? — Je suis de France. « — Comment, » lui dit alors le prince en substituant la langue française à la langue allemande « comment, vous êtes Français, « et vous prononcez si bien l'allemand ? — C'est que je suis « Alsacien. — Et vous êtes véritablement employé à l'accise? « En ce cas d'où venez-vous ? — Je viens de remplir mes de- « voirs de visiteur à Charlottenbourg. — Bonjour, monsieur. » Et le prince le quitte au galop, non cependant sans se retourner encore pour examiner de nouveau sa marche et sa taille.

Je ne tardai pas à faire au prince de Brunswick un reproche badin de ce qu'il cherchait ainsi à m'enlever mes recrues, et surtout celle qui m'avait le plus coûté de peines et me flattait davantage; ajoutant qu'au surplus, s'il avait poussé plus loin son entreprise, j'aurais eu un puissant appui dans son oncle. Lorsque, dans la suite, j'eus occasion de témoigner ma reconnaissance au prince Henri, il me dit en riant que mon client n'était pas le seul qu'il ait eu le plaisir de délivrer : qu'il venait plus récemment encore de renvoyer de la même manière, c'est-à-dire en le faisant inscrire comme décédé sur l'état du régiment, un grand et bel homme d'environ quarante ans, professeur et principal dans un collége d'Allemagne, et enlevé de force à ses fonctions par d'habiles recruteurs prussiens.

Mes relations avec le prince Henri ne tardèrent pas à s'établir, et, pendant un assez grand nombre d'années elles devinrent toujours plus fréquentes. Quelques circonstances y contribuèrent particulièrement, telles que le voyage de la reine de Suède à Berlin, et l'amitié qui m'attachait à la maison de M. du Troussel, pour laquelle le prince avait lui-même une prédilection marquée; mais ce qui me servit le mieux auprès de ce prince, que tant de qualités rares élevaient au-dessus des personnes de son rang, c'était mon éloignement, plus réel encore qu'affiché, pour tout ce qui pouvait ressembler à l'intrigue; en un mot, ma tranquillité d'esprit et mon peu d'ambition. On est toujours bien venu des grands, et l'on est du moins à son aise auprès d'eux, lorsqu'évitant de les ennuyer, on parvient à les convaincre qu'on ne leur demandera rien, ce qui, à la vérité, rend le métier de courtisan assez stérile. Au reste, je n'ai spéculé sur la faveur de personne; je me suis toujours renfermé dans les bornes que se trace celui qui ne veut remplir que ses devoirs, c'est-à-dire qui attend pour se montrer qu'il y soit engagé par une invitation particulière, ou par un devoir de convenance, et qui même alors ne le fait qu'avec autant de simplicité que de réserve.

On a reproché au prince d'avoir eu de l'engouement, et par conséquent de l'inconstance : je n'ai point été l'objet de l'un, et je n'aurais point eu à me plaindre de l'autre, si, comme je le dirai ailleurs, la haine ne l'eût circonvenu de toutes les calomnies qu'elle put imaginer, et qu'elle eut l'adresse de rendre momentanément vraisemblables à ses yeux. Le prince fut trompé, parce qu'il était trop difficile qu'il ne le fût pas : il fut trompé, et sa conduite ultérieure envers moi a été telle, que ce mot présente le seul tort que je puisse rappeler !

Le public a parfois paru surpris du choix des personnes qu'il attachait à son service, et il faut avouer que parmi ceux que j'ai vus autour de lui, il y en a plusieurs qui méritaient peu la place qu'ils occupaient : mais peut-on blâmer ce prince, de ce qui n'a peut-être été qu'un malheur ? Quoi qu'il en soit, ce n'est qu'envers quelques personnes de sa maison qu'il a eu l'air de l'engouement dans un temps, et de l'inconstance dans un autre ; et dès lors il est aisé de concevoir que les jugements du public peuvent avoir été fondés sur l'ignorance de mille faits particuliers qui auraient justifié le prince s'ils avaient été connus, mais que sa générosité et l'amour-propre des intéressés auront également voués au secret.

Le prince Henri avait résolu de ne jamais se marier, *parce qu'il ne voulait pas* (ce sont ses expressions) *laisser après lui une race de princes gueux et misérables, inutiles, et par conséquent à charge à l'État !* Il avouait qu'il était trop fier pour pouvoir s'accoutumer à cette perspective. Être prince collatéral, en un mot, était à ses yeux être de trop en ce monde. Mais la politique des chefs des dynasties ne peut s'accorder avec cette morale. Frédéric voulait que ses frères se mariassent, parce que le trône ne peut que gagner à un plus nombreux entourage de personnes, qui sont nécessairement autant d'appuis, quand on sait les employer. Pour vaincre la répugnance de son frère, le roi le tenait dans une gêne continuelle, et ne lui laissait entrevoir les douceurs de la liberté que comme prix de son mariage. Le séjour de Potsdam, d'où Frédéric ne sortait guère que pour aller faire ses revues, ou passer un mois d'hiver à Berlin ; ce séjour si agréable pour le maître, était une sorte de prison pour tous les autres : et Frédéric ne devait pas l'ignorer, lui qui, du vivant de son père, avait conçu une si grande aversion pour cette ville, qu'en montant sur le trône il n'avait, pour ainsi dire, habité que Charlottenbourg, et que même il s'y serait définitivement fixé, comme il l'avait d'abord résolu, si l'expérience ne lui avait prouvé qu'il y était trop exposé aux importunités et à l'espionnage. Ce fut la rencontre inopinée de quelques promeneurs, au moment où il discutait le plan de sa première campagne avec le feld-maréchal de Schwérin, qui le renvoya à Potsdam. « Votre majesté, dit le vieux « militaire, n'a qu'à faire défendre l'entrée de ses jardins lors« qu'elle est ici. — Oh non, reprit-il, ce serait une nouveauté « qui ferait clabauder : j'aime mieux m'en aller moi-même. » Mais en retournant à Potsdam, ce roi n'en tint pas moins fortement à l'étiquette, qui obligeait les princes non mariés à rester auprès de lui ; et l'on conçoit également que, n'ayant d'autre spectacle que l'antre du lion d'une part, et de l'autre, des soldats et des baïonnettes, le souverain bonheur pour eux tous était un voyage, ou au moins une course à Berlin. Aussi a-t-on toujours vu ces princes et même de simples officiers s'exposer à tout pour se procurer de temps en temps ce plaisir en contrebande et *incognito*, quand ils n'osaient en demander ou ne pouvaient en obtenir la permission. Le prince Henri ne résistait pas plus qu'un autre à cette tentation ; et son frère, qui ne l'ignorait pas, croyait devoir, tant pour cette raison que pour d'autres peut-être plus essentielles, l'entourer d'espions de différentes classes ; précaution qui ne pouvait être ignorée, et qui rendait cent fois plus odieux encore le séjour de cette résidence royale.

A force de venir *incognito* à Berlin, on était quelquefois condamné aux arrêts pour un jour ou deux, et l'on peut juger de l'effet qu'une punition pareille devait faire sur l'âme du prince. Les esprits s'aigrissaient ; les plaintes échappaient, elles étaient vives, amères, et quelquefois mêlées de sarcasmes : par malheur on prend pour confidents, en ces sortes d'occasions, ceux que l'on voit le plus habituellement, et il arrive quelquefois que ce sont des espions que l'on n'a pas su démasquer et que l'on ne soupçonne pas : c'est ce qui arriva au prince. Dans un de ses chagrins, il se laissa aller à sa mauvaise humeur en présence du baron de Poëllnitz, qui ne le quittait pas, et qui joignait à tous les talents agréables d'un courtisan, la lâcheté, la fausseté et la fourberie, qui est encore plus nécessaire à ce métier que les talents. Poëllnitz était l'espion du roi auprès du prince, et il reportait au premier tout ce qu'il avait arraché de propos amers au second, qu'il avait l'air de plaindre et l'art de flatter. Le roi fut indigné de quelques-uns de ces propos. Il prolongea les arrêts de son frère de plus de huit jours, pendant lesquels celui-ci n'eut pas de compagnie plus habituelle que celle de Poëllnitz.

Le prince avait néanmoins trop d'esprit pour ne pas finir par se méfier du caméléon qui était si assidu auprès de lui. Outre qu'il savait combien cet homme était intrigant et faux, il fut frappé du soin avec lequel il lui rapportait tout ce que le roi pouvait dire ou faire craindre de désagréable pour lui. Il sentit que cet homme, qui avait encore plus d'intérêt de servir l'un que l'autre, jouait évidemment un double rôle ; et, d'après ses conjectures, il ferma sa porte à Poëllnitz, qui, se croyant perdu, obtint, pour se raccommoder, la levée des arrêts.

C'est la fréquente répétition de ces sortes de tracasseries et de peines qui enfin détermina le prince Henri à acheter sa liberté par son mariage.

Le roi le laissa maître de son choix, et il épousa une princesse de Hesse-Cassel, jeune, bien faite, ayant de la dignité, de la fraîcheur, de l'embonpoint et une grande beauté. Frédéric donna à son frère, en faveur de ce mariage, le château de Rheinsberg, et le prince eut pour y vivre le plus qu'il pouvait les mêmes motifs que Frédéric avait eus lui-même étant prince royal.

Depuis cette époque jusque vers 1765 le prince n'a manqué aucune occasion de donner à la princesse son épouse toutes les fêtes qu'il pouvait imaginer lui être agréables ; et la cour de Rheinsberg, citée pour ses plaisirs, l'était également pour la politesse la plus recherchée, la gaieté la plus aimable et la plus grande élégance. Chaque jour variait les surprises et les fêtes, et les heures semblaient former pour cette princesse une guirlande non interrompue de fleurs toujours nouvelles. Le théâtre de Rheinsberg reproduisait les meilleures pièces modernes. Le prince lui-même et tous les cavaliers de sa suite en partageaient les rôles avec les acteurs et actrices qu'il gageait. Le spectacle était souvent suivi d'un souper qui réunissait les spectateurs à une partie de ceux qui avaient cherché à mériter leurs applaudissements. Dans les beaux jours, tout le monde se rendait dans la forêt, où chacun avait son châlet, construit en écorce d'arbre, et garni en dedans avec autant goût que de simplicité. Il y avait de plus des salles communes, construites de même, pour la cuisine, pour la table, et pour servir de salons ; et, quand le temps le permettait, on dînait sur le gazon. La forêt, très-vaste, offrait des sites agréables et variés ; elle était coupée par des allées de toutes les espèces ; on y trouvait des bosquets entourés des plus belles fleurs ; elle renfermait de plus deux lacs assez étendus, dans l'un desquels il y avait plusieurs îles, dont on avait su tirer parti, et que l'on visitait à l'aide de barques charmantes.

Le château était vieux et avait peu d'apparence au dehors ; mais il était assez vaste pour y loger les hôtes que le prince avait à y recevoir. Les distributions, d'ailleurs, en étaient heureuses, et les ameublements ne laissaient rien à désirer.

Le genre de vie adopté dans cet heureux séjour complétait tous les agréments qu'il pouvait offrir. La matinée y était consacrée à la solitude, à la liberté et aux visites réciproques. Un cavalier du prince venait tous les matins, de sa part, demander à chaque étranger s'il se portait bien, et s'il ne manquait de rien. Vers midi, ou peu après, on allait chez le prince, et avec lui chez la princesse, jusqu'au moment du dîner, qui était fixé à une heure. Vers les quatre heures après midi, lorsqu'on n'allait pas au bois, on pouvait être admis chez le prince, qui avait deux ou trois heures de lecture ; ces lectures étaient consacrées à de grands ouvrages, tels que des histoires générales, des relations de voyages, et autres de cette nature. Le lecteur avait sa place marquée : chacun des auditeurs pouvait interrompre la lecture pour communiquer ses doutes ou ses réflexions. Tous ces auditeurs étaient assis et rangés en demi-cercle, chacun ayant devant lui une petite table et des ciseaux, avec des feuilles de papier, sur lesquelles des fleurs ou des animaux étaient gravés et coloriés ; on découpait ces gravures, et elles servaient ensuite à tapisser quelques chambres ou cabinets. L'on voyait à Rheinsberg plusieurs pièces dont ce travail avait égayé l'ameublement.

Si l'on n'assistait pas à la lecture, on pouvait aller faire sa cour aux dames, ou se retirer chez soi.

Lorsqu'il y avait spectacle ou promenade, il n'y avait point de lecture ; dans le premier cas, on employait l'après-dînée à préparer ce qu'il fallait pour la représentation projetée.

Le prince donnait les plus grands soins à cet objet. Il présidait souvent lui-même aux toilettes, et s'occupait de tous les préparatifs. A six heures, on allait avertir la princesse, et à son arrivée on levait la toile, car madame la princesse était toujours et en tout le principal objet et la reine de toutes les fêtes; c'était à elle qu'on rendait tous les hommages, et les attentions du prince allaient si loin à cet égard, que s'il y avait quelques fêtes auxquelles elle ne pût assister, on attendait qu'elle pût en jouir pour les donner.

Cet ordre ainsi établi devait durer toujours, il ne dura néanmoins qu'un temps. Peu d'années après la guerre de Sept ans, il s'éleva tout à coup un nuage épais entre le prince et la princesse, et rien n'a pu dissiper ce nuage. Madame n'est plus allée à Rheinsberg; et à la ville, le prince n'a plus mis les pieds chez elle, ni elle chez lui. Jamais il ne lui a parlé ni chez la reine, ni ailleurs. La reine de Suède, étant à Berlin, n'a jamais invité cette princesse. Celle-ci avait, à Berlin, son appartement à gauche, et le prince à droite. Le grand escalier qui menait à l'un et à l'autre avait deux rampes, ce qui faisait qu'on pouvait le monter et le descendre sans se rencontrer, dispositions qui faisaient dire au comte de Lendorf : « Monseigneur, le roi vous a « fait bâtir un palais admirablement bien distribué; on peut y « passer sa vie entière, sans risquer d'y jamais rencontrer une « femme. »

La comtesse douairière de Kameke, qui avait toujours été fort attachée à la princesse, et qui peut-être ignorait ou révoquait en doute la cause des froideurs du prince, entreprit, par un mouvement de zèle plus digne de son cœur que de son esprit, de les raccommoder, et pour cela demanda au prince une entrevue qu'elle obtint, mais dont elle n'eut pas à se féliciter. Cette aventure même fut cause que, sous prétexte d'infirmités, elle cessa entièrement d'aller à la cour. Le prince, qui savait combien j'étais attaché à cette dame, sembla un jour vouloir se justifier devant moi de la conduite qu'il tenait envers elle. La conversation nous ayant donné lieu de la nommer, je ne sais plus à quel propos, le prince en prit occasion de me dire que c'était la dame de la cour qui avait le plus de qualités précieuses, tant du côté de l'esprit que du côté du caractère; que c'était aussi celle qu'il avait le plus particulièrement distinguée, depuis qu'elle était venue à Berlin; qu'il avait eu soin, pendant longtemps, d'en embellir sa société; mais que, par un délire inconcevable chez une personne de son mérite, elle avait un jour voulu s'entremettre de ses affaires personnelles les plus secrètes, et qu'étonné de l'entendre, il lui avait fait sentir, après l'avoir bien écoutée, qu'elle manquait essentiellement à ce qu'elle lui devait, en se permettant de le condamner sans l'avoir entendu; qu'elle se manquait également à elle-même, en se livrant à un genre d'intrigue dont sans doute l'idée lui venait d'ailleurs; qu'il aimait à croire que c'était par complaisance pour d'autres, et sans y avoir bien réfléchi, qu'elle avait entrepris une chose aussi peu convenable; qu'il se voyait obligé de lui rappeler que si elle avait toujours été bien accueillie de la princesse, elle ne l'avait pas été moins bien de lui; qu'il aurait pu se flatter d'en être assez connu et estimé, pour n'avoir pas à craindre d'en être ainsi condamné, même avant tout examen; et que du reste, il lui déclarait que son intention, en lui marquant d'une manière si constante une estime particulière, n'avait jamais été et ne serait jamais de l'autoriser à se mêler de ses affaires à lui, à moins qu'il ne l'en eût priée. Je répondis au prince que rien ne pouvait être plus étonnant à mes yeux qu'une semblable faute de la part de la comtesse de Kameke, la dame du monde que j'en aurais crue la moins capable. « Oh! me dit-il, ceci est une étour« derie de femme : c'est madame de Blumenthal, grande gou« vernante de la princesse, dévote sans lumières, et intrigante « sans esprit, mais grande amie de madame de Kameke, qui a « fait faire cette sottise à celle-ci. J'en ai si bien vu la cause, que « je n'en ai jamais voulu à madame de Kameke, et que je n'au« rais pas tardé à la revoir comme auparavant, si cette famille « ne m'avait pas manqué dans une autre occasion, et d'une « manière plus offensante encore. Par égard pour cette dame, « j'avais donné une boîte en or, avec mon portrait, à son fils « aîné. Ce fils n'a été qu'une sorte d'extravagant, plus original « encore, mais ayant moins de sens que son père. Il est mort « banqueroutier; et en vendant ceux de ses biens qui étaient « aliénables, ainsi que sa maison et son mobilier, ils n'ont pas « daigné retirer ou faire retirer la boîte, ou au moins le portrait; « c'est à un juif qu'il a été adjugé et heureusement j'en ai été « averti assez à temps pour le racheter. »

« Monseigneur, lui dis-je, c'est un grand bonheur pour moi « de pouvoir expliquer ce fait à votre altesse royale, de manière « à atténuer du moins la faute dont elle parle. Voici ce que je « sais de la famille elle-même, et non par de vains ouï-dire. « A la mort de ce fils aîné, lorsque la mère, le fils cadet, la « fille et le gendre eurent une connaissance suffisante de l'énor« mité des dettes qu'il laissait, et qu'ils résolurent de tout aban-

« donner aux créanciers, ils crurent qu'il était de leur délicatesse
« de ne se mêler absolument d'aucun des objets qui avaient été
« sa propriété ; ils se bornèrent à prendre possession des biens
« substitués, et aucun d'eux ne s'occupa du reste. Ils n'ont pas
« remis les pieds chez lui ; ils n'ont pas vu un seul meuble ; ils
« ont désiré même qu'on ne leur en parlât point. La vente du
« mobilier s'est faite sans leur participation, et sans qu'aucun
« d'eux y assistât, ou y envoyât aucun émissaire. C'est ainsi
« que le portrait de votre altesse royale a été bien malheureu-
« sement compris dans une sorte d'oubli. Cet oubli est inexcu-
« sable, j'en conviens, monseigneur, mais il est, je pense,
« encore plus malheureux pour eux, puisqu'il devient un titre
« d'accusation bien grave qu'ils n'ont certainement jamais eu in-
« tention de fonder. Daignez croire, monseigneur, qu'ils en ont
« été ensuite et en sont encore inconsolables ; et que si le cha-
« grin que leur ont fait et cette mort et les suites qu'elle a eues,
« ne leur avait pas, en quelque sorte, fait perdre de vue toute
« autre pensée, il n'est aucun d'eux qui n'eût retiré, à quelque
« prix que ce fût, un don aussi honorable et aussi cher à tous. »
Le prince termina cette discussion en me disant qu'il voulait bien m'en croire, et que même ce que je venais de lui dire lui faisait plaisir. En effet, quelque temps après, il est allé voir chez elle la comtesse de Kameke, et a continué à visiter cette dame, qui, à cause de la faiblesse de ses jambes, ne pouvait plus aller chez personne, surtout n'ayant plus les deux heiduques qui, pendant tant d'années, l'avaient portée sur un siége de cuir jusqu'au haut des escaliers.

Jetons maintenant un coup d'œil sur les principaux personnages qui ont figuré à la cour de Rheinsberg.

La grande gouvernante, veuve de Blumenthal, originaire du pays de Liége ou des environs, était plus âgée que la princesse, dont elle avait toute la confiance. Son mari avait été général ; elle était catholique, et même dévote, aimant à se mêler des affaires de l'église et des pauvres de sa religion, auxquels elle faisait du bien. Son caractère annonçait une personne sérieuse et froide, plutôt qu'aimable.

Parmi les dames d'honneur, on remarquait madame de Marchall, née de Wrech, femme aussi aimable que jolie. Sa fille, l'une des plus magnifiques et des plus ravissantes personnes de ce pays, où il en est tant de belles, et qui, ayant épousé M. de Thauenzien, est morte en couche de son premier enfant, a été aussi dame d'honneur de la princesse, en même temps que sa mère. Toutes les deux ont ainsi occupé ces places d'une manière contraire à l'étiquette, qui, à Berlin, ne permet point d'employer pour dames d'honneur des femmes mariées.

Les dames qui, sans avoir de charges auprès de la princesse, étaient les plus assidues auprès d'elle, et paraissaient en être les mieux venues, étaient la comtesse de Kameke la mère, dont je reparlerai ailleurs, et la comtesse de Brédow, ainsi que ses deux filles, toutes deux fort aimables, sans être fort jolies. Quant à leur mère, il y avait, dans toute la cour, peu de personnes qui fussent aussi respectées et aussi respectables. Elle avait d'ailleurs, selon l'usage de ce royaume, conservé le rang de feu son mari, le premier des généraux en chef de son temps; de sorte qu'elle avait toujours le premier pas après la feld-maréchale de Schmettau.

Les cavaliers attachés au prince se divisaient en plusieurs classes, et il y a eu de fréquents changements parmi eux.

Le premier maréchal de cour que j'aie vu, M. de Boden, était un assez joli garçon; mais le prince fut obligé de le renvoyer pour un enlèvement plus adroit qu'heureux. Cet enlèvement eut lieu dans un voyage en Poméranie : il en résulta un éclat et un scandale d'autant plus remarquable, que les parents de la demoiselle, voulant obtenir vengeance, poursuivirent le ravisseur devant les tribunaux. Le malheureux Pâris fut assez prudent pour disparaître. Il a été longtemps à Paris ministre d'un prince allemand, et il y est mort assez peu considéré.

Le second maréchal de cour que j'aie connu était issu d'une

ancienne maison, et très-bel homme : il tarda peu à se brouiller avec le prince, parce qu'il voulut s'opposer aux dilapidations que se permettaient quelques valets de chambre ou musiciens affectionnés par leur maître.

Le prince, en effet, engagea son maréchal de cour à ne pas se mêler de ces sortes de détails ; mais celui-ci observa que, dans le public et à la cour, ce serait toujours à lui que l'on imputerait des désordres qu'il était de son devoir de réprimer ; et qu'il avait trop de sentiments de probité et d'honneur pour paraître autoriser le mal qu'il devait prévenir. Sa fermeté occasionna quelques froideurs entre le prince et lui ; sur quoi il ne tarda pas à donner sa démission.

Il eut pour successeur le gros de Wrech, qui se traça un plan tout à fait contraire : lorsque le prince proposa à ce dernier de le nommer son maréchal de cour, il se borna à lui répondre : « Monseigneur, je l'accepterai avec reconnaissance, si vous « trouvez bon que toutes mes fonctions se bornent à venir, la « canne à la main, avertir votre altesse royale qu'elle est servie, « et ensuite marcher le premier pour aller à table : car d'ail- « leurs je ne pourrais pas me charger de l'ordre du service et « de la dépense de votre palais : ces soins seraient au-dessus de « mes talents, et rien ne serait plus contraire à mes goûts. Il « m'en coûte déjà beaucoup de m'occuper de mes propres « affaires. » Cette proposition convint au prince, qui détestait les tracasseries, et qui aimait mieux être volé que de se voir gêné dans ses libéralités.

Après le maréchal de cour venaient les cavaliers et les aides de camp.

Le premier cavalier du prince était Louis de Wrech, frère cadet du précédent, petit homme fort bien fait et de fort bonne mine, très-poli, très-attentif, très-discret, n'ayant d'âme, de volonté et d'activité que selon les intentions et pour le service du prince. Le second était le beau ou jeune Kniphausen, l'un des hommes les plus agréables qu'on pût voir, et que pour sa figure régulière et noble, la beauté et la perfection de tout son corps, on aurait pu comparer à l'Apollon du Belvédère. Tous les deux sont morts depuis mon départ de Berlin, et avant le prince, aussi bien que le maréchal de cour, le gros de Wrech.

Les aides de camp étaient, le baron ou comte de Kalckreuth, premier aide de camp de cavalerie, l'un des plus grands hommes du pays; le baron de Kaphensk, deuxième aide de camp de cavalerie, presque aussi grand que le précédent, c'est-à-dire ayant environ six pieds, mais beaucoup plus jeune, et ayant plus de corpulence et d'embonpoint; et M. de Schwérin, aide de camp d'infanterie. Le premier est aujourd'hui feld-maréchal; Kaphensk, qui lui a succédé, et qui alors a pris son frère pour second, est mort il y a quelques années; j'ignore ce que le troisième est devenu.

Les autres personnes attachées au service du prince furent l'abbé de Francheville, son lecteur, Richer de Louvain, son bibliothécaire, et Toussaint fils, qui les a remplacés tous deux. Je ne parle pas de ses musiciens, valets de chambre, comédiens, etc. : c'était un monde en petit que sa cour. « Voyez, me « disait-il un jour en riant, s'il ne faut pas que je sois économe! « Je n'ai pas cent mille reisdalers de rentes, et je fais vivre cent « dix personnes, qui presque toutes en font vivre d'autres! »

On a prétendu qu'à M. de Kalckreuth était due toute la gloire militaire du prince Henri : il est vrai qu'ils ne se sont pas quittés durant la guerre de Sept ans, et que personne n'a jamais refusé au premier beaucoup d'esprit, de talents, d'ambition, de courage et d'activité (1). M. de Kalckreuth n'était pas aimé à la cour du prince, parce qu'il y était dominateur; mais il y était généralement estimé; circonstance qui prouve au moins en faveur de ses talents. Du reste, je ne comprendrais pas comment le mérite du serviteur pût faire douter de celui du maître, si tous les

(1) Aussi Mirabeau, qui en voulait au prince, en a-t-il fait un très-bel éloge, qui, au reste, est regardé dans le pays comme mérité.

hommes, et les grands surtout, n'avaient toujours leurs ennemis. Le prince Henri en avait beaucoup, à la tête desquels je compterai sa cœur Amélie, avec laquelle il était fort mal. D'ailleurs, le brillant et l'élégance de Rheinsberg offusquaient les autres cours; enfin, il était en butte aux propos de plusieurs généraux prussiens, qu'il estimait peu, et avec qui il ne se familiarisait jamais. Il n'affectait guère une haute considération que pour les feld-maréchaux de Schwérin, de Möllendorf et de Keith, et les généraux de Ziethen, de Seydlitz et de Lottum. Voltaire, dans certains mouvements de colère, avait nommé Frédéric *caporal* et *maréchal des logis* : ce que la colère faisait dire à Voltaire, en parlant de Frédéric, le prince Henri le disait d'un assez grand nombre de généraux prussiens, ne mettant, pour l'ordinaire, qu'une froide honnêteté dans l'accueil qu'il leur faisait. Un jour que nous avions, lui et moi, tracé le portrait du général Buddembrock, assez en laid pour qu'il fût très-ressemblant, il termina notre censure en me disant : « Eh bien, monsieur, cet homme « est pourtant un de nos premiers généraux, en ce qui concerne « les qualités sociales! Jugez de ce que sont les autres! »

Les dispositions bien connues du prince Henri envers le plus grand nombre des généraux prussiens étaient plus que suffisantes pour éveiller chez eux et chez leurs adhérents ou subalternes l'animosité et la calomnie. Si Kalckreuth avait eu la plus grande part à la gloire du prince, il y aurait encore eu, chez ce dernier, un mérite rare à distinguer l'homme qui pouvait être le plus utile à son armée et le mieux répondre à sa confiance; il y en aurait eu beaucoup à lui demander ses conseils, à distinguer les plus sages et à les suivre. Et quel est le général vraiment digne de commander qui ne réunit pas autour de lui un certain nombre de militaires aussi instruits, aussi actifs, aussi braves que capables? Et depuis quand ne loue-t-on pas les hommes placés au premier rang du bien qu'ils font faire, autant que du bien qu'ils font? Louis XIV n'a-t-il pas eu le surnom de *Grand* parce qu'il a su remarquer, employer et maintenir en place les Louvois, les Colbert et les Turenne, bien plus que pour tout ce qu'il a pu faire par lui-même ? Enfin le prince Henri n'a-t-il pas fait, sans Kalckreuth une infinité de belles actions, qui suffisent pour démontrer que si ce dernier lui a été utile, on aurait tort d'imaginer qu'il lui ait été nécessaire ? On retrouvera le même général, les mêmes talents, le même homme dans ce prince, durant les campagnes où Kalckreuth n'était plus avec lui : telles sont, durant la guerre de la succession de Bavière, ses deux entrées en Bohême, ses deux campagnes et ses deux retraites contre le fameux feld-maréchal Laudon. Jamais ce célèbre général autrichien n'a pu ni l'attaquer, ni l'entamer, ni même l'arrêter dans ses marches ; et l'on peut dire que ce prince a également justifié alors le compliment si flatteur que Frédéric, son frère, lui avait fait après la guerre de Sept ans. Ce roi, qui était si grand quand il le voulait, de retour chez lui, peu après la paix de Hubertsbourg, donna un grand repas à ses généraux; et là, en parlant de la longue et terrible guerre que l'on venait de terminer, il fit une exacte et franche énumération de toutes les fautes qu'il avait faites lui-même, et ensuite de toutes celles que l'on était en droit de reprocher à tous les généraux qui avaient commandé durant les sept ans, soit pour lui, soit contre lui. Comme il ne s'était fait aucune grâce à lui-même, il n'en fit aucune aux autres; Prussiens, Autrichiens, Russes, Suédois, Anglais, Brunswickois et Français, tous furent passés en revue, et jugés avec la même impartialité.

Quand il eut fini, il dit aux convives : « Allons, messieurs, « à la santé du seul général qui, durant toute cette guerre, n'a « pas fait une faute. Mon frère, c'est à vous (1). »

(1) L'éditeur de la troisième édition dit à ce sujet que, *sans révoquer en doute ce compliment si flatteur, il avait des raisons pour croire et pour dire que ce n'était qu'une ironie!* Quelques questions suffiront pour faire évaluer cette insinuation.

1° Un doute aussi grave doit-il être présenté sans exposer les raisons de nature à le justifier ?

2° Un repas donné à ses généraux et aux princes de sa maison, par un

En effet, par combien d'actions mémorables n'est-il pas célèbre! Je ne m'arrêterai pas aux faits militaires; c'est aux hommes du métier à les décrire : je ne citerai donc ni la bataille de Rosbach, qu'il décida à la tête de six mille hommes d'infanterie, soutenu par le corps des gendarmes et par le régiment de cavalerie commandé par le général Seydlitz; ni la bataille de Friedberg, qui lui fit tant d'honneur, et qui fut décisive : je ne parlerai pas davantage de la campagne si admirable où, avec une armée très-faible, il protégea et sauva Breslaw et la Silésie de tout le mal qu'une puissante armée russe pouvait y faire, et parvint même à forcer cette armée ennemie à repasser l'Oder ; je ne ferai également qu'une simple mention de cette autre campagne où, de concert avec le prince Ferdinand de

grand roi, lui-même grand général, et après une guerre comme la guerre de Sept ans, pouvait-il être l'occasion d'une ironie de cette espèce, envers un frère du mérite et du caractère du prince Henri ?

3° Cette inconvenance est-elle admissible de la part d'un monarque, d'un politique, d'un guerrier du calibre de Frédéric ?

4° Le prince Henri, dont on ne contestera ni la sagacité, ni la fierté, ni la susceptibilité, pouvait-il, vis-à-vis d'un frère qu'il n'aimait pas, dont il se défiait toujours, et en présence de témoins de cette nature, prendre le change au point de recevoir un sarcasme semblable comme un hommage; et était-il de caractère à dissimuler l'outrage, ou à le pardonner ?

5° Si lui, les autres princes et les généraux présents à ce repas, et formant à cet égard un tribunal sans appel, n'ont vu dans ce mot et n'ont pu y voir qu'un compliment justifié par les actions et les faits rapportés et cités; si l'armée, la cour et la ville en ont jugé comme eux ; et si ce jugement, cité par eux dans toutes les occasions, a été unanime durant les nombreuses années qu'ils ont encore vécu l'un et l'autre; enfin, si de cette sorte il a été sanctionné par tous leurs contemporains, comment a-t-on osé, tant d'années après leur mort, inculper, d'une manière aussi hardie et aussi grave, et le prince et le roi, qui, depuis cette époque, et même pendant la campagne de Teschen, a toujours donné au prince Henri les plus importants commandements, après ceux qu'il se réservait à lui-même ?...

Voilà des questions auxquelles il semble impossible de répondre. Au surplus, la fin de la note du même éditeur, relativement au maréchal de Kalckreuth, est elle-même une réfutation du passage qui m'occupe, et qui peut-être n'aurait pas dû m'occuper.

Bon THIEBAULT.

Brunswick, il eut des avantages si marqués contre les Français, de celle où, n'ayant en Saxe que les restes d'un certain nombre de régiments entièrement ruinés, il contint pendant quatre mois une magnifique armée commandée par le général Daun, et sut, par ses mouvements, ses positions, ses marches et contre-marches, échapper à un ennemi aussi estimé, sans jamais manquer d'aucune provision, et sans parcourir un terrain de plus de huit lieues d'étendue. Ce que je veux consigner ici, c'est que, commandant presque toujours en Saxe, il était parvenu à s'y faire chérir et adorer des habitants, par sa justice, sa bienfaisance, et la discipline qu'il maintenait dans son armée. Quelques faits se présentent à l'appui de ce que je dis. Un noble saxon ne pouvant payer la contribution de guerre à laquelle il était taxé, se tua de désespoir : tout le monde fut frappé du chagrin que le prince en conçut; il pleura ce père de famille, et répéta souvent : « Le malheureux, que ne m'instruisait-il de son embarras « je l'en aurais sauvé ! » La famille ne paya rien. — Le lendemain de la bataille de Rosbach, ce prince, qui y avait été blessé, fut chargé de commander les troupes peu nombreuses que Frédéric laissait sur ce point, et ce fut de cette sorte qu'on lui présenta environ trois cents officiers français prisonniers. Dès qu'ils parurent devant lui, il s'indigna qu'on leur eût ôté leurs épées, et ordonna qu'on les leur rendît. « Ces messieurs, dit-il, sont « gens d'honneur, et je veux qu'ils soient traités comme tels. « La circonstance d'être prisonniers de guerre n'est qu'un acci- « dent du métier, qui ne prouve rien contre eux. » Ensuite, il fit soigner ceux d'entre eux qui étaient blessés, et les fit traiter comme s'ils avaient été de son armée. Il s'informa des besoins qu'ils pouvaient avoir : il s'en trouva cinquante qui avaient tout perdu, et étaient sans ressource pour le moment. Le prince, qui, à cette époque, était lui-même sans argent, emprunta chez des négociants de Leipsick, ce qu'il fallait pour venir à leur secours, et le leur fit distribuer avant de les faire partir pour Berlin. — Lorsque son armée marchait sur des terrains cultivés, et où la récolte n'était pas encore faite, si un seul soldat faisait un pas hors de la route qui avait été tracée, le capitaine était irrémissiblement mis aux arrêts. Un jour, à l'époque de la moisson, il vit les paysans courir pour sauver leurs blés d'un orage dont on était menacé : à l'instant il fit atteler tous les chevaux de trait qu'il avait auprès de lui, et les envoya au secours des cultivateurs, d'abord effrayés, et ensuite bien surpris de trouver ce zèle et cette aide chez un général et prince ennemi. C'est par des milliers de faits semblables qu'il était parvenu à se concilier l'estime, la reconnaissance, l'attachement et la vénération des Saxons.

M. de Kalckreuth est resté au service du prince Henri jusque vers 1765, époque où ils se sont brouillés de manière à ne jamais se revoir. Sans doute la cause en fut grave et importante; mais on l'a tenue secrète, et très-peu de personnes ont paru en avoir quelque connaissance (1).

(1) Dans la force de l'âge, M. de Kalckreuth était remarqué par sa riche taille, sa superbe figure, son esprit aimable près des femmes, son caractère prononcé avec les hommes, ses connaissances militaires et sa brillante valeur. Honoré durant plusieurs années de l'intime amitié et de l'entière faveur du prince Henri, sa disgrâce produisit une forte sensation. Le public s'en occupa, et les curieux se plurent à en rechercher les causes, qui sont demeurées sous l'ombre du mystère. Chacun s'est permis des conjectures selon sa manière de voir, de penser ou d'être intéressé. Différentes personnes ont prétendu qu'un commerce de galanterie entre la princesse et Kalckreuth, alors premier aide de camp du prince son époux, avait excité de violents orages. On parlait de correspondances surprises, de secrétaires forcés. Une conduite remplie de mesure, de dignité, semble protéger la princesse Henri contre les accusations d'imprudence. D'une autre part, l'esprit, l'usage du monde et le caractère du prince Henri devaient le mettre à l'abri des ridicules qui entachent les maris jaloux. *L'éclat du renvoi de Kalckreuth ne repousse-t-il pas le bruit injurieux à la gloire du prince Henri, que cet officier avait été le véritable instrument de ses triomphes à la guerre, inventé peut-être par l'ignorance et l'envie?* (Se rappeler le contenu de la précédente note, pag. 233.) Ce bruit trouvait des propagateurs en Prusse. Le maréchal de Kalckreuth s'est, à de si justes titres, acquis une réputation brillante et personnelle, que sans faire des sacrifices pénibles, ou sans craindre le soupçon de jactance, il peut dire la vérité. Pr. Éd.

Le prince, à cette époque, écrivit au roi, lui rendant un compte bien détaillé des services et des talents de M. de Kalckreuth, et lui demandant pour cet officier un régiment de cavalerie. Le roi accorda tout, et M. de Kalckreuth, nommé commandant d'un régiment en garnison au fond de la Prusse, vint, selon l'usage, à Potsdam recevoir les ordres de sa majesté, avant de se rendre à son poste. Frédéric, en arrivant dans la salle d'audience, lui dit d'un ton sévère : « Je vous ai nommé commandant de « tel régiment : vous connaissez vos devoirs ; allez, et songez à « les bien remplir. » Après ces paroles, aussi dures par elles-mêmes que par le ton avec lequel elles furent dites, il lui tourna le dos et rentra dans son cabinet.

Lorsque le prince Henri et Kaphensk allèrent en Russie, Kalckreuth fut obligé de faire manœuvrer son régiment devant eux. Le prince ne resta à cette manœuvre qu'un instant, pour n'avoir pas à parler au chef ; de sorte que celui-ci n'eut, en quelque sorte, à rendre les honneurs militaires qu'à Kaphensk, son cadet, et qu'il regardait comme son ennemi.

L'article de ce dernier ne sera point aussi sérieux que celui de Kalckreuth. Doué d'une force prodigieuse, ayant de l'esprit, de la franchise, de la bravoure et de la gaieté, homme de plaisir et de bonne société, sa jeunesse tumultueuse a fait citer de lui des aventures singulières et rares dans plus d'un genre, comme déjeuner à Rheinsberg, faire les dix milles qu'il y a de ce château à Berlin, dîner dans cette ville, y répéter les exploits des neveux de Charlemagne, et se retrouver à Rheinsberg pour l'heure du souper ; monter à cheval à un premier étage, où on célébrait une noce, y danser sur son cheval, et redescendre l'escalier de la même manière ; enfoncer des portes très-fortes d'un seul coup de poing, etc.

A souper chez madame du Troussel, et me trouvant son voisin, il me cita les vers où Voltaire dit que si l'on veut se damner, il faut au moins le faire pour des péchés aimables... « J'entends, lui répondis-je : si vous allez en enfer, vous voulez

« du moins y aller par un chemin *fleuri*. — Monseigneur, s'é-
« cria-t-il, écoutez l'épigramme de M. Thiébault; » et il répéta ce mot, qui n'avait le caractère d'une épigramme que parce qu'il venait de conclure un marché avec une fort belle actrice, nommée mademoiselle Fleury.

Un autre jour que nous avions soupé chez le prince Frédéric de Brunswick, il dit au grand écuyer, comte de Schafgotsch, qui chancelait au haut de l'escalier que nous avions à descendre pour nous retirer : « Donnez-moi le bras, mon cher oncle. —
« M. de Kaphensk, dis-je à madame du Troussel avec qui je
« descendais, est plus exact qu'il ne le pense, lorsqu'il appelle
« M. de Schafgotsch son oncle : car il en héritera les infirmités
« prématurées. — Kaphensk, lui dit cette dame, savez-vous
« ce que M Thiébault dit de vous ? » Et elle lui répéta ma phrase. « Cela peut bien être, » répliqua-t-il à voix basse;
« mais je vous jure que je ne les supporterai pas longtemps. »

Pendant un grand souper qu'il fit à Prague, il plaisanta beaucoup les Bohémiens sur leur patron, saint Jean-Népomucène, qui avait eu la langue coupée, et était mort martyr, pour n'avoir pas voulu révéler la confession de la reine. Vers une heure après minuit, il se retira. Il avait à traverser la ville et le pont de l'Elbe. C'était en hiver : la terre était couverte de neige, le ciel serein, et l'atmosphère agitée par un vent aussi violent que froid. — Quand il approcha du pont, au milieu duquel se trouve la statue du saint, il fut très-étonné de voir ce saint lui tirer une langue couleur de sang, et de sept ou huit pouces de long ! La première pensée folle qui lui vint, fut que saint Jean-Népomucène à son tour se moquait de lui : mais la même grimace lui fut si constamment répétée; à mesure qu'il approchait, le fait devenait si évidemment incontestable; cette langue était si remuante, qu'il finit par délibérer s'il ne retournerait pas demander un gîte où il avait soupé. Bientôt, cependant, rougissant de cette faiblesse, il marcha droit au saint, devant lequel il s'arrêta, et vit enfin que c'étaient les bouts d'un ruban rouge, dont on avait fait une cocarde, que le vent agitait ainsi.

Madame du Troussel avait, entre autres faiblesses, celle de se faire dire la bonne aventure, et de la faire dire à toutes les personnes de sa connaissance; un sorcier, qu'elle nommait *le planétaire,* lui paraissait surtout un homme merveilleux : il ne fallait que lui révéler le jour, le mois, l'année où l'on était né, et spécifier si c'était avant ou après midi. Kaphensk, tout en se moquant du planétaire et de cette dame, ne put éviter de lui donner les renseignements requis. L'écrit remis quelques jours après par ce devin, qui ne se laissait pas voir et ne répondait que par de longues feuilles de papier bien remplies, n'eut rien d'assez piquant pour nous satisfaire : c'est pourquoi nous résolûmes d'y substituer une bonne aventure faite à notre gré. Quand on lui en fit la lecture, il y trouva entre autres événements merveilleux : 1° qu'il épouserait une femme qui aurait déjà subi d'autres lois; 2° qu'elle ne lui serait nullement fidèle; et 3° qu'elle serait la maîtresse au logis et le conduirait comme un petit garçon. Il répondit, quant au premier point, qu'il ne demandait pas mieux, les novices n'ayant jamais été de son goût; quant au second, que s'il y avait un Dieu en ce monde, le sort qu'on lui annonçait était une justice due à beaucoup de maris; et, pour le dernier article, il se retourna vers M. du Troussel et lui dit : « Mon cher ami, je vous en fais mon compliment de condoléance; mais pour que ce point se vérifie, il faut que vous mouriez et que j'épouse madame, car il n'y a qu'elle sur la terre qui puisse être maîtresse chez moi. »

Quelque attaché que M. de Kaphensk fût au prince Henri, il refusa néanmoins de le suivre dans le second voyage que ce prince fit en Russie. « Je ne crois pas, lui dit-il, vous être assez nécessaire pour reparaître en ce pays-là sous mon grade de major; grade qui, fort honorable chez nous, ne me place guère à Pétersbourg que dans la catégorie des valets de chambre. Je souffre trop d'y voir de mes camarades chargés de m'annoncer aux généraux en chef, etc. Je n'ai point oublié

« toutes les prévenances qu'on y a eues pour moi, à cause de « votre altesse royale : je me rappelle fort bien les bontés de « l'impératrice, qui, par une sorte de distinction, me donnait « son jeu à tenir, et me faisait mille politesses semblables, « pour me dédommager des désagréments de l'étiquette. Mais « cette étiquette subsistait et subsiste encore. Cette impératrice « ne pouvait pas m'admettre à sa table : je n'aurais pas même « dû être admis dans son cercle; et voilà ce qu'on ne doit pas « aller chercher si loin, quand on est un peu fier. Ma conclu- « sion est qu'un militaire ne doit pas se montrer là-bas, s'il « n'est pas général. »

On conçoit que Kaphensk dépensait beaucoup; mais comme il avait eu peu de fortune et qu'il l'avait bien vite dissipée, le prince venait à son secours, et lui payait de temps en temps ses dettes; il fit plus, il lui acheta la terre de Moesberg, à quelques lieues de Rheinsberg. Cette terre coûta au prince cinquante mille écus de France; Kaphensk y trouva un château suffisant, de quoi vivre, et des chasses. Peu après, il épousa la fille aînée de feu M. Toussaint, ou Panage, l'auteur *des Mœurs;* jeune personne petite, mais spirituelle, fine et gaie, qui avait précédemment épousé un M. Bilger, fils d'un chirurgien de Berlin, et valet de chambre du prince Henri. Comme le jeune Bilger était un assez mauvais sujet, elle divorça, et devint l'épouse de Kaphensk; puis l'engagea à quitter la cour et le service militaire, et à vivre chez lui en cultivateur, du reste assez solitaire, et vraiment subjugué par elle, selon notre prophétie. Au bout de quelques années de retraite, il est mort, jeune encore, d'une fièvre chaude, à Moesberg, et a laissé à sa femme six ou sept enfants, avec lesquels elle est venue vivre à Berlin.

Le prince Henri a rarement été bien avec Frédéric, son frère : je les ai vus passer des années entières sans se voir; et toutes les fois qu'ils se sont raccommodés, c'est toujours le roi qui a fait les avances. « Ils sont aussi fiers l'un que l'autre, disais- « je souvent à mes amis : si le prince était le roi, je suis sûr

« que ce serait lui qui ferait les premiers pas, vu que de la part « du maître ce sont toujours des démarches nobles, généreuses, « et qui indiquent de la bonté. Je suis également certain que « Frédéric, au second rang, ferait comme fait actuellement le « prince Henri, parce qu'une avance de la part d'un subalterne « fait toujours soupçonner quelque vue intéressée ou quelque « autre faiblesse. Ainsi je trouve qu'ils font tous deux ce qu'ils « doivent. »

Ce qui rendait les brouilleries si faciles entre eux, c'est qu'indépendamment des causes ou des prétextes qui pouvaient les faire éclater, le prince se ressouvenait trop des arrêts qu'il avait eus avant son mariage : il avait peine d'ailleurs à pardonner à son frère de l'avoir contraint de se marier pour être libre : il n'oubliait pas comment ce frère-roi s'était conduit avec sa famille à l'occasion des démarches qu'elle fit, durant la guerre de Sept ans, pour l'engager à faire la paix ; et comment, à cette occasion, il avait traité le prince de Prusse, l'aîné de ses frères. De ces diverses causes il résultait chez le prince peu de disposition à l'indulgence envers le roi. Avant les voyages du premier en Russie, ils furent deux ans sans se voir, parce que Frédéric lui avait dit dans la conversation : « Mon cher, vous n'entendez pas « cela ! » Mot auquel le prince tourna le dos, et s'en alla, en répliquant : « Je suis d'âge à entendre ce que je dis. » Un jour, à propos de ce fait, je dis au prince, que ce mot, très-familier au roi, n'était qu'un tic insignifiant, et il me répondit avec vivacité : « Je ne veux pas qu'il ait des tics malhonnêtes envers « moi. » On voit en ceci l'aigreur et la fierté. D'ailleurs, ils n'avaient pas l'un et l'autre les mêmes principes de politique. Le prince aimait et estimait les Français : il regardait la France comme la première et la plus sûre alliée de la Prusse : il a toujours désiré une étroite alliance entre elle et son pays, et il aurait été heureux de pouvoir contribuer à la former ; au lieu que Frédéric pensait que les Français, destinés à devenir les alliés de ses successeurs lorsque son royaume serait suffisamment arrondi, ne pouvaient qu'être ses ennemis tant qu'il aurait à faire des conquêtes. Du reste, l'un n'était pas moins dévoué à l'État que l'autre.

Ce fut par des vues politiques très-importantes et très-secrètes alors, que le prince fit deux fois le voyage de Saint-Pétersbourg : son but était d'obtenir, pour la Prusse, la Poméranie suédoise, contre un équivalent en Finlande; le Mecklembourg, contre la Westphalie et la Gueldre; l'échange de la Lusace contre Anspach et Bareith ; la petite partie de la Bohême qui est à la droite de l'Elbe, contre une partie de la Pologne ; et enfin les villes de Dantzick, Thorn et Elbing avec leur territoire. On voit que le premier partage de la Pologne a été de son invention : mais il ne voulait pas anéantir ce royaume; aussi a-t-il hautement blâmé le dernier, et même le second partage qui en a été fait. Je lui contais un jour, en riant, le partage que j'avais imaginé devoir se faire de l'Europe, pour établir la paix perpétuelle de l'abbé de Saint-Pierre; partage dont l'objet direct était de donner à chaque nation des limites naturelles difficiles et inutiles à franchir : comme à la France, les deux mers, le Rhin, les Alpes et les Pyrénées; à la Prusse, la Wistule et l'Elbe, depuis les monts Krapachs et les montagnes de la Bohême, jusqu'à la mer, etc. Il m'arrêta pour m'observer que j'avais raison d'aller jusqu'à la mer, mais que les montagnes de Bohême n'étant pas un assez grand obstacle du côté de la Lusace et de la Silésie, il fallait partager ce royaume, et le couper, en remontant la rive droite de l'Elbe jusqu'à sa source. Son idée était alors qu'il aurait fallu, en faveur de la maison de Mecklembourg, ériger la Vestphalie en électorat.

Les raisons politiques pour lesquelles il ne voulait pas l'anéantissement total de la Pologne lui avaient fait concevoir un plan d'après lequel il était persuadé qu'il aurait mis ce pays en état d'opposer une digue respectable à la Russie, à la Turquie et à l'Autriche, en cas de besoin. Il voyait donc dans la Pologne un très-utile allié de la Prusse, de la Suède et du Danemark.

Tels sont les motifs secrets pour lesquels il n'a jamais pardonné à son frère d'avoir empêché sa nomination au trône polonais, et à son neveu d'avoir fait le dernier partage de ce pays. Avait-il tort? grande question que l'avenir seul résoudra.

Ces dispositions réciproques des deux frères étaient cause que le roi a toujours rangé dans la classe des gens voués à une véritable disgrâce ceux qui étaient attachés à son frère, ou qui cherchaient à l'approcher : il les regardait comme des personnes disposées à mal parler de lui. Il n'a généralement fait pour chacun d'eux que le moins qu'il a pu. C'est pour cela que je n'ai jamais voulu aller à Rheinsberg, quoique le prince ait eu la bonté de me le proposer plusieurs fois. J'alléguais pour excuse le peu d'amitié du général Buddenbrock, la nécessité où je serais de demander un congé à ce général, et la crainte que j'avais d'un refus; mais c'est qu'au fond je ne voulais pas me rendre suspect au roi, dont les bontés étaient encore plus précieuses pour moi que celles d'un prince que néanmoins je respectais infiniment.

J'ai dit que le prince Henri était très-fier : mais cette fierté était plus philosophique que vaniteuse; elle tenait à l'estime qu'il voulait avoir le droit de concevoir de lui-même : aussi ne se manifestait-elle qu'envers son frère, ou envers ceux qui auraient paru lui manquer. Dans la société, c'était l'homme le plus poli, le plus attentif, le plus simple, le plus uni et le plus indulgent. Rien n'était naturel comme le ton de sa conversation; et il était impossible qu'on ne fût pas à son aise avec lui. A cet égard, il ne ressemblait point à son frère : le roi était vif, gai et fécond en saillies ou en épigrammes; au lieu que le prince avait ce qu'on peut appeler l'*esprit raisonneur,* souvent sérieux, et toujours suivi et de bonne foi. Je dois lui rendre cette justice, que jamais je ne l'ai vu donner un sophisme pour une bonne raison, ni entendre une mauvaise raison sans en démêler et en repousser le sophisme : j'ajouterai qu'il est peut-être le seul grand seigneur qui ait mérité de ma part ce témoignage, infiniment plus rare qu'on ne pense. Un soir, à souper, mon collègue Borelly parut très-scandalisé de ce que le baron de Poëllnitz, qui certes n'était pas alors plus chrétien qu'il ne l'avait été toute sa vie, venait de faire publiquement ses pâques. Cette action paraissait à Borelly le comble de l'hypocrisie et de la bassesse, lorsqu'elle n'était pas d'accord avec les sentiments. « Mon cher, lui répondit le prince Henri, je suis persuadé que « vous avez raison en ce qui concerne personnellement le « baron. Mais considérons les choses sous un point de vue gé« néral, et supposons qu'il s'agisse d'un tout autre homme. « Si, par exemple, cet homme, ne croyant absolument point « à la religion, est persuadé qu'en se déterminant à faire la dé« marche dont vous parlez, il édifiera le public, consolera les « esprits faibles, et fera une œuvre utile et édifiante, et que ce « soit d'après ces considérations qu'il se prête à cette sorte de « cérémonie, je vous déclare que je ne verrai dans sa conduite « qu'un juste motif de l'estimer. Je sais que ceci ne ressemble « point au baron, qui ne peut avoir eu d'autre mobile qu'un « véritable persiflage ou une odieuse hypocrisie : mais vous « conviendrez qu'en le blâmant, nous aurions tort de nous ex« primer d'une manière trop générale. »

Le prince ayant ouï parler de deux belles statues, ou plutôt de deux groupes que Tassaert venait d'achever, l'un Deucalion et Pyrrha, pour M. l'abbé Terrai, et l'autre, le sacrifice des flèches de l'Amour sur l'autel de l'Amitié, pour Monsieur, frère de Louis XVI, vint à l'atelier du sculpteur pour voir ces deux morceaux, qu'il admira beaucoup. M. Tassaert, cet habile artiste, de qui M. de Launay avait coutume de dire : « Le brave « père Tassaert, qui manie la pensée comme le marbre, à « grands coups de maillet, et qui dit toujours de bonnes choses, « comme il fait toujours de belles statues ; » M. Tassaert, dis-je, ne put s'empêcher de se plaindre du roi. « Monseigneur, dit-« il au prince, j'ai fait, avant de quitter Paris, mon marché par « écrit avec *M. votre frère*. Dans ce marché, *M. votre frère*

« s'est engagé à me fournir un atelier tout monté. Depuis mon « arrivée, il m'a marqué de le garnir moi-même, et qu'il « m'en rembourserait les frais ; et ne voilà-t-il pas que *M. votre « frère* me renvoie aujourd'hui le mémoire que j'ai fourni d'a- « près ses ordres, et qu'il me dit que c'est *un mémoire d'apo- « thicaire!* Vous voyez pourtant, monseigneur, qu'il n'y a dans « mon atelier que ce qu'il faut. Mais *M. votre frère* a une sin- « gulière façon de payer les gens ! » Le prince s'amusa beaucoup de cette complainte : il pria Tassaert de lui refaire ses deux groupes pour un appartement, et sur trois à quatre pieds de haut : il lui demanda quel en serait le prix, et lui déclara bien positivement qu'il le payerait sur-le-champ, sans aucune sorte de chicane, et qu'en un mot il ne ferait pas comme *M. son frère*.

Le prince Henri conservait une franche et sincère amitié à ceux avec qui il avait été lié étant jeune. Madame du Troussel était du nombre : elle avait été en pension à Berlin, dans le temps que M. de Creutzen, son oncle, était gouverneur des princes Henri et Ferdinand, lesquels étaient à peu près de son âge. Au sortir de sa pension, et à treize ans, elle avait été dame d'honneur de la reine mère : ainsi ses liaisons avec les princes dataient presque de l'enfance des uns et des autres. Étant devenue, par son second mariage, épouse de M. du Troussel, colonel d'artillerie fort estimé de la cour ainsi que de l'armée, elle obtint du prince Henri qu'il viendrait souper chez elle, le premier jour qu'il aurait de libre après son jour de naissance. « Je « sais, lui dit-il, que M. et madame Thiébault forment votre « société ordinaire : donnez-les-moi pour compagnie ; je n'en « veux pas davantage. J'aurai avec moi Kaphensk : cela et « votre famille nous suffira. Joignez-y encore, si vous le voulez, « mon neveu le prince Frédéric de Brunswick que vous voyez « souvent, et votre ancienne connaissance le grand écuyer comte « de Schafgotsch ; mais pas une âme de plus. — Monseigneur, « je vous demande bien pardon ; mais il faut que j'obtienne de

« votre altesse royale la permission d'y joindre encore deux « femmes de la cour, trompettes nécessaires pour convaincre « tout le monde que ce souper ne tient à aucune intrigue ; et je « vous proposerai madame de Werels que vous estimez beau- « coup, et la bonne et toute bavarde demoiselle de Knesebeck.
« — Je le veux bien, » répliqua le prince en riant.

En 1772, on désira que je fisse quelques vers pour célébrer le jour de naissance du prince. Il m'en coûta de me remettre à courir après la rime, mais je ne pouvais le refuser. Quand le prince fut arrivé et qu'on lui présenta le thé, selon l'usage du pays, on plaça sur le cabaret, en avant de la tasse, un bouquet auquel était attaché un papier contenant un compliment en vers. Lorsque ensuite on lui offrit à tirer une carte pour le jeu, il trouva un autre compliment sur sa carte. Il en trouva encore un sous sa serviette en se mettant à table. Enfin, vers le dessert, madame du Troussel lui ayant vanté la voix de ma femme, qui, en effet, était une des plus agréables que l'on pût entendre, il témoigna combien elle lui ferait de plaisir si elle pouvait chanter sans en être incommodée; et ce furent encore des vers à sa louange qu'elle chanta. « Eh bien, dit-il, vous m'avez attrapé « durant toute la soirée : cela est très-joli de votre part, et je « ne puis que vous en remercier. » Il loua beaucoup la voix de ma femme, qui chanta encore quelques ariettes, après lui avoir promis qu'il n'y aurait plus d'attrapes.

L'année suivante, il fallut se faire un autre plan; mais une chose m'embarrassait, en ce que M. du Troussel, craignant de déplaire au roi, ne voulait chez lui ni théâtre ni aucune sorte d'apprêt. Ce fut pour me conformer à ses vues que je ne demandai que l'apparence d'un cabinet d'homme de lettres, au fond d'une très-grande salle qui suivait le salon. La pièce que je fis, intitulée *le Projet*, fut exécutée après qu'on eut pris le thé. J'y présentai une dame venant, de la part de sa société, demander à un auteur une sorte de fête pour un grand prince : l'auteur propose des dieux; la dame n'en veut point, parce que c'est un moyen usé. L'auteur propose des divinités toutes neuves, et fait paraître l'Illusion et la Réalité, la Gazette et la Loterie, qui toutes célèbrent le prince à leur manière. Le Goût vient applaudir à leurs éloges, et terminer la pièce. « Vous êtes le pre-« mier, me dit ensuite le prince, qui m'ayez loué en face sans « me faire rougir; c'est une délicatesse dont je vous sais bon « gré. » C'est que je ne l'avais nommé nulle part. Il ajouta : « Mais vous êtes trop sévère envers l'Illusion; elle a bien son « mérite, et la Réalité est bien pauvre à côté d'elle. »

Le lendemain de cette petite fête, on apporta à ma femme une tabatière en or très-élégante, et remplie de bonbons, au-dessus desquels était un papier contenant quatre vers, où le prince lui disait que, pour ménager et conserver sa belle voix, il fallait, dans ce climat si rude, faire souvent usage de ces bonbons. Elle y répondit sur les mêmes rimes.

J'ai eu depuis à Berlin à parler au prince en deux rencontres, et à chaque fois il s'est montré tel qu'il avait été auparavant.

La première de ces entrevues eut lieu en 1776. « J'ai appris, « me dit-il, que vous allez faire un voyage à Lyon. Vous irez « sans doute à Ferney, voir le patriarche de la littérature; et en ce « cas je vous donnerai un paquet que je vous prierai de remettre « de ma part à M. de Voltaire. » J'avais prévu que, de part ou d'autre, on pourrait me donner de pareilles commissions, et je m'étais décidé à ne point aller à Ferney, à cause du danger dont m'avait prévenu M. Sulzer. « Si vous voyez M. de Voltaire « dans un de ses moments de belle humeur, m'avait-il dit, il « ne vous parlera qu'avec éloge du roi, de sa famille et du « pays; et vous pouvez être sûr qu'en vous quittant il se dira « en lui-même : *Cet homme va répéter ce qu'il a entendu; de « sorte que je n'ai qu'à augmenter son crédit pour qu'on le « croie plus sûrement*. Ainsi il écrira à Berlin qu'il vous a vu, « et dira beaucoup de bien de vous. Si, au contraire, vous ar-« rivez dans un de ses moments de mauvaise humeur, il se dé-« chaînera contre le roi; et après votre départ, dans l'inquié-

« tude qu'il en aura, et pour détruire l'effet de ce que vous « pourriez raconter, il vous déchirera, ou vous couvrira de ri« dicules dans des lettres qui arriveront avant vous. » C'est pour cette considération que deux ans auparavant, Sulzer, qui avait tant vécu avec Voltaire à Berlin, s'était donné un nom supposé, et n'avait pas voulu entrer au château lorsqu'il avait passé par Ferney. Le parti pris par M. Sulzer m'avait paru le plus sage; et c'est ce qui me fit répondre au prince que s'il m'honorait de quelque commission je mettrais le plus grand zèle à m'en acquitter; mais que n'ayant qu'un temps assez court à passer à Lyon, chez un oncle déjà âgé, qui pourtant était encore très-vif, je ne pouvais pas perdre deux ou trois jours que cet oncle ne me pardonnerait pas de lui avoir dérobés; qu'il fallait que j'allasse droit à Lyon, et qu'en revenant à Berlin, je serais obligé de passer par Paris; que de cette sorte je ne pourrais avoir la satisfaction de voir M. de Voltaire dans ce voyage, ce qui me causait de très-grands regrets. Il résulta de cet exposé que le prince garda son paquet ou l'envoya par un autre.

Après la guerre de la succession de Bavière, le prince eut une maladie grave qui l'arrêta assez longtemps à Leipsick. Lorsqu'enfin il rentra à Berlin, il se trouva que le roi y était, et m'avait fait appeler pour le soir. J'étais dans la première grande salle à attendre, lorsque ce prince, que je croyais en Saxe, sortit de l'appartement de son frère. J'oserai dire la vérité : il parut plus embarrassé que moi. Je m'approchai de lui, et lui dis que c'était une occasion bien précieuse que celle que la fortune me procurait, de lui témoigner combien j'avais de joie du rétablissement de sa santé et de son heureux retour, après deux campagnes aussi glorieuses pour la Prusse, le roi, et son altesse royale. Il me prit et me serra la main, me remercia, et me dit qu'il espérait qu'au premier jour nous dînerions ensemble. Ce dîner n'est pas venu, et à la fin de 1784 je suis rentré en France sans avoir eu l'honneur de le revoir.

Lorsque lui-même vint à Paris, quelques années après, je

crus qu'il était de mon devoir d'aller me présenter chez lui. J'y allai, et j'en fus reçu avec autant d'aisance, d'honnêteté et de bienveillance que si jamais il n'eût été refroidi à mon égard; et plusieurs fois je l'ai revu pendant son séjour à Paris. Il est même arrivé depuis que c'est à moi qu'il a adressé des engagements signés de lui, pour quelques personnes qu'il voulait avoir pour son théâtre; c'est à moi aussi que, dans une occasion semblable, il adressa M. de Lafayette, qui à Rheinsberg lui avait promis de s'employer pour hâter un de ces engagements.

Je me trouvais chez lui, rue et hôtel de l'Université, avec mon ancien collègue et ami M. Bitaubé, à l'époque où l'on venait de mettre en vente l'*Histoire secrète* du comte de Mirabeau, ouvrage où ce prince est si maltraité. « Je vais, me dit-il « à ce sujet, vous raconter comment j'ai encouru la disgrâce de « M. de Mirabeau.... Vous aviez déjà dû vous apercevoir, avant « votre départ de Berlin, que mon frère déclinait réellement : « ce déclin est toujours devenu plus sensible; et enfin je me « suis convaincu que nous allions perdre un homme prépondé« rant dans la balance de l'Europe. J'ai pensé que sa mort pour« rait donner lieu à diverses intrigues fort dangereuses, surtout « à Berlin. J'ai cru que la France seule pourrait les prévenir ou « les déjouer; mais le brave et digne comte d'Esterno ne me « paraissait avoir ni assez de caractère, ni assez d'activité pour « une circonstance semblable; et, malgré mon estime et mon « attachement pour lui, j'écrivis à quelques amis en France « qu'il serait important d'envoyer un homme qui, dans un mo« ment critique, pût déployer ou plus de ressources, ou plus « d'énergie. Ma lettre passa du conseil à M. de Calonne, et « M. de Calonne fit nommer M. de Mirabeau, qui me fut par« ticulièrement adressé, et eut défense de ne rien faire que de « concert avec moi. Je connaissais les talents de M. de Mira« beau, mais je connaissais aussi sa moralité. Ce choix ne me « plut pas, et je résolus de ne point m'exposer à ses indiscré« tions. Il venait me voir autant qu'il le pouvait, et je ne le

« recevais que poliment : il m'envoyait ses nouvelles avec des « billets très-galants, et je les lui faisais reporter avec des com- « pliments, mais sans billet ; il n'a jamais pu avoir ni ma si- « gnature, ni un mot de ma main. Il a beaucoup trop d'esprit « pour ne s'être pas aperçu qu'il n'avait pas ma confiance ; et « moi, de mon côté, j'étais trop attentif à toutes ses démarches « pour ne pas être assuré qu'il avait surtout à cœur d'obtenir « quelques lettres ou billets de ma part, quoique j'ignorasse « l'usage qu'il projetait d'en faire ; et c'est pour avoir échoué « dans ce dessein qu'il s'est livré a une violente colère contre « moi, et qu'il m'a si maltraité dans son *Histoire secrète.* » En effet, le comte de Mirabeau, qui avait dit du prince royal neveu de Frédéric, *ma hure l'embarrasse et l'interdit*, avait imprimé sur le compte du prince Henri, *petits moyens, petits conseils, petites passions, petites vues.... haut comme un parvenu, vaniteux comme un homme qui n'aurait aucun droit à la considération*, etc. Le marquis de Luchet, alors attaché à ce prince, était entré ce même matin avec l'air troublé, avait annoncé la mise en vente de cette *Histoire secrète*, et prévenu que cet ouvrage contenait des articles insolents contre son altesse royale. Le prince, supérieur à de semblables attaques, avait répondu au marquis, avec le calme d'un philosophe : « Pourquoi s'en affliger ! Je suis heureusement ou malheureuse- « ment né dans un rang qui me dévoue tout entier à la vérité « historique. Si ce que M. de Mirabeau dit de moi est vrai, il « ne fait que devancer l'histoire d'un jour, et il n'y a pas là de « quoi se fâcher : si ce qu'il dit est faux, je ne dois pas m'en « mettre en peine, l'histoire me vengera. Faites-moi le plaisir « d'envoyer acheter seize exemplaires de cet ouvrage, et qu'on « me les apporte de suite. » Quand ces exemplaires lui furent remis, il en garda un pour le lire, et partit avec les quinze autres, qu'il alla distribuer à ses amis, en leur disant : « Voilà un « ouvrage où je suis fort maltraité : faites-moi le plaisir de le « lire, et de bien examiner si je ressemble au portrait qu'on y fait

« de moi. » Le lendemain, entrant dans les appartements du roi à Versailles, il rencontra M. Séguier, avocat général, qui lui dit en lui en montrant un exemplaire : « Voilà un criminel à « qui je viens de recevoir ordre de faire faire le procès. — Je « suis bien reconnaissant et fâché de la sollicitude qu'on daigne « avoir à ce sujet, répondit le prince : mais n'est-ce pas faire « au coupable plus d'honneur qu'il ne mérite? » Je ne pense pas qu'on pût mieux réfuter Mirabeau, et lui prouver que le prince Henri n'était pas si petit.

Je ne dois pas oublier d'observer combien l'on était à son aise à la table de ce prince : les domestiques ne se présentaient point qu'on ne sonnât pour les faire entrer ; et dès qu'ils avaient fait le service qu'on avait à leur demander, tous disparaissaient; de sorte qu'on n'avait à craindre ni espionnage, ni propos. Les meubles qu'on appelle *servantes*, et qui se trouvaient aux deux bouts de la table, suppléaient à tout, grâce à l'extrême attention et politesse des cavaliers et aides de camp qui les avaient à leur portée. Aussi peut-on dire que la conversation n'était nulle part moins gênée que chez lui.... « Monseigneur, » lui dit un jour M. Formey au moment du dessert, « il fut un temps « (et puis-je l'oublier?) où votre altesse royale daignait se sou- « venir que je suis Champenois d'origine. — Ah! l'on a oublié le « vin de Champagne. Sonnez, messieurs, et qu'on en apporte. « M. Formey, je vous demande pardon de cette distraction. »

Le prince Henri a passé les derniers temps de sa vie dans le sein du repos et des muses; il a concentré, pour ainsi dire, son âme dans deux objets, la bienfaisance et la philosophie. Il a fait tout le bien qu'il a pu à un grand nombre de Français émigrés ou autres; et il s'est vu vieillir et mourir sans pusillanimité, sans fluctuation et sans faiblesse. On a diversement jugé ce qui a été connu de son testament : pour moi, je n'y ai retrouvé que lui. Il a parlé en mourant comme il avait pensé toute sa vie. S'il est entré dans quelques détails, c'est que son esprit a toujours été tourné vers le raisonnement; il n'a fait que suivre avec simplicité et franchise sa pente naturelle; il n'y a eu en cela ni vanité, ni prétention : tout ce que l'on peut y voir, c'est le désir d'être encore utile en donnant un bel exemple, et en disant ce qu'il pensait être vrai. Il avait encore l'espérance de contribuer au bien, et la persuasion que les hommes méritaient ou mériteraient que l'on fût ainsi disposé en leur faveur. On lui a reproché de n'avoir fait aucune mention de la princesse Henri dans son testament. Il ne me convient pas de prononcer sur la cause du refroidissement qui a eu lieu entre eux depuis 1765 : le prince a cru avoir un motif suffisant pour rompre, et il l'a fait conformément à son caractère. A-t-il eu raison? il faudrait ne l'avoir jamais vu pour penser qu'il eût cru et voulu avoir tort. Mais il peut avoir été trompé : j'ai observé que ceux qui étaient le plus attachés à ce prince, je parle surtout de ceux qui avaient plus d'honnêteté dans les sentiments que de politique, comme l'abbé de Francheville et plusieurs autres, ne manquaient aucune occasion, ne négligeaient aucun moyen, de témoigner publiquement et en particulier leur dévouement et leur respect à cette princesse; et le prince ne les en aimait pas moins.

On m'a demandé cent fois lequel m'avait paru l'emporter sur l'autre, de Frédéric ou du prince Henri, par toutes les qualités qui constituent le grand homme. Il est hors de doute qu'ils ont été tous les deux de ce petit nombre d'hommes rares qui méritent le plus de servir de modèles, et qui pourtant ont le moins d'imitateurs, mais jamais deux hommes ne se sont moins ressemblé.

Frédéric était constitué d'une manière plus robuste, et c'est celui qui a le moins vécu(1). La physionomie de tous les deux était très-marquée et bien caractéristique; mais le roi avait une très-belle tête, ce qui n'empêchait pas sa physionomie d'être dure quand il le voulait; et le prince, qui était bien éloigné d'être beau, ne tardait jamais à paraître très-aimable. Personne peut-être n'avait les yeux plus vifs et plus spirituels, et le regard plus

(1) Le roi a vécu soixante-quinze ans, et le prince soixante-dix-sept.

pénétrant et plus agréable que le premier, chez qui pourtant le coup d'œil devenait si facilement terrible et foudroyant : le second avait des yeux presque déplacés, et durs au premier aspect, et néanmoins on ne l'avait pas entendu deux minutes, que l'on oubliait entièrement ce défaut. Le frère aîné avait l'esprit facile, sémillant, plein de saillies et d'épigrammes, naturellement porté à la gaieté et au persiflage, mais pénétrant, et pour ainsi dire prophétique, ayant ce degré de finesse qui circonvient les autres, et qui tient à la ruse ; le prince Henri avait l'esprit sérieux sans lourdeur, raisonneur sans pédantisme, sévère sans méchanceté, délicat et subtil sans fausseté, droit et juste sans rudesse. La finesse chez lui était de la prudence, et se bornait à découvrir celle d'autrui pour y échapper. Tout homme bon observateur aurait été enchanté d'approcher et d'entendre quelquefois le roi : il l'aurait admiré ; tout homme honnête et sensible aurait voulu vivre avec le prince : il l'aurait aimé. Celui-là jetait dans la société l'agrément avec une sorte de profusion ; celui-ci ne manquait jamais d'y porter les attentions les plus délicates et les prévenances les plus obligeantes. Tous les deux étaient plus qu'instruits ; ils étaient savants : tous les deux avaient également la profondeur, l'étendue et la fécondité du génie. Ils ont fait tous deux de grandes choses dans la guerre et dans la politique ; mais l'un comme par inspiration, et l'autre avec réflexion et calcul : aussi est-il arrivé que celui-là a fait des fautes, mais a beaucoup plus fait de choses ; et que celui-ci, qui pourtant a beaucoup fait, n'a point eu de fautes à se reprocher. Quant aux défauts, on pourrait surtout reprocher au roi trop de méfiance et au prince trop de confiance. Je ne parle pas de la discrétion : le roi a quelquefois dévoilé ses opinions politiques par passion, le prince n'a jamais été indiscret que pour ce qui le concernait personnellement ; parce que le premier était plus naturellement vif, et le second était plus naturellement franc. Tous les deux étaient très-fiers en de certaines occasions ; c'est-à-dire, le roi, quand il pensait qu'on voulait lui manquer, et le prince, quand il jugeait qu'on lui avait manqué. Sous le rapport des opérations militaires, le roi était hardi par caractère, et le prince par principes ; tandis que, d'autre part, celui-là était indulgent et bon par système, et celui-ci par caractère. Je comparerais Frédéric à Annibal pour la ruse et à Condé pour la valeur, et le prince Henri à Turenne et à Gustave-Adolphe. Tous deux se partageaient, pour ainsi dire, Alexandre et César.

CHAPITRE VII.

Le prince Ferdinand, troisième frère de Frédéric le Grand.

Le prince Ferdinand, le plus jeune des fils de Guillaume Ier, a aussi été celui dont la santé a paru toujours la plus chancelante : il a cependant fait, comme les autres, les pénibles campagnes de la guerre de Sept ans, mais il n'a fait ni les premières guerres, durant lesquelles il était encore trop jeune, ni celle de la succession de la Bavière, époque où il était beaucoup trop faible pour supporter tant de fatigues. Si même il a résisté aux campagnes de la guerre de Sept ans, ce n'a pas été sans y altérer sensiblement sa santé. Il avait échappé aux armes de l'ennemi, et non aux peines du corps. Ce prince, qui combattit tant de fois à la tête des plus braves, comme ses frères, et de qui Frédéric disait, ainsi que du prince Henri : « Mes frères « s'exposent trop ; ils se couvrent de gloire partout où ils ont « à combattre : leur courage, que j'admire, me fait trembler ; » ce prince, dis-je, a eu le bonheur de n'être blessé dans aucune occasion ; mais il n'en a pas moins rapporté une constitution affaiblie et beaucoup plus délicate qu'elle ne l'avait été précédemment.

Il avait épousé une princesse de la maison royale de Prusse, sa cousine, fille du margraff de Schwedt, belle, très-bien faite, vive, spirituelle et aimable. Il en a eu plusieurs enfants, qui vivent et sont aujourd'hui l'un des principaux ornements de la cour. Je les ai vus qu'ils étaient bien jeunes encore et ne pouvaient donner que des espérances.

Le prince Ferdinand, ne jouissant pas d'une forte santé, n'a pu que se tracer un genre de vie modéré et tranquille. On retrouve ce caractère dans tout le cours de sa vie et dans toute sa conduite. Sa correspondance a toujours été également régulière et polie. Devenu grand-maître de l'ordre teutonique protestant, il passait ses hivers à Berlin, et ses étés au château de Frédérichs-Feld, à quatre milles de cette capitale. Dans l'une et dans l'autre de ces deux résidences, tout était paisible et heureux autour de lui. Il a donné quelques fêtes. Je me souviens qu'il m'a demandé des couplets pour une occasion semblable, en m'indiquant la pensée qui devait en être le sujet, et la mesure ainsi que le nombre des vers. Ses jardins de Frédérichs-Feld avaient reçu de lui quelques embellissements.

Malgré ce genre de vie toujours égale et si réglée, il a eu des maladies graves ; je citerai surtout une fluxion de poitrine dont il fut attaqué de mon temps à Frédérichs-Feld, et dont le docteur Musselius eut beaucoup de peine à le sauver. Ce médecin m'a conté, quelque temps après, que pendant plusieurs jours il avait presque désespéré de l'efficacité de ses remèdes. « Je passais, me disait-il, les jours et les nuits près de lui à « consulter son pouls et les autres symptômes de sa maladie ; « mais ce qui m'embarrassait singulièrement, c'était la crainte « où j'étais que le prince ne s'aperçût de mes inquiétudes, vu « que cette découverte n'aurait pu que lui faire beaucoup de « mal. Je feignais d'être fort tranquille sur son état, et même « de m'en occuper avec l'apparence de la plus grande sécurité ; « et lorsque mes craintes étaient trop vives, je m'en allais, la « lorgnette en main, me placer successivement devant les « différents tableaux dont sa chambre à coucher était garnie, « et j'y restais des heures entières, non à les regarder, comme « j'en faisais le semblant, car je ne sais pas encore ce qu'ils « représentent, mais à méditer sur l'état de mon malade, et « sur ce que je pourrais faire pour le sauver. Or, monsieur, « mes soins, quels qu'ils fussent, ne me garantirent pas du « danger que je craignais ; car lorsque la crise fut passée, et

« que je pus annoncer au prince qu'il était en convalescence,
« il me dit : *Eh bien! avouez à présent que j'ai été en très-
« grand danger. Vous avez tout fait pour me le cacher,
« surtout lorsque vous alliez tant admirer mes tableaux,
« qui vous occupaient moins que le désir de me dérober votre
« visage....* Voilà, ajoutait Musselius, un fait qui prouve que
« nos malades ont une attention et une sagacité singulières à
« nous deviner. Pour moi, je regarde toujours les miens comme
« étant à cet égard mes plus grands ennemis. Je ne puis pas
« vous dire combien je me méfie d'eux : aussi n'est-il point
« de précaution que je ne prenne pour leur cacher ce que je
« pense de leur état. »

De quelque ménagement que le prince eût besoin pour sa santé, il n'en remplissait pas ses devoirs militaires avec moins d'exactitude : il allait tous les printemps exercer son régiment à Ruppin, où il était en garnison, de même que le prince Henri allait exercer le sien à Spandaw ; et au jour des grandes revues, j'ai vu également ces deux princes en supporter la fatigue, à la tête de leurs régiments, et à pied (1).

(1) Je place ici une anecdote relative à ce prince, et qui appartient aux souvenirs de mon père autant qu'aux miens.

Mon père m'ayant écrit qu'il désirait qu'à mon retour de Tilsit (1807) j'allasse offrir l'hommage de ses respects et des miens au prince Ferdinand de Prusse, je me rendis le lendemain de mon arrivée à Berlin, au palais de son altesse royale, pour savoir quand je pourrais avoir l'honneur de lui être présenté. On m'annonça à l'aide de camp de service : je dis à cet officier quel était le sujet qui m'amenait ; je le priai d'en rendre compte au prince ; mais de lui observer, si cela devenait nécessaire, qu'étant dans le plus grand négligé, il était impossible qu'en ce moment je parusse devant son altesse royale ; et que je n'étais venu que pour prendre moi-même ses ordres sur le jour et l'heure auxquels j'aurais à revenir, si elle daignait me recevoir.

L'aide de camp me quitta, et au bout d'une minute vint me dire que son altesse allait paraître.

Je lui observai que j'étais à cheval ; qu'au gré des souvenirs de mon enfance, je venais de parcourir tout le parc ; qu'il pouvait en juger lui-même par mon costume et l'état dans lequel je me trouvais ; que d'après cela je le priais de rentrer chez le prince, et que j'espérais devoir à sa

Le prince Ferdinand a toujours eu pour premier aide de camp M. le comte de Schmettaw, fils du feld-maréchal de ce nom, homme de mérite, ayant des connaissances étendues, principalement en ce qui concerne l'art militaire, et autant de fermeté dans le caractère que de justesse dans l'esprit.

Je parle ailleurs de madame la princesse Ferdinand, et surtout aux articles de la reine de Suède et de l'abbé Raynal; je me bornerai donc à répéter ici que jamais je n'ai vu chez elle que bonté, modération, aménité et franchise. Un jour que M. Borelly avait l'honneur de dîner à sa table, elle lui parla de

complaisance et aux bontés de son altesse royale la permission d'aller m'habiller. Il le fit, mais ne reparut que pour m'annoncer le prince, qui en effet le suivait immédiatement, en complet uniforme, décoré de tous ses ordres, l'épée au côté, les éperons aux bottes, le chapeau à plumet blanc sous le bras, et les gants et la canne à la main.

Qu'on juge de l'étonnement, je pourrais dire de la confusion, que ne pouvait manquer de me causer le contraste de nos costumes, et la circonstance tout à fait extraordinaire de me trouver, jeune encore, en frac du matin, en chapeau rond, en bottes anglaises, la cravache à la main et couvert de poussière devant le dernier des frères de Frédéric, chez ce prince septuagénaire, et alors qu'il était dans la plus rigoureuse tenue. Je n'avais, au reste, à imputer ce fait qu'à mon profond respect pour ses ordres, et je le fis, mais à peine voulut-il recevoir mes excuses.

Après quelques mots relatifs au plaisir de me voir et de faire ma connaissance, à mon grade dans l'armée, et au fait pour lequel j'avais été fait officier général, il n'eut plus à m'entretenir que de mon père, et il le fit avec une bonté qui me toucha jusqu'aux larmes. Il me parla de son âge, de sa santé, de l'attachement qu'il lui conservait, de l'estime générale qui avait été en Prusse et devait être partout son partage; des ouvrages qu'il avait publiés, et notamment de ses Souvenirs; me répétant combien il avait été content de ce monument élevé à la mémoire de son frère. Après être revenu sur ces objets avec une bienveillance inexprimable, il me demanda si je m'arrêterais quelque temps à Berlin; et sur ma réponse, qu'à moins d'ordres contraires de la part de son altesse royale je partirais le lendemain, ce prince me témoigna regretter que la brièveté de mon séjour l'empêchât de me revoir; me répéta de bien faire ses compliments à mon père, et me souhaita un bon voyage. Je revins à mes excuses, et je quittai ce prince pénétré d'autant de reconnaissance que de respect, et heureux d'avoir à rapporter à mon père ce nouveau et glorieux témoignage des honorables souvenirs qu'il avait laissés en Prusse.

Bon THIÉBAULT.

l'histoire de la Bastille, par Linguet, qu'elle venait de lire... « Monsieur, dit-elle, votre Bastille est une chose bien effrayante « et bien cruelle ! Il s'y fait dans le silence et le secret des hor- « reurs que l'on s'étonne de pouvoir reprocher à une nation « qui se met au premier rang des nations civilisées : le despo- « tisme n'a rien de plus redoutable ailleurs ; et vous convien- « drez que chez nous, qui sommes plus modestes dans nos « prétentions, on ne voit rien de semblable !... — Et Spandaw, « madame, est-il bien humain et bien doux ? Les lois y ont- « elles quelque accès ? Et savons-nous tout ce qui s'y passe ? « Si l'on en faisait l'histoire, serait-elle plus consolante que « celle de la Bastille ? — Ah ! monsieur, reprit-elle avec viva- « cité, je n'y pensais pas ! Vous avez raison ! »

Madame la princesse Ferdinand a eu chez elle et auprès d'elle, jusqu'au jour de son mariage, sa sœur cadette, madame la princesse *Philippine*, qui, de mon temps, épousa le landgraff de Hesse-Cassel, et qui est aujourd'hui douairière ; princesse qui était sans contredit la plus belle personne de la cour, tant par la perfection de ses traits et de sa taille, que par l'éclat de la jeunesse et la dignité de sa personne.

Une chose qui nous montre combien, de notre temps, les anciens préjugés et surtout les préjugés haineux ont perdu de leur influence, au moins aux yeux de la politique, c'est que son altesse royale, épouse du grand-maître de l'ordre teutonique protestant, portait toujours la croix de Malte, que le grand-maître de cet ordre catholique lui avait envoyée. Il y a ici égale marque de considération, et égal esprit de tolérance de part et d'autre.

Cette cour, aujourd'hui que le prince Ferdinand est d'un âge très-avancé, ne va plus, dit-on, à Frédérics-Feld, parce que cette résidence pouvait donner lieu à des courses trop fatigantes : elle passe les étés en un château situé au bout du parc de Berlin, sur le bord de la Sprée, et un peu au-dessous de ce qu'on appelle *les tentes*, terrain assez considérable qui avait appartenu au ministre de Horst, lequel y avait fait bâtir une jolie maison de campagne. Le prince Ferdinand, après en avoir fait l'acquisition, et l'avoir considérablement agrandi, y a fait élever un château que je n'ai pas vu, mais que l'on m'assure être vaste et très-beau. C'est de là que son altesse royale a daigné m'annoncer la mort du prince Henri, son frère, par une lettre toute de sa main(1), et qui m'a vivement rappelé combien l'un et l'autre de ces deux augustes frères avaient de droits à ma reconnaissance, à mes hommages et à mes respects.

(1) Je n'ai retrouvé dans les papiers de mon père aucune lettre ou billet de Fréderic, du prince Henri, du prince Ferdinand, des princes de Brunswick ou de quelque autre personnage marquant que ce puisse être, quoiqu'à différentes reprises j'aie réuni et classé ces lettres, afin d'assurer leur conservation; mais ce moyen a été infructueux. Au reste, que mon père ait brûlé, pendant la terreur, tout ce qu'il avait de pièces de cette nature, les billets de Frédéric y compris, on le conçoit à la rigueur, tandis que je n'ai pas pu comprendre pourquoi il n'a conservé aucune des lettres de ces princes reçues depuis cette époque. Sa mémoire, à cet égard, suffisait-elle à ses souvenirs, et détruisait-elle pour lui l'intérêt que de telles pièces auraient eu pour tant d'autres? Il faut le croire!

Bon THIÉBAULT.

CHAPITRE VIII.

Ulrique, reine douairière de Suède.

Lorsque M. de Vergennes, ambassadeur de France à Stockholm, eut décidé Gustave à retirer l'autorité royale de la tutelle du sénat, on crut qu'une des premières précautions que la prudence devait faire prendre était d'éloigner la reine douairière, mère du roi, cette célèbre Ulrique dont Voltaire avait vanté l'esprit et les charmes; et l'on parvint à lui faire concevoir à elle-même et comme d'elle-même le désir de venir passer quelque temps à Berlin, afin d'y revoir sa famille, et de rafraîchir ainsi les souvenirs de son enfance. L'affaire fut donc négociée par elle : la cour de Suède ne parut s'en mêler que par une juste condescendance pour une personne si respectable et si respectée : la cour de Prusse ne put que témoigner un vif désir de posséder bientôt et longtemps une sœur du roi, toujours si chérie; ainsi, elle passa la Baltique, accompagnée de son altesse royale sa fille, aujourd'hui abbesse de Quedlinbourg, âgée alors d'environ dix-huit ans. On voyait à leur suite, comme maréchal de cour, M. le comte de Schwerin, sénateur; comme cavaliers, MM. de la Gardie, mari et beau-frère de la gouvernante de la princesse de Suède, tous deux issus d'une famille française fixée à Stockholm; comme chambellan, un jeune M. de Schwerin; outre plusieurs dames d'honneur, au nombre desquelles je ne citerai que mademoiselle d'Ehrenschwert, et deux pages, dont un était un Spaar. Le roi de Prusse plaça de plus auprès d'elle M. le baron de Poëllnitz, comme maréchal de cour, et M. le baron de Schack, comme chambellan. Elle eut un appartement marqué à Potsdam, et un à Berlin, ou elle resta pendant neuf mois, n'ayant été retenue à Potsdam que deux ou trois jours à son arrivée, et un jour ou deux à son départ.

Voir l'académie et assister à une de ses séances fut une des choses que la reine Ulrique désira le plus vivement et que Frédéric lui accorda le plus volontiers. Mais ce roi voulut que la séance fût publique et eût un éclat convenable. Il jugea même devoir composer un discours pour cette séance; prit pour sujet : *De l'utilité des sciences et des arts dans un état*, et me chargea de lire ce discours, ainsi que je l'ai dit. La reine ne m'adressa point la parole après la séance et parce quelle ne me connaissait pas et peut-être aussi parce qu'on l'avait prévenue contre moi. Mieux instruite, elle m'invita à dîner.

Son usage était de paraître dans son salon longtemps avant le dîner, et d'y causer tête à tête avec celui qu'elle appelait, mais dans une embrasure assez éloignée pour ne pouvoir être entendue de personne. C'est de cette sorte que, pendant les neuf mois qu'elle passa à Berlin, elle me conta successivement toutes les anecdotes de son règne, et discuta avec moi une infinité de questions politiques auxquelles son goût naturel la ramenait sans cesse.

La jeune princesse sa fille ne la quittait pas : elle arrivait avec elle, partait avec elle, et était toujours à table entre elle et sa grande gouvernante, à moins qu'il n'y eût l'un des frères de sa majesté, ou quelques-unes des princesses de la famille royale, auquel cas son altesse royale de Suède se trouvait placée après ses parents ou parentes, et toujours sa gouvernante ensuite. La reine occupait le milieu de la table, ayant les princes ou princesses à sa droite et à sa gauche, après quoi venaient les dames et ensuite les cavaliers, qui se trouvaient ainsi remplir les deux bouts de la table, et laissaient le côté long, en face de la reine, aux maréchaux de cour et aux étrangers, qui étaient de cette sorte en face de sa majesté, et pouvaient plus facilement converser avec elle. Les cavaliers servaient ; les domestiques offraient de chaque plat à tous les convives, à la ronde ; et quand la reine se levait de table, tout le monde la suivait dans le salon, qu'elle ne faisait alors que traverser, avec sa fille et ses parents, pour passer dans une salle particulière, car l'étiquette, qui lui permettait de nous faire dîner avec elle, lui défendait de prendre le café avec nous. Ainsi, après ce départ, nous n'avions plus à la revoir le même jour, à moins de quelques circonstances extraordinaires : nous prenions donc le café entre nous, et chacun se retirait ensuite.

Il faut croire que la reine Ulrique voulut amplement réparer la sorte d'impolitesse qu'elle m'avait faite, car, depuis ce premier dîner, j'ai été prié chez elle au moins trois ou quatre fois par semaine durant tout le reste de son séjour parmi nous : elle me mettait sur la liste d'invitation, et même les jours où elle avait ses frères, sœurs ou belles-sœurs, si bien que ceux-ci finirent par ne plus la prier sans me compter au nombre de ceux dont on croyait devoir lui donner la société. Je vais rapporter quelques anecdotes relatives à ces neuf mois.

Dans les aparté, où elle me retenait au bout du salon, elle avait l'habitude de me parler de fort près : cette circonstance me rendait infiniment pénibles ces conférences ordinairement très-longues : chaque mot de sa part renouvelait pour moi un véritable supplice, que, cependant, il fallait endurer sans témoigner le sentir : il m'est arrivé de craindre d'en tomber à la renverse ; et l'on conçoit, d'après cela, combien sa conversation et tout ce que cette reine me confiait devait perdre de son intérêt pour moi.

Ce fut ainsi qu'elle me conta les intrigues des ministres étrangers à Stockholm pendant son règne, et particulièrement des ministres d'Angleterre et de Russie, pour brouiller, diviser et énerver la Suède. Ce qui l'irritait le plus, ce n'était pas que ces ministres cherchassent à faire du mal : car enfin, me disait-elle, ils étaient envoyés pour cela ; c'était pour eux comme un devoir : mais elle était indignée du choix des moyens qu'ils employaient, surtout l'envoyé de Russie. Celui d'Angleterre y mettait encore un peu de réserve : il est vrai qu'il calomniait ou répandait les calomnies des autres, mais au moins il respectait les formes, les usages et le ton de la société, au lieu que celui de Russie ne gardait aucune mesure, aucune décence, aucune pudeur : il cabalait jusque dans les dernières classes de la populace ; et y faisait circuler les plus grossières absurdités, et courait lui-même les cabarets pour y répandre des propos aussi odieux que dénués de vérité et de vraisemblance. On peut dire qu'elle portait une haine bien prononcée à ce Russe, dont j'ai oublié le nom, mais qui alors se trouvait déjà en Suède depuis bien des années.

Les cabales de la Russie et de l'Angleterre avaient engagé la cour de Stockholm à prendre plusieurs mesures secrètes pour la sûreté des personnes et le maintien de la tranquillité publique. Parmi ces mesures il y en eut une qui, en 1763 (si je ne me trompe), manqua de faire sauter en l'air cette capitale. En cas de sédition, on avait voulu avoir sous la main une quantité suffisante de poudre. On en avait très-secrètement réuni je ne sais combien de milliers de livres dans une petite maison habitée seulement par quelques vieux serviteurs, qui même étaient loin de soupçonner ce qui était dans les pièces qu'ils n'occupaient pas. Cette maison d'ailleurs était solidement bâtie et toute en pierre : elle était assez isolée, et dans un endroit peu propre à attirer l'attention ; mais par malheur, placée derrière le theâtre, elle n'en était séparée que par une rue assez étroite. Tel était l'état des choses, lorsqu'un soir le feu prit au spectacle, le roi et la reine y étant. A l'instant où l'on cria au feu, tout le monde se précipita vers les issues pour fuir plus vite : mais d'un autre côté les cris *sauve le roi! sauve la reine!* se répétèrent de toutes parts, et les gardes qui se trouvaient hors de la salle s'emparèrent des portes, et voulurent entrer à quelques prix que ce fût : il résulta de ce conflit une bagarre effroyable, dans laquelle il y eut environ trois cent soixante personnes qui périrent, les unes étouffées, et les autres tuées à coups de sabres, d'épées ou de baïonnettes.

Pendant ce tumulte, ces massacres, ces cris, et au milieu d'un incendie dont les progrès étaient très-rapides, la reine se ressouvint des barils de poudre; alors, ne songeant plus à elle-même, « Sire, dit-elle à voix basse au roi, et cette maison où « est la poudre? Tout est perdu si on ne la sauve pas! Mais à « qui confier ce secret et un soin si urgent? » En ce moment elle aperçut l'ambassadeur de France, M. le comte de Modène, dans une loge en face : on le fit prier de venir de suite, et on lui confia le secret fatal. L'ambassadeur ne balança point à offrir ses services, et du moment où le roi, la reine et leur suite furent sortis, cet ambassadeur se jeta à la tête de ceux qui cherchaient à donner du secours; et là, l'épée à la main, déterminé à tout, il s'empara d'une autorité absolue et générale : on le voyait, sous ses habits de grand gala, prendre toutes les pompes, à mesure qu'elles arrivaient, et les diriger sur cette seule maison, ordonnant le silence et l'obéissance à quiconque voulait lui faire quelque objection, et soutenant que la salle étant enflammée, ne pouvait plus être conservée; que c'était à cette maison qu'il fallait donner tous ses soins, puisque c'était par là que le feu pouvait plus facilement se communiquer à la ville. Ainsi la nuit se passa à inonder cette maison, qui ne recélait pas une étincelle, et à laisser brûler la salle, ou à n'y porter que les secours qu'on ne pouvait pas appliquer à l'unique objet des soucis de M. l'ambassadeur.

Le lendemain, lorsqu'il reparut à la cour, tout le monde l'entoura pour le remercier de son zèle, mais en même temps pour lui témoigner la surprise extrême où l'on était de la conduite qu'il avait tenue : quand à lui, il répondait à tout le monde, et en riant : « Que vous dirai-je? Au sortir du spectacle, cette « maison, que d'ailleurs je ne connais pas, m'a paru la plus « exposée : je me suis imaginé que l'incendie pouvait gagner

« la ville par là, et que la salle était perdue quelques soins « qu'on y portât ; ainsi, pour sauver votre capitale, je n'ai vu « qu'un seul moyen, je n'ai été frappé que d'une seule idée, « et mon zèle a fait le reste. Quelle que soit mon erreur, vous « devez au moins me savoir gré de l'intention. — Mais, « monsieur l'ambassadeur, vous vous exposiez beaucoup ; car, « enfin, si on avait refusé de vous obéir ? — Dans l'efferves- « cence où j'étais, je ne sais de quoi j'aurais été capable vis- « à-vis de quiconque m'eût opposé la moindre résistance. Par « bonheur, si tout le monde aujourd'hui observe que je n'avais « aucune autorité, nul ne s'est arrêté hier à cette pensée. Je « crois bien que quelques personnes ont été retenues par l'idée « que je suis, chez vous, le ministre de votre allié le plus zélé « et le plus fidèle. Il n'en est pas moins vrai cependant que si je « me suis arrogé des droits que je n'avais pas, et si vos con- « citoyens l'ont souffert, c'est que nous avions tous également « perdu la tête. » Ce fut ainsi que, se livrant galamment et de lui-même aux reproches qu'on pouvait lui faire, il achevait de sauver même de tout soupçon le secret important qui lui était confié, et le vrai motif qui avait déterminé sa conduite. Ce fut aussi dans cette dernière intention que le roi et la reine, tout en le remerciant en particulier et si vivement du service qu'il leur avait rendu, se joignaient aux autres en public pour le badiner sur les inspirations merveilleuses de son zèle.

Les anecdotes particulières et personnelles qui me restent à rapporter concernent le baron de Poëllnitz, MM. Erman, Lambert, Formey, et mademoiselle d'Erenschwerdt.

Un jour que nous étions à dîner chez la princesse Amélie, et que M. Sack, prédicateur de la cour, décidait qu'on pouvait en conscience fréquenter les spectacles, il prit fantaisie au baron de Poëllnitz, ancien directeur des spectacles du roi, et vieux pécheur de plus de quatre-vingts ans, de réfuter le prédicateur, et d'afficher une morale sévère. Il eut recours à tous les lieux communs des théologiens. Son air de bonhomie étonnait même ceux qui le connaissaient le mieux. Je pris le parti de M. Sack : « Je prétendis que ce qui faisait le plus d'impression sur nous au « spectacle, ce n'était pas ce qui se disait ou se faisait sur la « scène, mais ce que les autres spectateurs pensaient et faisaient « autour de nous : j'observai que la partie théâtrale semblait ne « nous offrir qu'un monde absolument étranger à chacun de « nous ; si bien qu'en général nous étions aussi peu disposés à « nous en approprier les belles maximes ou les exemples les plus « héroïques, qu'à nous prévaloir des propos les moins conve- « nables, et des actions les plus criminelles ; que notre assenti- « ment d'un côté, ou notre aversion de l'autre, n'était jamais « chez nous qu'un sentiment de théorie, qui n'avait aucune in- « fluence sur nos mœurs et sur notre conduite ; et qu'enfin, il « importait peu que l'on nous jouât quelque belle tragédie, ou « comédie noble, ou bien quelque farce plus ou moins sensée : « mais, ajoutai-je, nous ne pouvons fréquenter un spectacle bien « suivi, sans entendre une voix intérieure qui, à chaque instant « nous avertit que le public a les yeux sur nous ; que notre ré- « putation dépend, en partie, de la manière dont nous nous « montrons, et que la moindre inconvenance peut nous perdre ; « d'où il suit que la fréquentation des spectacles, nous plaçant « souvent sous les yeux du public, et nous y retenant plusieurs « heures de suite, est le moyen le plus sûr de nous faire con- « naître par l'exemple et de nous faire pratiquer par imitation « et par habitude les meilleures leçons de décence, d'honnê- « teté et de vertus sociales. » Tout le monde fut de mon avis, et l'on me sut gré d'avoir présenté cette question sous un nouveau jour, ou du moins sous un jour important et peu considéré. Il n'y eut que le baron qui ne fut pas content : il me gronda après le dîner de ce que je m'étais rangé du parti d'un prêtre, sévère partout ailleurs, et trop indulgent à la cour. « Il fallait, « me dit-il, le ramener à la rigidité de ses principes, et le faire rougir de son inconséquence. »

Je ne me rappelle pas à quel propos on parla à la reine du

neveu et héritier de feu le fel-dmaréchal de Schwerin, homme jeune encore, renfermé à Spandaw depuis plusieurs années, pour avoir perdu au jeu le capital d'environ soixante mille livres de rentes, et avoir ensuite couru le monde et surtout l'Angleterre, en montránt pour de l'argent une chemise teinte de sang qu'il annonçait être celle dans laquelle son oncle était mort. On observa d'ailleurs que ce M. de Schwerin avait donné les plus grandes espérances, par l'esprit, le caractère, et les qualités précieuses et aimables qu'on lui avait reconnues. Cette reine fut si touchée du sort déplorable d'un homme qui tenait de si près à un héros, et qui semblait mériter à plusieurs titres d'y appartenir, qu'elle résolut d'abord d'intercéder auprès du roi pour lui faire rendre la liberté, et même le faire employer d'une manière convenable : mais on lui observa que ce M. de Schwerin n'avait point cessé d'être joueur; et que, même à l'époque où l'on était, il passait les journées entières à manier les cartes les plus sales, et à jouer avec tout ce qu'il y avait de plus vil parmi les prisonniers de la même forteresse; sur quoi elle s'écria : « Quelle cruelle passion que celle du jeu! Cet exemple, « ainsi que mille autres semblables, prouve que, quand une fois « on s'y est livré, l'esprit, les talents, l'âge, la misère, l'ignomi« nie, les plus grands malheurs, rien ne suffit pour en corriger. « Je vois bien que je ferais une sottise de me mêler de lui : al« lons, il faut l'abandonner et l'oublier pour toujours? » Et moi, je me disais : « Combien n'est-il pas dangereux de parler mal « de quelqu'un devant les grands! Voilà M. de Schwerin perdu « sans retour, soit que ce que l'on a dit de lui soit vrai ou non! »

La plus cruelle distraction que j'aie eue de ma vie m'arriva au sujet du baron Poëllnitz, à la table de la reine, un jour où elle avait à sa droite le prince Henri, son frère. Le baron, invité ce jour-là je ne sais chez qui, ne se trouva point au dîner : la reine s'en aperçut, et nous dit en riant : « M. de Poëllnitz nous abandonne aujourd'hui; vengeons-nous-en, et parlons de lui à notre « aise. C'est un homme d'esprit, et un vieillard aussi aimable

« qu'adroit ; mais par combien de défauts n'a-t-il pas terni ces « bonnes qualités ! En premier lieu, il a changé trois fois de re- « ligion ! Oh ! trois fois ! convenons que c'est trop. » Et moi, sans me rappeler en ce moment qu'elle-même avait changé de religion pour devenir reine de Suède, n'ayant d'autre objet en vue que l'opinion si bien établie sur ces sortes de démarches ; je pris la parole pour ajouter que *c'était déjà beaucoup trop que d'en changer une fois ?* La reine ne m'ayant pas bien entendu, me répliqua par le mot *comment ?* Et le prince son frère lui répondit : « Monsieur dit que c'est déjà beaucoup trop que « d'en changer une fois. » Mon bonheur voulut que je ne m'a- perçusse de ma sottise que longtemps après l'avoir faite : si je l'avais sentie dans le moment, mon trouble m'eût peut-être fait regarder comme coupable ; mais mon air de bonhomie me sauva ; on vit que je n'avais mis aucune malice à ce que j'avais dit, et dès lors personne ne m'en voulut : ma réflexion passa aussi rapidement que les autres, et l'on continua à éplucher le baron absent.

Dans une autre occasion, j'éprouvai un embarras qui pourtant n'eut pas de suite plus fâcheuse. La reine de Suède et la princesse Ferdinand, sa belle-sœur et sa cousine, se mirent à parler de l'éducation des demoiselles : comme elles ne furent pas du même avis, elle poussèrent la discussion assez loin ; et enfin, pour la terminer, elles me prirent pour juge. Je les avais écoutées avec beaucoup d'attention ; et quoique la princesse Ferdinand eût soutenu son opinion avec autant d'esprit que d'adresse, je pensais au fond qu'elle avait tort. Mais lorsque je me vis obligé de prononcer entre elle et la reine, ma perplexité fut extrême : je craignais qu'on ne m'attribuât la lâcheté d'un courtisan qui se range toujours du côté où il y a le plus de puissance : je souffrais plus que je ne peux le dire de l'idée qu'on pourrait douter de ma franchise et de ma bonne foi ; enfin, je craignais que la princesse ne me sût mauvais gré d'avoir condamné son opinion, d'autant plus qu'alors je n'avais encore eu que peu de fois l'honneur de me trouver avec elle, et que par conséquent l'expérience n'avais pu établir chez moi l'idée que je devais avoir de ses principes de justice, de modération et d'indulgence. Ce fut dans cet état d'agitation intérieure que je prononçai contre cette princesse, et avec autant de franchise que de simplicité, l'espèce de jugement que j'étais appelé à porter. Pendant que je parlais, mes yeux ne la quittèrent pas; j'observai avec la plus grande attention et ses regards et jusqu'au moindre trait de sa physionomie, et j'éprouvais une singulière satisfaction de n'y apercevoir aucun indice qui pût m'affliger : elle m'écouta avec le plus grand calme, et se rendit avec une parfaite sérénité. L'idée qu'elle me donna d'elle-même en ce moment l'éleva dans mon esprit bien au-dessus de ce qu'aurait pu faire la thèse la plus juste et les raisonnements les plus péremptoires.

Je ne sais à quelle occasion nous parlâmes un jour à la reine du célèbre visionnaire Swédenbourg; nous parûmes désirer surtout, M. Mérian et moi, de savoir quelle opinion on avait de cet homme en Suède : je racontai ce que m'avait dit sur son compte M. le chambellan d'Hamon, qui vivait encore, et qui avait été ministre de Prusse en Hollande et en France; savoir que son beau-frère, ministre de Hollande à Stockholm, étant mort subitement, des marchands étaient venus chez la veuve, sœur du baron d'Hamon, et lui avaient demandé pour fourniture de draps une somme que cette dame savait avoir été payée dans le temps par son mari; que celle-ci, ne pouvant retrouver la quittance des marchands, sur le registre desquels cet article n'était pas barré, avait consulté Swédenbourg, qui, disait-on, s'entretenait avec les morts; qu'en effet elle avait pris ce parti, moins cependant par intérêt que par curiosité; et que Swédenbourg était, au bout de quelques jours, venu lui dire que feu monsieur son mari avait reçu cette quittance dans son cabinet, tel jour, à telle heure, lorsqu'il lisait tel article de Bayle; et qu'ayant eu ensuite à s'interrompre pour quelque autre affaire, il avait placé la quittance où il en était de sa lecture, et où on la retrouva effectivement, au tome et à la page indiqués. La reine nous répondit que le trait que je venais de citer était un de ceux dont on lui avait parlé, et qui l'avaient le plus étonnée, quoique d'ailleurs elle n'eût pas cherché à en constater la vérité; que très-peu disposée à croire de semblables merveilles, elle avait néanmoins voulu mettre à l'épreuve M. Swédenbourg, qu'elle connaissait; que ce conseiller des mines étant venu un soir à sa cour, elle l'avait pris à part et prié de savoir de feu M. son frère le prince royal de Prusse ce que celui-ci lui avait dit au dernier moment où elle l'avait vu avant de se rendre à Stockholm; que ce qu'elle demandait était une chose qui de sa nature ne pouvait avoir été redite par feu M. son frère, comme certainement elle n'avait jamais songé à en parler à qui que ce fût; que quelques jours après cette demande, Swédenbourg était revenu au moment où elle était au jeu, et l'avait priée de lui accorder une audience particulière; sur quoi elle lui avait répondu qu'il pouvait parler devant tout le monde, mais que Swédenbourg avait déclaré ne pouvoir dire devant témoin ce qu'il avait à lui répéter. Cette réplique commença à agiter la reine; elle donna son jeu à une dame, et pria M. le sénateur de Schwerin (présent au récit qu'elle nous faisait) de vouloir bien la suivre dans une autre pièce où il n'y avait personne : là elle laissa M. de Schwerin près de la porte, et s'avança jusqu'au fond de cette pièce avec Swédenbourg, qui lui dit : « Madame, « vous avez fait vos derniers adieux à feu monseigneur le prince « de Prusse, votre auguste frère, à Charlottenbourg, tel jour, « à telle heure de l'après-midi : en traversant ensuite la longue « galerie du château de Charlottenbourg, vous le rencontrâtes « encore; et là, il vous prit par la main, et vous conduisit à telle « croisée, où il ne pouvait plus être entendu que de vous, et « vous dit ces mots.... » La reine ne nous indiqua point les mots dont il s'agissait, mais elle protesta que c'étaient bien ceux qui lui avait dits son frère, et qu'elle n'avait certes pas oubliés ; elle ajouta qu'elle avait manqué se trouver mal en ce moment ; et finit par interpeller M. de Schwerin, qui dans son style laconique se contenta de dire : « Madame, tout cela est « vrai, au moins en ce qui me concerne. » Je dois ajouter ici que la reine, tout en garantissant la vérité de son récit, ne parut point croire aux conférences de Swédenbourg avec les morts. « Mille événements, nous dit-elle, paraissent surnaturels et « sont inexplicables pour nous qui n'en connaissons que les « résultats ; et les hommes qui ont de l'esprit et qui aiment le « merveilleux en profitent pour se faire une réputation extraor- « dinaire. M. Swédenbourg était savant, et très-habile dans son « état ; il a toujours passé pour un brave homme : je ne puis « point comprendre comment il a su ce que personne ne devait « savoir ; mais, enfin, je ne crois point qu'il ait eu un entretien « avec feu monsieur mon frère. »

On parla beaucoup à la reine de M. Lambert, membre de l'académie ; on le lui peignit comme un homme de génie très-extraordinaire ; elle voulut donc le connaître, et l'envoya inviter à dîner. M. Lambert était à la commission économique de l'académie lorsqu'il reçut cette invitation, et sa première réponse fut qu'il ne pouvait pas accepter. Mérian, Sulzer, Beausobre, et les autres membres de cette commission, furent longtemps à lui faire comprendre qu'il ne pouvait pas refuser : il fallut en quelque sorte le chasser pour qu'il allât faire chez lui la petite toilette dont il avait besoin pour se rendre au château. Lorsqu'on se mit à table, je me trouvai à sa gauche : la reine, fort empressée de l'entendre, tarda peu à lui adresser la parole, et pour lui fournir un sujet de conversation qui fût propre à déployer sa science et son génie, elle imagina de lui parler de la fin du monde. « M. Lambert, lui dit-elle, croyez-vous que « le monde doive périr par le feu ? — Madame, il y a dans « cette opinion une circonstance singulière et bien remarquable, « c'est qu'on n'en connaît point l'origine : elle est plus an- « cienne que les monuments ; on la retrouve dans la croyance

« des peuples dont l'histoire remonte le plus haut dans l'an-« tiquité. Y a-t il eu autrefois des sciences plus étendues que les « nôtres? ces sciences ont-elles conduit les hommes à cette idée, « comme à une conséquence nécessaire ou vraisemblable, et « nous l'ont-elles laissée comme opinion, lorsqu'elles-mêmes « se sont perdues? C'est ce que nous ne pouvons découvrir. »

Pendant ce temps-là, les cavaliers, continuaient de servir les plats les uns après les autres ; les domestiques en offraient aux convives : c'est ainsi qu'il arriva qu'un domestique présentait de je ne sais quel mets à M. Lambert, lorsque la reine, parlant toujours de la fin du monde par le feu, lui demanda s'il ne voudrait pas *voir cela*, et que M. Lambert, se persuadant qu'elle lui demandait s'il ne voudrait pas *avoir de cela*, c'est-à-dire de ce qu'on lui offrait, répondit en regardant son assiette, où il avait encore du bœuf : « Madame, j'aime beaucoup le bouilli. » Ce quiproquo fut accueilli d'un éclat de rire général. Lorsque j'eus fait entendre à mon voisin quelle avait été la question de sa majesté, il en témoigna presque une sorte de dédain; au moins répondit-il assez sèchement : « A quoi me servirait-il de former « des désirs à ce sujet? ne serais-je pas évidemment grillé moi-« même avant d'avoir rien vu? » Cette question est en effet la chose la moins plausible que j'aie entendu dire à cette reine, qui en général avait beaucoup d'esprit; peut-être en jugea-t-elle de son côté aussi peu favorablement que moi, car elle abandonna dès lors la fin du monde, et nous parla du terrain que la mer cède d'un côté à la terre, tandis qu'elle lui en enlève a peu près autant du côté opposé, ce qui peut faire penser que la mer fait lentement et successivement le tour du globe. Sa majesté nous dit à ce sujet qu'elle avait un château à quelque distance de Stockholm, et sur le bord de la mer, et qu'elle s'était assurée, par le soin qu'elle avait mis à faire mesurer le terrain, que dans l'intervalle de trente ans environ ses jardins s'étaient accrus de plus de trente pieds de longueur aux dépens de la mer Baltique.

Je ne sais quelle pièce on devait jouer au théâtre français, un jour que nous dînions chez la reine, Mérian, Formey et moi. « Messieurs, nous dit sa majesté, je compte aller ce soir au « spectacle : aurai-je le plaisir de vous y voir ? — Je me suis « proposé d'y aller, répondit Mérian. — Mon dessein est aussi « d'y aller, dis-je à mon tour. — Madame, ajouta M. Formey, « Je n'ai point de billet. » Lorsqu'on fut levé de table, et que la reine eut repassé, selon l'usage, du salon dans sa chambre pour y prendre son café, la jeune princesse sa fille revint en courant, un billet à la main, et dit à M. Formey : « Monsieur, voilà un billet de comédie que ma chère mère vous envoie. — « Madame, répondit-il en le prenant, que le bon Dieu vous « le rende et à sa majesté, en son saint paradis ! » Cette inconvenance, dans la bouche d'un vieux ecclésiastique fut accueillie par un éclat de rire général, que son altesse royale alla bien vite reporter à madame sa mère.

La reine pria M. Formey de prêcher chez elle : on choisit le dimanche suivant. Le samedi, veille du jour de ce sermon, nous dînions chez le prince Henri, avec la reine de Suède, madame sa fille, et la duchesse régnante de Brunswick, sœur aînée de cette reine. Quand on fut au rôti, la reine dit à son prédicateur futur : « M. Formey, sur quel texte me prêcherez « vous demain? — Madame, demain je vous le dirai — Et « pourquoi pas aujourd'hui ? — Parce que ce n'est que demain « que je dois avoir l'honneur de prêcher devant votre majesté. « —Mais ce n'est pas me faire votre sermon que de me dire « votre texte. — Madame, votre majesté veut *défleurer* mon sermon. « A ce mot, tout le monde baissa les yeux, pour ne pas augmenter, par des regards indiscrets, l'embarras des dames. M. Formey, qui sentit combien cette licence était désapprouvée, voulut la faire oublier en prenant un ton de bonhomie plus sérieux. J'aurai l'honneur, dit-il à la reine, de vous prêcher « demain un sermon que j'ai fait sur la résurrection, pour les « habitants de Buchols, il y a vingt-huit ans. » (Buchols est un village distant de deux lieues de Berlin, et tout peuplé de réfugiés français.) Le prince Henri, piqué d'avoir eu à baisser les yeux, prit la parole, et dit à M. Formey : « Je me trompe « fort, ou bien un sermon fait pour les habitants de Buchols, « et ensuite prêché à la cour, est très-déplacé à l'un des deux « endroits s'il ne l'est à tous les deux. Je sais que les dogmes « et les principes généraux de morale sont, dans la religion « chrétienne, les mêmes pour tout le monde; mais l'explica- « tion des dogmes et l'application des principes doivent néces- « sairement varier selon les personnes; les esprits n'ont pas les « mêmes avances, la même intelligence dans toutes les classes; « l'éducation, les goûts, les habitudes et les connaissances dif- « fèrent essentiellement : il faut donc employer d'autres con- « sidérations, d'autres nuances, et même un autre style, à Bu- « chols qu'à la cour. D'ailleurs, les devoirs et les dangers ne sont « pas là ce qu'ils sont ici; et en ce cas vous ne pouvez tenir à « tous le même langage en ce qui concerne les développements « de la morale, sans tomber dans de grandes inconvenances, et « sans risquer, ou de blesser la juste délicatesse des uns, ou « d'être inintelligible pour les autres. Ainsi, avec votre permis- « sion, M. Formey, il faut conclure, ainsi que je l'ai dit, que « votre sermon n'a rien valu pour les paysans de Buchols, ou « qu'il ne vaudra rien demain chez la reine, en supposant d'ail- « leurs qu'il soit bon quelque part. » M. Formey, un peu piqué ou embarrassé de cet argument, répliqua : « Oh! mon- « seigneur, devant le trône de Dieu tout cela n'est que de la ca- « naille chrétienne. « La baguette d'une fée ne produit pas un effet plus prompt et plus frappant que cette réplique. Le prince penche la tête en avant, fixe ses regards sur son assiette, et reste immobile : la reine, par un coup d'œil rapide et général, examine la physionomie de tous les convives, et dit ensuite en s'adressant à la duchesse de Brunswick : « J'espère, ma chère sœur, « que vous voudrez bien partager ce compliment avec moi; « c'est en vérité la première fois de ma vie qu'on m'en adresse

« un pareil. — Madame, dit M. Formey sans se déconcerter, « le mot de *chrétienne* est un baume qui raccommode tout « cela. » Je souffrais autant que les autres de ses incongruités, et de l'embarras de tout le monde : c'est pourquoi, me retournant de son côté, je lui dis : Il me semble que chez vous ce baume « n'est qu'un emplâtre. « Tout le monde sourit : il ne répondit plus, et après quelques instants de silence on se leva de table.

Le lendemain, j'arrivai chez la reine, après les *chrysalides* de M. Formey, car ce mot lui avait fourni son principal argument en faveur du dogme de la résurrection : le prince Henri vint un instant après moi, et dit à M. Formey, en passant devant lui pour aller chez la reine : J'espère, monsieur Formey, que vous aurez observé que je n'ai pas été de *vos canailles.* » M. Formey avait eu le temps de réfléchir sur les propos de la veille, et il faut croire qu'il avait mis ce temps à profit : il ne répondit au prince que par un silence respectueux et une profonde révérence. La reine eut aussi envie de se venger : quand on fut à table, elle attaqua M. Formey sur le dogme de la résurrection, et principalement sur les arguments qu'il avait employés. Elle attaqua avec beaucoup de raison la comparaison des *chrysalides,* et pressa vivement l'orateur qui s'en était servi. M. Formey écoutait avec beaucoup de respect et d'attention, mais ne répondait pas un mot. La reine à la fin lui dit : « Mais, M. Formey, vous ne me répondez pas : est-ce « que vous n'auriez pas la charité de m'éclairer? Si je m'égare, « monsieur, vous devez combattre mes erreurs. Ainsi, je vous « en prie, répondez-moi. — Madame, lui dit alors M. Formey, nous avions à Berlin, il y a plus de trente ans, un « pasteur français que votre majesté a pu connaître lorsqu'elle « était bien jeune : il s'appelait N. — Oui, dit la reine, je me « souviens de ce nom-là. — Eh bien, madame, il était président « du consistoire, lorsqu'un pêcheur appartenant à une des fa« milles de la colonie fit je ne sais quelle action scandaleuse « pour laquelle il fut cité et réprimandé. Six mois après cette

« semonce, le pasteur N., qui comme président avait porté la « parole, alla se promener du côté de Stralow, au-dessus de « Berlin, où la Sprée a bien une demi-lieue de largeur : là il se « ressouvint qu'il avait une affaire qui l'appelait de l'autre côté « de la rivière ; il s'adressa à un pêcheur, et fit marché avec lui « pour traverser la Sprée. Quand ils furent au milieu de ce long « trajet, le pêcheur plaça un de ses pieds à l'un des côtés de sa « barque, et l'autre pied à l'autre côté, et se mit à la balancer, « comme s'il voulait renverser et enfoncer cette barque sous les « eaux. Le pauvre pasteur, ne pouvant plus se tenir debout, « s'assit, se cramponna aux deux bords, et s'écria : *malheu-« reux, que faites-vous? Est-ce donc que vous voulez me « noyer?* ... — *Ha, ha! monsieur*, répliqua le pêcheur, *c'est « ici mon consistoire, où je lave la tête à mon tour.* — Ma-« dame, mon consistoire a eu lieu dans le salon; ici, c'est le « consistoire de votre majesté : là, elle a daigné m'entendre « avec indulgence et bonté, rien ne peut donc me dispenser « du respect avec lequel je dois également écouter ici ce qu'elle « juge à propos de me dire. Votre majesté est dans son con-« sistoire, et je me tais. » Cette historiette vint à merveille : elle fit rire, et tout fut oublié. C'était toujours par des tours d'adresse de cette sorte que M. Formey se tirait d'embarras, lorsque ses inconsidérations l'avaient porté trop loin. Il était très-étourdi, mais il avait d'heureuses ressources ; et le malheur était qu'on pouvait plus difficilement le copier dans ses ressources que dans ses étourderies.

Lorsque la duchesse de Brunswick fut arrivée à Berlin pour y embrasser Ulrique, les trois sœurs voulurent revoir ensemble tous les endroits qu'elles avaient plus ou moins habités ou parcourus dans leur jeunesse et du temps de leur père. Ainsi, elles allèrent successivement recueillir des souvenirs dans les châteaux abandonnés qui avaient servi aux parties de chasse du gros Guillaume. Cependant aucune de ces courses ne les amusa assez pour la faire deux fois. On assura même qu'elles en avaient rapporté plus de fatigues et d'ennui que de satisfaction. Avant de faire cette sorte de ronde, elles avaient eu une autre fantaisie, qui ne s'était pas mieux terminée : elles avaient voulu dîner toutes les trois ensemble, sans parents, sans dames de suite, et sans cavaliers. Le dîner avait été préparé chez la princesse Amélie. Cette idée leur avait paru charmante; mais il y avait un petit article auquel elles n'avaient pas songé, et qui dérangea tout. La duchesse de Brunswick servit d'abord la soupe, ensuite le bouilli, et même un autre plat encore, quand il fut question d'aller plus loin, elle dit à la reine : « Écoute, Ulrique, « j'ai servi la soupe, et je ne la compte pas; j'ai servi un autre « plat, en ma qualité d'aînée et pour donner l'exemple; j'en « ai servi un autre encore pour notre pauvre sœur Amélie, qui « dans l'état où elle est, souffre tant à se servir elle-même. « C'est maintenant à ton tour : fais comme moi, sers pour toi, « et ensuite pour Amélie; et après cela je te relèverai. » La reine prétendit ne pas savoir servir. Peut-être disait-elle vrai; peut-être craignait-elle de compromettre sa dignité; peut-être l'embarras produisit-il l'ennui. Ce qu'il y a de certain, c'est qu'avant d'entamer le rôti il fallut réunir à cette petite table la grande table des personnes de la suite qui dînaient dans une pièce voisine.

Du reste, les personnes qui depuis longtemps étaient attachées à la cour examinaient avec une extrême attention, dans les commencements surtout, comment la reine de Suède et la princesse Amélie se comporteraient l'une envers l'autre : on était très-curieux de connaître les détails de leurs premières entrevues, et l'on remarqua que la reine y mit toutes les prévenances, toutes les amitiés et tous les soins possibles. Elle se hâta d'aller voir sa sœur, qui d'abord la reçut avec cérémonie. La reine en fut extrêmement affligée : elle ne cessait de la prier, de la conjurer de ne voir en elle qu'une sœur tendre, et de ne se gêner en rien : cependant Amélie restait toujours debout. « Oh! ma bonne sœur, lui disait la reine, si vous saviez com-

« bien vous me faites de peine en ne vous asseyant pas! — Je « sais trop le respect que je dois à votre majesté. » Enfin, Amélie se laissa fléchir, et elles furent ensuite très-bien ensemble.

La reine, en nous quittant, s'en alla à petites journées jusqu'à Stralsund, où elle s'arrêta, sous divers prétextes, jusqu'à ce que son fils et M. de Vergennes eussent exécuté le projet qu'ils avaient formé, et ramené le sénat à une certaine soumission. Ce ne fut qu'après cette sorte de révolution qu'on vint la prendre pour la transporter à Stockholm.

Elle m'avait fait promettre de lui écrire : je voulus tenir parole, et je le fis au nouvel an. Ma lettre ne se borna pas à de simples compliments ; je tâchai de la rendre intéressante par des nouvelles littéraires, et par quelques vues philosophiques, cherchant ainsi à fournir à sa majesté l'occasion de m'indiquer le genre de correspondance qui pourrait lui plaire davantage ; mais je ne reçus de réponse que par un chambellan que je n'avais point l'honneur de connaître, et qui, par conséquent, ne pouvait m'adresser que des honnêtetés vagues et par là même fort insignifiantes pour moi. Cela me convainquit que mes lettres deviendraient toujours plus pénibles pour moi, et probablement plus indifférentes à sa majesté ; et c'est ce qui me détermina à m'en tenir à la première. Quelques personnes me blâmèrent ; mais avec plus de philosophie et moins de politique elles m'eussent approuvé.

CHAPITRE IX.

La princesse Amélie de Prusse, abbesse de Quedlinbourg.

La princesse Amélie de Prusse, la plus jeune des sœurs de Frédéric, fut en quelque sorte adorée dans sa première jeunesse, non-seulement pour sa beauté et son esprit, mais encore pour la douceur et la bonté de son caractère. Elle avait d'ailleurs des talents distingués, et encore de mon temps on se souvenait qu'à Berlin, où tout le monde cultive la musique, il n'y avait pas eu d'amateur qui eût porté plus loin les connaissances et la perfection de cet art délicieux et difficile. Quelques personnes avaient conservé des morceaux de sa composition, que j'ai encore vu admirer à une époque où l'on était loin d'être prévenu en sa faveur.

Amélie était peut-être, de toute la famille royale, la personne dont l'esprit avait le plus d'analogie avec celui de Frédéric : c'était la même finesse, la même vivacité, le même penchant pour les sarcasmes. Quand à ce dernier trait, il n'est exact qu'en parlant des temps postérieurs à ses malheurs ; car dans sa jeunesse on ne lui avait reconnu que de l'éloignement pour tout ce qui aurait pu désobliger. Sa bibliothèque, très-considérable, n'était pas moins curieuse, en ce que presque tous les volumes étaient chargés de ses notes. J'en ai vu plusieurs exemples, parmi lesquels j'en citerai un seul : Voltaire, dans un pasage, parle des *badauds de Paris ;* la princesse avait écrit en marge : *Et où donc n'y en a-t-il pas? Voyez plutôt Berlin.*

Il semblait qu'il ne restât plus à la princesse d'autres jouissances que ce qui pouvait affliger les autres : quand elle avait du monde à souper, il fallait qu'il y eût dans sa société quelque victime immolée à la méchanceté commune. C'est ainsi qu'elle n'invitait pas madame du Troussel, l'une de ses plus anciennes connaissances, et celle qui se prêtait le plus volontiers aux espiégleries, sans avoir en même temps une veuve de Bonin, dame d'un excellent esprit, mais qui, par une faiblesse inconcevable, ne pouvait perdre une seule partie au jeu, que les larmes ne lui couvrissent les joues ; et toujours la princesse les faisait placer à la même table, et disait d'avance à la première : « Écoute, joue le mieux que tu pourras, pour faire perdre la « Bonin : fais-la bien pleurer, pour l'amour de moi. »

Lorsque la cour eut ordre de se sauver à Magdebourg, madame du Troussel, dont la mère était mourante, vint au château faire ses adieux à la reine et aux princesses : elle trouva la princesse Amélie dans sa plus grande parure, et couverte de tous ses diamants. Elle était radieuse de joie, et s'amusait de voir la cour pleine de chariots et de ballots que l'on jetait par les fenêtres pour plus de célérité. Dès qu'elle vit madame du Troussel, qui alors était encore madame de Kleist : « Comment, lui cria-t-elle, est-ce que tu ne te prépares pas à fuir « avec nous ? — Madame, je ne puis pas quitter Berlin : ma « mère est bien malade, et je ne l'abandonnerai pas. — Oh « bien ! ma chère, ces Russes qui vont venir brûleront tout ; « ils pilleront et saccageront la ville ! ils te..., ils te tueront. « Ce sont des barbares, des sauvages ! Ta mort ne sauvera pas « ta mère. — Ils me feront le mal qu'ils voudront me faire ; « mais la peur ne me fera pas manquer à des devoirs aussi « sacrés que ceux qui me retiennent ici. — Cela étant, ma « chère enfant, je ne te reverrai plus ; cela est très-sûr ; ainsi, « adieu, adieu. » Et ce fut ainsi qu'elle l'embrassa et la renvoya.

Une chose que tout le monde a bien remarquée, mais dont peu de personnes ont deviné la cause, c'est la constante et invariable amitié qui a toujours paru régner entre cette princesse et Frédéric.. Jamais ce frère, toujours si attentif à donner les plus grands témoignages d'attachement à toutes ses sœurs, n'est descendu pour aucune autre à d'aussi petits soins que pour celle-ci. Jamais il n'arrivait à Berlin qu'il n'envoyât d'abord un page chez elle pour savoir comment elle se portait : sa première visite était pour elle, ou plutôt il n'en faisait qu'à elle. Jamais il ne lui arrivait de traverser la ville, sans même avoir à s'y arrêter, qu'il ne vînt lui donner au moins un quart d'heure. Lorsqu'il avait des fruits nouveaux, ou quelque autre douceur semblable, il les partageait avec elle : on raconte à ce sujet qu'un page expédié de Postdam pour porter à cette princesse un certain nombre de cerises, en avait mangé une partie, ne devinant pas que Frédéric, aussi malin que les pages, aurait mandé à sa sœur de lui marquer combien elle en aurait reçu, et que le pauvre page, ainsi découvert, avait eu à garder de longs arrêts pour en faire la digestion.

Madame du Troussel, la femme du monde qui s'occupait le plus des diseurs de bonne aventure, m'a répété cent fois que cette princesse y donnait autant de soins qu'elle; que souvent elle faisait appeler en grand secret tous les sorciers et sorcières qui avaient quelque réputation; qu'elle-même, qui me racontait tous ces faits, lui en avait adressé plusieurs; qu'ayant le même goût, elle était devenue à cet égard sa confidente, sinon unique, du moins la plus intime et la plus secrète. Cette matière formait entre elles le sujet d'entretiens aussi longs que sérieux; et si même ce n'est pas d'après la princesse, c'est du moins d'après ses alentours les plus intimes, que madame du Troussel m'a positivement affirmé avoir su dans le temps, que, durant toute la guerre de Sept ans, et surtout aux époques les plus critiques, cette princesse avait souvent passé les jours à faire tirer les cartes pour le roi, sans néanmoins le nommer; et qu'elle en avait envoyé les résultats et les annonces à sa majesté; d'où l'on pouvait douter si le roi y avait ajouté foi ou non, et si la printesse recourait à ces sortes de divinations de son propre mouvement, ou par ordre de son frère.

Ces derniers faits sont assez graves pour examiner la liaison particulière du frère et de la sœur, le penchant de la princesse à recourir aux diseurs de bonne aventure, et la faiblesse, ou condescendance du roi sur ce dernier article.

1° La princesse, malheureuse à tant de titres et par rapport à tout ce qui lui était cher (1), sentait vivement que ce n'était que de son frère roi qu'elle pouvait attendre quelque adoucissement à ses maux : lui seul pouvait y mettre un terme ; et si l'on objecte qu'ils ne provenaient que de lui, je dirai qu'elle comprenait très-bien qu'il n'avait été sévère que par cette politique inflexible, qui pourtant ne détruit pas la tendresse fraternelle et la commisération la plus touchante. Toutes ces considérations devaient donc la jeter dans les bras du roi, et la déterminer à lui dire : « Me voilà avec tous mes malheurs ; ordonnez de votre « sœur : ce n'est que de vous qu'elle peut accepter des consola« tions, comme c'est par vous seul qu'elle peut être sauvée du « désespoir de se voir en butte aux propos ou au mépris des « autres. »

Dans cette supposition plus que vraisemblable, et qui s'accorde si parfaitement avec les faits, quelles ont dû être les dispositions du roi? N'a-t-il pas dû se dire : « Ma pauvre sœur, autre« fois si belle et si aimable, aujourd'hui défigurée et malheu« reuse, ne l'est que par moi ! montrons-lui combien je la « plains, combien je souffre de ses peines ! Que mon amitié la « console autant qu'il est possible des maux que je ne puis « adoucir ! Ma sœur d'ailleurs ne le mérite-t-elle pas? Qu'on en « juge par sa résignation au milieu de ses souffrances, et par « l'attachement qu'elle m'a voué. » Je ne pense pas qu'il soit possible de connaître Frédéric, et de le juger en cette circonstance autrement que je ne le juge!

(1) On trouvera plus loin l'explication de ce passage et de tous ceux qui ont rapport aux malheurs de cette princesse.

Bon THIÉBAULT.

2° Que la princesse Amélie ait pu faire appeler et écouter les vils charlatans qui nous parlent de l'avenir, je n'en suis pas étonné : c'est un piége où tombent ordinairement les personnes sensibles et souffrantes, auxquelles il ne reste plus d'espoir : la rectitude de l'esprit ne suffit plus pour les retenir ; elles seraient incrédules, qu'elles se laisseraient encore entraîner : ce n'est pas persuasion, c'est une illusion qui du moins berce momentanément notre âme et l'occupe d'images flatteuses ; on ne prend pas le rêve pour la réalité, mais ce rêve est agréable, et il suspend nos maux. L'âme dolente et accablée y trouve le moyen de se dérober de temps en temps à elle-même ; on respire pendant ces répits, et c'est beaucoup. J'ai vu des femmes, surtout de celles dont l'imagination était la plus active, qui jamais n'ont cru à ces absurdités, et qui y consacraient parfois des heures entières. Les personnes de cette trempe se font dire la bonne aventure dans les temps d'agitation, comme aux époques où leur sensibilité est plus calme elles font des châteaux en Espagne ; et elles ne croient pas plus à l'une qu'aux autres.

3° Mais la princesse Amélie était-elle autorisée par son frère à interroger le sort sur les destinées futures de ses États? Il est impossible d'aborder sérieusement une question aussi folle. Frédéric n'a eu à aucune époque, et sous aucun rapport, un instant de cette faiblesse d'esprit qui, chez un homme, serait une véritable imbécillité. Ce n'est pas sur d'aussi misérables appuis qu'il se fondait pour résister aux instances de sa famille, et pour deviner ou prévenir les desseins secrets de Daun et de Laudon. Cependant il est assez conforme à son caractère de supposer qu'il aura reçu les envois qu'aura pu lui faire une sœur qu'il avait résolu de traiter avec tant de ménagement, et qui elle-même feignait sans doute de ne pas croire, ou même ne croyait pas à ce qu'elle lui annonçait. Comme néanmoins une pareille condescendance aurait pu attirer à Frédéric de mauvaises plaisanteries, si elle eût été connue, on doit penser qu'il aura très-fortement recommandé la plus sévère discrétion à sa sœur ; et voilà comment si peu de personnes ont ouï parler, même en termes bien vagues, de cette correspondance singulière, qui, à mon avis, doit être pardonnée à la princesse, et ne peut que faire honneur au bon cœur du roi, sans qu'on puisse rien en conclure contre la supériorité et la fermeté de son esprit.

L'attachement si marqué que Frédéric et la princesse Amélie ont constamment eu l'un pour l'autre a produit ce mauvais effet, que la cour et la ville ont regardé l'une comme le premier espion de l'autre : les jugements critiques et sévères de celle-là ont encore fortifié cette présomption. Il en est arrivé que tout le monde à la fin redoutait singulièrement cette princesse. Le prince Henri lui-même en était venu jusqu'à parler fort mal de cette sœur, et cela hautement et dans toutes ses sociétés. Avait-il eu quelques sujets de s'en plaindre ? c'est ce que j'ignore. Mais il ne me l'a jamais nommée sans y joindre le nom de *fée malfaisante*, ou autre épithète semblable. Pour moi, je n'ai jamais rien pu découvrir qui justifiât les idées du prince et de la cour.

On n'aura pas de peine à concevoir que cette princesse, infirme comme elle l'était devenue, et redoutée de tout le monde d'après la réputation qu'elle avait, devait vivre très-retirée et presque sans société. On ne la voyait jamais à aucune cour : elle-même recevait fort peu de monde. Il est très-vraisemblable que sans le voyage de la reine douairière de Suède je n'aurais jamais eu l'honneur de l'approcher : encore à cette époque, et si j'en excepte sa visite à la duchesse de Brunswick, ne l'ai-je vue que chez elle : je ne pense pas que de mon temps elle soit allée chez aucun de ses frères. Sa cour était composée de madame de Maupertuis, sa grande gouvernante, bonne femme très-bornée ; de deux dames d'honneur, d'un cavalier ou chambellan et de deux pages : tel est le cercle d'où elle ne sortait presque jamais, car je ne pense pas qu'elle eût, pour l'ordinaire, plus d'une fois par mois quelques personnes à souper.

Ses revenus étaient d'ailleurs assez modiques ; ils se bornaient à un apanage peu considérable dans ce pays, et à l'abbaye de Quedlinbourg, qui pouvait monter à cent mille francs par an.

La partie de son histoire qui a été la moins connue, et sur laquelle le public a flotté entre des opinions plus diverses et moins admissibles, c'est la cause de ses infirmités. Heureusement constituée sans être bien grande, elle n'aurait pas dû avoir à les craindre, même dans un âge très-avancé, et elle en a été atteinte bien avant l'âge qui peut les faire craindre : encore ne les a-t-elle pas eues partiellement ; elle en a été spontanément accablée. Il n'est pas douteux qu'elle ne les ait cherchées : j'en donnerai pour preuve un fait qui est certain. A une époque où elle avait les yeux enflammés, M. Meckel, qui était son médecin, lui ordonna une composition liquide qu'il fallait faire chauffer, pour en faire parvenir la vapeur jusqu'aux yeux, mais en tenant ce liquide au moins à sept ou huit pouces de distance : il lui recommanda bien de ne pas l'approcher davantage ; et cependant, dès qu'elle eut cette composition, elle s'empressa de s'en frotter les yeux, ce qui produisit un si funeste effet, qu'elle courut le plus grand danger de devenir aveugle, et que depuis elle a toujours eu les yeux à moitié sortis de leurs orbites, et aussi hideux qu'ils avaient été beaux jusque-là. Frédéric, à qui on n'osa pas dire combien la princesse avait de part à cet accident, n'a jamais eu depuis qu'une aversion très-marquée et un vrai mépris pour M. Meckel, que la princesse fut obligée de quitter, et qui n'en était pas moins un des meilleurs médecins de Berlin et un des plus célèbres anatomistes de l'Europe.

Une autre infirmité plus étonnante encore, c'est que cette princesse perdit presque totalement la voix, aussi de sa faute, à ce que l'on a prétendu : il lui était difficile de parler, et très-pénible aux autres de l'entendre : sa voix n'était plus qu'un son rauque, sourd et sépulcral, semblable à celui que forme une personne qui fait effort pour dire, comme à voix basse, qu'elle étrangle.

Je ne parlerai pas de sa tête chancelante et se soutenant à peine, de ses jambes pour lesquelles son corps appauvri était un poids si lourd, de ses bras et de ses mains plus d'à moitié paralysés ; mais quels puissants motifs ont pu amener cette belle et aimable princesse à se faire elle-même un sort aussi triste ? quelle philosophie a pu lui donner assez de force pour le supporter et ne pas s'en plaindre ? quelle énergie tous ces faits ne prouvent-ils pas? Certes, la princesse Amélie offre aux observateurs un phénomène extraordinaire et bien digne de leur attention! Elle est morte, ou plutôt elle s'est éteinte peu de temps après Frédéric.

On peut donc donner ici les détails qui suivent sur les malheurs, les infirmités de la princesse et la mystérieuse aventure qui paraît en être la cause.

Les lettres du baron de Trenck ont été imprimées : toute l'Europe les a lues ; et quoiqu'il y ait des réticences, on peut dire néanmoins qu'il n'y a plus de secrets sur le fond de son histoire. Si je me permets de revenir sur ce sujet, c'est parce que je vois que Frédéric est calomnié dans la manière dont plusieurs faits y sont présentés ; et je pense que si jamais on ne doit trahir la vérité, même en faveur d'un grand homme, le public doit encore bien moins souffrir qu'on la trahisse pour nuire à la gloire de ceux qui ont le plus honoré l'humanité. Dans toute sa conduite envers le baron de Trenck, le roi a été aussi persévérant qu'il l'a pu à ne montrer qu'indulgence et bonté ; ce n'a été qu'à la dernière extrémité qu'il a eu recours à des moyens politiques et à des mesures de rigueur ; encore faut-il ajouter que les circonstances cruelles de la prison de cet homme, trop indiscret pour n'être pas très-coupable, n'ont été ni ordonnées par Frédéric ni connues de lui.

Dans le projet bien arrêté de traiter à fond ce sujet, et de démêler enfin l'histoire d'avec le roman, ou, si l'on veut, la vérité d'avec l'erreur, la passion ou la calomnie, un seul point peut me jeter dans une perplexité réelle : cette histoire est intimement liée à celle d'une dame dont la mémoire est très-respectable, et il est impossible de tracer l'une sans donner l'autre.

Dans cette conjoncture, ai-je dû me permettre de sacrifier, en quelque sorte, cette dame, pour venger Frédéric? Je prie le lecteur de me pardonner l'examen que je vais faire de cette question, qui tient d'une manière si délicate à la morale. La dame dont il s'agit ne vit plus; elle n'a aucun héritier direct. Quand les grands sont morts, ils appartiennent tout entiers à l'histoire, ainsi que me le disait le prince Henri le jour même où Mirabeau mit en vente sa *Correspondance secrète*. Ce que j'aurai à dire de la dame dont il s'agit est connu dans toute l'Europe depuis longtemps; de sorte que mon récit ne servira qu'à circonscrire la vérité dans ses justes limites, en écartant les fables qu'on se plaisait à y mêler. Au bout du compte, ce n'est pas de crimes qu'il s'agit ici; il n'est question que d'une faiblesse parfois honorable et même héroïque dans ses circonstances, ses causes, ou ses suites, et que la raison la plus sévère n'ose pas toujours condamner, lors même qu'elle en gémit le plus douloureusement. Enfin, on a toujours dit avec vérité deux choses aussi évidentes l'une que l'autre : savoir, que rien n'est plus précieux en bonne politique que la réputation d'une jeune princesse, mais que rien n'est plus indifférent ou insignifiant que la réputation d'une princesse qui n'est plus à marier. Dans le premier cas, la politique ne peut voir dans la réputation d'une princesse qu'une fleur délicate qu'il importe d'autant plus de ménager, qu'elle peut procurer des alliances infiniment avantageuses; dans le second cas, il n'y a plus rien à en espérer ou à en craindre; et c'est alors que les princesses sont réellement sans conséquence pour l'État. Toutes ces réflexions nous donnent la clef de la conduite de Frédéric envers le baron de Trenck, ainsi que je n'ai pas craint de le dire à ce baron lui-même, et qu'il en est convenu dans une assez longue conversation que j'ai eue avec lui à Paris, peu d'années avant que des monstres qui ne pouvaient s'assouvir de sang envoyassent à l'échafaud cette innocente victime avec tant d'autres.

Le baron de Trenck était écolier de philosophie à l'université de Kœnisberg, lorsqu'après la première guerre de Frédéric, le comte de Lottum, officier également aimable, vif et brave, y arriva. Ce comte eut occasion de voir Trenck, jeune homme chez qui les facultés physiques, intellectuelles et morales se développaient avec autant de rapidité que de force et d'énergie. Ses progrès étaient remarquables sous tous les rapports; la nature s'annonçait chez lui comme riche à tous égards : écolier distingué par sa facilité, son intelligence et son émulation, ayant une constitution forte, une croissance peu ordinaire, des traits mâles et réguliers, il était vif, ingénieux et brave. Il avait eu quelques duels, et, sous tous les rapports, commençait à devenir redoutable à ses émules : il n'est donc pas étonnant que M. de Lottum ait eu la pensée de l'engager à déserter l'école des Muses pour passer à celle de Mars, et que lui-même ait souscrit à ce projet avec le plus vif empressement. M. de Lottum, arrivé à Postdam, présenta Trenck au roi, après l'avoir annoncé comme un sujet capable de parvenir à tout. Frédéric, très-satisfait de la physionomie de ce jeune homme, voulut néanmoins le mettre à l'épreuve du côté des talents. « Tenez, lui « dit-il, voilà trois lettres que je viens de recevoir : mettez-vous « à cette table, et faites-y les réponses que vous croirez les « plus convenables. » Trenck prend les lettres, les lit, se place, et répond à l'une en allemand, à la seconde en français, et à la troisième en latin : le roi fut si content de ces projets de réponses, qu'il plaça Trenck comme sous-lieutenant dans ses gardes, et que, peu de temps après, il le fit lieutenant, et le prit pour aide-de-camp. Mais alors arriva la trop brillante et trop funeste aventure qui causa tous les malheurs de ce jeune officier, et qui exige de ma part quelques détails qui d'abord semblent lui être étrangers.

La cour et le sénat de Suède résolurent de demander une princesse de Prusse pour le prince royal, héritier de la couronne, et envoyèrent, en 1774, un seigneur de la cour à Berlin pour en faire la demande; mais on ne fut pas entièrement d'accord à Stockholm sur le choix de la princesse : car il y en avait encore deux à marier, la princesse Ulrique et la princesse Amélie. Je ne sais ce qui avait fait redouter la première, mais on craignait également la vivacité de son esprit et son caractère : ce qu'il y a de certain, c'est que l'on penchait beaucoup plus à choisir la princesse Amélie ; ce fut même celle que l'on indiqua spécialement à M. l'ambassadeur, lui recommandant néanmoins de ne se présenter d'abord que comme voyageur ; d'attendre avant d'annoncer son caractère ; de ne former aucune demande qu'il n'eût reçu de nouveaux ordres ; de mettre ce temps à profit pour bien étudier tout ce qui concernait ces princesses, et de rendre un compte détaillé et fidèle de ses observations. Ce ne fut donc que comme voyageur que M. le Suédois fut présenté à la cour ; mais le secret de sa mission ne fut bientôt, pour les courtisans, que le secret de la comédie. La princesse Amélie sut, ainsi que tout ce qui l'entourait, qu'elle était l'objet principal du voyage du Suédois : elle était jeune, et encore toute pénétrée des principes religieux dans lesquels son père l'avait fait élever. Son âme timorée fut effrayée de l'idée que, pour devenir reine de Suède, il faudrait changer de religion, et de calviniste se faire luthérienne. Dans les alarmes que cette perspective lui donnait, elle n'avait guère que sa sœur Ulrique à qui elle pût ouvrir son cœur. Tous les jours elle lui parlait de ses scrupules et de ses perplexités. « Faudra-t-il donc, « lui disait-elle, trahir ma religion et ma conscience ? changer « de croyance contre ma conviction, et me damner pour une « couronne périssable ? » Et en fondant en larmes, elle priait sa sœur de l'aider de ses conseils et de la guider.

Ulrique, qui n'avait ni les scrupules de sa sœur, ni son indifférence ou ses dédains pour une couronne, éprouvait un embarras proportionné à ce que la résolution d'Amélie avait d'important pour elle-même. Elle hésitait donc à se prononcer, et se bornait à lui répéter de se consulter, de bien savoir si décidément elle renonçait à cette abjuration, et par conséquent au trône de Suède, attendu qu'elle ne devait lui indiquer les moyens de faire manquer son mariage que dans le cas ou sa détermination serait absolue, ne fût-ce que pour prévenir les reproches que, par la suite, elle pourrait se croire en droit de lui faire. — *Ah! ma sœur,* s'écriait Amélie, *ne craignez rien, et dites-moi seulement ce qu'il faut faire!* — *Eh bien,* lui répondit Ulrique, cédant enfin aux sollicitations, aux instances, aux supplications de sa sœur, *voici un moyen qui me paraît aussi simple qu'infaillible : à dater de ce moment, ayez envers tout le monde, même hors de la cour et dans le particulier, mais surtout dans les assemblées, et en présence de l'ambassadeur suédois, principalement encore envers lui, de la hauteur, un dédain marqué, des caprices, le ton de la domination, et une volonté absolue. Si on veut répliquer, coupez la parole, et imposez silence; si on vous fait un compliment, qu'un air bien marqué de mépris soit votre réponse.* Amélie remercia sa sœur, et promit de suivre ce plan de conduite. Elle y fut, en effet, très-fidèle, et il en résulta une si grande métamorphose, que tout le monde en fut frappé, d'autant plus que jusque-là cette princesse avait été un vrai modèle de politesse, de douceur et de bonté. Le Suédois, qui observait tout, la suivit de l'œil, et la mit à l'épreuve durant plusieurs jours de suite : elle soutint parfaitement son rôle, ce qui fit un contraste frappant avec l'aménité, la sage retenue et la douce complaisance dont la princesse Ulrique ne se départit pas un instant. M. l'ambassadeur se crut enfin suffisamment instruit, et il écrivit à Stockholm qu'il ne concevait pas comment on avait pu donner des idées aussi fausses de ces deux princesses; qu'Amélie était hautaine, impérieuse et pleine de caprices; que certainement elle déplairait à toute la nation suédoise, tandis que sa sœur ne pourrait que gagner les cœurs par la réunion des qualités sociales les plus propres à plaire et à inspirer la confiance. On lui répondit que les choses étant telles qu'il le disait, il n'avait qu'à présenter ses lettres de créance, déployer son caractère, et demander la princesse Ulrique. Cette dépêche reçue fut suivie dans tous ses points : la cour et la princesse Ulrique acceptèrent, et le mariage fut déclaré et célébré peu de jours après.

L'acceptation d'Ulrique bouleversa toutes les idées d'Amélie : celle-ci se crut jouée par sa sœur, et vint l'accabler de reproches. Ulrique lui répondit avec calme : « Vous avez bientôt « oublié, chère sœur, tout ce qui s'est passé et dit entre nous. « Je ne vous ai pas plus trompée que je ne vous ai demandé la « confiance que vous avez eue en moi : c'est de vous-même « que vous êtes venue me communiquer vos scrupules, vos peines « et vos désirs ; je ne vous ai parlé que comme j'aurais voulu « qu'on me parlât si j'avais été dans la position et dans les senti- « ments que vous manifestiez. En un mot, je vous ai conseillée « selon votre conscience et pour votre propre satisfaction. Si je « n'ai point adopté pour moi les conseils que je vous ai donnés, « c'est que je n'étais ni dans les mêmes dispositions ni dans « les mêmes opinions. Ma conscience est moins timorée que « la vôtre : devenir luthérienne ne me cause aucune peine d'es- « prit, surtout lorsque c'est l'ordre public, et non mon incons- « tance, qui m'y détermine. Je ne crains point de me damner « en devenant reine de Suède. Si vous avez quelque regret à « ce qui s'est passé, si vous admettez des principes plus mo- « dérés, tranquillisez-vous : au lieu d'être reine de Suède, « vous serez reine de Danemarck, et l'un vaut l'autre. En « tout cas, vous ne devez ni ne pouvez m'en vouloir sous au- « cune espèce de rapport. »

Que pouvait répondre Amélie ? mais en même temps quel effet ce discours pouvait-il produire sur une personne humiliée, désespérée et furieuse ?

Telle était la disposition des esprits durant les cérémonies et les fêtes qui eurent lieu pour ce mariage ; fêtes et cérémonies qui nous ramènent au baron de Trenck. Dans un grand souper de cour, donné à cette occasion, les salles du château de Berlin avaient été ouvertes au public : la foule était très-grande ; on circulait avec peine. Or c'était Trenck qui en ce jour était officier de garde et chargé de la police dans toutes ces salles. Tandis qu'il passait de l'une à l'autre, et qu'il veillait au maintien de l'ordre autant qu'il le pouvait, on lui coupa et on lui enleva les franges d'or de son écharpe d'officier aux gardes. Bientôt ce petit accident fut connu, et le roi fit appeler Trenck pour le plaisanter. « Mon cher Trenck, lui dit-il, vous êtes « un homme admirable : semblable à l'œil de la Providence, « vous portez vos regards jusque sur les plus éloignés de vous, « et vous voyez tout ce qui s'y passe. Quant au lieu où vous « êtes, il suffit que vous y soyez, pour que tout y soit tran- « quille. Cependant il vous en coûte une écharpe ; mais c'est « un léger inconvénient en comparaison du bien que vous faites. « Vous êtes vraiment un sujet précieux pour la police ; et je m'en « souviendrai lorsque j'aurai à faire maintenir ou rétablir l'ordre « en quelque endroit que ce soit. »

Trenck était connu de nom à la cour, où l'on savait la faveur dont il joussait auprès du roi, mais on ne l'y connaissait pas encore de visage ; ainsi l'on peut concevoir avec quelle attention tout le monde l'examina en ce moment. On ne put remarquer en lui qu'une taille forte et plus qu'ordinaire, de belles proportions, un air martial, vif et spirituel, et le tout sous les plus belles couleurs de la jeunesse et de la santé. Je ne sais jusqu'à quel point une dame présente, et qui avait soif de vengeance et de consolation, s'en promit du secours ; mais quand on se leva de table, elle passa près de lui, et lui dit à l'oreille : « Soyez « chez moi à telle heure, je vous rendrai une écharpe ; » et Trenck alla recevoir cette écharpe, source fatale de tous les malheurs de sa vie. Dans les occasions semblables une première démarche en entraîne une infinité d'autres. Si la première est parfois libre, toutes celles qui suivent sont nécessaires ou insdispensables ; et dans ce cas-ci la première même ne laissa à Trenck aucune alternative. Par malheur encore tout se découvre, un peu plus tôt ou plus tard. Et quelles sont les ressources du mystère, quelles sont les précautions, quelles sont les travestissements qui peuvent faire échapper à la surveillance d'un roi actif et fortement intéressé à savoir ce qu'il veut découvrir? Cependant le secret fut inviolable pour tout le monde, jusqu'à la guerre de 1744, qui devint un intermède propre à reculer la catastrophe. Durant cette guerre Trenck fut toujours à côté du roi, non-seulement dans les marches et sous la tente, mais principalement sur le champ de bataille. L'activité, la bravoure, l'intelligence et le zèle de ce jeune officier ne se démentirent jamais, et de plus en plus il sut plaire au monarque. Malheureusement la paix se fit trop tôt, non selon ses désirs, mais pour le repos de ses jours et pour sa destinée future. De retour à Berlin, il se hâta de revoir la dame; et, quelque soin qu'il prît pour que ses visites fussent ignorées, Frédéric en fut instruit. Ce roi sut tout, et ne dut convenir de rien. La politique exigeait impérieusement qu'il se ménageât la faculté et le droit de répondre: *Cela n'est pas vrai*, à quiconque oserait en dire un mot. Il ne restait donc qu'un seul moyen de faire comprendre à Trenck que l'on était informé de sa conduite, et qu'il fallait la changer: ce moyen fut de le maltraiter jusqu'à ce qu'il devinât ce qu'on ne lui dirait pas. Ce plan demandait que la sévérité fût toujours plus grande et moins dépendante des circonstances, tant que le coupable n'en apercevrait pas ou ne voudrait pas en comprendre la cause et le motif. Ainsi, à chaque visite clandestine qu'il se permettait, ce malheureux jeune homme était mis aux arrêts, n'importe sous quel prétexte: on ne le regardait plus que d'un œil dur et menaçant; on ne lui parlait que pour le mortifier. Les arrêts, en se multipliant, étaient toujours assignés pour un plus long terme; et cependant Trenck ne se corrigeait pas: il feignait de ne pas deviner la véritable cause de sa disgrâce, et peut-être se faisait-il un mérite devant sa noble dame de tout ce qu'il souffrait pour elle.

Ces premières punitions ne produisant pas l'effet qu'on en avait espéré, on résolut d'essayer ce que produirait l'absence. Il y avait un mois que Trenck était aux arrêts pour la vingtième fois, lorsqu'on lui apporta l'ordre de partir à l'instant pour se rendre à Vienne, et y remplir une mission d'après les instructions qu'on lui remit. On comptait sur les lenteurs connues de la cour de Vienne, et l'on se trompa. Trenck eut un succès prompt et complet. Lorsque, arrivé à Potsdam, il eut rendu compte de sa mission à son souverain, qui ne l'avait reçu et écouté qu'avec une extrême froideur, il n'eut pour réponse et marque de satisfaction que ces mots : *Où étiez-vous quand vous êtes parti? — Sire, j'étais aux arrêts depuis un mois. — Eh bien, retournez où vous étiez.* Il y resta encore près d'un mois, et n'en sortit que pour reprendre ses allures chéries et se dédommager de tout ce qu'il avait souffert. Cette indocilité força le roi à recourir à de plus graves peines ; et comme il fallait un prétexte, on en choisit un qui fût bien faux et même absurde, afin de ne laisser aucun doute à Trenck sur la cause de ses malheurs. On l'accusa donc d'avoir livré à l'Autriche, dans son dernier voyage, les plans des forteresses prussiennes, sur quoi on le conduisit comme prisonnier d'État dans une forteresse de Silésie. La mère de cet incorrigible amant écrivit au roi une lettre où tout exprimait sa profonde douleur, mêlée des supplications les plus touchantes. Frédéric lui répondit que c'était bien malgré lui qu'il avait ainsi sévi contre ce fils beaucoup trop coupable ; que cependant tout n'était pas encore désespéré, et que si ce malheureux voulait enfin changer de conduite et redevenir ce qu'il aurait dû toujours être, il serait encore possible que sa fortune ne perdît rien à ses fautes passées : qu'en conséquence, si elle avait quelque pouvoir sur l'esprit et le cœur de son fils, elle l'employât à lui faire adopter d'autres principes que ceux qu'il avait suivis jusque-là. Par malheur la mère ne put faire passer assez tôt sa lettre à son fils ; par un autre malheur bien plus grand, Trenck avait trouvé dans sa forteresse un autre prisonnier d'Etat, nommé *Schelles*, qui le détermina à s'échapper. Ils sautèrent un soir du haut d'un rempart excessivement élevé. Schelles eut une jambe cassée. Trenck, qui n'eut que quelques contusions ou foulures, porta son camarade sur son dos jusqu'en Bohême. De là, ce dernier, rendu à lui-même, se livra à toute son imprudence. Il alla montrer à Vienne, où il resta quelque temps, et à Pétersbourg, où il alla ensuite, le portrait de la dame pour qui il se perdait. Ce portrait circula même entre les mains de tous les convives, à un grand dîner chez le chancelier de Russie. Toutes ces indiscrétions de Trenck et les propos qu'il y joignait achevèrent de le perdre dans l'esprit de Frédéric : il ne fut plus question de sauver la réputation de la dame ; mais à des intérêts si chers succédèrent la colère, l'indignation, le désir d'une juste vengeance, et bien plus encore, celui d'épouvanter ceux qui dans la suite seraient tentés de faire les mêmes fautes. Ce fut à la suite de tant d'extravagances, que Trenck étant venu à Dantzick, et ayant très-imprudemmemt accepté un dîner dans un faubourg qui touchait aux Etats de Frédéric, y fut enlevé par un détachement de hussards prussiens, et conduit à la forteresse de Magdebourg, où il est resté près de dix ans dans un cachot placé à quatre-vingts pieds sous terre.

Le roi, en envoyant Trenck à Magdebourg, avait seulement ordonné que l'on prît toutes les mesures nécessaires pour qu'il ne pût s'échapper. Il n'avait pas oublié le saut périlleux que Trenck avait fait en Silésie : il était convaincu que, fort industrieux et hardi comme il l'était, il fallait prendre plus de précautions avec lui qu'avec tout autre ; et c'est ce qu'il avait recommandé, en annonçant de plus au commandant de cette forteresse, que si ce prisonnier s'échappait, il le ferait punir d'une manière exemplaire. Or, le général chargé de l'exécution de cet ordre était du nombre de ceux qui, témoins de la faveur dont Trenck avait joui à Potsdam et à l'armée, en avaient conçu autant de jalousie que de haine. Aussi n'est-ce qu'à lui seul qu'il faut attribuer le raffinement de cruauté et de barbarie qui, dans la manière dont il fut traité, étonne les esprits et révolte les âmes sensibles. Lui-même m'a dit avoir très-bien su depuis que jamais le roi n'en avait conçu l'idée, même à l'époque où il l'avait fait arrêter, époque néanmoins où ce monarque était si fortement courroucé contre lui ; mais ses ennemis, si bien assurés qu'il n'était remis entre leurs mains que pour n'en plus sortir et être entièrement oublié, n'avaient mis aucune borne à leur odieux ressentiment.

Tout le monde sait ce que Trenck eut à souffrir durant les longues années qu'il passa dans son cachot. Il y aurait péri sans doute, s'il n'avait toujours conservé quelque espoir, et c'est peut-être le seul véritable service que lui ait rendu cette imagination exagérée et indomptable, qui a eu tant de part à ses fautes. Sans elle, comment aurait-il pu ne pas se regarder comme abandonné de tout le monde et proscrit sans retour, lui pour qui les années s'écoulaient sans qu'il lui vînt aucune nouvelle et aucune consolation de personne ? Quand j'arrivai à Berlin, on me parla bien, mais très-mystérieusement d'un prisonnier d'État caché sous les remparts de la forteresse de Magdebourg, mais on ne connaissait aucun détail de ce qui le concernait, ou du moins on n'osait en parler ; et tout le monde l'y croyait encore longtemps après qu'il en était sorti.

La délivrance de Trenck est certainement ce qu'il y a de plus curieux dans son histoire : c'est aussi ce qu'il y a de moins connu, car lui-même n'en parle dans ses mémoires qu'en termes vagues; il n'est peut-être entré qu'avec moi dans les détails que je vais rapporter.

La dame à laquelle il s'était dévoué ne l'avait jamais perdu de vue : elle était venue à son secours dans sa première prison, et même dans les pays étrangers ; et lorsqu'il mettait le comble à l'infortune de tous deux par ses impardonnables indiscrétions, ce n'était encore que des dons de cette dame qu'il vivait : mais dès qu'il fut en quelque sorte enterré dans la forteresse de Magdebourg, il ne resta plus au zèle le plus actif et le plus industrieux aucune sorte d'approche ou de ressource. La dame ne put qu'en occuper ses pensées et gémir doublement des maux dont elle savait être la première cause, et qu'elle ne pouvait plus soulager. C'est à cet état déchirant qu'il faut attribuer les infirmités précoces et extraordinaires dont elle fut assaillie : elle perdit en peu d'années tous ses attraits; elle perdit la voix ; ses beaux yeux se contournèrent, et peu s'en fallut qu'elle ne devînt aveugle ; elle ne conserva presque plus l'usage de ses bras et de ses mains. Ce ne fut plus qu'à l'aide de la main gauche qu'elle pouvait soulever à moitié et lentement le bras droit, et ce faible secours de la main gauche était très-pénible. La faiblesse de ses jambes devint extrême ; jamais le chagrin et le désespoir ne produisirent de plus funestes effets chez ceux qu'ils ne font pas mourir ; et l'on peut légitimement présumer que si elle n'en est pas morte, c'est qu'elle a toujours conservé le désir et quelque espérance de pouvoir encore être utile à celui pour qui elle souffrait, comme lui-même de son côté souffrait pour elle.

Ce qu'il y a de singulier, et ce qui prouve combien était épais le voile dont on avait cherché à couvrir toute cette histoire, c'est que le public, témoin des maux physiques dont cette dame était assaillie, n'en devinait pas la source. On allait, pour les expliquer, jusqu'à les attribuer à ses propres caprices. « Elle n'est telle « que vous la voyez, m'a-t-on dit cent fois, que parce qu'elle a « voulu se défigurer. Son originalité est si extraordinaire, qu'elle « a employé tout de travers les remèdes qu'on lui conseillait « pour la guérir, et qu'elle le faisait exprès pour se rendre hi« deuse et impotente, au risque même d'en mourir. » On l'accusait d'originalité parce qu'elle avait en effet beaucoup d'esprit. Il faut avouer, d'ailleurs, que son caractère avait été entièrement changé, à la suite et par la continuité de ses chagrins. Rien n'était plus doux, plus aimable, et plus ingénu qu'elle dans sa première jeunesse, me disait-on de toutes parts ; et elle était devenue sévère jusqu'à ne plus connaître l'indulgence. Elle présumait le mal, jamais le bien; et ces défauts étaient d'autant plus sensibles chez elle, que l'épigramme lui était plus facile. De tous les goûts de sa jeunesse, elle n'avait conservé que celui de la lecture, encore n'a-t-elle plus voulu lire que des ouvrages sérieux et philosophiques; elle a entièrement abandonné tout ce qui tient à l'agrément et surtout la musique, celui de tous les arts qu'elle avait le plus cultivé, et dans lequel elle avait excellé : exemple effrayant de ce que peut sur nous une passion forte et constamment traversée!

D'après ce qui précède, on ne sera point surpris de tout ce qu'elle a fait pour délivrer le baron de Trenck, et l'on éprouvera sans doute quelque consolation à voir comment elle y a enfin réussi. Les informations qu'un si puissant intérêt lui avait fait prendre pendant la guerre de Sept ans, et surtout depuis qu'elle s'était convaincue que ce ne serait qu'à la paix, et par l'intercession directe de l'impératrice Marie-Thérèse, qu'il lui serait possible de parvenir à son but; ces informations, dis-je, lui avaient fait découvrir, à Vienne, un homme précieux en pareil cas, homme nul et néanmoins fort loin d'être sans crédit; attaché au service de Marie-Thérèse depuis longtemps, mais inconnu, parce qu'il avait parfaitement l'air de ne se mêler de rien, qu'il parlait peu et ne fréquentait personne. C'était une sorte de bourru, tant par sa physionomie et son éducation, que par le ton de sa voix et ses mœurs, faisant son devoir avec une exactitude pour ainsi dire machinale. Cet homme, Savoyard de nation, était frotteur dans les appartements de l'impératrice-reine. Tous les jours, à six heures du matin, il entrait sans bruit chez sa majesté, faisait du feu, donnait le demi-jour, rangeait les meubles, et se retirait sans bruit. Il n'y avait en tout cela, de sa part, aucun signe d'indiscrétion, aucune précipitation ou lenteur; c'était une pièce à rouages, qui avait toujours le même mouvement et le même jeu. On conçoit que l'impératrice, accoutumée à le voir, avait quelquefois, soit par bonté et par confiance, soit pour s'éveiller plus complétement, ou par quelque autre motif, la fantaisie de lui dire quelques mots ou de lui faire quelques questions: en ce cas, cet homme répondait laconiquement, du ton de l'insouciance, quelquefois assez brusquement, mais toujours avec sens, et parfois avec sagacité. Au reste, il n'interrompait pas son ouvrage, et n'en différait pas son départ d'une minute quand sa besogne était faite. Certainement il était impossible de se méfier de lui. Il y avait trente ans qu'il était au même poste, et se conduisait de la même manière. Combien de fois n'avait-il pas été mis à l'épreuve, même sans le vouloir et par la nature des circonstances! Or, jamais il n'avait été pris en défaut, jamais on n'avait eu à lui reprocher ni curiosité, ni intrigue; et voilà ce qui lui assurait une sorte de crédit sur l'esprit de l'impératrice.

Dès que la dame qui s'intéressait si essentiellement au sort de Trenck sut que l'on travaillait à la paix, elle fit agir un émissaire qu'elle avait à Vienne, c'est-à-dire que cet émissaire vint trouver le frotteur en grand secret, et lui dit: « Je suis chargé « de vous proposer une bonne œuvre, qui ne peut vous compromettre, et dont on ne parlera à aucune autre personne au « monde qu'à vous. Votre récompense, si vous réussissez, sera « telle somme. » (Trenck m'a assuré que cette somme avait été portée à dix mille ducats.) « Si vous voulez bien vous y employer, je vais vous remettre à l'instant, sur cette somme, « deux mille ducats qui vous dédommageront de vos peines « si vous ne réussissez pas. Si, au contraire, le succès est tel « qu'on peut l'attendre de votre zèle, le surplus de la somme « vous sera remis sans délai : ce surplus est dans mes mains; « et si vous ne nous refusez pas vos bons offices, prenez ce « mémoire et lisez-le bien attentivement : il vous mettra au « fait, vous y verrez de quoi il s'agit, et vous y trouverez tout « ce qu'il faut pour répondre aux objections qu'on pourrait vous « faire. » Le frotteur, après avoir parcouru le mémoire, le garda, accepta l'argent, et promit tous ses soins pour l'objet dont il s'agissait, à condition qu'on ne reviendrait plus le voir, qu'on ne parlerait de cette affaire ni de lui à personne, et que l'on prendrait patience ; « car, ajouta-t-il, j'attendrai moi-même « l'occasion ; je ne la ferai point naître, et je me bornerai à « la saisir lorsqu'on me l'offrira et qu'elle me paraîtra belle. »

Rien n'est plus singulier que la manière dont cet homme conduisit cette négociation ; rien n'est même plus difficile à rendre par écrit : qu'on se représente une conversation de peu de minutes, divisée en parties, souvent monosyllabiques, et ainsi éparpillée sur six jours de suite. Pour en donner une idée juste et vraie, je vais prendre la forme du dialogue, et suivre les jours où il a été question de cette affaire ; c'est le seul moyen de faire comprendre comment cet homme, toujours fidèle à son plan de conduite, a su filer sa négociation, en irritant toujours plus la curiosité de sa souveraine, et même en y intéressant son amour-propre : on y verra jusqu'à quel point les maîtres du monde sont quelquefois ramenés, dans l'intérieur de leurs palais, au rôle de simples particuliers. Trenck avait su comment son élargissement avait été préparé, négocié et amené ; il l'avait su longtemps après sa délivrance, et enfin par sa noble dame elle-même ; il avait successivement appris tout ce qui concernait le médiateur, ses mœurs, son ton, et toutes ses allures ; il avait su comment cette négociation avait duré six jours de suite, et comment cette affaire si délicate n'était venue qu'après des discussions vagues et générales, aussi adroites au fond que brusques dans la forme. Or, tout ce que Trenck avait su à cet égard, il me l'a dit à Paris. C'est donc, je le répète, d'après lui, et autant que je le puis avec ses expressions, que je rédige les entretiens qui suivent, et que je les présente, non comme une copie ou traduction exacte des mots, mais comme une image fidèle de ce qui a été dit en cette occasion vraiment curieuse.

PREMIER JOUR.

L'Impératrice. « Hé bien, N. (J'ai oublié le nom de cet « homme), que dit-on de la paix que j'ai faite avec le roi de « Prusse ? »

Le Frotteur. « Que voulez-vous qu'on en dise, madame? « d'ailleurs est-ce que je me mêle de ces choses-là, moi? »

L'Impératrice. « N'es-tu donc pas bien aise de ce qu'enfin « j'ai la paix? »

Le Frotteur. « J'en suis bien aise, si cela vous fait plaisir. »

L'Impératrice. « Comment peux-tu croire que cela ne me « fasse pas plaisir? »

Le Frotteur. « Sais-je, moi, ce qui fait plaisir aux grands? « S'il s'agissait de moi, je le saurais; mais les grands, c'est tout « autre chose! Qui peut les deviner!... »

DEUXIÈME JOUR.

L'Impératrice. « Tu m'as dit hier que tu ne savais pas si « j'étais bien aise d'avoir la paix. Tu penses donc que je n'aime « pas mes sujets? »

Le Frotteur. « Oh! pardonnez-moi, madame; je sais que « vous êtes la meilleure aussi bien que la plus grande souve- « raine du monde! Vous êtes notre mère à tous : mais.... »

L'Impératrice. « Que veut dire ce *mais?* »

Le Frotteur. « Les plus grands princes font-ils toujours ce « qu'ils veulent et comme ils veulent? Ne font-ils pas quelque- « fois ce qu'ils ne voudraient pas? et est-ce à nous autres, pau- « vres gens du peuple, à juger de ces choses-là? Qu'on me « parle des intentions de votre majesté impériale, oh! j'en ré- « ponds sur ma tête! mais si elle fait la paix, si elle fait la « guerre, est-ce que je sais pourquoi? sais-je même si c'est ce « qu'elle voudrait faire? Je ne sais rien de tout cela; je fais « donc des vœux pour votre majesté, et je dois me taire sur « tout le reste. »

L'Impératrice. « A la bonne heure : cependant quand il s'agit « de la paix, tu ne peux pas douter que je n'en sois très-aise, « au moins à cause de mes sujets. »

Le Frotteur. « Vous voulez certainement que vos sujets

« soient heureux ; et pourtant le sont-ils toujours ? cela dé-
« pend-il toujours de vous ? et quand cela en dépendrait.... »

TROISIÈME JOUR.

L'Impératrice. « Tu as paru me faire hier des compliments, « et tu m'as fait des reproches. »

Le Frotteur. « Je vois bien que votre majesté n'a daigné en- « tendre que la moitié de ce que j'ai dit. »

L'Impératrice. « Que signifie donc ton dernier mot, *et* « *quand cela en dépendrait?* »

Le Frotteur. « Bien des choses. »

L'Impératrice. « Eh bien, voyons. »

Le Frotteur. « A quoi cela servirait-il ? Les choses en iraient- « elles autrement qu'elles ne vont ? »

L'Impératrice. « Mais je veux que tu me dises ce que cela si- « gnifie. »

Le Frotteur. « Mille considérations ou ménagements politi- « ques ne détournent-ils pas le souverain qui veut le plus le bien « de ses sujets ? et les affaires particulières ? et les intérêts de « tant de parents ? et les distractions ? »

QUATRIÈME JOUR.

L'Impératrice. « Tu prétends que je ne fais pas le bien de « mes sujets, même quand je le peux, et que je le veux ? expli- « que-moi cela. »

Le Frotteur. « Dans les choses où le bien de vos sujets est lié « avec vos grands intérêts vous faites toujours le mieux que vous « pouvez : ce sont là des affaires trop importantes pour qu'on « puisse vous en distraire et vous les faire oublier. Mais dans « les cas particuliers, ou vous n'êtes pour rien ? »

L'Impératrice. « Ainsi, selon toi, les intérêts particuliers « de mes sujets me sont indifférents ?

Le Frotteur. « Indifférents ? Il s'en manque bien, puisque

« je dis que vous avez le désir de les assurer. Mais désirer et
« faire sont deux. »

L'Impératrice. « Et qui peut m'empêcher de faire ce que je
« désire, ce que je veux? »

Le Frotteur. « Le grand nombre des autres occupations qui
« viennent vous distaire, le besoin de repos, et puis les consi-
« dérations politiques. »

L'Impératrice. « Tu en reviens toujours à tes considérations
« politiques et à tes distractions ! Mais quelles sont donc les con-
« sidérations sur lesquelles tu pèses si fortement? »

Le Frotteur. « Eh! madame, combien les égards pour les
« corps de l'État et les ménagements pour les autres puis-
« sances ne peuvent-ils pas vous détourner de faire mille bonnes
« choses? »

L'Impératrice. « Et les distractions que tu imagines, quelles
« sont-elles? »

Le Frotteur. « Oh! vraiment, ceci est bien pire encore! Que
« de félicitations auxquelles il faut répondre par de gracieux
« compliments qui ne signifient rien! Que de députations im-
« posantes qui attendent toutes de beaux discours, où l'on ne
« s'engage à rien! Et les réjouissances publiques, les spectacles,
« les fêtes où il faut aller se montrer et perdre son temps,
« saluer à droite et à gauche, et mourir d'ennui! Certes, ma-
« dame, je vous plains de tout mon cœur! mais les pauvres
« particuliers, dont vous pourriez assurer le bonheur à l'oc-
« casion de la paix, que deviendront-ils au milieu de ce tour-
« billon? Ils seront oubliés; et on manquera l'occasion de les
« servir! »

CINQUIÈME JOUR.

L'impératrice. « Tu m'as parlé hier des bonnes œuvres que
« je pourrais faire à l'occasion de la paix : si tu en connais quel-
« ques-unes, indique-les. »

Le Frotteur. « Comment pourrais-je les connaître ? Je ne
« peux qu'entrevoir les choses en gros : les détails ne viennent
« pas jusqu'à moi, et ne me regardent pas : c'est l'affaire de
« votre majesté impériale ou de ses ministres.

L'Impératrice. « Ainsi, tu parles à tort et à travers : tu ne
« sais ce que tu dis. »

Le Frotteur. « Oh ! que si, je le sais bien. N'ai-je donc pas
« assez vécu pour savoir tout le bien que vous pourriez faire,
« surtout dans un moment comme celui-ci ? Ne sais-je pas que
« des milliers d'hommes ont toujours de justes sujets de récla-
« mations ? Puis-je ignorer que, sans parler de ce qui ne dépend
« que de vous, il n'est point de souverain qui ne s'empresserait
« à vous accorder ce que vous seriez fondée à lui demander ?
« Mais votre majesté veut que je lui indique des détails que je
« ne dois point savoir, et que ses ministres et elle-même ne
« peuvent ignorer ! c'est m'ordonner de porter de l'eau à la ri-
« vière. «

L'Impératrice. « Tu t'en défends en vain, si tu ne parles pas
« en l'air, tu peux m'indiquer quelque bonne œuvre que je
« puisse faire ; et si tu en connais quelqu'une, je t'ordonne de
« me la dire. »

Le Frotteur. « Madame, où voulez-vous que je prenne ce
« que vous exigez de moi ? Cependant vous pouvez certaine-
« ment faire en ce moment mille bonnes œuvres. Rien ne pour-
« rait m'ôter cela de la tête, comme rien ne pourait m'ôter de
« la tête que vous avez bien le désir de les faire, et que cepen-
« dant vous ne les ferez pas ; comme, sans doute, vos minis-
« tres ne vous les indiqueront pas, quoiqu'ils puissent vous les
« indiquer. Cette pensée est cruelle pour tous vos serviteurs et
« admirateurs, mais elle est vraie. »

SIXIÈME JOUR.

L Impératrice. « Écoute-moi, N. : tu me renvoies à mes
« ministres pour être instruite des bonnes œuvres que je pour-

« rais faire à l'occasion de la paix ? Tu es bien sûr qu'ils con-
« naissent mes intentions à ce sujet ; je les leur rapelle sou-
« vent : mais toi, ne peux-tu pas au moins m'indiquer par quel-
« ques exemples le bien que tu penses que je pourrais faire ?

Le Frotteur. » En vérité, madame, cela me serait très-dif-
« ficile. Je n'ai jamais su que ce que tout le monde savait : les
« choses qui, par hasard, sont parvenues jusqu'à moi m'ont
« été moins développées qu'aux autres ; je m'y suis moins ar-
« rêté. Si je voulais citer quelque exemple à votre majesté, je
« ne pourrais parler que de vieilles histoires, que peut-être je
« saurais fort mal : encore faudrait-il chercher dans ma tête :
« et Dieu sait ce que j'y trouverais ! »

L'Impératrice. « Eh bien, cherche, et dis-moi ce que tu y
« trouves. »

Le Frotteur. « Mais, madame, si de bonne foi je dis des
« sottises que je croirai bien raisonnables, comment votre ma-
« jesté les prendra-t-elle ? Daignerez-vous songer que je ne fais
« qu'obéir, et me le pardonnerez-vous ? »

L'Impératrice. « Sois tranquille : je rendrai toujours justice
« à tes bonnes intentions. »

Le Frotteur. « Il me revient bien une grande histoire ; mais
« elle tient peut-être à la politique. »

L'Impératrice. « Dis toujours, et ne crains rien. »

Le Frotteur. « Eh bien, madame, je vais vous obéir !.....
« Vous avez en Hongrie une famille dont le nom est *Trenck* :
« il y a eu dans cette famille un homme qui vous a rendu les
« plus grands services, surtout dans vos guerres contre la France.
« Avec les quatre mille Houlans ou Pandours qu'il avait levés
« dans son pays, il a fait trembler les Français, depuis le Rhin
« jusqu'à Paris. Quelle a été sa récompense ? Le voici : on est
« parvenu à vous persuader qu'il était impie, traître ou fou,
« peut-être tous les trois ensemble. Vous l'avez fait renfermer
« dans une de vos forteresses : de là il n'a pu se faire entendre,
« et il y est mort dans la plus grande misère. Après sa mort,

« qu'a t-on fait pour lui? Rieu. On n'a point réhabilité sa mé-
« moire : sa famille n'a reçu aucune sorte de consolation, on l'a
« totalement oubliée. Il y a une branche de cette famille qui
« s'est établie en Prusse : un cousin de ce malheureux Trenck,
« aussi malheureux que lui, gémit depuis je ne sais combien
« d'années dans les cachots prussiens. De quoi est-il coupable?
« De rien! aussi innocent que son cousin, on l'a accusé d'avoir
« livré à votre majesté les plans des forteresses de ce roi avec
« qui vous venez de faire la paix. Or, madame, vous savez bien
« que cela n'est pas vrai; car on dit partout qu'il ne vous a rien
« livré. Vous savez donc qu'il n'est pas coupable? et cependant
« vous servez de prétexte à tous ses malheurs! C'est pour vous
« qu'il périt au fond des prisons les plus affreuses! Devez-vous
« le souffrir? et, à la faveur de la paix ne pouvez-vous pas écrire
« au roi de Prusse que cet homme est innocent du crime dont
« on l'a accusé; que vous répondez de son innocence à cet égard,
« sur votre parole impériale; que vous souffrez infiniment de
« penser que vous êtes le prétexte de tous ses maux; et que
« vous espérez que, d'après la bonne amitié que la paix a ré-
« tablie entre sa majesté prussienne et vous, elle ne vous refu-
« sera pas de faire justice à cet infortuné, et de vous procurer
« à vous-même la consolation que vous en recevrez?.... Ma-
« dame, le roi de Prusse pourra-t-il vous refuser en une occa-
« sion semblable? Et quelle marque de protection pouvez-vous
« donner à cette famille, qui lui soit plus précieuse? Vous aurez
« les bénédictions des braves gens; et combien votre cœur n'en
« sera-t-il pas soulagé?..... Voilà, madame, l'exemple qui m'est
« revenu à l'esprit. »

L'Impératrice. « Cela est bon, N : j'y penserai, et je verrai
« ce que je puis y faire. »

Le frotteur se retira, et reçut peu après le reste de la somme qui lui avait été promise; car l'impératrice avait écrit, et Frédéric avait envoyé l'ordre à Magdebourg de retirer Trenck de son cachot, de lui donner des habits bourgeois et quelque argent, et de lui notifier l'ordre de sortir des États prussiens dans les vingt-quatre heures, avec défense d'aller dans aucune résidence de cour souveraine, et surtout avec très-forte injonction de se taire. Trenck promit en cette circonstance tout ce qu'on lui demanda, et partit sans avoir vu personne. Il passa successivement en différentes petites villes de l'Allemagne, et enfin il vint à Aix-la-Chapelle, où il se fixa. Il y fit bientôt la connaissance d'un baron qui était le bourgmestre de cette ville, et qui avait plusieurs demoiselles. Trenck devint amoureux de la plus jeune, qui avait environ dix-huit ans, demoiselle très-belle et très-aimable. Il la demanda en mariage, et l'obtint. Mais comme par sa vivacité et sa gaieté elle avait donné lieu à quelques propos, son mari ne put résister à son originalité, et dès le soir même de ses noces il en suivit les inspirations d'une manière qui aura sans doute peu d'approbateurs. Lorsque tout le monde se fut retiré, il ferma sa chambre à clef, prit un pistolet, et dit à la belle épousée : « Madame, je sais « qu'on a tenu des propos sur votre compte : il est juste que je « sois instruit de la vérité. Ainsi choisissez entre une confession « générale, ou la mort » La pauvre dame épouvantée, interdite et tremblante, eut beau gémir, pleurer, se jeter à ses genoux, demander grâce et la vie, il fut inexorable et inflexible : elle n'en obtint jamais que ces mots : *Confession générale, mais sans omission, sans réticence, ou la mort!* Il fallut enfin qu'elle en vînt à cette confession, dans laquelle la crainte lui en fit peut-être dire plus qu'il n'y en avait. Quand elle eut tout dit, Trenck, déposant son pistolet, lui répondit : « Ma- « dame, vous ne me connaissiez pas ; m'eussiez-vous connu, « vous ne m'aviez rien promis ; vous ne me deviez rien. Aussi « ne balancerai-je pas à vous déclarer que je n'ai aucun reproche « à vous faire, et que jamais je ne vous en ferai aucun sur le « passé. Je n'ai voulu en ce moment que savoir si vous étiez « capable de dire la vérité : vous me l'avez dite ; je puis donc « toujours l'attendre de vous : voilà l'assurance dont j'avais

« besoin. Maintenant c'est dans toute l'effusion de mon cœur « que je vous promets amitié tendre et parfaite, amour constant, et confiance entière. Agréez ces promesses, je vous en « conjure, et soyons véritablement amis. » La dame accepta le marché, et il paraît qu'ils ont fort bien vécu ensemble : au moins ont-ils eu sept ou huit enfants.

Après la mort de Frédéric, Trenck écrivit au nouveau roi, et en obtint la permision de reparaître en Prusse, et d'y recueillir les débris de son patrimoine. Arrivé à Berlin, on pense bien qu'il n'eut rien de plus pressé que d'aller voir la dame qui avait décidé de son sort. Hélas! qui pourrait peindre cette entrevue? Elle fut de plusieurs heures, et tout ce temps fut consacré aux larmes. Le passé, le présent, l'avenir, que de cruels souvenirs, que de sentiments déchirants! que d'embarras et de peines, et quelle perspective! Un homme blanchi par l'âge, voûté par les soixante livres de fers dont il avait été chargé durant dix années consécutives, défiguré en partie par le chagrin : était-ce là cet homme superbe, dont on avait toujours conservé une si fidèle image? Mais, d'un autre côté, dans cette dame également vieillie, et par les mêmes causes à peu prés, sous cette tête chauve qui avait peine à se soutenir, sur ce visage défiguré et terreux, à travers ces rides entassées et creuses, dans ces yeux déplacés, ternes et presque hagards, dans tout ce corps qui n'avait plus ni forme, ni soutien, dans ces bras décharnés et sans ressort dans ces mains contrefaites, où les doigts tout contournés n'avaient presque plus de tact ni de mouvements libres, comment retrouver celle qu'on avait tant aimée? comment y reconnaître la fleur de la jeunesse, les traits les plus réguliers, le teint le plus brillant, les grâces les plus séduisantes, les appas de la beauté la plus accomplie, et tous les charmes de la plus agréable physionomie? Et dans ce ton morose et chagrin, dans cette raison sévère, froide et sèche, dans ces propos de méfiance désespérante, dans cette manière dure et presque cruelle de juger les personnes et les choses, où retrouver les saillies de l'esprit et de l'imagination la plus riche et la plus vive! où retrouver la pétulance de la gaieté et du plaisir, l'aménité du caractère, la jouissance du présent, et l'illusion ravissante de l'avenir le plus brillant? Ah! tout est mort, ils ne trouvent plus l'un et l'autre que des cadavres! Quels efforts n'eurent-ils pas à faire tous deux pour ne pas succomber à tant de douleurs! Eh bien la dame mourante eut en ce moment plus de courage que Trenck; elle prit assez sur elle pour faire diversion à leurs peines présentes, et pour chercher à mettre leur entrevue à profit : elle voulut savoir tous les détails de la situation de Trenck, quelles étaient ses ressources et ses espérances, combien il avait d'enfants, quel était leur âge, comment ils avaient été ou étaient élevés : elle assura qu'elle ferait pour eux tout ce qu'elle pourrait : elle promit de prendre sous peu de mois la demoiselle aînée chez elle, à titre de compagne et d'amie; et ce fut ainsi qu'ils se séparèrent, pour ne plus se revoir.

Trenck partit au sortir de chez elle : il alla en Prusse, où il ne trouva qu'un modique héritage, qui avait presque entièrement disparu dans les mains de ceux qui l'avaient géré durant un séquestre de plus de trente années, et quand il revint à Berlin, la dame que leur dernière entrevue avait achevé d'épuiser, et qui depuis n'avait fait que s'affaiblir de jour en jour, avait enfin terminé sa triste et orageuse existence. Trenck, n'ayant plus dans sa patrie ni parents, ni amis, ni ressources, conçut le projet de venir en France, pour y publier ses Mémoires. Le cri de la liberté retentissait d'ailleurs à ses oreilles : victime des préjugés et d'un implacable despotisme, il se flatta que les Français l'accueilleraient avec quelque empressement. Il vint à Paris, n'y fit aucune sensation, et y vécut dans une véritable pénurie. Mais les tigres qui formaient la crête de la montagne, et à qui il ne fallait que de vains prétextes pour s'élancer sur tout ce qui pouvait alimenter leur férocité, supposèrent qu'il était un émissaire secret, et ils l'envoyèrent à la guillotine. En allant au supplice, il disait à la foule plus badaude encore qu'atroce, qui entourait et suivait sa charrette : « Eh bien, eh bien, « de quoi vous émerveillez-vous ? Ceci n'est qu'une comédie à la « Robespierre ! » Ce fut ainsi, avec le calme du courage et la tranquillité d'une âme forte, innocente et détachée de la vie, que cette victime d'une destinée atroce alla à la mort.

CHAPITRE X.

La duchesse de Brunswick et ses enfants.

Il y avait peu de temps que j'étais à Berlin, lorsque, me promenant avec M. Toussaint, mon collègue, je vis deux jeunes cavaliers en uniforme et ayant le cordon jaune venir à nous au petit galop, s'arrêter en nous saluant, causer pendant une minute ou deux avec M. Toussaint, qui, m'ayant précédé de cinq mois dans ce pays, en était déjà connu, et enfin nous quitter d'une manière extrêmement polie, après m'avoir beaucoup considéré : c'étaient les princes Frédéric-Auguste et Guillaume de Brunswick, neveux du roi par leur mère, et neveux de la reine par leur père, tous deux généraux et chefs, l'un d'un régiment de la garde de Berlin, et l'autre d'un régiment placé à Francfort-sur-l'Oder. Bientôt après nous fûmes invités à dîner chez l'aîné, où le cadet avait alors un appartement. Il me parut que ces deux princes s'étaient arrangés entre eux pour partager leur confiance entre mon collègue et moi; car je sus que l'aîné (le prince Frédéric) consultait M. Toussaint sur ses compositions, objet dont il ne me parla pas; et d'un autre côté, le frère cadet (le prince Guillaume) ne me quitta presque pas de toute la séance, et ne s'entretint avec moi que de littérature.

Il avait environ dix-neuf ans quand le roi lui donna un régiment et l'appela auprès de lui. L'oncle, attentif à tout, fut bientôt assuré que son jeune neveu avait tout ce qu'il fallait pour devenir un homme d'un ordre supérieur; et ce fut en conséquence de cette certitude qu'il s'attacha plus particulièrement à lui, et qu'il désira d'en être en quelque sorte l'ami et le confident, tant pour le surveiller de plus près, que pour le diriger plus sûrement dans la route qu'il convenait de lui faire suivre. « Mon cher neveu, lui dit-il un jour, il me prend une fantaisie « à laquelle vous ne vous attendez guère · je voudrais que vous « me prissiez pour votre ami et votre confident. Consultez- « vous, et dites-moi si vous auriez bien le courage de préférer, « à ce double titre, un vieux oncle aux autres hommes. » Le prince ne répondit que par des protestations de reconnaissance, de joie et de dévouement. « Eh bien, lui dit le roi, vous acceptez « donc ma proposition? en ce cas, mon ami, je vais vous mettre « tout de suite à l'épreuve; car à mon âge on n'a pas de temps « à perdre. Comme il faut connaître à fond ses amis, je com- « mence par vous demander quelles sont vos passions favori- « tes. — Jusqu'à présent, sire, je n'en connais que trois. Je « ne parle point de celle qui a les femmes pour objet; je suis « d'une constitution trop faible pour imaginer que je doive en « être fort occupé; cette passion ne me semble donc pas pou- « voir jamais en être une pour moi. — Et quelles sont celles « qui vous occupent? — Sire, la chose la moins importante « que j'ambitionne, et que j'ambitionne néanmoins vivement, « c'est de me rendre très-habile joueur d'échecs. — Oh! pour « cet article, mon ami, je ne puis vous être d'aucune utilité, vu « que je ne joue aucun jeu, et que je ne connais pas même ce- « lui-là. — Je voudrais en second lieu, sire, et ceci est bien la « plus sérieuse et la plus belle de mes passions, je voudrais de- « venir un grand capitaine. — Ici, mon cher, je puis bien vous « être de quelque utilité, mais il faut du temps, il faut de lon- « gues années, bien des études, et beaucoup d'expérience : nous « nous en occuperons selon les occasions, et je vous aiderai en « ce qui dépendera de moi. Il vous reste encore une passion; « quelle est-elle? — Ma troisième passion, sire, serait de faire « des vers comme votre majesté : je désire devenir un grand « poëte. — C'est la nature, dit-on, qui fait les poëtes; cepen- « dant la poésie a aussi ses règles; et comme je m'en suis assez

« occupé ; je puis vous les faire connaître. Essayons d'abord vos « talents sur ce dernier point, afin de pressentir ensuite de quoi « vous êtes capable. Pour cela, voici ce que je vous propose : « tous les jours, à l'issue du dîner, je vous donnerai une heure « pour vous faire connaître les règles de la versification fran- « çaise ; car j'imagine que c'est en français que vous voulez « écrire : c'est de toutes les langues modernes celle qui nous « offre en plus grand nombre les plus beaux modèles dans tous « les genres. Les ouvrages français sont ceux qu'on lit le plus « dans toute l'Europe ; d'ailleurs, notre langue allemande est « trop dure ; elle me paraît avoir encore une physionomie bar- « bare qu'on aura peine à lui faire perdre. — C'est aussi en fran- « çais, sire, que je voudrais faire des vers. — Ainsi une heure « par jour, à commencer dès demain : nous y mettrons le temps « qui vous sera nécessaire. Si vous n'êtes pas poëte, ces con- « naissances toutefois ne vous seront pas entièrement inutiles. »

Voilà donc Frédéric le Grand, ce héros si redouté de toute l'Europe, qui, dans le sein de sa famille, se fait professeur ou même simple précepteur d'un jeune homme ! il en soutint très-bien le rôle durant plusieurs jours ; mais au bout de la huitaine il en sentit les épines ; l'ennui le gagna, et, prenant alors son parti, il dit à son neveu : « Je vous ai expliqué et développé « les règles les plus essentielles ; il y a encore bien des choses à « y ajouter, mais elles retombent dans des détails qui ne finiraient « pas, et vous fatigueraient sans beaucoup de profit. Il me semble que « ce que je vous ai dit peut suffire pour le moment ; le « reste viendra à mesure que les circonstances y donneront lieu. « Actuellement, il ne s'agit que de mettre à profit ce que vous « venez d'apprendre. Pour cela, faites-moi tous les jours quel- « ques vers, que vous m'apporterez le lendemain ; et je vous « ferai les observations auxquelles ils donneront lieu. Com- « mencez dès aujourd'hui ; demain, à l'heure du dîner, nous « verrons ce que vous aurez à me montrer. — Moi, sire, faire « des vers ! Eh ! comment le pourrais-je ? — Mais, mon cher,

« il faut bien commencer. — Et sur quoi votre majesté ordonne-« t-elle que je fasse ces vers? — Sur ce que vous voudrez. Il « n'est pas ici question de pensées : mon objet est de vous fa-« miliariser avec les règles que je vous ai expliquées ; ainsi, peu « importe le sujet dont vous vous occuperez. — Et combien « de vers votre majesté veut-elle que je lui apporte demain? — « Quatre, six, huit, dix, selon ce que votre sujet vous fournira, « Il ne faut pas vous gêner à cet égard. »

Mon jeune prince, rentré dans son appartement au château de Potsdam, c'est-à-dire au rez-de-chaussée, sous l'appartement du roi (1), passe une heure au moins à se dire : « *Quatre,* « *six, huit, dix vers, comme vous voudrez, sur tel sujet* « *qu'il vous plaira!* Et de quoi puis-je donc lui parler? quelle « pensée choisir? quels vers lui faire! » Il se promenait à pas irréguliers, et s'arrêtait quelquefois à contempler une sentinelle qui se promenait nonchalamment sous ses fenêtres ; il lui portait envie, et se replongeait dans toutes ses peines. Enfin, dans un mouvement subit d'impatience, il s'écria ; *Ah! c'est trop d'ennui!* Et cette exclamation, lui offrant une idée, le tira de son angoisse : « *L'Ennui,* se dit-il, pourquoi ne pas le peindre? « n'est-ce donc pas un sujet poétique? Divinité implacable et « cruelle, fille de l'enfer, née pour être l'ennemie du genre hu-« main! monstre hideux, tout couvert de crêpes, avec ses « ailes de chauve-souris, où ne pénètre-t-il pas? quels sont les « cœurs qu'il ne parvient pas à flétrir? » Telle est l'image qu'il cherche à rimer, et qu'il met le lendemain sous les yeux de sa majesté, en une stance de dix vers. Le roi lut ces vers avec beaucoup d'attention ; mais arrivé au dernier, où l'on disait,

« . . . . Et même
Voltige sous le dais des rois, »

le précepteur devint sérieux et sévère, imaginant que ce vers pouvait être un épigramme. « Monsieur, lui dit-il, que signifie ce

(1) L'appartement de Voltaire.

« vers ? » Le jeune prince lui répliqua, avec la vivacité qui lui était si naturelle : « Eh oui, sire, j'ai vu votre majesté bâiller en donnant audience à l'ambassadeur turc ! » Ce mot fit sourire Frédéric ; mais ce monarque ne demanda plus de vers à son neveu, qui, de son côté, n'osa plus lui en montrer. Il est vraisemblable que cette petite aventure fut cause que le prince me prit pour son guide et son conseil ; peut-être même d'après l'avis de son oncle. Le prince avait cité l'audience donnée à l'ambassadeur turc, dans laquelle le roi s'était montré tel qu'il a toujours été. C'était peu de temps avant mon arrivée que cet ambassadeur était venu complimenter Frédéric sur ses exploits et sur la paix. Il avait été chargé de présents magnifiques, qui, dans le trajet de Constantinople à Berlin, avaient beaucoup perdu de leur valeur. On m'a parlé, entre autres, d'un cheval rare et très-précieux, destiné au comte de Finck-Enstein, mais qui, en traversant la Pologne, s'était transformé en une misérable rosse, que le comte n'accepta qu'en rougissant, et ne voulut pas garder. Tous les accidents de cette espèce n'empêchèrent pas que M. l'ambassadeur turc ne fût reçu en très-grande cérémonie, et très-fêté à la cour, et même à la ville ; d'autant plus que c'était le premier que les Berlinois eussent jamais vu chez eux. Le roi se fit faire, pour le jour de l'audience, un habit très-riche et fort brillant : quand on le lui apporta la veille du jour où il devait le mettre, il le fit déposer dans un coin, sans daigner le regarder : on lui demanda s'il ne voulait pas l'essayer pour voir s'il irait bien : « Comment pourrait-il ne pas bien aller ? répondit-il ; est-« ce que le tailleur n'a pas ma mesure ? Il suffira que je le mette « demain. »

Le lendemain, le chambellan alla prendre M. le Turc et sa suite dans les carrosses de la cour, escortés de gardes nombreuses : en ce moment on avertit le roi qu'il était temps qu'il s'habillât : « Non, répliqua-t-il, j'ai encore bien du temps de « reste. » Au bout d'une demi-heure, on renouvela le même avertissement, et l'on eut la même réponse. Enfin, quand on vit les carrosses arriver au château, on se hâta d'en instruire ce monarque; on le pressa de mettre le bel habit; mais il répondit: « Il n'est plus temps; au reste, je suis fort bien comme ceci. » Ainsi ce fut avec son vieux chapeau, ses vieilles bottes toutes déformées, et son vieux uniforme usé, qu'il alla occuper le trône qu'on lui avait élevé sous un dais antique. La nécessité de garder son sérieux à la vue des salamalecs turcs ne put que le contrarier; mais quand il fallut écouter avec une dignité toute royale les compliments qu'on avait à lui faire, et qu'il ne comprenait que par le secours des truchements, l'ennui le gagna: cet ennui devint impatience et lassitude durant les réponses qu'il eut à faire, et qu'il fallut encore traduire. Telle avait été la séance où son neveu l'avait vu bâiller.

Dès que ce jeune prince arrivait à Berlin, il envoyait chez moi pour m'en instruire, me faire demander si je pourrais l'aller voir, et m'indiquer les heures où il pourrait recevoir mes visites. Sur ma réponse, sa voiture venait me prendre au moment indiqué, et me ramenait ensuite chez moi. Si lui-même avait à sortir à l'heure où nous nous séparions, soit qu'il dût aller chez la reine, ou à quelque autre cour, il me reconduisait d'abord à ma porte, quelque détour que cela dût lui occasionner. J'ajouterai à ces détails, pour faire voir quelle candeur, quelle simplicité caractérisait sa belle âme, que dans ces sortes d'occasions il n'y a point de marques d'intérêt, d'attachement qu'il ne me prodiguât, surtout lorsque nous ne devions plus nous revoir du même voyage. On jugera par tous ces traits combien il était disposé à m'accorder une confiance entière. Aussi puis-je dire que s'il a eu des secrets qu'il ne m'ait pas dits, c'est que ce n'étaient pas seulement les siens, ou qu'il a été retenu par la crainte de m'affliger. On verra bientôt pourquoi je fais cette restriction. Mais ne nous blâmera-t-on pas, le prince de m'avoir donné des marques d'amitié si peu ordinaires, et moi d'en avoir fait mention? Ne dira-t-on pas que ces marques d'amitié n'étaient chez lui qu'un oubli de sa propre dignité, et que la mention que j'en fais n'est chez moi qu'un acte de vanité puérile? Ma réponse sera courte........ Je ne compterai jamais sur les sentiments de ceux qui mettent tant de soin à en modeler l'expression sur les formes de l'étiquette. Je ne connais point de belle âme qui, en amitié, ne soit franche, naïve et expansive : quiconque se resserre alors en soi-même est froid ou honteux. S'il y a des nations dont les mœurs ne permettent pas les épanchements que j'ai indiqués, c'est à elles à rougir de mœurs vicieuses et destructives des vrais principes de la nature et de la vertu. En un mot, l'amitié présuppose une véritable égalité entre les âmes qu'elle unit : si cette égalité ne s'y trouve pas, l'amitié l'y établit, ou elle cesse d'être elle-même. La vraie noblesse aime à se montrer partout et tout entière : il n'y a que les âmes basses ou fausses qui croient avoir besoin de se cacher. Le prince, jeune, vif, sensible et vrai, sentait qu'il était ce qu'il devait être, et qu'il n'avait pour s'honorer qu'à se montrer tel qu'il était. Par là, il ajoutait à sa dignité; et c'est confondre toutes les idées que de dire qu'il l'oubliait. Pour ce qui me concerne, j'observe que s'il y a une sorte de mérite dont il nous soit permis de nous prevaloir, c'est le mérite qui tient aux sentiments et aux principes moraux. Je méritais l'amitié du prince par mon sincère et véritable attachement : pourquoi ne le dirais-je pas? Lorsque j'ajoute qu'il a eu pour moi cette amitié, lorsque je le mets au premier rang de ceux qui m'ont honoré de ce sentiment, je ne fais que lui rendre justice. Sa qualité de prince n'entre point ici en ligne de compte, et mon hommage n'en devient que plus grand! En une autre occasion, j'ai dit au prince Henri que je réglais mes révérences sur le rang que les personnes occupaient dans l'ordre social, mais que je ne réglais mes sentiments que sur le mérite que je leur reconnaissais; et en cela, je n'ai fait qu'énoncer le principe que j'ai suivi toute ma vie, et que je suis encore en parlant de l'amitié que le prince Guillaume avait pour moi.

« Que faites-vous à Potsdam? » lui demandai-je un jour.

— « Nous passons notre vie à conjuguer tous le même verbe, « me répondit-il : oui, monsieur, nous faisons tous une con- « jugaison, et toujours la même : *Je m'ennuie*, *tu t'ennuies*, « *il s'ennuie*, *nous nous ennuyons*, *vous vous ennuyez*, *ils* « *s'ennuient; je m'ennuyais*, *je m'ennuierai*, etc.; enfin la « conjugaison tout entière, et voilà notre occupation. »

Il lui prit fantaisie un soir de passer en revue les souverains de l'Europe. « Mon cher ami, me dit-il, nous sommes seuls; « personne ne peut nous entendre : médisons des rois! Nous « excepterons Frédéric, parce que nous sommes chez lui, « qu'il est mon oncle, et qu'il nous donne du pain à tous deux, « et surtout parce que c'est un grand homme. — Oui, mon- « seigneur : il y a à cette exception autant de sagesse que de « justice! — Nous excepterons encore le vieux Amédée : il a « été assez bon roi, toujours appliqué à ses devoirs, fidèle aux « règles de la saine politique, et même grand dans ses premières « époques. — Allons, pardonnons-lui sa honteuse jalousie « contre le vieux maréchal de Villars. — Nous ne parlerons « pas de Marie-Thérèse, quoiqu'il ne soit pas impossible de « tirer quelques bonnes anecdotes des longs services des Van- « Switen, Métastasio et Kaunitz à sa cour; mais elle a eu une « époque brillante en montant sur le trône, et elle a été si « grande alors, que, ne voyant que cette partie de son règne, « on doit tirer le rideau sur le reste, d'autant plus que c'est « une dame, et une très-belle dame. — Allons, monseigneur, « tirons le rideau sur Marie-Thérèse, qui cependant est fort « belle à voir! — Nous ne parlerons pas non plus de Catherine « seconde, pour laquelle nous retrouverions dans l'antiquité « plus d'une comparaison aussi juste que mal sonnante; nous « n'en dirons rien, parce qu'elle a également de très-grandes « qualités! — Mais, monseigneur, si nous sommes toujours aussi « sages, nous n'aurons à médire de personne. — Ne le croyez « pas; et pour vous le prouver, commençons par Louis XV. « — Non, monseigneur : terminons par lui nos exceptions,

« je vous prie ; Louis XV est mon roi ; et.... — Et son article « serait long ! Débutons donc par Charles III, qui, sur le trône « de Naples, eut, au commencement de la guerre de Sept ans, « la faiblesse de signer un traité de neutralité, parce qu'un com- « modore anglais, arrivé devant cette capitale avec quatre vais- « seaux de guerre seulement, poussa l'insolence au point de « déclarer qu'il la bombarderait si dans deux heures il n'avait « cet acte en bonne forme ! Jamais ce roi n'a pu, depuis même « qu'il règne sur l'Espagne, se consoler de cet affront : aussi, « pour s'en venger, s'est-il avisé de considérer les Anglais « comme des chats, et les chats comme des Anglais ; d'où « il résulte qu'après son dîner on amène dans les cours du « château un certain nombre de chats qu'il tue à coups de fusil ; « ce qui menace Madrid de manquer de chats, mais lui pro- « cure la satisfaction de dire ensuite : *J'ai tué tant d'Anglais « aujourd'hui !* — Je conviens de ces faits, monseigneur, et « j'avoue qu'ils sont pitoyables : mais de combien de monu- « ments et d'établissements utiles n'a-t-il pas enrichi et Ma- « drid et l'Espagne ! — Et mon cher oncle le roi de Suède (l'é- « poux de la reine Ulrique), bon, brave, excellent homme, « qui hait le mal, ne désire que le bien, mais qui, n'ayant ni « activité, ni énergie, ni lumières, ne fait pas plus le bien qu'il « n'empêche le mal ! Et mon cher oncle le roi de Danemarck « (le père du roi actuel), qui a si soif dès le matin qu'il passe « ses journées entières à boire à la santé de ses peuples !... Et « mon cousin le roi d'Angleterre, à qui l'on compose, de la « manière la plus concise, la phrase qu'il a à prononcer à « l'ouverture de son parlement, à qui on la répète pendant « huit jours de suite, à qui on l'écrit en gros caractères dans « son chapeau, à qui, enfin, on la souffle quand le moment « de la débiter est venu, et qui, malgré tous ces secours, est « hors d'état de la dire. »

Quand il eut poussé cet examen critique beaucoup plus loin que je ne le fais ici, il s'arrêta tout à coup, et me dit en me saisissant par le bras : « Monsieur, avouez que si le bon Dieu « se mêle de nos affaires, il faut qu'il fasse bien peu de cas de « nous, puisqu'il choisit de tels hommes pour nous gouverner! « — Monseigneur, lui répondis-je, peut-être nous traite-t-il « selon nos mérites : je suis fort porté à croire que les chefs « vaudront mieux quand les peuples vaudront davantage. « Mais on veut que de l'excès de corruption où nous croupis- « sons, il ne s'élève que des principes vivifiants, des odeurs « suaves, et des composés parfaits! Ce sont là des vœux in- « sensés et des demandes absurdes. » Je crus devoir terminer d'une manière morale, sérieuse, et plus équitable, une sorte de diatribe qui ne convenait sous aucun rapport, qui était déplacée entre lui et moi, et que je n'indique ici que parce qu'elle donne une idée de l'effervescence de la jeunesse, et montre ce que ce prince aurait pu être dans un âge plus mûr.

Le mariage de l'héritier du trône de Prusse avec l'aimable sœur du jeune prince Guillaume semblait ne devoir offrir à ce dernier qu'une perspective aussi riante qu'honorable : hélas! ce fut la cause de ses chagrins et de sa mort. Il y a des personnes à qui les sentiments les plus nobles et les plus délicats sont plus funestes que ne le seraient des vices grossiers et odieux : telle fut la sœur, et tel fut aussi le frère : celle-là crut avoir à se plaindre de son époux, et elle fut trop fière pour ne pas s'offenser de sa conduite, trop franche pour dissimuler son ressentiment, trop exaltée pour ne pas se venger. Elle poussa même les choses jusqu'à joindre ouvertement les marques de la mésestime aux procédés de la haine. Que pouvait faire un frère qui chérissait sa sœur, son appui le plus sûr pour l'avenir? Il n'y a point d'efforts qu'il ne fît pour la ramener à des dispositions plus calmes et plus modérées, en même temps pas de soins qu'il ne mît à en couvrir les fautes. Je prononce avec bien du regret ce mot de *fautes*, qui a été avoué au procès. Grâce aux soins du frère, l'époux ne savait rien encore, lorsqu'arrivé sous le masque à un bal magnifique que le prince Henri donnait tous les ans, le 24 janvier, pour célébrer le jour de la naissance du roi, il fut accosté par un masque, qui le prit à part, et lui donna une entière connaissance et des preuves suffisantes de ce qu'il ignorait! A qui fut-il redevable de cette découverte fatale? C'est un point sur lequel on n'a eu que des soupçons, et le public les a principalement portés sur celui qu'on imaginait y être le plus intéressé après le prince : quoi qu'il en soit, l'époux irrité demanda le divorce.

Frédéric aimait beaucoup sa nièce; il en chérissait l'esprit, la vivacité et la franchise, aussi bien que les grâces et la beauté : c'était la fille d'une sœur qui lui avait toujours été fort attachée, et qui lui était également chère par la douceur et la bonté de son caractère; enfin Frédéric ayant eu ce mariage fort à cœur, la demande du prince lui causa un violent chagrin, et ne trouva chez lui que des obstacles. Mais le premier pas était fait, et le prince voulut le soutenir : il alla jusqu'à menacer d'adresser à toutes les puissances de l'Europe un Mémoire où, après avoir justifié sa démarche, il déclarerait solennellement ne plus reconnaître la princesse pour son épouse. Il fallut céder, et établir une procédure, dont la conclusion fut de déclarer le mariage rompu et le prince divorcé. La princesse quitta le titre d'altesse royale, pour reprendre celui d'altesse sérénissime, et fut conduite et condamnée à passer le reste de ses jours au château de Custrin, dont un prince de Brunswick-Béwern était gouverneur.

Elle supporta ses malheurs avec plus de courage qu'on ne l'aurait imaginé; elle entra fort délibérément dans cette sorte de prison, et même elle y porta la gaieté qui lui était naturelle. Son exercice ordinaire était de ranger dans une salle, et sur deux lignes parallèles, une trentaine de chaises, qu'elle prenait successivement pour autant de danseurs ou de danseuses, et autour desquelles elle exécutait des anglaises, espèce de danse qu'elle aimait passionnément, parce qu'elle faisait valoir sa légèreté et ses grâces, et lui avait procuré de brillants succès. Cependant l'ennui a fini par pénétrer jusqu'à elle : après plusieurs années de retraite, elle a voulu, dit-on, se sauver jusqu'à Venise ; mais le projet a été découvert, et l'on a ajouté qu'un officier de hussard qui devait lui servir de guide avait disparu.

On dit que, dans les premiers temps de son règne, son ci-devant époux lui a fait une visite en allant en Prusse, et que c'est depuis cette entrevue qu'elle a quitté Custrin et a été beaucoup plus libre. Elle avait perdu, en effet, bien des consolations par la mort du gouverneur de cette ville, son parent ; mais aujourd'hui elle a la permission de recevoir compagnie, et même d'aller se promener dans les environs de la ville qui lui sert de retraite, car il n'est plus question de prison pour elle (1). Si cet adoucissement à son sort est résulté de la visite dont je viens de parler ; enfin, et ainsi que tout le prouve, si c'est l'effet d'un ordre émané de ce souverain, on peut dire que c'est un des traits qui lui font honneur : quelle marque plus touchante pouvait-il donner de ses sentiments d'humanité, de sensibilité et de modération ?

(1) En 1807, me rendant de Tilsitt à Berlin, je passai par Stettin. Cette princesse habitait cette ville depuis bien des années. Elle y occupait une vieille, grande et fort triste maison, qu'on nommait, je crois, le château, et était entièrement libre. Elle n'avait point de grands revenus, mais ne manquait essentiellement de rien : elle avait même une sorte de petite cour, formée par les personnes les plus notables du pays. Elle accueillait les étrangers qui demandaient à lui être présentés. J'ai su ces détails du général de division baron Liébert, qui était alors gouverneur de Stettin, et qui assistait parfois à ses cercles. D'après ce qu'il a pu me dire de son caractère et de son esprit, elle avait conservé du trait et de la gaieté, mais elle n'était exempte ni d'originalité ni de caprice. Si j'avais pu m'arrêter à Stettin, j'aurais sollicité l'honneur de lui faire ma cour ; mais de trop puissants sentiments me rappelaient à Paris : je ne passai donc qu'une soirée à Stettin, et je ne dus qu'au hasard de l'apercevoir à l'une de ses croisées en parcourant la ville avec le général Liébert.

Cette note rend la transcription de celle de l'éditeur de la troisième edition, relative à cette princesse, tout à fait inutile.

Bon THIÉBAULT.

J'ai beau différer de revenir de la sœur au frère, il faut que j'achève sa déplorable histoire : mon pauvre prince Guillaume fut convaincu d'avoir été le confident des erreurs de la princesse; et de confident on en fit un complice et un fauteur! Je suis persuadé que Frédéric ne crut point son neveu coupable à ce point; mais, d'après son plan de politique, il ne pouvait lui pardonner de ne l'avoir pas instruit à temps de ce qu'il avait trop bien su lui-même. Ce roi, dans les cas semblables, n'aurait eu aucune indulgence, même envers un frère : devait-on s'attendre à ce qu'il en eût pour un neveu? Ainsi, quelle qu'en fût la véritable cause, le prince essuya une disgrâce éclatante : il eut ordre de se rendre à son régiment, et défense de le quitter. Peut-être aurait-il eu le courage de faire face à cette infortune; mais l'idée qu'on était injuste envers lui, la persuasion où était qu'il n'aurait que des mortifications publiques à recevoir aux revues suivantes et peut-être durant le reste de sa vie, les opinions défavorables répandues jusque dans l'armée sur son compte, opinions fausses, et que néanmoins il n'osait démentir; toutes ces circonstances réunies devinrent insupportables à ses yeux, et le jetèrent dans les partis extrêmes. Par malheur, il n'eut personne dans sa solitude qui pût le consoler, le combattre, et lui faire voir dans l'avenir des adoucissements essentiels à son sort. Il écrivit donc au roi, et demanda son congé. On peut croire que sa lettre fut fort longue, si même il n'en écrivit pas plusieurs. Il est plus que probable qu'il se justifia pour le passé, et qu'il motiva sa demande sur des considérations relatives à l'avenir, et qu'il est aisé de deviner. Quoi qu'il en soit, son désir de quitter le service prussien fut très-vif et exprimé avec énergie. C'était là une nouvelle démarche qui ne pouvait pas plaire, Frédéric étant l'homme du monde qui calculait le mieux les chances futures, et qui aimait le moins qu'on le quittât. Aussi sa réponse fut-elle un refus formel, et assez mortifiant pour ôter l'envie de revenir à la charge. « J'ignore, lui marqua-t-il, si votre père est dans l'intention que vous quittiez

« mon service. J'attendrai qu'il me le dise, pour vous donner « votre congé. C'est de lui, et non de vous, que doit venir « la demande que vous me faites. Vous oubliez que vous avez « un père, ou vous oubliez ce que vous lui devez. » C'était lui dire qu'il était mineur, et même le traiter en enfant. On conçoit qu'une lettre semblable ne pouvait que mettre ce jeune prince au désespoir. C'est se condamner à toutes les infortunes ensemble que de vouloir lutter contre un souverain du caractère de Frédéric, quand on a soi-même de la force et de l'énergie dans l'âme.

Alors s'éleva une nouvelle guerre entre le sultan et Catherine II. Le prince, toujours effrayé de l'image des revues prochaines, blessé de l'injustice des opinions qui circulaient autour de lui, révolté de l'idée de son esclavage présent, tourmenté du désir de s'en délivrer, et bien plus frappé encore de sa destinée future, demanda et obtint la permission d'aller servir comme volontaire sous les ordres du feld-maréchal Romensow. Dès qu'il m'eut appris cette nouvelle, je lui écrivis pour lui bien exprimer mon attachement et mes vœux : cette lettre, la dernière qu'il ait reçue de moi, ne devait être et ne fut ni plaintive, ni triste; je crus ne devoir lui offrir que des idées propres à le rendre à lui-même; je ne lui présageai que des succès et une belle gloire. Je lui déclarais que quand il entrerait en vainqueur à Constantinople, je lui abandonnais le sérail tout entier; mais que je le priais de vouloir bien ne pas m'oublier lorsqu'il formerait une academie à Athènes. Il partit peu de jours après avoir reçu cette lettre, et se rendit auprès de Romansow, qu'il ne quitta plus. On sait que ce général livra deux grandes batailles aux Turcs, et remporta sur eux deux victoires complètes, qui anéantirent en quelque sorte leur armée et ne leur laissèrent d'autre ressource que de faire la paix aux conditions que Catherine voulut leur dicter. Or, dans ces deux batailles, le prince Guillaume marcha le premier au feu, à la tête de la première colonne des grenadiers russes : toujours le plus exposé, il ne reçut néanmoins aucune blessure. Ces deux longues et pénibles journées lui procurèrent une gloire infinie, mais à la laquelle il parut peu sensible ; elle semblait même lui être importune ; sa tristesse resta la même ; ses fatigues parurent même l'avoir accrue par l'épuisement de ses forces. Quoi qu'il en soit, deux jours après la seconde bataille, une esquinancie violente se déclara et, malgré tous les secours de l'art, le conduisit à une mort prompte et cruelle.

Ce prince avait fait, avant de partir, son testament ; pièce où l'on voit qu'il a eu surtout en vue de rendre son apologie authentique, solennelle et durable : c'est toujours la même idée qui le poursuit, le blesse et l'irrite. C'est l'injustice dont il est victime qui le révolte jusque dans les bras de la mort. Je de-
« mande, y est-il dit, comme chose qui m'est due ; j'ordonne,
« autant que j'en ai le droit, que tous mes manuscrits soient
« déposés et soigneusement conservés à la bibliothèque de
« Wolfenbuttel ; non que je les regarde comme digues par
« eux-mêmes de cet honneur, mais afin que la postérité y re-
« connaisse à quoi j'ai constamment employé ce même temps
« que l'on m'a si indignement accusé d'avoir consacré à de viles,
« absurdes et odieuses intrigues. »

Dès que la nouvelle de cette mort fut arrivée à Berlin, le roi fit appeler à Potsdam le prince Frédéric-Auguste, frère du défunt ; et dès qu'il le vit, il lui dit ces paroles si remarquables, et qui présentent tant et de si singulières idées à ceux qui connaissent les faits et savent juger les hommes : « Nous avons
« fait, vous et moi, mon cher neveu, une bien grande perte ! elle
« est irréparable. Mais nous n'avons ici à plaindre que nous qui
« survivons à votre frère. Pour lui, croyez-moi, ne le plaignons
« pas. Il n'a rien perdu : il a au contraire tout gagné sous les
« rapports les plus essentiels. Destiné à vivre dans ce pays, il
« avait trop de génie et trop d'âme pour n'y être pas malheu-
« reux. »

Ce fut à ce même frère que furent adressés les effets du defunt. La première chose qu'il fit en recevant ce triste dépôt fut de lire tous les manuscrits : ainsi, il suivit notre correspondance dans l'ordre où elle avait eu lieu durant quatre à cinq ans; et ce fut après avoir vu toutes mes lettres, qu'il déclara être bien convaincu que j'avais été envers son pauvre frère un véritable ami, et qu'il ne l'oublierait jamais; qu'en un mot, il regardait l'amitié de son frère pour moi comme un legs qui lui était fait, et qu'il acceptait. Il me confia ensuite ces mêmes manuscrits dont je voulais faire usage dans un éloge historique que j'avais résolu de consacrer à la mémoire de ce prince, qui avait si peu connu le bonheur, dont à tant de titres il avait mérité de jouir. J'étais occupé de ce travail, lorsque M. Mérian publia en un cahier in-4°, et sous le titre que je voulais employer, une notice qui, quoique beaucoup plus courte que n'aurait été mon ouvrage, me condamna au silence. En effet, c'était un de ces sujets auxquels il semble qu'on ne doive pas revenir. J'ai donc rendu ces manuscrits, qui ont été déposés à Wolfenbuttel, conformément aux vœux du testateur.

Le prince Frédéric-Auguste m'avait toujours donné d'honorables marques de ses bontés; mais elles ont été bien plus multipliées et ont eu un caractère, ou, si l'on veut, une physionomie tout autrement prononcée, depuis le triste événement dont je viens de parler. Ce n'a plus été de sa part politesse et bonté: on n'a pu y voir, s'il m'est permis de dire, qu'attachement, estime, confiance et amitié; je dirais même familiarité, car il me la permettait.

Ce prince, qui aimait si tendrement son frère Guillaume, et qui en était également aimé, ne lui ressemblait toutefois en aucune sorte. Il avait dans le caractère une gaieté plus naturelle et plus expansive : la politesse chez lui en était plus naïve et plus aimable, et sa philosophie plus douce, plus tolérante, plus sociale; son esprit ne s'attachait aux idées qu'autant qu'il pouvait leur donner une forme agréable, et son imagination ne manquait pas de les revêtir des couleurs les plus piquantes.

A ces traits si propres à faire chérir ce prince, il faut ajouter un zèle très-soutenu pour tout ce qui est devoir, et une vraie sollicitude pour ses amis. Confirmons par quelques faits particuliers ces assertions générales.

Il prit envie à ce prince de voir jusqu'où pouvait aller la crédulité du public. Pour s'en assurer, il fit trois tentatives. La première fut de faire insérer dans des gazettes étrangères l'annonce d'une demoiselle qui, après avoir fait son portrait, annoncé son âge, et indiqué sa fortune, offrait sa main à celui qui réunirait toutes les qualités physiques, morales et intellectuelles qu'elle détaillait. Cet article, très-sérieux, quoique fort singulier dans ses détails, trouva beaucoup de croyants; et ce fut ce qui conduisit le prince à une seconde épreuve. Il fit donc annoncer que dans un orage extraordinaire, arrivé à Potsdam tel jour, la grêle avait été si terrible, qu'il y avait eu des grêlons du poids d'une livre, et qu'un bœuf en avait été tué. Je ne parle pas des toits endommagés, et de tant d'autres accidents semblables. Cette nouvelle fut encore reçue et discutée d'une manière sérieuse. La troisième nous apprit qu'un gentilhomme du Mecklembourg, ayant voulu agrandir ses jardins, en y adjoignant un terrain spacieux dont il avait fait l'acquisition, avait eu envie de transporter à l'extrémité de ce nouveau terrain, et pour y servir de point de vue, une tour fort haute et toute en maçonnerie, existante dans son ancien jardin; et qu'il avait imaginé des machines si ingénieuses et si fortes, qu'il était venu fort heureusement à bout de son dessein; que même on avait élevé la tour de manière à la faire passer par-dessus un mur, et qu'elle était parvenue à sa nouvelle place telle qu'elle était avant qu'on l'enlevât. Pour le coup, l'incrédulité fut assez générale pour apprendre au prince que la translation des tours était le terme où la bonhomie humaine s'arrêtait.

Un jour il fut subitement saisi d'une fièvre violente, qui pouvait lui faire craindre une longue maladie. Il se persuada qu'il guérirait promptement, si, à force de rire, il pouvait amener une forte transpiration. En conséquence, il fait acheter autant d'exemplaires d'une très-grave tragédie allemande, que cette même pièce contient de rôles; il distribue les exemplaires et les rôles à ses domestiques, parmi lesquels il y en avait qui savaient à peine lire, et il leur ordonne d'exécuter cette tragédie devant son lit. Leurs contre-sens et surtout leur gaucherie produisirent l'effet qu'il s'en était promis : quelles que fussent ses douleurs, il ne fit que rire aux éclats durant toute cette représentation; et il gagna une si abondante transpiration, qu'il fut guéri dès le lendemain.

Je n'entrerai pas dans les détails de ses fêtes, quoiqu'il en ait donné beaucoup, et que la plupart aient été fort agréables. Pour l'ordinaire, c'étaient des opéras où tout l'Olympe était mis à contribution : je ne puis les retracer ici, quoiqu'ils aient été imprimés, parce que les exemplaires que j'en ai eus ont disparu dans mes nombreux déplacements. Je dirai seulement que nous avons vu chez lui de très-grandes fêtes pour la reine de Suède, pour le prince Henri, et en diverses autres occasions. J'ajouterai que, dans toutes ces fêtes, le but principal et le mieux indiqué était la gaieté; cette gaieté qui faisait le caractère dominant du prince et qu'il cherchait à inspirer aux autres (1).

C'est ainsi qu'après avoir donné un grand spectacle à son oncle le prince Henri, dont il célébrait la fête, il lui proposa de permettre qu'on fît montrer la lanterne magique dont on entendait l'annonce dans la rue, ce qui, disait-il, égaierait en attendant le souper. Le prince Henri, se retournant vers Borelly et vers moi, nous dit en riant : « Il faut bien que j'y con-« sente, car je suis persuadé que cette rencontre est un fait

(1) Dans deux ou trois occasions, cette gaieté lui avait fait passer toutes les bornes imaginables : ainsi, dans un de ses bals, il avait saupoudré le parquet d'une poudre sternutatoire; dans un autre, et après avoir fait fermer les portes, il avait fait servir, du moins à quelques personnes, je pense, des rafraîchissements purgatifs, et étouffait de rire, en voyant au bout de quelque temps ces mêmes personnes courir de tous côtés pour trouver des issues. Bon THIÉBAULT.

« exprès. » En effet, le prétendu Savoyard était Saint-Huberty, faisant les rôles de valet au théâtre français de Berlin. Il s'acquitta fort bien de sa commission, qui était de nous montrer par sa lanterne et de nous expliquer à sa manière toute la vie et les actions du prince Henri. L'auteur de cette fête avait eu raison de dire que cela égaierait; car comment ne pas rire? Qu'on en juge par un seul trait. Le Savoyard, parlant de la manière dont le prince Henri vivait à Rheinsberg, nous dit : « Eh, « le voilà qui, avec toute sa cour, va au-devant de madame la « duchesse de Brunswick sa sœur, qui vient le voir ! Eh, voilà « comme ils se rencontrent, comme ils se saluent, comme ils « s'embrassent : *Ma chère sœur ! mon cher frère* ! Comme la « joie de se revoir les met en danse ! Voyez-vous ? Eh ! Eh ! *ma « commère, quand je danse, mon cotillon va-t-il bien?* » etc. Qui aurait pu ne pas éclater de rire à de semblables tableaux, exécutés chez le fils de l'une et neveu de l'autre, et en présence de l'oncle lui-même.

Le prince Frédéric, malgré cette gaieté qui le caractérisait, n'en était pas moins appliqué à tout ce qui tenait au militaire : il donnait les plus grands soins à la tenue de son régiment, qu'il exerçait lui-même très-fréquemment.

Le même prince a inventé et fait adopter en Prusse les baguettes également grosses dans toute leur longeur; ce qui, dans la charge, épargne un temps et dispense d'un mouvement : cette invention a passé des armées prussiennes dans d'autres armées de l'Europe. On lui a aussi attribué l'idée des calottes, qui, couvrant le bassinet du fusil, ont pour objet de préserver la poudre des effets de la pluie; mais on a trouvé à ces calottes, faites de cuir ou de feutre, des inconvénients qui en ont fait abandonner l'usage au bout d'un an ou deux d'essai. Il avait encore voulu inventer des canons portatifs : néanmoins, comme l'expérience qu'il en fit ne fut pas heureuse, il abandonna cette idée.

Il eut, en sa qualité de général, une affaire très-grave, qu'il trouva le secret de rendre fort gaie. Tous les ans, le roi prenait les eaux de Pyremont dans les mois de juillet et août. Il passait ce temps au nouveau Sans-Souci, et y réunissait une société peu nombreuse, dont le prince Frédéric faisait partie, ainsi que plusieurs généraux, et quelques autres hommes plus ou moins célèbres. Le général de Buddenbrock fut appelé pour être de cette société, durant un été où des affaires particulières exigeaient sa présence dans des terres qu'il avait en Silésie, d'où il arriva qu'après avoir satisfait au devoir de courtisan pendant quelques semaines, il demanda et obtint la permission d'aller soigner ses propres affaires. En passant par Berlin, ce général fit une visite au gouverneur de la ville, le général Ramin, espèce de rustre aussi dur que borné et mal appris, homme qui ayant crevé un œil à un soldat, en le frappant avec sa canne pour une faute légère dans l'exercice, lui avait donné une pièce de vingt-quatre sous, en lui disant : *Je t'ai cassé un carreau de vitre; tiens, en voilà le prix*. Or, dans cette visite, Buddenbrock, qui ne passait pas pour l'homme le plus véridique du monde, dit à Ramin que le prince Frédéric-Auguste de Brunswick avait fait entendre au roi que la garnison de Berlin était bien éloignée de manœuvrer aussi bien que celle de Potsdam, et qu'en général elle était fort mal tenue. Le dimanche suivant, Ramin, après la parade et au moment de donner le mot d'ordre à tous les corps, s'adressa à M. de Schirstedt, aide de camp du prince absent, jeune homme généralement estimé et aimé, parce qu'il méritait de l'être à tous les titres, et lui dit : « Votre prince a dit au roi que nous « manœuvrions mal, et que la garnison de Berlin était mal « tenue ; il n'y a que son régiment qui soit mal discipliné, et je « vous mets aux arrêts jusqu'à ce qu'il le soit mieux. » Schirs- « tedt alla aux arrêts, et écrivit au prince. Celui-ci, revenu à Berlin au bout de deux ou trois semaines, et son aide de camp lui ayant été rendu, attendit le dimanche suivant pour répondre à M. le gouverneur. Lorsqu'après l'exercice tous les chefs des corps eurent formé un cercle autour de Ramin, et que celui-ci eut donné le mot d'ordre, le prince s'avança vers lui, s'approcha au point que les têtes des deux chevaux se croisaient, et élevant la voix, lui dit en bon allemand : « M. le général, « vous avez assuré que j'avais dit au roi que la garnison de « Berlin était mal tenue, et manœuvrait moins bien que celle « de Potsdam. Je déclare ici sur mon honneur que je n'ai ni « dit ni pensé un mot de tout cela ; et » (se servant ensuite de deux mots très-énergiques, qui à la vérité ont bien leur traduction littérale en français, où même ils commencent par les mêmes lettres, mais qui ne s'écrivent pas plus dans l'une que dans l'autre langue) « j'ajoute que celui qui l'a dit est un j. f. ; et que « quiconque l'a répété en est un autre. — C'est Buddenbrock « qui est venu me le dire ; je ne le lui demandais pas, et ne suis « pour rien dans tout cela. — Peu m'importe que cette infamie « vienne de l'un ou de l'autre : je ne fais distinction de personne ; « j'ai dit et je vous répète, monsieur, que celui qui a tenu « ce propos est un j. f., et que quiconque l'a répété en est un « autre. » M. Ramin céda le champ de bataille, et rentra chez lui.

Cependant il restait un sujet d'inquiétude dont le prince eut à s'occuper : comment le roi, le prince Henri et le public jugeraient-ils cette affaire ? Quant au public, on abandonna ce point à la fortune ; mais il ne pouvait en être de même du jugement des deux oncles. Je pense bien que le prince écrivit au roi, qui, à en juger par la suite, ne parut bouder son neveu pendant quelques mois que par respect pour la subordination militaire ; on n'eut néanmoins aucun mot à citer de lui sur cette aventure, car il n'en parla pas. Il n'en fut pas de même du prince Henri ; sa réponse ne se fit pas attendre. « Je ne sais, y disait-« il, où vous avez pris les mots dont vous vous êtes servi ; je « les ai vainement cherchés dans le dictionnaire des honnêtes « gens ; je ne les y ai point trouvés. » Lire cette lettre, et y répondre, ne prirent au prince qu'un instant. « Votre altesse

« royale oublie, lui dit-il, que j'avais à parler à un Poméra« nien, et qu'il fallait bien recourir à sa langue pour en être « entendu. » Cette réplique termina la correspondance, car elle fit rire le prince Henri.

Quelque temps après, le prince Frédéric faisait la partie de la reine avec la princesse Henri et la princesse Ferdinand, lorsque Ramin vint faire sa révérence à sa majesté et à leurs altesses royales. « M. le gouverneur, lui dit une de ces princesses, j'ai « rencontré ce matin votre régiment qui revenait de l'exercice, « et j'en ai entendu la musique avec bien du plaisir; vous avez « d'excellents musiciens. — Madame, lorsque le roi m'a donné « ce régiment, ces mêmes musiciens étaient détestables; il « jouaient tout de travers; je les ai fait mettre deux ou trois « fois sur l'*âne de bois* » (en allemand, on nomme *âne de bois* ce que nous appelons *cheval de bois* en français), « et cette pu« nition me les a rendus tels qu'il sont aujourd'hui. « — Voyez « pourtant, mesdames, s'écria le prince Frédéric, ce que peut « un âne! » Cette exclamation fit rire toute la salle, excepté Ramin.

Le prince Ferdinand, occupé, selon l'usage, à exercer les régiments de sa division quelques semaines avant les revues, trouva que le régiment de Lentulus, cavalerie, manœuvrait mal : il ordonna à celui qui en était le commandant, de l'exercer pendant deux heures dans l'après-midi. Le commandant n'en fit rien; et le prince le condamna aux arrêts jusqu'à nouvel ordre. Le commandant se plaignit au général Lentulus, par une lettre où il présenta les choses sous le point de vue, non le plus fidèle, mais le plus capable d'intéresser à sa cause l'amour-propre de son chef. Cette lettre fut apportée par un exprès au général, qui se trouvait à Potsdam. Lentulus ayant gagné M. d'Anhalt, son ami, et premier aide de camp du roi, tous les deux vinrent à bout de persuader au monarque que le prince avait commis une grande injustice envers un brave et digne militaire, qui méritait des égards particuliers, et le roi releva le commandant des arrêts auxquels il était condamné. Dès que le prince en fut averti, il partit de Magdebourg et s'en retourna à Brunswick, après avoir adressé à Frédéric une lettre où il lui disait : « Votre majesté vient de violer les principes « les plus importants de la justice, de la politique et de la su« bordination, en relevant des arrêts un officier très-négligent « que je n'y avais pas condamné sans nécessité, et qui méritait, « pour désobéissance, une punition beaucoup plus grave. En « lui assurant cette sorte de triomphe sur son chef, d'après « le rapport infidèle de quelques courtisans, et sans daigner « m'entendre, vous accordez l'impunité aux coupables, et vous « anéantissez l'autorité que vous m'aviez confiée. Dès lors « je ne puis plus être utile à votre service ; et je n'y resterais « que pour y être affligé des désordres que je verrais s'intro« duire dans votre armée et de mon impuissance à les répri« mer. Je prends donc le seul parti qui me reste, et j'ai l'hon« neur de vous donner ma démission de la place de gouverneur « de Magdebourg, et de celle de général-inspecteur des troupes « de cet arrondissement, en même temps que je vous remets « les titres des pensions ou appointements que j'avais à per« cevoir. Je pars, et serai bien près de Brunswick quand votre « majesté recevra ma lettre. »

Cet événement fit grand bruit dans tout le public : l'armée le regarda comme un malheur. Qu'en arriva-t-il? Le général Lentulus fut renvoyé en Suisse quelque temps après; mais M. d'Anhalt eut l'art de se maintenir en faveur; et l'on n'a plus revu le prince Ferdinand dans les Etats prussiens.

Il faudrait ne pas connaître ou juger bien mal madame la duchesse de Brunswick, pour imaginer que j'eusse pu avoir des liaisons si marquées avec deux de ses fils, sans qu'elle m'eût fait sentir la satisfaction qu'elle en éprouvait. « Madame la duchesse « de Brunswick, votre auguste mère, disait le général Clarke « au prince Frédéric, est la bonté, la raison et la vertu per« sonnifiées. » Cet éloge était beau et n'était pas exagéré. On conçoit que les dames qui, comme elle, ne sortent jamais de la ligne tracée par le devoir et la vertu, et qui y marchent avec autant de simplicité que de constance, ont peu d'anecdotes piquantes à offrir à la curiosité. Leur histoire tout entière se réduit à un seul fait, à un seul mot, au mot du général Clarke.

Toutes les fois que cette princesse venait à Berlin, ce qui lui arrivait assez souvent, elle me faisait immédiatement savoir à quelle heure je pourrais en être reçu, et me témoigner le plaisir qu'elle aurait à me voir.

Elle voulut que j'eusse d'elle un souvenir, et m'envoya de Brunswick une écritoire précieuse par la matière et le travail; elle le fut surtout, pour moi, par les motifs et les sentiments auxquels j'en fus redevable.

La mort de cette princesse si respectable à eu cela de particulier, qu'elle a laissé à tous ceux qui la connaissaient des regrets qui n'ont fini qu'avec eux.

TROISIÈME PARTIE.

FRÉDÉRIC LE GRAND
ET SA COUR.

FÊTES, ALLIANCES, COURTISANS.

CHAPITRE I.

État de la cour de Frédéric le Grand.

On a dit que la cour de Frédéric n'était composée que de ses soldats et de quelques philosophes ou gens de lettres : ce mot est vrai dans ce sens qu'il ne voyait guère, en effet, que ces deux classes de personnes ; et que ce n'était que dans des occasions bien extraordinaires qu'il y avait chez lui d'autre étiquette que celle qui convenait à ses goûts et à sa manière de vivre. Cependant les grandes dignités ou charges de la couronne n'ont jamais été formellement abolies : lorsqu'elles n'ont pas été occupées, on ne les a regardées que comme vacantes, et on en a donné le titre à diverses personnes, lorsque la politique a paru l'exiger.

Quand je conviens que Frédéric réduisait, autant qu'il le pouvait, ce que l'on entend par *cour* dans toute l'Europe, c'est qu'en effet tout cet entourage d'étiquette et de faste, qui ne peut qu'embarrasser et contrarier le prince laborieux, consistait pour ce roi en un ou deux chambellans, dont il avait besoin pour lui présenter les étrangers et voyageurs, ou autres personnes qu'il voulait recevoir. Telles étaient les fonctions du comte de Nesselrode et de M. de Goërtz, auxquels succéda le marquis de Luchesini.

Le goût de Frédéric pour ce qu'on peut appeler la liberté personnelle tenait principalement à deux points capitaux, la volonté ferme de se ménager les moyens de remplir ses devoirs et de satisfaire une vaste et noble ambition, et le désir insatiable de connaître et de juger par lui-même, et par conséquent de voir beaucoup par ses yeux et d'étudier sans cesse. C'est à ces deux ou trois principes que se rattachent et son extrême activité et l'inébranlable énergie de son âme. C'est aussi aux mêmes causes qu'il faut attribuer l'envie qu'il a eue, étant jeune, de voyager.

L'habitude et l'amour du travail rendaient la solitude si chère ou si nécessaire à Frédéric, que quand même ses parents, ou des princesses et princes étrangers qu'il avait le plus de plaisir à voir, venaient lui faire visite il les gardait toujours le moins qu'il lui était possible. Ainsi Paul Ier, grand-duc de Russie, venu à Berlin pour y arrêter son premier mariage; la reine de Suède, venue pour le voir après trente ans de séparation; la duchesse de Brunswick, cette sœur si constamment chérie; la duchesse douairière de Saxe, fille de l'empereur Charles VII, etc., n'étaient arrêtés à Potsdam que très-peu de jours. Il prenait des tournures singulières pour les renvoyer, en conservant toutefois les formes les plus polies. « J'ai appris, « ma chère sœur, disait-il, que vous alliez me quitter pour « aller voir nos frères et sœurs; cela me fait beaucoup de « peine; j'aurai bien peu joui du plaisir d'être avec vous; mais « vous aurez plus d'agrément à Berlin que dans cette solitude « et auprès d'un homme aussi occupé que moi. Il est juste que « je me sacrifie. C'est demain matin, dit-on, que vous partez. « Je ne vous dis pas adieu; je compte que je pourrai encore

« vous revoir ce soir, et vous assurer de tous mes vœux « pour votre santé, etc. » C'est ainsi, ou en des termes équivalents, qu'il congédiait des personnes qui n'auraient pas mieux demandé que de rester plus longtemps auprès de lui, et qui n'avaient pas songé à dire un mot de leur départ.

Quelque envie néanmoins qu'il eût d'être seul, il faisait galamment les sacrifices que les convenances ou la politique commandaient. Ainsi, il retint le grand-duc de Russie plusieurs jours à Potsdam, et vint le voir une ou deux fois à Berlin; mais il profita de cette gêne pour faire faire de belles manœuvres, qui exercèrent ses troupes. D'ailleurs, quand il venait ainsi à Berlin, ce n'était tout au plus que pour vingt-quatre heures. C'est ce que j'ai vu, non-seulement dans les occasions dont je viens de parler, mais encore aux époques des différents mariages célébrés à la cour. Il faisait de bonne grâce ces sortes de corvées, quand il croyait les devoir faire; mais la preuve que ce n'était qu'un sacrifice, c'est que, hors ces cas extraordinaires, il ne lui arrivait jamais de sortir du cercle qu'il s'était tracé.

D'après ce qui précède, on voit qu'outre les fêtes publiques, à la suite desquelles viennent naturellement se placer les alliances contractées de mon temps, il ne nous reste à recueillir dans ce volume que les anecdotes relatives à des personnes de la cour, à des voyageurs, et à des ministres étrangers.

CHAPITRE II.

Fêtes de la cour et alliances.

Les fêtes de la cour de Berlin étaient bien peu de chose. Il y en avait une chez la reine à son jour de naissance : le roi ne manquait pas d'y paraître ; il s'y rendait en bas de soie ; mais il n'y restait guère qu'une demi-heure. Du reste, cette fête consistait, indépendamment de quelques parties de jeux, en un concert, un bal et un souper. Je ne parle pas de la foule de ceux qui s'y rendaient par devoir, bienséance et politique, cette foule était très-grande.

Il y avait tous les ans une autre grande fête chez le prince Henri, le jour de la naissance du roi. C'était un bal masqué. Ainsi que je l'ai dit, quatre mille personnes, à peu près, y étaient admises ; mais il fallait que les dominos ou habits de caractère fussent en soie. L'ordonnance de cette fête était fort belle : une immense galerie et plusieurs grandes salles richement décorées avaient des orchestres bien composés et des buffets de rafraîchissements très-bien fournis. J'y ai vu une très-belle femme habillée à la grecque, et fort élégamment mise. Elle arrivait de Constantinople, et n'étant encore connue de presque personne, elle mit tous les princes aux champs par son érudition. S'adressaient-ils à elles en allemand, elle répliquait en français ; employaient-ils cette seconde langue, elle recourait à l'italien ; se servaient-ils de cette troisième, elle répondait en anglais : il s'en trouva cependant qui purent encore la suivre ; mais elle parla portugais, ensuite turc, et personne ne put aller jusque-là. Ce fut un véritable triomphe pour cette dame.

Le prince Henri était ce jour-là en Arménien, ayant un écrin très-riche qu'il voulait vendre à toutes les dames. Le colonel Quintus s'y présenta en capucin de laine, et on le renvoya en lui disant de se faire capucin de soie. Au reste, et à l'exception des révélations qui amenèrent le divorce de Frédéric-Guillaume, alors prince royal, le résultat de ces sortes de fêtes était de donner lieu à mille petites aventures, qui ensuite amusaient le public pendant une semaine ou deux.

Les jours de naissance des autres personnes de la famille royale étaient aussi autant de sujets de fêtes à la cour, mais moins brillantes et par conséquent bien moins suivies.

Hors de là, et à moins de quelque événement extraordinaire, il n'y avait durant l'année que les jours de cour chez la reine, ce qui n'était qu'une affaire d'étiquette, et le temps du carnaval, durant lequel sa majesté donnait quelques bals ou concerts, et célébrait de cette sorte le jour de l'an, celui des Rois, etc. Ce qu'on nomme le carnaval à Berlin embrassait une partie du mois de décembre et de celui de janvier. Le roi n'arrivait guère avant le 19 décembre dans sa capitale, et il retournait à Potsdam au plus tard le 23 du mois suivant. Dans cet intervalle, on avait deux opéras et deux redoutes par semaine : lorsque le roi venait souper à ces redoutes, il se retirait au sortir de table; mais de mon temps il venait rarement; il était bien plus assidu à assister aux opéras. Il se plaçait toujours derrière l'orchestre : souvent il se tenait debout, et suivait avec une grande attention, et la lorgnette à la main, les musiciens et les chanteurs qui l'intéressaient le plus, surtout dans les morceaux ou passages remarquables. L'opéra est à Berlin un spectacle italien payé par le roi; l'entrée en est par conséquent gratuite : il faut néanmoins des billets pour y être admis, à moins qu'on ne veuille aller au parterre; mais comme chaque régiment de la garnison a le droit d'envoyer à ce parterre tant d'hommes et de femmes par compagnie, il arrive que, quelque vaste qu'il soit, les bourgeois ont bien de la peine à y pénétrer, et y sont très-mal (1). Pour les loges, elles ont des déstinations particulières : on sait à quel corps chacune appartient : celle de l'académie est assez grande pour contenir douze à quinze personnes ; mais elle est au rang le plus bas, et a l'inconvénient d'être trop près des soldats, qui pour l'ordinaire font beaucoup de bruit, et même empêchent quelquefois de voir, non-seulement parce que les grenadiers gardent leurs bonnets sur leur tête, mais parce qu'il en est même qui font monter leurs femmes sur leurs épaules, ce qui né fait pas de l'opéra de Berlin un spectacle très-décent. Au reste, le bâtiment est renommé par son architecture ; l'orchestre est fort bon, et j'y ai entendu des chanteurs distingués, tels que Porporino et Conciolini, auxquels Frédéric donnait, indépendamment des feux, quinze mille francs d'appointements. Quant à la danse, le roi ne voyait en elle qu'un accessoire obligé à un spectacle de cette nature ; elle ne participait pas à l'intérêt particulier que lui inspirait la musique : c'était la partie faible de ce théâtre : néanmoins j'y ai vu quelques bonnes danseuses, telles qu'une demoiselle Gasparini, une dame Desplaces, etc. Dans les derniers temps, Frédéric cherchait à économiser sur tout ce qui était casuel, et ne donnait plus à chacun de ses principaux sujets que deux ou trois paires de bas et de gants pour tout le carnaval.

La persuasion où l'on était que le roi attachait fort peu d'importance aux fêtes de la cour, et que la reine, toujours bonne, ne se plaindrait jamais, autorisait même les chanteurs les mieux payés à refuser de chanter dans les fêtes de la cour où l'on désirait avoir quelques concerts. Ces hommes qui pour quinze mille francs n'avaient à monter sur les planches que douze fois par an au plus, refusaient très-cavalièrement de chanter chez la reine, lors même qu'elle les en faisait prier. Conciolini,

(1) Lorsque Frédéric, jeune roi, eut fait bâtir cette salle, on trouva, aux premières représentations, que ce vaste parterre, presque vide, attristait le spectacle : le remède fut de le remplir de soldats. C'est ainsi que les bourgeois ont été punis du reste d'éloignement qu'ils avaient encore pour la cour depuis le règne de Guillaume Ier.

surtout, était presque toujours enrhumé lorsqu'il recevait une invitation semblable. Tout le monde en était scandalisé. Ses airs renchéris cependant lui valaient parfois des mortifications assez sensibles. Le prince Dolgorouky ayant reçu un jour ce Conciolini avec un maître de chapelle de l'impératrice de Russie, dit à ce dernier : « M. Conciolini chante admirablement bien ! — « Mon prince, reprit cet acteur, ne me priez pas de chanter, je « ne le pourrais pas. — Monsieur, répliqua le prince, je ne pen- « sais pas à vous en prier ; je parlais de votre voix, sans avoir « envie de l'entendre. » Il a souvent reçu de pareilles leçons, qui pourtant ne l'ont pas corrigé.

Le roi avait aussi une petite troupe pour les opéras buffa, mais il était fort rare que cette troupe jouât, ou que le public pût en profiter ; je n'ai vu ce spectacle que deux fois à Berlin, et au château.

Avant de parler des fêtes extraordinaires qui ont eu lieu de mon temps, j'en citerai une que la ville de Berlin voulut donner pour témoigner au roi la joie que l'on avait de le revoir, le jour même où il devait rentrer en cette capitale, après la guerre de Sept ans. On avait dressé à la porte de la ville par laquelle il devait passer un grand arc de triomphe, avec les emblèmes les mieux assortis à une circonstance aussi solennelle. Le long des rues qui de là conduisaient au château, on avait placé les inscriptions et allégories les plus honorables. On devait le recevoir et l'accueillir avec les cérémonies et les transports de joie que l'on peut imaginer. Il fut averti de ces préparatifs, changea de route, et parvint *incognito* par une autre porte et d'autres rues jusqu'à son appartement. Craignit-il que cette expression de la joie de ses sujets ne fût regardée comme suggérée ou désirée par lui ? ne chercha-t-il à s'y dérober que parce qu'il aurait eu à y jouer un rôle, circonstance qui lui déplaisait toujours ? ou bien pensa-t-il que ce n'était pas par des fêtes que l'on devait rappeler une guerre aussi désastreuse pour l'Europe entière ? Quels que fussent les motifs auxquels il céda, il n'en est pas moins vrai que j'ai encore vu, bien des années après, combien les Berlinois avaient peine à oublier ce trait, qu'ils attribuaient à une sorte d'indifférence ou de dédain pour eux. C'était de leur part une injustice et l'effet de l'amour propre blessé.

Au nombre des fêtes que la maison royale de Prusse donna de mon temps, pour des mariages ou des alliances, se trouvèrent celles que reçut Paul Ier lorsqu'il vint, étant encore grand-duc, choisir à Berlin la princesse qu'il a ensuite épousée en premières noces à Saint-Pétersbourg.

Je ne sais quelle politique détermina l'impératrice de Russie à envoyer son fils à Berlin pour y faire ce choix : mais vers le mois de juin 1776, la margrave de Hesse-Darmstadt, de qui Frédéric disait qu'elle était *un homme de mérite*, nous arriva avec ses trois filles ; tandis que le général Lentulus allait jusqu'à Memel au-devant du grand-duc, pour de là diriger sa marche et le défrayer jusqu'à la cour de Frédéric. On fit ce que l'on put pour que sa route fût marquée par des fêtes. Son entrée à Berlin se fit par un très-beau jour, à trois ou quatre heures après midi : arcs de triomphe en verdure à la porte de la ville et sur le pont royal, près du château ; des fleurs partout, et nombreux cortége en infanterie, en cavalerie et en voitures, rien n'y fut épargné : on fit raccommoder pour lui les vieux phaétons tout dorés, et autres carrosses de parade de Frédéric Ier, lesquels étaient abandonnés à la vermoulure depuis cinquante ans. Tout décelait les efforts impuissants et disparates faits pour étaler quelque faste. Je fus présenté au grand-duc dans son appartement par l'envoyé de Russie ; je le fus encore avec mes confrères et collègues de l'académie quand il y vint, et à l'école civile et militaire quand il la visita. Formey et Borelly lui adressèrent de fort beaux compliments ; mais personne ne reçut de lui le moindre souvenir ou témoignage de satisfaction. On lui avait cependant donné à son départ de Pétersbourg deux malles pleines de bijoux pour les présents, et il les remporta pleines toutes les deux, non, à ce qu'il semble, qu'il eût de la répugnance à donner, mais parce qu'il était sous la direction de M. le feld-maréchal de Romansow et de M. le comte de Solticoff, qui tous les deux avaient la réputation d'être avares, et qui d'ailleurs pouvaient très-bien imaginer que ce serait faire secrètement leur cour à Catherine que d'empêcher son fils de se faire des partisans en Europe.

Si on n'eut pas à célébrer la magnificence de ce prince, tout le monde du moins fut frappé de sa manière de saluer. En général les grands se baissent fort peu quand ils saluent, mais du moins ils inclinent un moment la tête : le grand-duc faisait tout le contraire ; il donnait un coup d'œil à ceux qui le saluaient, et relevait la tête, qu'il n'avait point baissée : il ne se permettait en un mot que la seconde partie du salut, qui de cette sorte ressemblait tout à fait à un signe de domination. Je dirai encore qu'il parla fort peu, et qu'on n'eut pas à citer un mot qui vînt de lui.

Lorsqu'il alla à Potsdam, Frédéric fit faire devant lui et pour lui des manœuvres qui furent très-bien exécutées : le feld-maréchal Romansow, par qui on voulait surtout qu'elles fussent bien suivies et bien observées, parut en être émerveillé : dans la sorte d'admiration qu'elles lui causèrent, il s'adressa à l'un des généraux prussiens, et lui dit : « Ces manœuvres sont admira-« bles ; mais il me semble que c'est une imitation de quelque « fameuse action de l'antiquité : dites-moi, je vous prie, si ce « n'est pas de l'Alexandre, de l'Annibal ou du César. » Le Prussien fut très-embarrassé pour lui répondre, ne sachant comment lui apprendre, sans le mortifier, que ces manœuvres étaient une imitation des deux grandes batailles que lui-même Romansow avait livrées aux Turcs, et par lesquelles il les avait si complétement battus dans la précédente guerre ; imitation qui, de la part de Frédéric, était une galanterie aussi flatteuse que délicate. On conçoit, au reste, que cette méprise du général russe devint bientôt une anecdote précieuse pour tous les militaires prussiens.

Lorsque le grand-duc fut au moment de son départ, Frédéric

vint à Berlin pour lui dire adieu. C'était un dimanche : il y eut à la cour un grand souper où l'on employa la vaisselle d'or. Il faisait excessivement chaud, et le nombre des curieux était si grand dans la salle où l'on soupait, que tout le monde y étouffait. Frédéric ordonna de faire sortir les spectateurs ; mais dans le moment même il démêla dans la foule deux hommes qu'il jugea être des étrangers, et il leur envoya dire que l'ordre ne les concernait pas, et qu'ils pouvaient rester. Ces deux hommes étaient Pigal le sculpteur, et un officier français de la garnison de Strasbourg. Le premier, ayant achevé de placer le monument du maréchal de Saxe, eut occasion, un jour qu'il soupait avec plusieurs militaires, de témoigner les regrets qu'il avait de n'avoir jamais vu le roi de Prusse. On lui observa qu'étant à Strasbourg, il se trouvait presque à moitié chemin de Paris à Berlin : mais il lui restait la difficulté de faire seul le reste de cette route, dans un pays dont il ne savait pas la langue, lorsqu'un des convives offrit de l'accompagner. Le marché fut conclu sur-le-champ ; ils partirent dès le lendemain, et arrivèrent à Berlin le soir même où Frédéric faisait ses adieux au grand-duc. Pigal ayant beaucoup connu dom Pernety, bibliothécaire du roi de Prusse, parvint à le joindre à l'instant même de son arrivée ; et dom Pernety envoya les deux voyageurs au château, avec les instructions nécessaires pour y être admis. Deux jours après il les conduisit à Potsdam. Ils se mirent à parcourir les jardins de Sans-Souci vers onze heures du matin, lorsqu'ils aperçurent à quelque distance le roi qui, tenant un livre à la main, venait s'y promener, précédé de ses trois petites levrettes : ils cherchèrent à s'écarter ; mais ils avaient été vus. Ils eurent à l'instant la visite d'un page, qui vint leur demander qui ils étaient. Pigal répondit qu'il était *l'auteur du Mercure*, réponse sur laquelle Frédéric jugeant que c'était M. de la Place, qu'il n'aimait pas, se retira en disant : « Je n'ai que faire ni de son Mercure ni de lui. » Si Pigal avait simplement dit son nom, il aurait certainement eu la satisfaction de parler au roi, et même il en aurait été très-bien accueilli, d'abord à cause du tombeau du maréchal de Saxe, et ensuite parce que Frédéric estimait beaucoup cette statue de Mercure que notre sculpteur avait faite, et que ce monarque possédait, mais à laquelle il ne songea pas en ce moment. C'est ainsi que Pigal fut puni pour avoir cru l'un de ses ouvrages plus célèbre que lui-même. Il revint de Potsdam le même jour, et partit le lendemain avec son officier, qui, faisant cette course *incognito*, était pressé de retourner à sa garnison.

Frédéric, en voulant jouer la magnificence pour la réception du grand-duc de Russie, n'oublia pas néanmoins ses principes d'économie. Il examina en détail les mémoires des dépenses que Lentulus avait faites ou ordonnées : il les trouva exagérées et peu fidèles; son général fut mal reçu, et partit quelque temps après pour retourner en Suisse, sa patrie : son crédit d'ailleurs avait déjà souffert d'une autre aventure qui a trouvé sa place dans un précédent article, et qui, comme je l'ai dit, brouilla Frédéric avec l'ancien prince Ferdinand de Brunswick.

Lorsque le grand écuyer reçut ordre de faire promptement et convenablement réparer les vieux chars et phaétons, et tous les harnais dorés de Frédéric Ier, il commença par faire dresser un devis de ces réparations, et manda au roi qu'il en coûterait au moins dix mille écus. Le monarque lui répondit : « Je sais « bien que votre excellence est généreuse et magnifique; mais « moi, qui ne me soutiens qu'à force d'économie, je ne suis « pas assez heureux pour pouvoir suivre votre exemple. Ce qui « me tranquillise, c'est que je sais aussi combien votre excel- « lence est industrieuse et attentive : je suis donc assuré qu'elle « voudra bien faire faire les réparations dont il s'agit pour six « mille écus. C'est tout ce que je puis y mettre. Ainsi donc « six mille écus, pas un sou au delà; mais que tout soit bien. » Il fallut qu'en conséquence de ce persiflage, tout aussi impérieux que l'ordre le plus sévère, le pauvre grand écuyer trouvât moyen de suffire avec une si modique somme à tout le travail que requéraient les circonstances.

Après avoir rappelé d'illustres fiançailles, je passe à des noces également illustres.

Le premier mariage qui se soit fait de mon temps dans la famille royale fut celui de l'héritier du trône avec sa cousine, jeune princesse de Brunswick : mariage malheureux, et qui fut célébré à Charlottenbourg.

Le second, fut celui du stathouder avec la nièce de Frédéric, sœur unique du prince de Prusse, l'une des plus belles princesses de la cour, au moins jusqu'à ce que la petite vérole lui eût gâté le teint et grossi les traits. Ce mariage fit grand plaisir à Frédéric, chez qui l'affection qu'il avait eue autrefois pour la mère semblait se reporter sur la fille. La politique d'ailleurs paraissait s'accorder parfaitement en cette occasion avec les affections particulières et personnelles ; car le roi de Prusse regardait le stathoudérat comme une véritable souveraineté héréditaire. Je me souviens qu'en me parlant de l'espèce de pente naturelle qui fait insensiblement marcher les gouvernements vers un but déterminé et qu'il est presque toujours facile de prévoir, il me cita la Hollande, « où, disait-il, une charge d'abord « élective et ensuite héréditaire, d'abord fort circonscrite, et « ensuite plus étendue quant à ses pouvoirs, finira indubitable- « ment pas n'être plus qu'une souveraineté : déjà, ajoutait-il, on « voit le stathouder parvenu à un point où il ne manque plus « guère que le nom pour être roi ; et si ce nom ne lui est pas « accordé par la suite, le sien en deviendra l'équivalent. »

Ces motifs, ces considérations firent célébrer ce mariage avec pompe : on n'épargna rien ; nous eûmes bals, opéras, redoutes, etc ; et le roi assista à toutes ces fêtes. On voulut des vers sous tous les titres et sous toutes les formes. On vint m'en demander, à moi qui m'annonçais pour n'en faire jamais ; et j'en fis une vingtaine.

Une jeune et aimable dame française, qui mourait d'envie de voir et la cour et une redoute, s'adressa à moi pour obtenir cette complaisance de son mari, auquel elle n'osait la demander.

Ce mari, nommé M. de la Lande, y mit seulement pour condition qu'il ne serait point de la partie, et que nous serions de retour à minuit et demi : ainsi nous prîmes pour quatrième le comte de Reichenbach, officier des gendarmes et mon ami, et nous partîmes vers dix heures. Nous fîmes deux ou trois fois le tour des cinq tables où l'on soupait, l'une présidée par le roi, qui avait à sa droite le prince de Prusse, à sa gauche les nouveaux mariés ; la seconde présidée par la princesse de Prusse ; la troisième par le prince Henri ; la quatrième par le comte de Finckenstein, ministre des affaires étrangères ; et la cinquième par le gouverneur de la ville. La princesse de Prusse, qui avait à sés côtés les deux princes de Brunswick ses deux frères, me fit appeler, me demanda quelles étaient les personnes de ma compagnie, me remercia de l'amitié qu'elle savait bien, disait-elle, que j'avais pour ses frères, m'assura que j'étais payé de retour, et enfin ne me renvoya que sous le prétexte de ne pas m'enlever plus longtemps aux dames avec qui j'étais. Ce fut cette princesse et la nouvelle mariée qui commencèrent le bal par une anglaise dont la chaîne était fort longue. La princesse d'Orange était chargée de diamants ; la princesse de Prusse n'en avait aucun dans son ajustement, aussi agréable que simple : mais elle avait tant de grâces, de légèreté et d'agréments dans toute sa personne et dans ses mouvements, qu'elle seule fixait et arrêtait tous les regards.

CHAPITRE III.

Courtisans. — L'abbé Bastiani. Le comte de Kameke.

L'abbé Bastiani, espèce de colosse d'apparence lourde et épaisse, mais fin, rusé, ayant ou feignant d'avoir la vue basse, d'une figure d'ailleurs massive et ignoble, avait été, dans je ne sais quel ordre, moine en Italie, où il était né. Les émissaires du gros Guillaume, instruits de sa taille peu ordinaire, le guettèrent, et l'enlevèrent de l'autel un jour qu'il disait la messe dans un village, du côté du Tyrol et des Grisons. Arrivé à Berlin, il fut fait simple soldat; mais son aventure parut plaisante et devint publique. Le prince royal fut curieux de voir comment cet homme accoutumé au froc portait l'uniforme; et cette entrevue commença une liaison qui tarda peu à faire la fortune de cet ex-moine, assez heureux pour montrer de l'esprit à ce prince et parvenir à l'intéresser en sa faveur. Dès que Frédéric fut sur le trône, il le retira de son régiment, non pour en faire un moine, mais pour le métamorphoser en abbé. La première place de chanoine qui vint à vaquer à Breslaw, après la conquête de la Silésie, lui fut donnée; et dès cette époque l'abbé Bastiani fut, dans le monde prussien, courtisan et chanoine, à quinze mille livres de rentes, partageant son temps entre sa stalle, les boudoirs des dames, et surtout les palais des rois ou les hôtels des grands.

L'abbé Bastiani ne s'amusait pas à montrer de l'esprit dans de vaines conversations. Il était souvent silencieux, quoique fort éloigné d'être inactif. Essentiellement observateur, il écoutait tout ce qui se disait, voyant tout ce qui se faisait, jugeant avec sagacité des moindres circonstances, toujours la lorgnette en main, recueillant tout, épiant, devinant et appréciant avec assez de justesse pour se tromper rarement. Il s'amusait des épigrammes des autres ; lui-même n'en faisait point. On ne cite de lui qu'une seule réponse. Frédéric, s'étant convaincu qu'il aspirait à être plus que chanoine, se mit à le plaisanter. « Oh ! « lui dit-il, un homme de votre mérite, et qui a des talents « comme les vôtres, ne peut pas en rester au cran où vous « êtes ; vous irez nécessairement au delà ; vous monterez jus- « qu'à la prélature, jusqu'à l'éminence, et même jusqu'à la « tiare. Mais que serai-je, moi, lorsque vous aurez atteint ce « dernier terme ? Je parie que vous me refuserez votre béné- « diction, et que vous ne m'admettrez pas même à baiser à « genoux votre sainte pantoufle ! Si alors quelqu'un ose vous « parler de moi, il me semble vous voir et vous entendre ré- « pondre avec une vive indignation : *Qui ? cet hérétique, cet « impie, ce gibier d'enfer ? Je le maudis ! je le damne ! qu'on « ne m'en parle plus !* » L'abbé, dans l'attitude d'un homme qui fait le plongeon, se contentait de dire en se récriant : *Ah ! sire, Ah ! sire*, comme s'il demandait grâce. Par malheur, Frédéric, qui dans ces occasions était l'homme du monde qui faisait le moins de grâce, allait toujours en avant. « Mais en- « fin, lui dit-il, quand vous serez pape (il est sûr que vous le « serez), si alors je vais à Rome, il est important, mainte- « nant que je vous tiens encore, que je sache quelle réception « vous me ferez. Ainsi, voyons, lorsque je paraîtrai devant « votre sainteté, que me dira-t-elle ! — Sire, je dirai : *O puis- « sant aigle, couvre-moi de tes ailes, et sauve-moi de ton « bec !* »

Le comte de Kameke, dont il me reste à parler, étant jeune, avait été officier dans le corps des gendarmes. Un de ses voyages l'ayant conduit en Hollande, il y devint éperdument amoureux d'une comtesse de Golowkin, dont la mère était née comtesse d'Ona (maison illustre en Prusse), et dont le père était ambassadeur de Russie à La Haye, où ensuite il est mort. Ce comte de Golowkin avait été ambassadeur extraordinaire de la même puissance au congrès de Soissons, où sa fille, âgée de dix ans, l'avait également accompagné. Le jeune M. de Kameke en fit la connaisance quelques années après, et lorsqu'elle était dans tout l'éclat de la beauté. Notre jeune voyageur l'ayant demandée en mariage, M. l'ambassadeur répondit qu'il ne donnerait sa fille qu'à un comte; réponse qui ramena M. de Kameke dans son pays, où il sollicita et obtint ce titre, que son grand-père avait refusé de Frédéric Ier, en disant à son maître que l'un des plus anciens gentilshommes de sa province ne devait pas devenir le dernier comte du royaume.

M. de Kameke quitta le service; et comme par les terres qu'il possédait en Westphalie, en Poméranie et en Brandebourg, il avait une fortune immense, il obtint la charge de grand maître de la garde-robe, sous la clause néanmoins de n'en jamais faire les fonctions. Ce fut alors qu'il alla épouser sa belle comtesse, qui d'ailleurs avait un mérite rare, et qui par conséquent méritait bien tout ce que son amant fit pour l'obtenir. Elle méritait plus; elle méritait d'être heureuse, et elle ne le fut pas. Son mari, vain, fastueux, libertin, avait plus de prétentions que de savoir et de délicatesse. Non-seulement il eut des maîtresses, mais il alla jusqu'à demander que son épouse en reçût une chez elle. La comtesse refusa avec autant de fermeté que d'indignation; et de là rupture ouverte. Lorsque, assez longtemps après, le prince royal épousa sa cousine, la princesse de Brunswick, M. de Kameke, plus orgueilleux que repentant, fit paraître devant la porte de sa femme, et au moment où elle allait partir pour assister à Charlottenbourg aux fêtes de ce mariage, une voiture magnifique, avec un attelage de quatre chevaux superbes; elle refusa absolument de s'en servir, déclarant que les hochets de la vanité ne pouvaient remplacer les sentiments, ni dédommager du défaut de procédés. Depuis cette époque, M. le comte s'adonna au punch et aux vins de liqueur : sa santé s'altéra. Pour se rétablir, il alla aux eaux de Bath, où il mourut, laissant deux fils et une fille.

CHAPITRE IV.

Poëllnitz.

Le baron de Poëllnitz était un de ces vieux courtisans qui sont toujours aimables quand ils veulent l'être, toujours dangereux lorsque l'intérêt, la politique ou le caprice les engagent à le devenir, et toujours considérés tant à cause de ce qu'ils ont été, qu'à raison de ce qu'ils peuvent être ou faire encore, et alors même que depuis longtemps ils ont cessé d'être estimés. On connaît ses Lettres ou Mémoires, ouvrage dans lequel on trouve, malgré les fables dont il fourmille, assez de vérités pour prononcer sur ses qualités morales. Né riche, descendant des Poëllnitz, anciens barons de l'Empire, originaires de la Franconie, et dernier rejeton de la branche de cette famille établie en Brandebourg, il fut, comme notre maréchal de Richelieu, destiné à être témoin de trois règnes consécutifs. La conversation d'un tel vieillard, quand d'ailleurs il a autant d'esprit que de mémoire, ne pouvait manquer d'être fort intéressante pour ceux devant qui il voulait bien s'ouvrir, et qui n'avaient point à le craindre. Telle a été ma position envers lui : j'ai pu quelquefois lui être utile, et il n'a jamais pu espérer de me faire aucun tort; il ne m'a même montré qu'une seule fois à quel degré il était capable de porter la perfidie.

Depuis plusieurs jours, il m'avait conté une infinité de traits odieux contre le roi et contre les autres personnes de la famille royale, lorsqu'à la suite de l'une de ces conversations, prenant un air bénévole et confidentiel, il me dit qu'il croyait devoir m'avertir de prendre garde à moi ; que j'étais franc et que cette honnêteté de caractère pouvait m'exposer à de grands dangers. Surpris de ce conseil, que rien de ma part n'avait provoqué, je répondis que l'on serait trop malheureux si l'on se livrait à la crainte de la calomnie ; qu'à cet égard, je me reposais de tout sur ma bonne fortune ; que si néanmoins quelqu'un cherchait à me calomnier, je trouverais dans mon courage, ma conduite et le témoignage de ceux qui me connaissaient, et auprès du roi lui-même, le moyen de le confondre ; et qu'au besoin je le prendrais lui-même à témoin que j'avais constamment été plus modéré, plus retenu et plus juste que tous ceux avec qui je m'étais trouvé. Cette réponse, faite avec calme et fermeté, parut l'embarrasser ; et jamais depuis il n'est revenu à cette idée plus odieuse encore que menaçante.

Ce baron, étant encore fort jeune, avait assisté, en 1700, au sacre de Frédéric Ier. Peu d'années après, il fut page de ce roi ; ensuite il voyagea. Il vint à Paris ; y resta presque tout le temps de la régence, et fut particulièrement bien venu de la mère du régent, que l'on appelait *la princesse palatine*. Cette princesse, qui écrivait chaque jour à tous les souverains de l'Europe, et dont on conserve encore les lettres dans plusieurs cabinets, avait cour chez elle tous les soirs. Elle y siégeait devant une sorte de bureau un peu exhaussé, ayant à ses côtés deux tables de jeu, placées de manière que presque sans se déranger elle pouvait voir et suivre des yeux le jeu de deux personnes de chacune de ces tables : c'était là son occupation lorsqu'elle n'écrivait point ; mais aussitôt que quelqu'un entrait et s'approchait d'elle pour la saluer, elle quittait tout pour demander, *Quelle nouvelle ?* Et comme on était très-bien venu à lui en donner, on en imaginait lorsqu'on n'en avait pas : elle ne les avait pas entendues, que sans autre examen, elle reprenait toutes ses lettres commencées, pour y consigner tout ce qu'on venait de lui débiter ; et c'est ainsi que sa correspondance offre, au milieu de tant de futilités et de gravelures, une foule d'anecdotes plaisantes ou importantes, mais aussi souvent fausses que vraies (1).

Le baron de Poëllnitz n'était pas, on peut bien le croire, des derniers à lui raconter beaucoup d'histoires du jour : il n'arrivait jamais les mains vides. D'ailleurs, il contait très-agréablement ; ses yeux et sa physionomie ajoutaient à la valeur des mots, et relevaient encore le fond même des choses. Il était, au reste, d'autant mieux accueilli, qu'il offrait à la princesse l'occasion de reparler la langue de son enfance. Ils trouvaient d'autant plus de charme à causer ensemble, que rien n'étant plus rare alors que de trouver à la cour de France quelqu'un qui entendît l'allemand, ils profitaient de l'ignorance des autres pour les tourner en ridicule, même en leur présence ; genre de méchanceté où le baron excellait, et qui convenait parfaitement au caractère de la princesse. Aussi peut-on dire que personne n'a été plus en faveur que lui à cette cour. Dès qu'il paraissait, on se hâtait de l'accueillir par, *Ah! bonjour, mein landsmann* (2) ! Et lorsqu'il ne paraissait pas, on envoyait demander si le *landsmann* était malade.

Dès le commencement du système de Law, Poëllnitz songea à profiter de sa faveur : il obtint sans peine d'être mis au nombre des heureux, et il opéra assez bien pour avoir en peu de temps des sommes considérables. « J'ai eu là, me disait-il « en me montrant sa poche, quatorze cent mille francs bien « comptés. — Et qu'est-ce que cette somme est devenue ? lui « demandai-je. — Quand le discrédit commença à succéder

(1) Le prince Frédéric-Auguste de Brunswick a fait un extrait des lettres de cette princesse, qui sont conservées à la bibliothèque de Wolfenbuttel, extrait qu'il nous a lu en partie chez madame du Troussel. C'est un mélange incroyable d'anecdotes et de fables absurdes : il y a même des passages d'un cynisme singulier. Du reste, on voit qu'elle avait une très-haute idée de Louis XIV, mais qu'elle détestait bien cordialement la Maintenon, qu'elle ne désigne que par le nom de la *Bête méchante* et autres épithètes semblables.

(2) Mon pays.

« à la fureur du public pour les papiers de Law, je fus du « nombre des nigauds qui, ne connaissant pas assez le génie « de votre nation, crurent que cette défaveur ne durerait pas, « et qu'il fallait attendre. Bientôt les billets perdirent davan- « tage, et j'attendis encore; tout à coup l'édifice entier s'é- « croula, et, ma foi, je n'eus plus rien du tout »

Il s'était lié avec les jeunes gens les plus dissolus; aussi se trouva-t-il mêlé à beaucoup de ces *roueries* alors fort à la mode, et dont le souvenir révolte encore.

Un jour qu'il revenait à Paris, après avoir passé quelque temps à une campagne voisine d'Orléans, et qu'il était à dîner dans une auberge, à l'entrée d'Etampes, il vit un homme fort proprement habillé, et montant un cheval superbe, entrer dans la même auberge, demander de l'avoine pour son cheval, défendre de lui ôter la selle, et prier ensuite le baron de lui permettre de dîner avec lui. Ce dernier y ayant consenti, cet homme eut l'adresse de lui faire dire qui il était, d'où il venait et où il allait. Tous deux étaient en train de causer de fort bon accord, lorsqu'une petite fille d'environ dix ans vint chanter sous leur fenêtre le premier couplet d'un ancien cantique. A l'instant cet homme s'élance jusqu'à l'écurie, bride son cheval, saute dessus, et part comme l'éclair, en jetant un louis à l'hôtesse, et en lui disant : *Vous me rendrez le reste quand je repasserai*. Cartouche, ayant été pris environ un an après, le baron eut, comme toute la cour, la curiosité de l'aller voir. Ce fameux assassin, après l'avoir fixé, lui dit : « Monsieur, j'ai « dîné avec vous à Etampes : un bout de cantique me força de « vous quitter brusquement : la maréchaussée me poursuivait; « sans cela, vous ne seriez pas rentré à Paris. »

Pendant son séjour en France, le baron fit le grand seigneur, et dépensa son bien. Le *système* ne l'ayant pas relevé, il fallut recourir à d'autres remèdes. C'est à cette époque que l'on a dit que, prêt à épouser une veuve très-riche, et la voyant mourir de la petite vérole, il avait passé en Hollande avec l'éerin de cette dame. Ce qu'il y a de sûr, c'est qu'il quitta la France pour la Hollande, et ensuite la Hollande pour l'Italie. Arrivé à Rome, et n'ayant plus aucune ressource, M. le baron de l'empire, né luthérien, forma le projet de se sauver à l'aide des bénéfices, et fit une abjuration solennelle et bien édifiante de toutes les hérésies de Luther. Mais bientôt, soit qu'il conçût quelque autre espérance, soit qu'il eût quelques nouveaux dégoûts à essuyer, il revint à Berlin, où le fantasque Guillaume, successeur de Frédéric Ier, se prit pour lui d'une belle passion, et en fit son chambellan et son favori. Le baron eut le talent heureux d'amuser ce monarque, difficile à manier. Cependant, une chose tourmentait celui-ci : le baron était catholique; scrupule qui fut levé dès que le courtisan eut compris que cela importait à la stabilité de son sort; mais comme Guillaume était réformé, ce ne fut pas dans le giron du luthéranisme que le baron rentra ; le zèle d'une plus grande perfection le fit passer au calvinisme, comme à Rome d'autres motifs lui avaient fait préférer le catholicisme. Après cet acte édifiant, le baron n'eut plus besoin que de son adresse accoutumée pour se maintenir en faveur. Il fut jusqu'à la mort de ce prince son chambellan ordinaire. Outre ses appointements, il en recevait tous les ans des dons considérables. A Noël, le roi avait coutume de lui envoyer six mille reisdalers (vingt-deux mille quatre cents francs) pour étrennes.... « Je te donne selon mes moyens, lui disait « un jour le roi Guillaume : au reste, je sais que ce n'est pas « assez pour tes besoins. Il faudrait un souverain bien autre« ment riche que moi pour faire ta fortune ; encore ne sais-je « pas si l'on pourrait y parvenir, tant l'habitude et ton ca« ractère te rendent dépensier; mais comme d'ailleurs tu me « plais, je fais pour toi ce que je puis. « — « Écoute, » lui disait-il une autre fois, et d'après les mêmes idées, « com« bien te faudrait-il de revenu pour monter ta dépense selon « tes goûts? — Sire, au moins quatre cent mille écus (d'Al« lemagne); encore ne me suffiraient-ils pas. — Tu voudrais

« donc avoir une armée? — Non, sire; je n'aurais pas même « un garde. — Ah! je suis curieux de voir comment tu dépen- « serais une si forte somme. » Et voilà sa majesté qui prend une plume et une grande feuille de papier, et ordonne à son chambellan de bien détailler l'état des dépenses qui lui semblent nécessaires.

Le baron obéit, et commença par évaluer ce qu'il lui faudrait par an pour son jeu, sa garde-robe, ses aumônes, ou quelques cadeaux à faire en certaines rencontres. On trouva l'article raisonnable, et on le porta en compte sans aucune difficulté. Ensuite on monta une maison à la ville et une autre à la campagne, ce qui comprenait l'intérêt d'un double capital, double ameublement, et double frais d'entretien, tant pour l'intérieur que pour les jardins; et tous ces objets ayant encore paru évalués à un taux admissible, on les porta à la suite du premier. On aborda en troisième lieu l'article des domestiques et des équipages, le nombre des personnes et leur dépense, ainsi que leurs gages; le nombre des voitures et des chevaux. « Fort bien « lui disait le roi : je conçois que pour un gentilhomme riche, « qui veut vivre en grand seigneur, il lui faut bien tout cela. » Et tout cela fut porté sur la grande feuille. On évalua en quatrième lieu la dépense de la cuisine, de la cave et de l'office. Guillaume, qui était gourmand, ne fit aucune difficulté d'en admettre le montant. Enfin, le baron lui demanda ce qu'il lui accorderait pour chasse, pêche, fêtes particulières et autres divertissements nobles. Ici, quoique le roi fût plus éloigné que beaucoup d'autres de rechercher ou de priser tous ces amusements, excepté toutefois la chasse, il fut pourtant obligé de convenir qu'il fallait souvent les tolérer, et que, même dans l'hypothèse actuelle, il fallait se ménager les moyens de les procurer à ses hôtes. « Mais au moins, dit-il, j'espère que c'est « tout, et que le démon qui te tourmente n'offrira rien de plus « à ton imagination aussi folle que brillante. — Eh bien, sire, « voyez à quoi montera le total de ces premiers objets. » Guillaume fit le calcul, et trouva pour résultat la somme de quatre cent quarante mille reisdalers à peu près. « Et cependant, lui « dit le baron, je n'ai rien marqué pour les accidents de toute « espèce qui peuvent survenir! Et combien de détails n'ai-je pas « oubliés! Je ne vous ai pas seulement demandé quelques gardes « des bois pour chasser les braconniers, quelques gardes de « nuit pour écarter de ma maison de campagne les maraudeurs, « me conserver le poisson que j'aurai dans mes fossés, et faire « taire, avec de grands bâtons, les grenouilles qui interrom- « praient désagréablement mon repos et celui de mes amis!... « — Va te promener avec tes châteaux en Espagne, fou que tu « es! Cherche un souverain assez riche pour fournir à tes fo- « lies! — Sire, permettez que je n'aille rien chercher; je suis « trop bien auprès de votre majesté; mais, puisqu'elle l'a per- « mis, j'ai voulu lui prouver que sans extravagances, il serait « possible d'employer une fortune même extraordinaire. »

Le baron était du petit cercle des amis qui, tous les soirs, composaient la tabagie de Guillaume, et qui se réunissaient dans un petit bâtiment isolé, et placé à Berlin sur le bord de la Sprée, au fond du jardin qui forme aujourd'hui la place d'armes. Le roi s'y rendait vers les sept, huit ou neuf heures du soir, et y restait jusque vers onze heures ou minuit. On y fumait, on y buvait de la bière, on y causait familièrement de choses diverses. Les meubles se réduisaient à une longue table de sapin ayant de chaque côté un banc du même bois : à un des bouts, se trouvait placé, pour le roi, un fauteuil aussi grossier que tout le reste, et à l'autre bout un second fauteuil à peu près semblable, à cela près que le dossier en était surmonté de deux grandes oreilles de lièvre, symbole accrédité chez les Allemands pour désigner la légèreté et le peu de mérite des personnes. Ce dernier fauteuil était ainsi décoré parce qu'il était réservé à un ancien domestique admis dans cette société, où il servait de messager et de bouffon. C'est là que Guillaume se faisait raconter les anecdotes du jour, que lui-même faisait part de ce qu'il avait remarqué de curieux, et qu'on cherchait à le disposer selon les intérêts ou les passions des assistants ou de leurs amis. Sous ce dernier rapport, personne n'y était plus redoutable ou plus puissant que le baron de Poëllnitz, non-seulement parce qu'il avait plus de crédit que personne, mais aussi parce qu'il était beaucoup plus adroit et non moins passionné.

Cette tabagie devint donc un foyer d'intrigues plus ou moins importantes, et dans le secret desquelles Guillaume fut souvent le seul qui ne fût pas initié. Là se déterminèrent le bien et le mal : voici quelques-unes des anecdotes qui le prouvent.

Un des fumeurs y dit un soir qu'il croyait avoir fait un bon marché en achetant pour telle somme telle terre qu'il nomma. Le baron lui soutint que c'était une affaire malheureuse qui le ruinerait : de là des discussions de détail, dont le résultat, selon le baron, était que si la terre avait pu être payée en entier, le marché eût été favorable; mais que comme il restait dix mille écus à payer, les intérêts de cette somme, quelques réparations indispensables, et les frais de culture ne pouvaient manquer, en cas d'accidents imprévus, d'absorber en peu d'années la terre tout entière et le reste de la petite fortune de l'acquéreur. Guillaume, que de part et d'autre on prenait également pour juge, écoutait tout, et ne disait rien. Un quart d'heure après qu'on eut quitté cet objet pour parler d'autre chose, Guillaume sortit, et fut plus de deux heures absent : on fut à la fin très-embarrassé sur ce que l'on devait faire. Son usage, lorsqu'il se retirait pour ne plus revenir, était de dire *bonsoir*, et il était sorti sans rien dire : ainsi l'on craignait, ou qu'il ne trouvât plus personne s'il revenait, ou de passer ridiculement la nuit à l'attendre, s'il ne devait pas revenir. Enfin, à minuit et demi, il arrive suivi d'un domestique chargé de rouleaux d'or; et il dit en les donnant à celui qui avait acheté la terre : « Puisque Poëllnitz lui-même « convient que tu aurais fait un bon marché si tu avais pu tout « payer argent comptant, et que tu es d'ailleurs un brave et bon « sujet, je te donne les dix mille écus qui te manquent, parce

« que je ne veux pas te voir exposé à être ruiné faute de ce se-
« cours. » Comme le baron avait imaginé ce moyen de lui arracher cette somme, on peut bien croire qu'il eut sa part dans le don qu'il avait fait obtenir, d'autant plus qu'en ces sortes d'occasions il avait coutume de stipuler d'avance ce qu'il aurait en cas de réussite.

Le baron, dépensier incorrigible, en était presque toujours aux ressources, et ne manquait pas alors de s'adresser à tous ceux qu'il savait être riches. Un jour il demanda de cette sorte une somme assez forte à M. de Vernesobre, homme qui, dit-on, avait été à Paris caissier dans l'affaire de Law, et qui avait passé, avec une fortune de cinq millions de livres, de Paris à Berlin, au moment où le *système* allait s'écrouler. Vernesobre avait déjà prêté plusieurs autres sommes à ce courtisan dangereux, de sorte qu'il se détermina à refuser celle-ci : le baron jura de s'en venger, et voici comment il s'y prit. Guillanme, qui faisait bâtir la ville neuve à Berlin, se promenait souvent en calèche dans les rues nouvelles, pour voir où en étaient les travaux qu'il avait ordonnés : souvent aussi, dans ces promenades, il prenait avec lui le baron, qui avait le talent de l'amuser. Ce fut dans une de ces visites que, se trouvant dans la *Wilhelme-Strasse* ou *rue de Guillaume*, le courtisan vanta beaucoup la beauté de cette rue très-large et fort longue, mais observa qu'il faudrait à l'extrémité un bâtiment vaste et élevé qui servît de point de vue : le roi lui demanda quel édifice il imaginait que l'on dût y placer. « Une sorte de palais, répondit le baron; par exemple,
« une imitation en petit du château de Versailles. — Tu te mo-
« ques de moi : fais-en bâtir un si tu veux; pour moi, je ne suis
« pas assez riche pour cela. — Ma pensée n'était point que votre
« majesté dût faire cette dépense, elle en fait d'autres bien plus
« essentielles; mais celle-ci, qui n'est qu'un simple ornement,
« pourrait être faite par quelqu'un de vos sujets, tel que M. de
« Vernesobre : il est si riche ! Pourrait-il employer plus honora-
« blement sa fortune ? et peut-il faire moins pour s'acquitter en-

« vers votre majesté, qui lui a donné un asile et a refusé de le « rendre à la France. — Tu as raison, je lui en parlerai. » En effet Guillaume fit appeler Vernesobre, lui proposa d'exécuter ce plan, et, sur les représentations que cet étranger voulut faire, lui répliqua durement : « Aimes-tu mieux que je te rende « au roi de France, qui te fera pendre? » Le pauvre homme, qui avait déjà fait construire un hôtel dans un autre quartier, fut réduit à se taire et obligé d'obéir : il fit construire sur le plan qu'on lui en donna un palais, qui, avec les jardins et basses-cours, lui coûta près de deux millions, et où les plombs et ferrements seuls furent un objet de près de 400,000 francs. C'est ce même palais que la princesse Amélie, sœur de Frédéric, a acheté de mon temps, pour environ 50,000 livres.

Avant de retirer le baron de Poëllnitz de la tabagie royale, j'en rapporterai encore deux anecdotes.

La première concerne un pasteur du saint évangile, nommé M. de Beausobre, frère aîné de celui qui a été académicien, et fils du célèbre de Beausobre, auteur, avec M. l'Enfant, de quelques ouvrages précieux sur l'histoire ecclésiastique. Guillaume conta un soir que jamais il n'avait été aussi tenté que ce jour-là de donner des coups de cannes; mais, ajouta-il, il s'agissait « d'un prêtre : le peuple m'aurait vu, et en aurait été scanda- « lisé; c'est ce qui m'a retenu Je me promenais avec tel « général, sur la chaussée; » promenade alors assez déserte, vis-à-vis *Mon-Bijou*, « vers le milieu de cette allée, je vois un « prêtre, qui, pour me laisser passer, se range contre un des « saules qui la garnissent. Je dis à mon promeneur : *Tu vas* « *voir comme je vais confondre ce prêtre.* Je m'approche en « effet de cet homme, au moment qu'il me fait sa profonde ré- « vérence, et je lui dis, en le fixant : *As-tu lu le Tartufe de Mo-* « *lière?* Le misérable me répond insolemment, mais d'un ton « cafard : *Oui, sire, et l'Avare aussi.* Mon premier mouve- « ment a été de lever la canne; mais j'ai regardé autour de moi;

« j'ai vu plusieurs personnes du peuple, et je me suis retenu.
« Ah ! la canaille (1)! »

Un autre jour, le roi, qui avait été dîner à Charlottenbourg, se vanta à sa société d'avoir fait une des bonnes œuvres de sa vie, il y avait peu d'heures. « Je me promenais, dit-il, dans mes « jardins, lorsque j'ai aperçu dans une autre allée deux jeunes « filles assez jolies, et mises avec une sorte de propreté recher- « chée pour de petites bourgeoises. J'ai vu d'abord que c'é- « taient deux filles de mauvaise vie, d'autant plus que les gens « de leur condition, quand ils sont honnêtes, travaillent les jours « de la semaine (c'était un samedi), et renvoient leurs récréa- « tions au dimanche. Je les ai fait venir près de moi, et leur ai « demandé d'où elles étaient, quel était l'état de leurs parents, « ce qu'elles faisaient à Charlottenbourg? La plus hardie de ces « deux pies-grièches m'a répondu qu'elles avaient tant ouï dire « que les jardins de Charlottenbourg étaient *charmants*, » (tout cet entretien se faisait en allemand, et ces filles y avaient employé le mot français *charmant*, que Guillaume avait en horreur) « qu'elles avaient obtenu de leurs parents la permission « de les venir voir; et qu'en effet ils étaient si *charmants*, « qu'elles ne pouvaient se lasser de les admirer et de s'y pro- « mener. A ce propos, et surtout au mot de *charmant*, j'ai « bien vu que je ne m'étais pas trompé; c'est pourquoi j'ai « fait appeler l'officier de garde, et les ai fait conduire à Span- « daw, » c'est-à-dire à la forteresse qui est à une grande lieue de Charlottenbourg. — « Votre majesté a bien montré en cela « quel est son zèle pour les bonnes mœurs, » reprit le baron de Poëllnitz, qui avait quelquefois des mouvements d'équité fort heureux. « En effet, pourquoi ces filles ne font-elles pas

(1) C'est le même roi qui, s'apercevant de la frayeur que sa vue avait causée à un homme en face duquel il s'était trouvé inopinément, l'abima de coups de canne pour lui apprendre, disait-il, à ne pas avoir peur de lui à l'avenir.

Bon THIÉBAULT.

« leurs promenades le dimanche, et qu'ont-elles besoin de mêler « dans leur langue ce mot *charmant* qui leur est étranger? « Cependant il serait possible qu'elles ne fussent pas coupables, « et alors votre majesté serait fâchée de les avoir punies, et « d'avoir affligé de bons et braves parents. » Cette observation ne parut d'abord point être du goût du roi : néanmoins le baron insista, et prétendit que des circonstances particulières pouvaient justifier, en pareille occasion, les filles et même leurs parents. Sa conclusion fut que, comme elles avaient dit demeurer rue du Werder, qui est peu éloignée du château, et appartenir à un bas-officier du régiment placé dans ce quartier ; que même elles avaient nommé ce bas-officier, et qu'il n'était pas encore assez tard pour qu'il fût difficile de savoir de tout le voisinage si elles avaient dit la vérité, et quelles étaient les mœurs de cette famille, sa majesté pouvait faire prendre, par un des officiers de garde, les informations nécessaires pour s'assurer si elle ne s'était pas trompée. Guillaume eut l'air à la fin de l'écouter assez attentivement; mais il ne répondit rien. Au bout d'un quart d'heure il sortit, rentra peu après, et congédia aussitôt son monde par un *bonsoir, messieurs.*

Le lendemain matin, Poëllnitz arriva chez le roi avant huit heures, pour recevoir, ainsi qu'il le faisait tous les jours, ses ordres à son lever. En traversant la première salle, il vit deux jeunes filles debout et immobiles dans un coin : occupé d'autres pensées, il n'y fit aucune attention, et ne songea point à l'aventure de la veille. Dès qu'il entra chez le roi, celui-ci lui demanda s'il n'avait pas vu deux jeunes personnes dans les salles, et, sur la réponse affirmative, il lui ordonna de les faire entrer. Elles ne parurent devant ce roi à demi habillé qu'en tremblant; mais elles furent bientôt rassurées. « Je vous ai mal « jugées hier, leur dit-il : je vous ai prises pour des libertines, « et je sais que vous êtes de braves filles. Cependant je dois « vous dire encore que c'est le dimanche qu'on peut se promener, et que l'on doit travailler les autres jours. J'ajouterai que

« vous avez mal fait de vous servir du mot *charmant*, que « vous ne comprenez pas, et qui est un mot malhonnête. Mais « comme je vous ai fait tort, et que j'ai mal à propos affligé « vos parents, je veux vous en dédommager. Tenez, voilà cha- « cune cinq reisdalers (deux mille francs) : je vous en don- « nerai encore autant le jour de vos noces. Allez consoler vos « parents, et continuez, par votre conduite, de mériter la bonne « réputation que vous avez dans votre quartier. » Ces pauvres filles, fatiguées par la marche, la veille, et leurs larmes, tremblantes et interdites, ne savaient si ce qu'elles entendaient n'était pas un rêve ; elles étaient prêtes à se jeter aux genoux du roi pour le remercier, ou pour lui demander grâce, lorsque le baron, qui savait que cela aurait fort déplu au monarque, les prit doucement par le bras, et leur dit : « Prenez ce que le roi « veut bien vous donner ; faites ce qu'il vous dit, et n'oubliez « pas les bons conseils qu'il vous donne. »

Guillaume avait effectivement suivi la veille l'idée que le baron lui avait offerte. Lorsqu'il était allé se coucher, l'officier à qui il avait ordonné de prendre des informations lui avait rapporté que ces deux filles étaient cousines, nées de deux sœurs, mariées l'une à un bas-officier, et l'autre à un paysan de tel endroit ; que celle du village était venue passer quelques jours chez sa tante ; que comme elle devait bientôt retourner chez son père, on avait voulu lui faire voir auparavant le château de Charlottenbourg ; que la tante avait choisi le samedi pour cette promenade, parce que d'autres arrangements ne permettaient pas de la faire le dimanche ; que lorsque le roi les avait vues et fait arrêter, cette tante de l'une et mère de l'autre était assise sur le bord de la rivière, à travailler ; que, voyant le jour baisser, elle avait couru toutes les allées, cherchant et appelant ces deux filles ; que ne les trouvant pas elle s'était adressée à tout le monde pour en avoir des nouvelles ; qu'enfin, arrivée au corps de garde pour interroger ceux qui avaient été en sentinelle dans les jardins, elle avait appris les ordres donnés par sa majesté et exécutés de suite; que, ne doutant plus que ce malheur ne fût tombé sur sa fille et sur sa nièce, quoiqu'elle ne pût en deviner la cause, elle était revenue à Berlin, toujours fondant en larmes et désespérée; que la désolation la plus grande était dans ce ménage; que tout le quartier y prenait une part très-vive, d'autant plus que ces gens étaient aimés et estimés, tous également honnêtes et bien rangés; le père, très-bon soldat et fort exact à ses devoirs; et les femmes, retirées, modestes et laborieuses. Sur ce rapport, Guillaume avait fait dire à la mère d'être tranquille, que ses filles lui seraient rendues le lendemain; et, en même temps, il avait envoyé à Spandaw ordre de les faire repartir sur-le-champ, de manière qu'elles fussent chez lui à son lever.

Une circonstance remarquable, c'est qu'à leur retour il se hâta de leur demander si les soldats ou autres ne leur avaient point manqué d'égard; à quoi elles répondirent que, comme elles n'avaient cessé de sangloter et de se désespérer, on n'avait pu qu'être touché de leur sort, mais qu'on ne leur avait rien dit.

Le baron de Poëllnitz n'a jamais eu sous le règne de Frédéric la faveur dont il avait joui sous Guillaume Ier; mais comme il était d'une ancienne maison, qu'il était homme de cour, et entendait très-bien le service de chambellan; comme il était ancien serviteur et connu de toute la famille royale, que de plus il avait de l'esprit et était adroit et propre à tous les rôles; comme, enfin, il aurait fallu lui payer une pension en le congédiant, et qu'il était plus à propos de lui faire gagner ses appointements, en épargnant cette pension, il n'a jamais eu l'air d'être à la cour un meuble de rebut. Premier chambellan jusqu'à sa mort, il a su se rendre tantôt utile, tantôt redoutable, et presque toujours amusant. Lors des soupers philosophiques de Sans-Souci, il était habituellement du cercle heureux : dans les querelles de famille, il parvenait presque toujours à être ou confident ou médiateur. C'est ainsi qu'il est arrivé à quatre-vingt-quatre ans.

Quand un ambassadeur extraordinaire arrivait à Berlin, c'était lui qui était chargé de tout le cérémonial : s'il survenait un prince ou une princesse de quelque autre pays, il était employé auprès d'eux : en un mot, il était à cette cour la ressource et l'oracle pour tout ce qui tient à l'étiquette, mais sans que Frédéric l'ait jamais aimé, ni estimé, ou plus ménagé que les autres.

Un jour qu'il parlait au roi de sa pauvreté et de ses besoins, chapitre sur lequel il était quelquefois fort éloquent : « Je vou-
« drais bien vous aider, lui répondit son maître ; mais comment
« faire? Vous savez que je ne puis suffire à tout qu'à force d'é-
« conomie, tant ce pays est pauvre! Si vous étiez encore ca-
« tholique, je pourrais vous donner quelque canonicat : j'en ai
« de temps en temps d'assez bons à ma nomination : en ce mo-
« ment même, il en vaque un que je ne sais à qui donner, et
« vous concevez que j'aimerais mieux vous en gratifier que
« bien d'autres. Mais vous êtes maintenant réformé, c'est-à-
« dire attaché à la religion qui malheureusement est la plus
« pauvre de toutes ; elle ne m'offre aucun moyen de vous être
« utile : c'est bien dommage, et je vous assure que j'en ai un
« véritable regret. » Le baron fut trompé à l'air de bonhomie avec lequel Frédéric lui avait dit tout cela : dès le soir même il alla faire son abjuration ; et, persuadé qu'il n'y avait pas un instant à perdre, il vint le lendemain déclarer que, suivant le conseil de sa majesté, il était redevenu catholique, et qu'il espérait qu'un si grand roi réaliserait envers l'ancien serviteur de sa famille les espérances qu'il l'avait autorisé à concevoir. « J'en
« suis vraiment au désespoir, répliqua Frédéric ; mais j'ai donné
« ce matin le canonicat dont je vous ai parlé! Ce contre-temps
« est cruel! Mais pouvais-je deviner que vous étiez si prêt à
« changer encore une fois de religion? Que puis-je faire main-
« tenant?. . . . Ah! je me rappelle qu'il me reste encore à
« nommer à une place de rabbin ; faites-vous juif, et je vous
« la promets. » C'est ainsi que ce baron est redevenu catholique pour le reste de sa vie.

Je l'ai souvent aidé, surtout lorsqu'il était malade, dans la rédaction des lettres qu'il adressait aux princes, aux princesses et au roi, pour obtenir quelques secours; mais rarement elles produisaient un heureux effet : dans une occasion semblable, ce chambellan avait annoncé qu'il était au moment de passer en l'autre monde, et avait demandé le denier nécessaire pour être reçu dans la barque de Caron : Frédéric lui répondit qu'il aimait tant à le voir et à le conserver, qu'il ne lui donnerait jamais un sou, de peur que cet argent ne fût employé pour entrer dans cette maudite barque, qui emmène bien les gens, mais ne les ramène jamais.

Quelques années auparavant, il avait écrit qu'il ne pourrait plus sortir, n'ayant ni fourrage pour ses chevaux ni de quoi en acheter. Le lendemain matin, on trouva sa porte claquemurée de bottes de foin et de paille, entremêlées de quelques sacs d'avoine et de son.

Lorsque tous les ministères et départements rendaient leurs comptes, et versaient leurs caisses dans le trésor, au mois de mai de chaque année, il y avait souvent de petits restes que le roi distribuait à ceux qui l'entouraient. Le baron attendait cette époque avec inquiétude, et recourait à divers moyens pour se rappeler au souvenir de sa majesté : mais si l'on daignait songer à lui, ce n'était guère que pour lui déléguer quelques écus.

Il faut avouer que peu de personnes ont été plus mortifiées que lui, et il le méritait. Quand il avait reçu quelque présent, il faisait tout pour qu'on l'ignorât. Il pouvait y avoir de la politique dans cette conduite; mais on ne l'imputait qu'à l'orgueil et à l'ingratitude. Je le rencontrai un soir en société. Il n'eut rien de plus pressé que de nous montrer une tabatière de racine de bois ordinaire, que le prince Henri lui avait donnée le matin, en lui souhaitant une bonne fête. Nous lui dîmes que sans doute cette boîte lui avait été remise pleine de pièces d'or; il nous répondit effrontément : *Pas un sou*; et cependant nous savions, par un des cavaliers du prince, témoin du compliment et de la remise de la boîte, que nous avions dit vrai.

Le comte de Reuss(1) était, quoique fort déchu de ses grandes richesses, celui qui faisait le plus de bien au baron. Pendant les vingt dernières années de la vie de celui-ci, il lui fournissait les chevaux et le fourrage : très-souvent il lui envoyait quelques pièces de gibier, et lui faisait toutes sortes de présents; mais c'était par les gens du comte de Reuss qu'on le savait : le baron, qui cependant lui paraissait fort attaché, ne faisait de semblables confidences à personne.

Dans un souper où Borrelly et moi, bien instruits de la pénurie où était réduit ce vieux chambellan, nous cherchions à peindre ses besoins au prince Henri, et où, pour toucher ce prince généreux, nous vantions l'esprit, la politesse, et toutes les qualités aimables que l'on remarquait dans ce vieillard, nous eûmes pour réponse ces mots : « Vous avez raison, messieurs, « de plaindre le baron : il éprouve souvent des besoins cruels, « surtout pour son âge; et, quoiqu'il ne puisse les attribuer qu'à « ses propres fautes, je ne compatis pas moins à ses souffances. Quant à ses qualités personnelles, je ne puis m'empê« cher de faire quelques exceptions au bien que vous en dites. « Il a beaucoup d'esprit sans doute; mais combien de fois n'en « a-t-il pas abusé! Il est très-aimable, lorsqu'il veut l'être; « mais il lui arrive trop souvent de ne vouloir l'être que pour « en devenir plus dangereux. Vous le trouvez très-poli; mais il « ne l'est que parce qu'il est pauvre. Je ne veux pas affaiblir les « principes d'humanité qui vous inspirent tant de zèle; mais « soyez bien assurés que si le baron était encore ou redevenait « aussi riche qu'il l'a été, il serait, même envers vous, le plus « arrogant des gentilshommes de l'Empire. Ainsi, faisons-lui

(1) Henri XLVIII°. Tous les mâles de la branche de cette famille, établie à Berlin, portent le nom de Henri; l'aîné ajoute à ce nom un numéro.

« du bien si nous le pouvons, mais n'oublions pas que, pour lui « surtout, *à quelque chose malheur est bon.* »

Le prince Henri avait raison, et nous le savions bien : il ne fallait pas voir longtemps le baron, pour apercevoir le levain de l'orgueil et de l'insolence à travers sa très-grande politesse. Lorsqu'il m'engageait à faire quelque promenade avec lui, si nous rencontrions la princesse Frédéric de Brunswick, née duchesse d'OEls, et de la maison de Wurtemberg, il s'indignait de voir qu'elle eût six chevaux : « Croyez-vous, me disait-il, « que je vais faire arrêter ma voiture pour la laisser passer ? « Non, ma foi ; et si tous les autres le font, c'est une bassesse « que je n'imiterai pas. » Là-dessus il ordonnait à son cocher de continuer à marcher.

Le baron avait quelquefois une franchise plaisante et presque cynique. « Je viens, » dit-il un jour à M. Delahaye de Launay, régisseur général des finances du roi, « je viens vous prier de « me prêter cinquante ducats dont j'ai le plus grand besoin. « C'est un service que vous m'avez déjà rendu plus d'une fois : « j'aurais dû acquitter le passé avant de venir vous présenter « une nouvelle demande ; mais je vous estime trop pour vou« loir vous tromper, et je sais bien que vous n'attendez pas « après de vaines promesses pour trouver du plaisir à obliger. « Je vous dirai donc avec franchise que j'ai très-réellement le « désir de vous rembourser tout ce que je vous dois; mais que « je ne prévois ni quand ni comment je le pourrai ; et qu'en un « mot, les prêts que vous voulez bien me faire risquent fort de « n'être que des dons. » M. Delahaye de Launay lui répondit qu'il faudrait qu'il n'eût rien pour refuser un homme qui se présentait avec tant de bonne foi.

Dès que ce vieux courtisan avait un peu d'argent, il se hâtait de le dépenser ; il invitait ses amis à dîner et à souper, et les régalait fort noblement. Son grand plaisir alors était de faire lui-même une omelette qu'il ajoutait au service : c'était un plat qu'il faisait très-bien. Souvent il y avait dans ses invitations des traits d'une originalité piquante, et qu'il était le premier à relever. « Devinez, me dit-il un soir, devinez qui j'ai eu à dîner « aujourd'hui ! Je me trouvais avoir quelque gibier, et ne voulant pas le manger seul, j'ai invité les barons de Müller, de « Grapendorff et d'Arnihm; et au milieu du dîner, je leur ai « dit que je les avais fait prier pour avoir le plaisir de réunir à « une même table les quatre barons de l'Empire les plus gueux « qu'il y eût au monde. Je vous assure que nous en avons ri de « bon cœur, et qu'en attendant les infortunes de demain, nous « avons bien dîné. »

Ce que le baron de Poëllnitz avait de plus précieux, c'était ses manuscrits, ou plutôt ses Mémoires sur les règnes des trois premiers rois de Prusse; manuscrits formant trois volumes in-folio, qui, quoique écrits très-serrés, n'en étaient pas moins assez épais, et que le baron vendit au prince de Prusse, qui régna depuis sous le nom de Frédéric-Guillaume.

CHAPITRE V.

Le comte de Nesselrode.

Ce comte avait vécu longtemps à Paris, auprès d'un de ses parents, homme fort riche, qui s'y était fixé. Là, notre comte s'était particulièrement lié d'amitié avec les philosophes, et surtout avec Diderot. Lorsqu'il n'eut plus de motifs particuliers de rester à Paris, il fit un premier voyage à Berlin avec M. Grimm, connu sous le nom de M. le baron de Grimm (1). Je dînai avec eux dans quelques maisons, et en particulier chez le respectable prince Dolgorouky, ministre de Russie à la

(1) Ce M. Grimm avait déjà été fort connu dans le monde, avant de prendre le titre de baron, qui peut-être, au reste, lui appartenait, article qui intéresse très-peu. Né pauvre, en je ne sais quel coin de l'Allemagne, il était venu jeune à Paris, et s'était prosterné aux pieds des coryphées de la philosophie. Diderot, pour le produire, lui dicta un écrit peu volumineux, mais piquant; un pamphlet qui, sous le nom du *Petit-Prophète*, fut à la fois plaisant, malin et hardi. Cette bagatelle eut un grand succès, et procura une célébrité très-heureuse à son soi-disant auteur, qui depuis n'a donné aucun autre ouvrage au public. M. le duc d'Orléans, père de celui qui a péri dans la révolution, l'honora du titre de son secrétaire, et le gratifia d'une pension très-opportune. De là notre protégé devint peu à peu prôné et prônant, protégeant et apostolisant, d'abord dans les cercles à Paris, et ensuite dans le grand cercle de l'Europe. Ai-je besoin de dire que, voyant que J.-J. Rousseau était souvent maladroit et toujours malheureux, il se hâta de briser lui-même les autels qu'il lui avait élevés? Mais c'est principalement en Russie qu'il est devenu un grand homme, parce qu'il a su plaire à Catherine II, et en imposer aux entourages de cette souveraine. Il n'a plus été, durant un temps assez considérable, question en ce pays que de M. le baron de Grimm. A la fin, il aurait protégé, s'il en eût été besoin, Diderot lui-même, son unique et véritable créateur. Après cela, qui n'admirerait les jeux du hasard et de la fortune?

cour de Prusse. Un jour que nous étions réunis chez ce dernier, on parla moins de littérature que de philosophie pendant tout le dîner; on marqua les rangs, on évalua les hommes : chacun de nos auteurs un peu célèbres et vivant alors eut son mot. Nos deux voyageurs dressaient ce catalogue et nous endoctrinaient, toujours parfaitement d'accord entre eux : l'un disait sur chaque personnage un premier mot que l'autre ne manquait pas d'appuyer. Ce zèle apostolique nous amusait beaucoup le prince Dolgorouky et moi; car il voyait de quel air j'écoutais; et je voyais aussi qu'il était dans les mêmes dispositions d'esprit que moi. Il n'y eut qu'un seul malheureux écrivain sur lequel nos deux apôtres ne s'accordèrent pas d'abord. Grimm, qui faisait les premières attaques, nomma cet homme : Nesselrode, chargé de porter les coups décisifs, dit que c'était un *pauvre homme sans talent et sans âme*. Grimm, s'avançant vers lui, et se couvrant la joue de la main, lui répliqua d'une voix sourde par ce mot que Nesselrode, le prince et moi nous entendîmes seuls : *Il est des nôtres;* à quoi l'autre répondit du même ton : *On m'avait assuré le contraire*. Ici j'admirai l'adresse avec laquelle le comte, reprenant son ton élevé et décisif, ajouta à ce qu'il avait dit : « Au reste, « je ne le connais pas; et je dois avouer que même quelques « bons juges m'ont paru l'estimer. — Il le mérite, » ajouta Grimm, qui en fit un éloge complet. Nesselrode, mieux instruit, souscrivit à tout, et l'on passa à d'autres. En se levant de table, le prince se hâta de me joindre, pour me demander ce que je pensais des missionnaires philosophiques qui nous venaient de France; nous rîmes de bon cœur du mot dit à l'oreille, et nous admirâmes la manœuvre de Nesselrode en cette occasion.

J'ai souvent vu le comte de Nesselrode en société chez madame du Troussel, chez M. de Launay et chez le prince Frédéric de Brunswick. Voici un trait qui lui fait honneur. Peu après le premier partage de la Pologne, il parut une satire intitulée *le Gâteau des rois* : nous la lûmes tous avec avidité, et nous en rîmes entre nous, ne pouvant faire mieux ; mais personne n'eut le courage d'en parler au roi. Au bout de quelques mois, l'auteur en adressa un exemplaire à ce monarque avec une lettre non signée. Frédéric s'empressa de lire cette bagatelle, où il jouait un rôle principal ; à dîner il plaça Nesselrode à sa droite, et l'abbé Bastiani, courtisan aussi fin et aussi hypocrite qu'on puisse l'imaginer, à sa gauche.

Le héros prussien ne tarda pas à parler du *Gâteau des rois*. « Un auteur anonyme, dit-il, a eu l'honnêteté de m'envoyer un « *Gâteau*. Il paraît que cette brochure a déjà plusieurs mois « d'existence et de publicité : cependant je ne la connaissais pas. « L'avez-vous lue, abbé ? — Non, sire, répondit le cafard ; je ne « connais et ne lis jamais aucun de ces méprisables pamphlets « dont on déshonore la littérature. — Et vous, l'avez-vous lue ? « — Oui, sire, je l'ai lue tout entière, il y a deux ou trois mois. « — L'abbé, j'aime cette franchise germanique, » dit Frédéric en se retournant vers l'Italien et avec cette physionomie riante et maligne qui lui était si familière. Ensuite, revenant au comte : « Eh bien, lui dit-il, puisque vous l'avez lue tout entière, « comment la trouvez-vous ? — Moi, sire ? je vous avoue qu'elle « m'a beaucoup amusé : j'en ai ri de tout mon cœur. » Ici nouveau retour vers l'abbé, avec ces mots confidentiels et malins : « Abbé, vous voyez cette franchise ! J'ai aussi dé- « voré ce petit *Gâteau* ce matin, mon cher comte ; l'auteur a « un peu salé la part qu'il m'y destinait : il me traite lestement, « et ne me ménage pas ; cependant, comme il a de l'esprit, « il m'a fait rire, et je lui pardonne. Mais, mon cher comte, « puisque vous l'avez lu, comment ne m'en avez-vous pas « parlé, vous qui êtes attaché à mon service, et qui tenez à « vos devoirs en homme d'honneur ? — C'est que, ne m'oc- « cupant que de mes devoirs, je ne songe point à en étendre in- « discrètement le cercle : si votre majesté m'eût imposé la loi « de lui faire ces sortes de révélations, je l'aurais suivie ou je

« me serais retiré; mais dans des circonstances aussi peu im« portantes au fond, je ne me permettrai rien au delà de ce « que je dois. » Apostrophant encore une fois l'abbé, le roi se retourna vers lui, en s'écriant : « Mais, l'abbé, admirez donc « avec moi cette franchise ! » Cette petite scène de comédie fut la seule vengeance que le roi tira de l'hypocrisie mensongère de l'abbé, qui avait lu la brochure et en avait ri d'aussi bon cœur que nous tous.

Quelque années de séjour à Potsdam suffirent au comte de Nesselrode; il quitta Frédéric, et passa en d'autres cours, où il a été également considéré et employé (1).

(1) A cet article l'éditeur de la 3e édition avait ajouté ce qui suit :

« Le comte de Nesselrode revint à la cour de Berlin comme envoyé de Russie, sous le règne de Frédéric-Guillaume. Soit que l'impératrice Catherine supposât que Nesselrode tenait trop à ses anciennes relations avec Berlin, soit qu'elle crût que l'âge avait affaibli ses moyens, elle lui donna un second. Ainsi, tandis que le vieux comte jouissait des honneurs de la légation, Alopéus en possédait le secret, en traitait les affaires. Pour la première fois, on voyait en même temps une cour avoir deux envoyés. Celui qu'un caprice ou qu'un doute injurieux paralysait ne put supporter cette position fausse et pénible; il sollicita sa retraite, qui lui fut accordée avec des témoignages d'intérêt. Il s'éloigna de Berlin, où son esprit aimable quoique railleur et son caractère obligeant sous une écorce dure, lui avaient valu des amis très-chauds. Établi à Francfort, il y est mort dans une vieillesse avancée. »

Bon Thiébault.

CHAPITRE VI.

Madame du Troussel.

L'article de madame du Troussel serait un des plus étendus de cet ouvrage, si j'y réunissais tous les souvenirs intéressants que son nom me rappelle : car, pendant plus de dix ans, je n'ai en quelque sorte vécu qu'avec elle et son mari ; tout ce qui m'est arrivé a tenu plus ou moins à elle, soit par la part qu'elle y a naturellement eue, soit par celle qu'elle y a prise. Mais comme j'ai déjà parlé de cette dame dans plusieurs articles précédents, et que je ne songe pas à épuiser le sujet, je ne rapporterai ici que les traits que je n'ai pu séparer de son article.

Je connaissais M. du Troussel depuis quelque temps, lorsque ce militaire, d'origine française et fils d'un juge de la colonie des réfugiés à Berlin, épousa cette dame. Comme il était homme d'esprit et d'honneur, et qu'il avait autant de loyauté que d'amabilité dans le caractère, on doit penser qu'il était fort répandu : je m'étais trouvé en société avec lui dans plusieurs maisons, et surtout chez le baron de Kniphausen, et chez M. de Marwitz, commandant des gendarmes. Dans ces différentes rencontres, il avait toujours paru me revoir avec plaisir ; de sorte que je me trouvai lié avec lui de la manière qui pouvait me flatter le plus, lorsque, dans une visite que je lui fis un matin, il m'annonça qu'il allait se marier, et qu'il épousait madame de Kleist. Je revins chez moi, déterminé à ne plus le voir chez lui, me persuadant que cette dame serait peu d'humeur à rechercher la société des gens de lettres. En effet, ancienne dame d'honneur de la reine mère de Frédéric, nièce du gouverneur des princes Henri et Ferdinand, et, à ce titre, élevée en quelque sorte avec ces deux princes; fille d'un général de Schwerin, cousin-germain du feld-maréchal de ce nom, ami intime de ce parent, et le plus renommé des écuyers et généraux de cavalerie de son temps, au moins en son pays; aussi tendrement chérie du feld-maréchal que de son père, et ayant su le mériter par mille qualités précieuses de l'esprit et du cœur; toujours courtisée comme l'une des plus belles et des plus aimables personnes de ces climats, accoutumée à n'être désignée dans le monde que sous les noms de *la belle Schwerin*, ou de *la belle de Kleist*, elle avait la réputation de ces dames dont on parle beaucoup, à cause de l'éclat qui les entoure : elle tenait à la cour par toutes ses liaisons; et sa beauté, son esprit, ses habitudes et sa naissance, la plaçaient naturellement dans le tourbillon où il y avait le plus de dissipation et de mouvement.

Au bout de trois mois environ, je fus donc fort surpris de me voir invité en cérémonie à dîner chez elle : c'était un dîner d'académiciens. Madame du Troussel ne parut qu'au moment de se mettre à table : c'était M. du Troussel qui nous avait reçus. Je me trouvai placé vis-à-vis d'elle; ses deux voisins étaient M. de Beausobre et M. Moulines. Je ne fus pas longtemps à m'apercevoir que j'étais l'objet d'une conversation qu'elle avait à voix basse avec ce dernier, et qui me sembla tenir de la raillerie, à en juger du moins par le jeu des physionomies. J'éprouvai un embarras qui s'augmentait à mesure qu'il me paraissait plus fondé, et que je n'aurais pas déguisé, si à la fin leurs regards ne se fussent fixés sur un autre académicien placé au bout de la table à côté de M. du Troussel. En cessant d'être l'objet de leur entretien, je n'en conservai pas moins le désir de savoir ce qu'ils avaient eu de si plaisant à se dire, soit de moi, soit de ce savant déjà vieux, qu'ils m'avaient accolé; mais, ne voulant pas le demander à M. Moulihes, avec qui j'étais peu lié, ce ne fut donc qu'au bout de quelque temps, et lorsqu'il se fut établi une certaine confiance entre cette dame et moi, que je le demandai à elle-même. Elle me conta alors que mon vieux collègue avait eu une intrigue amoureuse avec une demoiselle qu'elle me nomma et que je connaissais; que, par un hasard particulier, la personne qui avait servi de messagère entre ces deux amants était une vieille femme qui avait autrefois servi chez madame de Schwerin, mère de madame du Troussel, et qui avait confié à celle-ci les lettres de l'un et de l'autre; que, le jour où nous avions dîné chez elle, elle m'avait pris pour ce tendre Céladon, qu'elle n'avait jamais vu, non plus que moi, et que c'était cette méprise qui avait été cause qu'elle m'avait tant regardé, jusqu'à ce que M. Moulines, aussi bien instruit qu'elle de la même aventure, l'eût enfin détrompée.

Lorsque madame du Troussel nous offrit du café après le dîner, elle me dit qu'elle savait que jusqu'à son mariage j'avais témoigné de l'amitié à son mari, que cependant j'avais discontinué de le voir; qu'elle serait très-affligée d'avoir fait cesser une liaison dont ils désiraient également tous deux la durée; qu'elle espérait que ce ne serait pas elle qui m'y ferait renoncer, et qu'elle aurait au contraire le plus grand plaisir à me recevoir aussi souvent que je pourrais venir chez elle. Ce fut en conséquence de cette honnêteté, que, quatre ou cinq jours après, j'allai lui faire une visite peu avant la nuit : j'en fus reçu de la manière la plus gracieuse. Au bout d'un quart d'heure, lorsque je voulus me retirer, elle parut surprise et fâchée que je ne restasse pas à souper avec elle et son mari. Elle me demanda si j'avais quelque engagement, et chez qui j'étais engagé : je lui déclarai alors que je m'étais fait une loi de ne point condamner à la solitude, surtout dans les longues soirées d'hiver, une épouse qui avait quitté parents, amis et patrie, pour venir avec moi se confiner dans un pays étranger. Dès le lendemain il vint une carte de visite de sa part pour ma femme, et cette carte fut suivie d'une invitation pour le souper du jour suivant. C'est ainsi que commença une liaison dans laquelle madame du Troussel ne fit d'abord que partager la tendre amitié que son mari avait pour moi, mais à laquelle elle ne tarda pas à mettre encore plus d'activité et de démonstration que lui.

Étant jeune, et jusqu'à son second mariage, elle avait eu la réputation d'une personne plus gaie que sévère; on prétendait même qu'elle avait débuté dès l'âge de treize ans, étant dame d'honneur de la reine mère, par une sorte de liaison qui avait eu quelque éclat, et l'avait obligée de se retirer chez sa mère. Peu après cette aventure vraie ou fausse, la belle de Schwerin avait épousé un M. de Kleist, chanoine protestant à Brandebourg; ce chanoine était un homme aimable, mais peu riche. Son canonicat ne pouvant leur suffire qu'en s'astreignant à résider dans cette dernière ville; ils y vécurent pendant quelques années; mais le mari était ambitieux, l'épouse ne l'était pas moins: tous deux s'ennuyèrent de n'être pas à la cour. M. de Kleist se jeta dans de grandes entreprises qui le ruinèrent. Il se trouva à la fin obéré de dettes, et poursuivi par ses créanciers; son épouse, qui avait eu la faiblesse de donner sa signature en plusieurs occasions, se voyant déjà engagée pour la moitié de son bien, prit enfin le parti du divorce. M. de Kleist perdit sa prébende et tout ce qu'il possédait, et se retira dans le Mecklembourg chez quelques parents, laissant à madame de Kleist la charge et le soin de leur fils et de leurs filles.

Je vais rapporter une anecdote difficile à croire, et que cependant madame du Troussel, nécessairement très-bien instruite, et qui aimait à être franche, m'a contée et affirmée cent fois. Je la rapporte parce qu'elle montre de quoi la superstition rend capables les hommes même les mieux nés, lorsque la cupidité, le besoin ou quelque autre passion les excite. M. de Kleist, plusieurs autres nobles de la première distinction, des généraux même, et quelques autres personnes occupant des places très-élevées dans le gouvernement, rencontrèrent un charlatan qui prétendait avoir le moyen de forcer le diable à révéler les endroits où seraient cachés tous les trésors qu'on aurait autrefois enfouis dans l'Allemagne. Ils formèrent entre eux une association d'honneur, pour obtenir la connaissance bien détaillée de ce moyen si précieux, et pour l'employer ensuite à frais et profits communs. Ils payèrent fort cher cette découverte, et promirent en outre une part à celui qui la leur vendit, et qui de cette sorte devint leur guide. Il n'y a point d'extravagances qu'il ne leur fit faire : toutes les momeries que l'on peut retrouver dans les contes de sabbat et de sorcelleries furent sérieusement et mystérieusement pratiquées; on conjura le diable de toutes les manières, à toutes les heures de la nuit, et dans les endroits les plus déserts. On lui fit toutes sortes de sacrifices, et il y en eut qui coûtèrent des sommes considérables. L'un d'eux consistait en effet à immoler à l'esprit malin un bouc parfait, et qui n'eût pas un seul poil qui ne fût bien noir. Pour découvrir ce bouc et se le procurer, il fallut parcourir non-seulement les provinces prussiennes et pays voisins, mais toute la Pologne, la Lithuanie, etc. On le trouva enfin, et ce fut une grande joie pour nos conjurants : jamais bouc si précieux ne fut immolé à Bacchus. On le paya au poids de l'or, et on l'amena à Brandebourg avec tous les soins et les ménagements possibles. On fit ce sacrifice dans la plus grande régularité, en présence de tous les associés; on n'épargna pas les louanges au diable; mais il fut sourd, on n'eut point de trésors à découvrir : soit ingratitude, soit malice, il ne répondit point. Telle fut l'issue de cette grande entreprise, qui coûta de fortes sommes aux associés, et surtout à M. de Kleist, et qui n'aboutit qu'à la promesse solennelle qu'ils se firent en se séparant, de se garder réciproquement un secret inviolable. Mais quel est le secret qu'une femme adroite ne pénètre pas, quand elle s'y croit intéressée? La belle de Kleist découvrit celui-ci, et elle ne promit point de le taire; ou bien il faut dire qu'elle oublia cette promesse avec moi.

Qui ne serait pas étonné que des hommes de rang, dont quelques-uns avaient du mérite, des talents et des lumières, aient été capables d'une telle sottise? Et c'est sous le règne de Frédéric, à sa cour, autour de lui, que des hommes qui l'entendent et l'admirent se laissent aller à de si honteuses faiblesses! Près de ce roi philosophe, auteur du *Commentaire sacré* sur le comte de *Peau-d'Ane*, on voit un Lamétbrie, apôtre du matérialisme universel, qui fait le signe de la croix quand il tonne; Maupertuis, qui ne croit guère en Dieu, et dit régulièrement à genoux ses prières du soir; d'Argens, encore plus éloigné de toute idée religieuse, ne supporte pas d'être treize à table, et n'ose écrire ou conserver un mot écrit par lui le premier vendredi du mois; la princesse Amélie, sœur chérie de Frédéric, et ayant presque autant d'esprit et de philosophie que lui, se fait dire la bonne aventure; et la moitié de la cour croit à la femme blanche, qui, armée de son grand balai, apparaît dans une salle du château, et balaye de toutes ses forces quand dans l'année il doit mourir quelqu'un de la famille royale!

TABLE DES MATIÈRES

CONTENUES DANS LE PREMIER VOLUME.

TROISIÈME PARTIE.

FRÉDÉRIC LE GRAND ET SA COUR.

FÊTES, ALLIANCES, COURTISANS

FIN DE LA TABLE DU PREMIER VOLUME.

9 783382 700867